DAS CHALET AM SEE

ROMAN

CHALET AM SEE - REIHE
BUCH EINS

ANNA CAMILLA KUPKA

BUTTERFLY PUBLISHING

Copyright © 2023
Butterfly Publishing
Anna Camilla Kupka
Zürich, Schweiz
Text: Anna Camilla Kupka
Umschlaggestaltung: Maria Stoian
Redaktion: Mona Gabriel
Alle Rechte vorbehalten.

1

„Zwei Leute!" Lucy sitzt im Café ihrer Freundin und schlägt die Hände vor dem Gesicht zusammen. „Hannah, ganze zwei Leute sind gekommen, wie peinlich ist das denn?"

Hannah lächelt sie aufmunternd an. „Ach komm, zwei sind doch gar nicht schlecht. Könnte schlimmer sein, oder? Du hättest auch ganz allein sein können."

„Na, das nenne ich mal positives Denken." Lucy schaut weiterhin bedrückt drein, aber gleichzeitig bahnt sich ein kleines Lächeln auf ihr Gesicht. So hätte Hannah vor ein paar Wochen noch nicht gesprochen!

„Siehst du, auch ich lerne dazu", bemerkt Hannah lachend, als hätte sie Lucys Gedanken gelesen. „Das muss dein Einfluss sein. Aber ich meine es ernst. Es war immerhin dein erster Tag. Also erzähl, wer war denn da?"

„Wer auf jeden Fall nicht da war, ist meine einzige Freundin in diesem gottverlassenen Kaff hier, das steht fest. Die hat durch Abwesenheit geglänzt."

„Lucy, nicht schon wieder dieses Thema!" Hannah verdreht genervt die Augen. „Wie oft muss ich dir noch sagen, dass Yoga einfach nicht mein Ding ist? Dieses Verrenken und Beine hinter den Kopf, ich bin doch kein Akrobat! Und wie schon tausendmal erwähnt, muss ich morgens einfach zu viele Sachen für das Café vorbereiten, da kann ich nicht einfach so für eine Stunde verschwinden."

Lucy seufzt. „Das weiß ich doch. Es wäre halt schön, ein bisschen Unterstützung zu haben, ein vertrautes Gesicht zu sehen. Ich fühle mich hier so verdammt allein und weiß manchmal nicht, wie ich das alles schaffen soll. Aber das ist ja nichts Neues, die Leier kennst du ja mittlerweile."

„Ach Süße", versucht Hannah sie zu trösten und streicht ihr kurz über das Haar, „das wird schon. Du hast dir auch viel vorgenommen. Wahrscheinlich zu viel auf einmal. Jetzt mach dir mal nicht so einen Kopf. Babyschritte sind angesagt, okay? Eines nach dem anderen. Jetzt muss ich aber dringend ein bisschen arbeiten, ich muss schließlich auch etwas verdienen. Aber sag mir noch schnell, wer da war. Hast du sie nach ihren Namen gefragt?"

„Ja, das habe ich", gibt Lucy trüb zurück. „Natürlich frage ich meine einzigen Teilnehmerinnen nach ihren Namen. Über irgendetwas mussten wir uns ja unterhalten, während wir darauf warteten, dass vielleicht noch mehr Leute auftauchen würden. Die eine ist eher dynamisch und laut, eine Griechin, wie sie sagt, spricht aber perfekt Deutsch. Sie heißt Babs. Die andere ist das genaue Gegenteil. Blass, unscheinbar und hat, glaube ich, noch nie in ihrem Leben Sport gemacht. Aber das macht nichts, dafür bin ich ja da. Emma heißt sie. Die arbeiten beide im Tegerngold. Babs als Masseurin und Emma als Zimmermädchen."

„Babs kenne ich", lässt Hannah sie wissen. „Die ist gut mit Michi befreundet, der die Weinbar im Ort leitet. Michis Weinbar nennen wir sie, obwohl sie ihm gar nicht gehört. Er arbeitet dort nur. Hör mal, ich muss jetzt wirklich weitermachen, die Gäste da vorne wollen zahlen. Aber lass uns doch heute Abend in die Weinbar gehen und auf deinen ersten Tag als Yogalehrerin am Tegernsee anstoßen. Du hast hier bislang so gut wie gar nichts unternommen, das ändern wir jetzt. Und nenn den Ort nicht gottverlassen, einige nennen die Gegend hier das schönste Tal der Erde."

„Ja, ja, schönstes Tal der Erde – das wurde mir mittlerweile schon zigmal gesagt", knurrt Lucy, aber das hört Hannah bereits nicht mehr, denn sie ist abgerauscht, um die anderen Gäste zu bedienen.

„Der Tee geht auf mich", ruft Hannah noch über die Schulter, aber dann ist Lucy auch schon wieder allein.

ALS SIE SICH abends auf den Weg zur Weinbar macht, stellt sie nicht nur erstaunt fest, dass es tatsächlich das erste Mal ist, dass sie in ihrer neuen Heimat ausgeht, sondern sie empfindet sogar eine gewisse Vorfreude. Dies liegt zum einen an der Weinbar selbst. Das hübsche Häuschen hat es ihr optisch schon länger angetan und heute wird sie es endlich mal von innen betrachten können. Zum anderen sind zu ihrer Nachmittagsstunde heute fünf Teilnehmerinnen gekommen. Fünf! Das ist zwar ein Bruchteil dessen, was sie aus ihrer Zeit in London gewohnt ist, aber verglichen mit dem dürftigen Morgen wirkte es fast wie ein Menschenauflauf. Da kann sie sich jetzt auch mal ein Glas Wein gönnen. Während sie durch die kühle Abendluft spaziert, nimmt sie sich vor, fortan das Positive ihrer Situation zu sehen. Das ist doch sonst auch nicht ihre Art, so eigenbrötlerisch zu sein und vor sich hin zu schmollen, nur weil ein paar Dinge nicht funktionieren wie geplant. *Du hast schon ganz andere Sachen durchgestanden, Lucy Davenport*, motiviert sie sich innerlich. *Da wirst du das hier wohl auch noch hinbekommen!* Und so ein schlimmes Schicksal ist es tatsächlich nicht, am schönsten Ort der

Erde festzusitzen. Zeit, sich auf die guten Dinge zu fokussieren!

Der Besuch der Weinbar ist ein guter Anfang dafür. Denn gleich beim Betreten des kleinen Lokals lullt die Atmosphäre sie wohlig ein. Während viele Gebäude am Tegernsee für Lucys Geschmack mit zu viel Holz ausgekleidet sind, empfindet sie es hier als gemütlich. Wie zufällig stehen in dem Raum einige kleinere und größere Holztische herum, ergänzt von unaufdringlicher Deko, Kerzenlicht und leiser Musik. Lucy muss grinsen, als sie ‚I am what I am' heraushört, eines ihrer Lieblingslieder und eine legendäre Hymne an die Stärke der Frauen. So interpretiert sie den Text zumindest und entscheidet sich, das als gutes Zeichen zu sehen. Dann schaut sie sich weiter um und erblickt an der gegenüberliegenden Wand das Herzstück des Raumes, eine lange Holztheke mit einer Unmenge von Weinflaschen dahinter. Klar, irgendwo muss der Name ja herkommen. Der Anblick lässt einen glatt vergessen, dass es draußen noch eine andere Welt gibt, und man möchte sich einfach nur an den Weinflaschen gütlich tun. Auf einem der Barhocker sitzt Hannah und winkt Lucy fröhlich zu. Strahlend geht diese zu ihrer Freundin herüber.

„Fünf", ruft sie ihr entgegen. „Das sind über hundert Prozent mehr als heute Morgen. Wenn das mal kein Wachstum ist!"

„Wow, so happy habe ich dich nicht erlebt, seit du hier angekommen bist. Das ist ein Grund zum Feiern." Hannah freut sich richtig mit ihr und Lucy bekommt ein schlechtes Gewissen, dass sie vorher so miesepetrig gewesen ist. Das hat ihre Freundin nicht verdient.

„Vielleicht brauchte ich auch einfach mal wieder eine Aufgabe", setzt sie zu einer Erklärung an, bricht dann aber ab, da hinter der Theke ein attraktiver Mann auf sie zukommt.

„Fünf was?", fragt er und streckt ihr die Hand entgegen. „Ich bin Michi, leider nicht der Besitzer, aber doch der stolze Manager dieses Ladens. Ich hoffe, du wolltest damit sagen, dass ihr beiden heute mindestens fünf Flaschen Wein verputzen werdet." Er zwinkert ihr zu und sein fröhliches Lächeln wirkt ansteckend.

„Fünf Flaschen nicht gleich", gibt Lucy neckend zurück, „aber fünf Gläser könnten es durchaus werden. Ich habe nämlich heute Nachmittag fünf Yogaschülerinnen gehabt. Und das war verglichen mit den Zweien von heute Morgen eine riesige Steigerung. Also gibt es etwas zu feiern. Ich bin übrigens Lucy", stellt sie sich vor.

„Ah, du bist also Lucy", gibt Michi zurück und schaut sie mit seinen strahlend blauen Augen gleich viel interessierter an. „Ich habe deine Broschüren gesehen und sogar schon überlegt, mal zu einer Yogastunde zu kommen. Aber ich bin doch eher der Wassertyp. Ich hätte eigentlich als Fisch geboren werden sollen, so viel Wassersport wie ich mache. Da wäre es mit zusätzlichem Yoga ein wenig viel. Doch jetzt mal unter uns, das ist ja eine Riesenhütte, die du da geerbt hast, was willst du denn damit machen? Und eine traumhafte Location. Direkt am See, für eine Wasserratte wie mich ein absoluter Traum. Vielleicht möchtest du ja dort eine Surfschule aufmachen oder Wasserski oder so was in der Art? Ich wäre genau der richtige Mann für dich und könnte mich um alles kümmern!"

Lucy lächelt ihn an. „Eine schöne Idee, das gebe ich zu, und es wäre wahrscheinlich leichter zu bewerkstelligen als das, was ich vorhabe. Aber ich bin nun mal ein Yogafan, auch wenn ich das Wasser ebenfalls sehr liebe." Dabei denkt sie an ihre zahlreichen Urlaube an der englischen Küste zurück. „Mein Plan ist eigentlich, ein kleines Gäste-Chalet auf dem Anwesen zu eröffnen, wo ich Yoga-Retreats anbieten werde", fährt sie dann fort. „Ein Yoga-Hotel sozusagen. Nichts

Großes, nur ein paar Zimmer, aber dafür sehr fein. Und urgemütlich soll's werden. Für Menschen, die sich einfach erholen und mit Yoga fit halten wollen."

„Diese Retreats sind ja jetzt in aller Munde", stimmt Michi ihr zu. „Scheint ein richtiger Boom zu sein." Dabei schenkt er sich, Lucy und Hannah jeweils ein Glas Champagner ein. „Für so etwas bist du genau am richtigen Ort. Hast du schon einmal von Gertraud Gruber gehört? Sie ist über 100 Jahre alt geworden und hat hier am Tegernsee die erste Beauty-Farm Europas gegründet. Dort hat sie noch bis einige Jahre vor ihrem Tod selbst Yogakurse gegeben. Da kannst du gleich in ihre Fußstapfen treten, sie braucht eine würdige Nachfolgerin!" Damit hebt er sein Glas und prostet Lucy zu. „Geht aufs Haus. Willkommen in unserem kleinen Paradies."

Lucy muss lachen und entspannt sich in Anwesenheit dieses netten Michi gleich noch mehr. „Jetzt fängst du auch noch an. Aber du hast schon recht, es ist wirklich ein Paradies", gibt sie zu und stößt mit ihm und Hannah an. „Und ja, natürlich habe ich von Gertraud Gruber gehört, diese Frau ist eine Legende. Bei ihr schien auch sonst alles bestens zu klappen, was man bei mir leider nicht behaupten kann. Ich habe eher das Gefühl, seit Wochen gegen eine Wand zu laufen. Ich bekomme die notwendige Genehmigung einfach nicht, um das Haus zu einem Hotel umzubauen, obwohl eigentlich nichts dagegensprechen sollte. Und auch mit den paar Dingen, die ich schon mal ohne die Bewilligung machen könnte, kann ich nicht beginnen, weil ich kein Baumaterial bekomme. Angeblich ist alles überall ausverkauft. Das kann doch nicht sein. Ich habe fast das Gefühl, boykottiert zu werden, aber das ist natürlich Quatsch."

„Das hört sich allerdings eigenartig an", unterstützt Michi mit gerunzelter Stirn ihren Verdacht. „Wo kaufst du denn die Sachen? Oder, wo versuchst du sie zu kaufen?"

„Ach, was weiß ich denn?", erwidert Lucy. „Das regelt

alles Christopher Bondi für mich. Der Anwalt, weißt du? Er scheint ja hier im Ort so eine Art Mädchen für alles zu sein. Allerdings scheint er ebenso wenig Ahnung wie ich zu haben, wieso das alles nicht in die Gänge kommt."

„Hmm", Michi schaut sie prüfend an. „Ich finde ja, dass der Bondi ein mieser Schleimer ist, aber eigentlich müsstest du bei ihm in guten Händen sein. Wie du sagst, er kümmert sich um die meisten langweiligen Dinge hier im Ort und ist hervorragend vernetzt. Wenn er es nicht schafft, deine Genehmigung zu bekommen, dann schafft das keiner. Aber wieso kümmert ein Anwalt sich um deine Baumaterialien? Ist das nicht eher außergewöhnlich? Ich dachte, seine Zunft sei nur für juristische Dinge zuständig. Nicht, dass ich davon allzu viel verstehen würde." Er schenkt ihnen nochmals nach und Lucy betrachtet nachdenklich die sprudelnden Perlen in ihrem Glas.

„Ja, das würde man meinen, nicht wahr? Ich weiß auch nicht, wieso er das macht. Aber er war so nett, anzubieten, dies alles für mich zu erledigen, sozusagen in einem Aufwasch und auf eine Rechnung. Mir ist das ganz lieb. Er ist hier inzwischen so etwas wie meine Vertrauensperson geworden, auch wenn er mir als Mensch nicht besonders liegt. Aber ich bin heilfroh, dass er versucht, mir zu helfen."

„Und vor allem ist der Bondi total in Lucy verknallt, das solltest du mal sehen, Michi. Wie er immer errötet, sobald sie in seine Nähe kommt. Es ist zum Quietschen!", mischt sich Hannah fröhlich ein.

Lucy wird leicht verlegen. „Na ja, ganz so ist es nicht. Vielleicht ein bisschen. Er hat schon eine Neigung, sehr rot zu werden. Und manchmal kommt er ein wenig ins Stottern", fügt sie grinsend hinzu.

„Jedenfalls stimme ich Michi zu", sagt Hannah. „Ich finde den auch schleimig und aufgesetzt. Mir ist Marcel viel lieber. Der junge Anwalt, der immer bei mir im Café sitzt, weil sein Büro so klein ist. Aber er bekommt halt nur die Brotkrumen von dem ab, was der Bondi nicht will. Viele nehmen den Marcel gar nicht richtig ernst, obwohl ich glaube, dass der wirklich gut ist. Aber wenn es um Erfahrung geht, hast du dir schon den Richtigen ausgesucht."

„Ja, das kann sein", seufzt Lucy. „Aber für diese Erfahrung zahlt man leider auch. Das Ganze frisst mir die Haare vom Kopf. Vor allem, weil es sich nicht um komplexe juristische Sachverhalte handelt, sondern eigentlich um ganz einfache Themen. Da tut es schon weh, solch einen Stundensatz hinzublättern. Doch ich habe nicht die Nerven, mich selbst darum zu kümmern. Ich hätte auch keine Ahnung, was ich tun soll!"

„Jetzt kommen wir endlich zum Thema Geld", stellt Michi erfreut fest, nimmt eine Flasche Rotwein vom Regal und schenkt wieder drei Gläser ein. „Rotwein ist okay, hoffe ich?", fragt er die beiden, die sogleich zustimmend nicken. „Wisst ihr was, der geht auch auf mich, denn er hat eine zungenlösende Wirkung und jetzt möchte ich endlich wissen, was unserer Großerbin hier zu diesem Anwesen verholfen hat. Und wie es sein kann, dass sie wegen Geld schlaflose Nächte hat. Nach diesem Erbe musst du doch steinreich sein! Ich kannte übrigens deine Tante", fügt er hinzu.

„Ach wirklich?", fragt Lucy erstaunt. „Ich meine, klar kanntest du sie, wenn du hier lebst. Jeder wusste ja, wer sie ist. Aber kanntest du sie gut?"

„Nein, gut ist übertrieben", gibt Michi zurück. „Sie hat jedoch ganz gerne mal einen getrunken und dann kam sie hierher. Oder sie hat sich hier ihre Flaschen gekauft, wenn der Supermarkt schon zu hatte und der Durst sie überkam. Und ich weiß ja, man soll über Tote nicht schlecht reden, aber sie war ein ziemlicher Drachen. Hat nicht gerade jeden Raum zum Leuchten gebracht, den sie betrat. Aber wem erzähl' ich das – ihr beide müsst euch ja sehr nahegestanden haben, wenn sie dir alles hinterlassen hat. Auch auf die Gefahr hin, etwas indiskret zu wirken – aber wo hatte sie denn die ganze Kohle her? Ich habe nie mitbekommen, dass sie gearbeitet hat."

„Ach, wenn ich das nur wüsste", sagt Lucy. „Und nein, wir waren uns gar nicht nah. Ganz im Gegenteil, ich kannte sie so gut wie gar nicht. Um ehrlich zu sein, hatte ich sogar vergessen, dass es sie gibt. Wahrscheinlich war ich einfach ihre einzige noch lebende Verwandte und habe deshalb das Haus geerbt, aber selbst da bin ich mir nicht sicher. Ich habe also – um es kurz zu machen – nicht die leiseste Ahnung, wieso das alles jetzt mir gehört. Kein Brief, keine Nachricht, nichts. Nur dieses riesige Anwesen, mit dem ich aber mangels Baugenehmigung nichts anfangen kann. Und leider scheint meine Tante das Geld lieber für Weinflaschen ausgegeben zu haben, denn Bargeld hat sie mir keines hinterlassen. Da muss ich an mein Erspartes und das ist ziemlich mickrig. Genug Info?"

„Aber ganz und gar nicht, jetzt fängt es doch erst an, interessant zu werden", verkündet Michi mit funkelnden Augen. „Hier, nimm noch etwas von dem Wahrheitstrunk. Endlich kommt mal etwas Geheimnisvolles in dieses verschlafene Nest. Also noch mal, du lebst in London so vor dich hin, gibst deine Yogastunden, wie ich gehört habe, und plötzlich stirbt die alte, mysteriöse Tante und vererbt dir alles. Und du hast noch nicht einmal eine Ahnung, warum. Richtig?"

„Richtig", bestätigt Lucy und nimmt einen großen Schluck Wein. Sie merkt, wie ihr schon leicht schummrig wird. Aber das macht nichts. Sie genießt die Unterhaltung mit Michi.

„Und deine Eltern?", fragt er jetzt. „Konnten die da kein Licht drauf werfen? Geschwister hast du auch keine?"

Ein Schatten legt sich über Lucys Herz. Aber diese Frage war zu erwarten gewesen, daher fängt sie sich schnell wieder.

„Meine Eltern sind bei einem Autounfall ums Leben gekommen, als ich elf war", erläutert sie und hebt abwehrend die Hand, als Michi zu einer Entschuldigung ansetzen will. „Es ist okay, es ist so lange her und du konntest es ja nicht wissen. Jedenfalls sind die schon lange weg. Geschwister habe ich auch keine. Elfriede, also meine Tante, war die Schwester meiner Mutter und doch hatte ich nichts mit ihr zu tun. Selbst nach dem Tod meiner Eltern habe ich nie von ihr gehört und habe wie zuvor erwähnt auch ganz vergessen, dass es sie gibt. Sie wurde nie erwähnt. Großgezogen haben mich entfernte Verwandte in England und dort bin ich auch geblieben, als ich erwachsen war. In England, meine ich. Und jetzt bin ich hier."

Michi sieht sie verblüfft an. „Das heißt, du hast dein ganzes Leben in England aufgegeben, um wegen eines Erbes herzukommen? Du hättest das Haus doch auch verkaufen können. Davon hättest du vielleicht mehr gehabt. Und weniger Probleme. Nicht, dass ich mich nicht freue, dass du hier bist!", fügt er schnell hinzu.

Lucy lächelt verlegen. „Nein, das war nicht ganz der Grund, wieso ich mein Leben in London aufgegeben habe. Mein Freund und ich haben uns getrennt – und egal, wie viel Wahrheitstrunk du mir heute noch geben wirst, du wirst nicht mehr darüber erfahren. Jedenfalls war das der Auslöser, dass ich London verlassen wollte. Es wurde mir einfach alles zu viel dort, zu viele Erinnerungen und zu viel Schmerzhaftes. Aber ich wäre natürlich nie auf die Idee gekommen, nach Deutschland an den Tegernsee zu ziehen. Obwohl meine Eltern ursprünglich aus der Gegend um München herum kommen und wir bis zu ihrem Tod nicht weit von hier gelebt haben. Deswegen kann ich auch Deutsch. Ich habe immer versucht, die Sprache frisch zu halten, Bücher auf Deutsch zu lesen und so. Es fühlte sich wie das Einzige an, das mich noch mit meiner Familie verbindet. Aber wenn ich ehrlich bin, wäre ein Umzug nach Deutschland trotzdem das Letzte gewesen, das mir in den Sinn gekommen wäre. Ich wollte eigentlich nach Cornwall, in den Süden Englands, und dort ein Yogastudio aufmachen. Ein wenig Erspartes hatte ich ja. Und noch während ich in Cornwall nach einer geeigneten Lokalität suchte, ist Tante Elfriede gestorben und hat mir das Anwesen hier vermacht. Wenn ich ehrlich bin, habe ich das, glaube ich, immer noch nicht wirklich verarbeitet."

„Das kann ich mir vorstellen", beteuert Michi, der ihr gebannt zuhört und froh ist, im Moment keine anderen Gäste zu haben, die seine Aufmerksamkeit erfordern.

Auch Hannah nickt und sagt: „Die Geschichte ist wirklich schräg, vor allem wenn man Elfriede Wehrlauch kannte. So wie ich die eingeschätzt habe, hätte sie ihr Vermögen lieber irgendeiner obskuren Gesellschaft überlassen, als einer entfernten Nichte eine Freude zu bereiten. Sie schien mir nie der großzügige Typ zu sein, ganz im Gegenteil. Aber wer weiß, vielleicht habe ich mich ja getäuscht."

„Ja, vielleicht", grummelt Michi nachdenklich. „Vielleicht aber auch nicht. Was machst du denn jetzt?", fragt er wieder an Lucy gewandt. „Du gibst Yogastunden, ja?"

„Richtig", bestätigt Lucy. „Da ich selbst zweimal täglich Yoga mache, dachte ich, dass ich einfach andere teilnehmen lasse und so meine Geldbörse vielleicht vor dem totalen Ausbluten bewahren kann. Und damit wären wir wieder am Anfang unseres Gesprächs: auf meine ersten Schülerinnen", schließt sie und hebt ihr Glas, woraufhin es mit einem Windzug von der geöffneten Tür hinter ihnen ertönt: „Von denen eine sich hier gerade zum Mittrinken einfindet."

Lucy dreht sich um und sieht, wie Babs, ihre Schülerin vom Morgen, in der Tür ihre langen Haare ausschüttelt. Dann kommt sie zu ihnen rüber, wirft ihre Jacke über den

Barhocker und bestellt bei Michi ein Glas Wein: „Du weißt schon, diesen ganz speziellen."

Dann dreht sie sich zu Lucy um: „Wie schön, dich hier zu sehen. Ich dachte, ihr Yogamäuse wärt nur gesund und würdet keinen Alkohol trinken. Gut, dass du da anders bist. Ah, ich sehe – Michi hat dir seinen Wahrheitstrunk gegeben." Sie deutet auf die Flasche, die noch auf dem Tresen steht. „Das heißt, ich habe das Beste verpasst, ja? Oder kannst du es für mich nochmals zusammenfassen, Michi?"

„Kann ich nicht, das ist privat", neckt dieser sie. „Und wärst du, wie ursprünglich angekündigt, vor einer Stunde hier gewesen, dann hättest du auch alles mitbekommen. Ich kann dir nur sagen – geheimnisvoll ist es, wirklich geheimnisvoll. Erinnert mich an die Drei-Fragezeichen-Geschichten, die ich als Kind immer gehört habe. Was ist das Rätsel hinter dem großen Erbe und wer versucht, die Erbin zu boykottieren, um seine eigenen Interessen durchzusetzen? Sag nie wieder, dass es hier langweilig ist, Babs, ab sofort herrscht hier Hochspannung!"

„Oh Gott, ich sollte wirklich nicht zu viel von diesem Wahrheitswein trinken", stellt Lucy lachend fest. „Gibt es auch einen, der alles wieder auslöscht, was ich dir erzählt habe?"

„Das würde nichts bringen", teilt Babs ihr mit. „Michi hat solch eine wilde Fantasie, der würde sich seine eigenen Sachen zusammenreimen, egal ob sie auf Tatsachen beruhen oder nicht. Also, hör jetzt auf, diesen Fusel zu trinken und probiere mal den hier. Aber nicht zu viel. Du musst nämlich morgen fit sein, ich will wieder zur Stunde kommen. Hat gut getan heute Morgen!"

2

Am nächsten Morgen wacht Lucy mit einem leichten Kater, aber überraschend glücklich auf. Sie bleibt noch etwas im Bett liegen, um den Abend Revue passieren zu lassen. Vielleicht kann sie sich hier doch wohlfühlen? Gestern war zumindest das erste Mal, dass sie wirklich Spaß hatte, seit sie vor ein paar Wochen am Tegernsee angekommen ist.

Zu viel Spaß, stellt sie jetzt stöhnend fest, als sie ihren Kopf hebt und es sich anfühlt, als würde ihr Hirn von einer Seite zur anderen wabern. So viel Spaß, dass sie gestern am liebsten gar nicht in das große, leere Haus zurückgekehrt wäre. Aber schließlich müssen sie heute alle arbeiten, sie inklusive. Schwerfällig hievt sie sich aus dem Bett und streckt, anstatt eine Schmerztablette zu nehmen, den Kopf aus dem Fenster. Frische Luft ist für sie immer noch die beste Medizin. Sie schaut über den See, der spiegelglatt unter dem blauen, noch kühlen Frühlingshimmel ruht und erst in ein paar Stunden von den ersten Touristen auf Booten und Fähren bevölkert sein wird. Die Saison läuft langsam an, um dann bald zum Hochsommerspurt anzusetzen. Michi hat ihr gestern erzählt, dass er tagsüber die Fähre fährt, um sein Gehalt etwas aufzubessern und eines Tages seinen Traum von einer eigenen Wassersportschule verwirklichen zu können. Doch jetzt liegt der See noch jungfräulich da und Lucy bemerkt erstaunt, dass sie zum ersten Mal wirklich die Schönheit der Landschaft wahrnimmt. Vor ihr der große, klare See und um sie herum die Voralpen, die sanft und doch majestätisch in den Himmel ragen. Weiter oben sieht sie das Tegerngold liegen, das beste Hotel am Platz, in dem auch Babs arbeitet und welches der ganze Stolz der Einwohner hier ist.

Das schönste Fleckchen Erde – vielleicht haben sie ja gar nicht so unrecht. Wenn sie ihre finanziellen Sorgen mal beiseitelässt und einfach nur durchatmet, dann scheint wirklich alles okay zu sein. Langsam spürt sie ein Glücksgefühl in sich aufsteigen, das mit der Wärme der ersten Sonnenstrahlen konkurriert. Vielleicht sollte sie mal versuchen, im Moment zu leben, anstatt immer nur vorzupreschen. Vor allem von einer Yogalehrerin kann man das erwarten. Denn wenn sie dazu nicht in der Lage ist, dann nützt es auch nichts, dass sie ihre Beine gefühlt dreimal um den Hals wickeln kann. Dann hat Hannah recht und sie ist nicht mehr als ein Akrobat.

Der Gedanke an ‚Yogalehrerin' hat sie wieder in die Realität zurückgeholt und Lucy stellt erschrocken fest, dass ihre Stunde bald anfängt. Gerade noch genug Zeit, um unter die Dusche zu springen, sich schnell einen Pferdeschwanz zu binden, Yogaklamotten überzuwerfen und nach unten zu laufen.

Aber sie hätte sich gar nicht so zu beeilen brauchen, denn noch ist niemand da. Vielleicht wird auch niemand kommen, denn schließlich ist es von zwei Schülerinnen zu null kein weiter Weg. Und sie kann wirklich nicht erwarten, dass Babs und Emma von nun an jeden Morgen auftauchen werden. Denn wer außer ihr macht schon jeden Tag Yoga? Außerdem muss sie zugeben, dass es wirklich sehr früh ist, da liegen die meisten wahrscheinlich noch in ihren Betten. Doch Lucy nimmt sich vor, sich davon nicht aus der Fassung bringen zu lassen. Nicht mehr. Sie wird ihre Stunde für sich selbst durchziehen, komme, was wolle. Zudem ist es nicht so, als hätte sie sonst noch wahnsinnig viel anderes zu tun. Nur ihren Anwalt Christopher Bondi muss sie am Nachmittag treffen. Er möchte ihr ein Update bezüglich der Genehmigung geben und sie hofft inständig, dass sich etwas getan hat. Aber bis dahin hat sie frei und wird die Zeit nutzen, um sich zu bewegen und ihren Körper zu spüren. Das wird sie aus ihrem Gedankenkarussell herausholen.

Kaum hat sie diesen Entschluss gefasst, geht die Tür auf und Emma kommt herein – wie gestern schon mit diesem eigenartig gekrümmten Rücken und dem verhuschten Blick. *Wie gut, dass sie zum Yoga kommt, sonst wäre ein Buckel kaum zu verhindern*, denkt Lucy, bevor sie Emma herzlich begrüßt, die jedoch rückwärts fast wieder aus dem Raum taumelt.

„Entschuldigung", murmelt sie schüchtern. „Ist heute gar keine Stunde? Ich dachte, es gäbe jeden Tag Unterricht und da dachte ich, ich komme noch mal vorbei."

Sie wird knallrot und Lucy ahnt, dass sie sich am liebsten in Luft auflösen würde.

„Ich freue mich, dass du da bist, Emma", sagt sie und legt ihr beruhigend eine Hand auf den Arm. „Und selbstverständlich findet die Stunde statt. Wie du richtig sagst – jeden Tag um diese Uhrzeit. Aber ich habe ja gerade erst angefangen, da hat sich das Angebot sicherlich noch nicht herumgesprochen. Umso besser also, dass du da bist, so bekommst du auch noch Privatunterricht."

„Nein, nein", jetzt weicht Emma wirklich zur Tür zurück. „Ich möchte nicht alleine sein. Dann gehe ich lieber wieder."

Sie dreht sich um und will den Raum verlassen. Aber Lucy ist schneller und stellt sich ihr in den Weg.

„Halt, nicht so schnell. Willst du mich hier wirklich ganz allein lassen? Komm, ich bin doch froh, wenigstens eine Schülerin zu haben. Ich verspreche dir, es wird eine ganz leichte Stunde, nichts Anstrengendes. Du wirst dich hinterher wie neugeboren fühlen. Schau, ich mache doch jetzt ohnehin Yoga, dann mach doch einfach mit. Zu zweit macht es viel mehr Spaß. Bitte?", gibt sie fragend hinterher.

Sie sieht, wie Emma mit sich ringt, aber dann langsam wieder in den Raum zurückkehrt.

„Na gut", gibt sie leise nach, „aber nur, wenn ich wirklich nicht störe."

„Du störst ganz und gar nicht", versichert Lucy ihr. „Ganz im Gegenteil, ich hätte mich sonst recht einsam gefühlt."

Und so führen sie die Stunde gemeinsam durch und Lucy versucht, Emma die nötige Aufmerksamkeit zu schenken, ohne sie zu überfordern. Sie ist erneut erstaunt darüber, dass dieses schüchterne Mädchen sich überhaupt entschieden hat, zum Yoga zu kommen. Und das schon zwei Mal hintereinander. Wer weiß, wie lange das anhält?

Dann schüttelt sie grinsend den Kopf darüber, dass Babs trotz ihrer diversen Beteuerungen nicht aufgetaucht ist. Aber wenn sie ehrlich ist, hat sie das nach dem ganzen Alkoholkonsum gestern auch nicht erwartet.

3

Wenn Lucy geglaubt haben sollte, dass Emma schnell aufgibt, so hat sie sich getäuscht. Sie hat keine Ahnung, was für ein Dickkopf sich hinter Emmas schüchterner Fassade verbirgt und wenn Emma ehrlich zu sich ist, ist sie selbst überrascht darüber. Während sie nach ihrer unbeabsichtigten Privatstunde verschwitzt und fest in ihre Jacke gewickelt den Weg zum Tegerngold hochstapft, schüttelt sie erstaunt den Kopf. Sie hat noch nie in ihrem Leben freiwillig Sport gemacht. Nur den Schulsport, der war Pflicht, aber sie hat ihn jedes Mal von ganzem Herzen gehasst. Und natürlich war sie auch immer die Letzte, die in irgendein Team gewählt wurde. Die Teamkapitäne wurden so gut darin, in Sekundenschnelle zu kalkulieren, wer mit dem Aussuchen anfangen musste, damit er am Ende nicht an Emma hängenblieb, dass diese sich jedes Mal in Luft auflösen wollte. Seitdem hat sie Sport wie die Pest gemieden. Und glücklicherweise hat auch der Sport sie gemieden und sie seit der Schulzeit nie wieder belästigt. Bis jetzt. *Wie konnte es nur dazu kommen?*, fragt sie sich. Aber eigentlich weiß sie es genau. Sie erinnert sich ein bis zwei

Wochen zurück. Sie saß auf einer Bank am See, wusste wie so oft nichts mit sich anzufangen und plötzlich flog einer von Lucys Flyern vorbei, den jemand weggeworfen oder verloren haben muss. Mehr aus Langeweile als aus Interesse heraus ist Emma dem Flyer hinterhergehechtet, einfach nur, um etwas zu lesen zu haben. Sie überflog den Text zwar, aber zunächst war es für sie so, als hätte sie gerade etwas über eine Chirurgenkonferenz gelesen, mit der sie beim besten Willen nichts anfangen konnte. Genauso weit weg war Yoga für sie. Aber je länger sie auf den Zettel starrte, von dem ihr Lucys Gesicht entgegenlächelte und auf dem man Lucy in unterschiedlichen Yogapositionen in dem schönen, offenen Raum sehen konnte, umso mehr öffnete sich etwas in ihr. Langsam, ganz langsam, kam ein Gedanke hervor, der anfing, mehr und mehr Raum in ihr einzunehmen, um sie schließlich nicht mehr loszulassen.

Du könntest es auch mal probieren, sagte dieser Gedanke. *Du bist davon nicht ausgeschlossen. Und es ist kein Teamsport. Niemand wird sich schämen, mit dir in einer Gruppe zu sein. Du machst es einfach für dich selbst, dann hast du wenigstens etwas zu tun.*

Sie war regelrecht erschrocken über die Vorwitzigkeit dieser Vorstellung. Bislang hat in ihrem Leben ein Jahr genau dem nächsten geglichen. Kleine Dinge änderten sich natürlich, sie wurde etwas älter, es gab neue Sendungen im Fernsehen, aber sonst blieb eigentlich alles beim Alten. Sie arbeitet nun schon seit mehreren Jahren als Zimmermädchen im Tegerngold, glücklicherweise ein Job, bei dem sie nicht viel reden muss und auch nicht wirklich sichtbar ist. Denn sie ist nur in den Zimmern, wenn die Gäste raus sind. Ein Umstand, den sie sehr zu schätzen weiß. Dazu hat sie ihr kleines Zimmer, das den Angestellten vom Hotel zur Verfügung gestellt wird und Essen gibt es ebenfalls kostenlos. Was auch gut ist, bei ihrem eher dürftigen Gehalt. Und das ist bislang auch schon ihr Leben gewesen. Freunde hat sie nicht wirklich, eigentlich nie gehabt. Dafür unternimmt sie manchmal etwas mit ein oder zwei der anderen Zimmermädchen. Dies jedoch eher aus der Not als aus einem echten Bedürfnis heraus. Wenn sie ehrlich ist, mag sie Menschen nicht besonders, sondern ist lieber allein oder mit ihrem Fernseher in ihrem Zimmerchen. Und jetzt das – die Vorstellung, sich freiwillig unter Leute zu begeben und Sport zu treiben! Charakterferner könnte es nicht sein. Aber der Flyer hat sie einfach nicht losgelassen. Er hat es in ihren Rucksack geschafft und lag seither auf ihrem Nachttischchen, wo sie jeden Morgen darauf guckte und sich zumindest kurz fragte, ob dies wohl etwas für sie sein könnte. Jeden Morgen kam sie jedoch zu dem Schluss, dass dies Unsinn sei und Dinge wie Yoga für andere Menschen erfunden worden sind. Nicht für völlig unsportliche, schüchterne Zimmermädchen. Doch dann erwischte sie sich vor zwei Tagen dabei, wie sie eine Kollegin fragte, ob sie ihre Frühschicht gegen deren Spätschicht tauschen könnte. Die Kollegin war zwar nicht begeistert, aber willigte ein, denn schließlich hatte Emma noch nie um etwas gebeten und wenn sie mit so einer Bitte an einen herantrat, konnte man davon ausgehen, dass es wichtig ist. Und gestern hat sie dann wieder mit einer Kollegin getauscht, nur um heute erneut in aller Herrgottsfrühe im Yogastudio aufzutauchen und mit der Lehrerin allein zu sein! Allein! Hätte ihr das noch vorgestern jemand gesagt, so hätte sie denjenigen ausgelacht. Sie bei einer Privatstunde, das wäre undenkbar gewesen, absolut undenkbar. *Und offen gesagt ist es das noch jetzt*, sinniert sie, erstaunt über sich selbst, während sie die letzten Meter des Bergs hinaufsteigt und beim Tegerngold ankommt. Auch wenn Lucy versprochen hatte, dass es nicht anstrengend wird, so hat Emma doch recht stark geschwitzt, während Lucy nicht einen Schweißtropfen vergossen hat. Sie wird sich gleich unter die Dusche stellen. Und später muss sie ihre Mutter treffen. Davor graut es ihr schon. Aber vorher wird sie noch schnell zu ihrer Chefin gehen und diese bitten, sie von der Morgenschicht freizustellen und ihr stattdessen die Abendschicht und die Wochenenden zuzuweisen. Das wird kein Problem sein. Alle Zimmermädchen verabscheuen die Wochenendschichten. Da sind wesentlich mehr Gäste da, alles ist stressiger und es ist nun mal Wochenende, da wollen auch die Angestellten freihaben. Emma ist das egal. Solange sie arbeitet, hat sie wenigstens etwas zu tun. Wenn es nach ihr ginge, könnte sie das ganze Wochenende durchschuften. Aber die Vormittage, die will sie jetzt freihaben. Denn da ist Yoga angesagt. So lebendig wie heute hat sie sich lange nicht mehr gefühlt. Vielleicht noch nie. Ja, wahrscheinlich noch nie. Sie spürt, wie sich ein Lächeln auf ihr Gesicht legt.

4

Babs schaut aus dem Fenster und sieht zufällig, wie das Zimmermädchen, das gestern mit ihr beim Yoga war, den Berg in Richtung Hotel hinauf marschiert.

So früh schon draußen?, wundert sie sich und schaut auf die Uhr. Sie wird doch nicht etwa …? Doch, sie scheint wirklich wieder beim Yoga gewesen zu sein, das passt von der Zeit her genau.

Nun, wer hätte das gedacht? Babs ist ehrlich erstaunt, dass dieses verschreckte Reh so ein Durchhaltevermögen an den Tag legt. Babs hätte schwören können, sie nie wieder dort zu sehen. *Sagt die Richtige,* denkt sie sofort mit schlechtem Gewissen, als sie sich daran erinnert, wie sie Lucy gestern hoch und heilig versprochen hat, heute wiederzukommen. Sie hatte auch ein bisschen Mitleid mit ihr, nachdem sie gestern nur zu zweit waren. Da fühlt man sich verpflichtet. Zudem muss sie zugeben, dass etwas Sport ihr auch wirklich guttun würde. Sie kneift sich in die Seite und befindet, dass dort definitiv zu viel Speck ist. Diese Lucy hingegen, die hat eine Figur, für die man sterben könnte. Sie selbst, Babs, hat einen dieser undankbaren Körper, der sofort Fett ansetzt, sobald sie auch nur einen

Gedanken ans Essen fasst. Glücklicherweise nimmt sie immer zuerst am Busen zu, aber der Rest folgt gleich hinterher. Und während sie zwar gerne wandern geht, hilft das beim Abnehmen auch nicht wirklich. *Ich sollte einfach weniger essen*, stellt sie in Gedanken fest, um es gleich im Anschluss auf ihre Gene zu schieben. Die griechischen Gene, die irgendwie mehr als die westeuropäischen die Tendenz haben, Fett zu deponieren und es auf Gedeih und Verderb nicht mehr loszulassen. Man weiß ja nicht, wann wieder schlechtere Zeiten kommen, da sorgt man besser vor! Also wird sie jetzt diesem Yoga eine Chance geben, schaden kann es auf keinen Fall. Und Lucys Studio liegt für sie wirklich günstig, gleich am See, wenn man vom Tegerngold herunterkommt. Praktischer geht es kaum. Außerdem mag Babs Lucy. Sie fand sie gestern Morgen schon nett, was für Babs nicht selbstverständlich ist. Sie mag nicht jeden. Da ist sie wählerisch und stolz drauf. Und noch sympathischer wurde die Yogalehrerin ihr dann, als sie sich abends sogar als adäquate Trinkkumpanin entpuppte. Vor allem hat Babs es genossen, mal wieder Großstadtcharme zu kosten. Aber sie ist sich sicher, dass Lucy den nicht lange wahren wird. Dieses Kaff hier saugt jedem das Flair aus. Babs erinnert sich an die Zeit zurück, als sie aus Athen hierherkam und wie kosmopolitisch sie sich damals noch fühlte. Aber zack, bumm, gib dem Ganzen ein oder zwei Jahre und dann ist alles an Großstadt wie weggewischt und sobald man auch nur nach München zum Shoppen fährt, fühlt man sich wie eine Landpomeranze, die sich in die große, weite Welt verirrt hat. Apropos Landpomeranze: Selbst diese Hannah mit ihren schrecklichen roten Haaren scheint ganz sympathisch zu sein. Babs war erstaunt, wie trinkfest die ist. Vielleicht kann man mit ihr doch etwas anfangen. Und der Kaffee bei ihr ist der beste im Ort, so viel steht fest.

Sie schaut noch mal auf die Uhr und sieht, dass ihre

nächste Massage erst in einer Stunde beginnt. Zeit genug, um runterzulaufen und Lucy ihre Hilfe anzubieten. Es ist schlimm genug, dass sie sie heute Morgen hat sitzen lassen. Das kann sie jetzt wiedergutmachen. Babs steckt den Kopf aus dem Fenster, um die Temperatur zu fühlen und ist aufs Neue dankbar, bei den Angestelltenzimmern den Joker gezogen und einen Raum mit Seeblick ergattert zu haben. Von der Aussicht kann sie normalerweise nicht genug bekommen. Aber jetzt stellt sie nur kurz fest, dass es trotz des Frühlingsbeginns noch recht kühl ist, zieht sich eine leichte Daunenjacke über und läuft den Berg nach unten zu Lucys Anwesen.

Hoffentlich ist sie überhaupt da!, denkt sie. Aber diese Sorge erweist sich als unbegründet, denn Lucy sitzt in ihrem Garten und genießt offenbar die ersten warmen Sonnenstrahlen des Jahres.

„Guten Morgen", ruft Babs ihr zu.

„Guten Morgen", ruft Lucy zurück und scheint sich wirklich zu freuen, Babs zu sehen. „Was machst du denn hier unten? Was hat dich aus deinem Schloss heruntergebracht, Aschenbrödel?"

Babs lacht. „Das schlechte Gewissen, um ehrlich zu sein. Dass ich heute Morgen zu verkatert war, um zur Stunde zu kommen, obwohl ich es doch gestern beim Abschied so laut verkündet habe."

Jetzt muss auch Lucy lachen. „Babs, ich bitte dich, versprich mir, dass du dich meinetwegen niemals stressen wirst. Du kommst zum Yoga, wenn und wann du Lust hast und sonst nicht. Das musst du lediglich mit dir selbst ausmachen, nicht mit mir. Außerdem war heute immerhin Emma schon wieder da und es ist ohnehin außergewöhnlich, jeden Tag Sport zu treiben. Aber es schadet natürlich nicht, ganz im Gegenteil. Ich freue mich jedenfalls immer, dich zu sehen.

Also sag, was verschafft mir die Ehre? Nur das schlechte Gewissen?"

„Nicht nur das. Ich habe eine Idee", antwortet Babs und strahlt. „Wir haben doch oben im Tegerngold all diese stinkreichen Leute, die den ganzen lieben Tag nichts anderes zu tun haben, als rumzumotzen. Darin sind sie Weltklasse. Und wenn sie nicht motzen, dann lassen sie sich von mir durchkneten. Das erlöst sie ein wenig von dem Stress, sich in dieser Luxusabsteige bedienen lassen zu müssen. Einige von ihnen wandern zwar pro forma ein paar Stündchen, aber dann kannst du darauf wetten, dass sie schnell wieder auftauchen, mit Blasen an den zarten Füßchen, weil sie ihre Wanderschuhe vorher nicht eingelaufen haben. Oder gar mit einem verstauchten Knöchel, weil sie es für eine gute Idee hielten, die Berge in Turnschuhen zu erklimmen. Im Sommer sind besonders bei den Düsseldorferinnen auch Flip-Flops sehr beliebt und die ein oder andere Russin scheint es ganz normal zu finden, in Absätzen den Berg hinaufzustöckeln. Gehört alles zum Alltag hier. Es gibt nichts, was ich noch nicht gesehen hätte. Deswegen hängen viele das Wandern schnell wieder an den Nagel und kommen stattdessen zu uns ins Spa. Das ist zum einen sicherer und zum anderen nicht so anders als die Spas in Moskau oder in Düsseldorf. Da fühlen sie sich dann wie zu Hause."

Lucy muss grinsen. Babs scheint ganz in ihrem Element zu sein und hat sich regelrecht in Rage geredet.

„Aber selbst diese Damen", fährt sie fort, „können nicht den ganzen Tag im Spa rumhängen. Ein bisschen was müssen sie schon selbst für sich tun, damit ihre reichen Männer nicht bald ein jüngeres Exemplar aus dem Hut ziehen. Wir haben oben jedoch nur ein dröges Fitnessstudio, das wirklich niemanden beeindruckt und da kam mir die Idee, dass Yoga doch genau das Richtige für unsere verwöhnten weiblichen Gäste ist! Das ist das, wonach sie alle lechzen und dann können sie sich für ihre alten Säcke schön flexibel halten! Also los, gib mir schnell ein paar Flyer, die werde ich bei uns im Spa auslegen. Bald wirst du dich vor Schülerinnen kaum mehr retten können! Es besteht lediglich die Gefahr, dass du die Kurse neben Deutsch auch auf Englisch anbieten musst. Russisch kannst du nicht, nehme ich an?"

„Mit Russisch kann ich leider nicht dienen", bestätigt Lucy. „Deutsch und Englisch sind hingegen beides meine Muttersprachen, gar kein Problem. Aber bekommst du keinen Ärger, wenn du meine Flyer bei euch auslegst?"

„Ein bisschen Ärger vielleicht", sagt Babs und grinst. „Vom schönen Alex, das ist der Inhaber. Doch das nehme ich gerne in Kauf und er muss es erst einmal mitbekommen. Denn ins Spa kommt er ziemlich selten. Und meine Chefin mag mich. Für die wird es in Ordnung sein."

„Okay", gibt Lucy zögerlich nach. „Da sage ich natürlich nicht Nein, aber geh bitte kein Risiko ein. Und sag mir noch kurz: Wieso sprichst du eigentlich so einwandfrei deutsch? Ich dachte, du bist Griechin?"

„Griechischer Vater, deutsche Mutter", gibt Babs zurück. „Leider sind seine Gene bei mir durchgeschlagen. Die, die so gerne Fett ansetzen. Also, ich muss los, komm schon, gib mir einen ganzen Stapel, ich bringe in der Weinbar auch noch welche vorbei."

Und damit flitzt sie mit den Flyern ausgestattet wieder den Berg hinauf. Lucy schüttelt lächelnd den Kopf. Was für ein Wirbelwind!

5

So schön der Tag mit Babs' Besuch auch begonnen hat, so unangenehm geht er für Lucy weiter. Sie muss ihren Anwalt Christopher Bondi treffen, da führt kein Weg dran vorbei.

„Lucy, sei dankbar", sagt das imaginäre Engelchen auf ihrer Schulter. „Schließlich ist er der Einzige, dem es wirklich wichtig ist, dass dein Hotel das Licht der Welt erblickt. Da kann man ihm schon ein bisschen Wertschätzung entgegenbringen."

„Hach ja, das schon", seufzt das Teufelchen auf der anderen Schulter, „aber muss er denn so eklig sein? Die schwulstigen Lippen zum Beispiel. Einfach fürchterlich."

Leider muss Lucy ihrem Teufelchen recht geben. Schwulstige Lippen sind etwas, das sie bei Männern noch nie leiden konnte. Und dann noch diese fahle Haut und der Wohlstandsspeck, der sich an seinem Bauch und unterm Kinn abzeichnet.

„Außerdem hat er breite Hüften", stimmt Teufelchen enthusiastisch über ihre Zustimmung ein. „Ein absolutes No-Go bei Männern!", urteilt es bestimmt.

„Er ist dein Anwalt und soll ja nicht gleich dein Lover werden", meldet sich das Engelchen wieder. „Da ist es doch egal, welchen Umfang sein Bauch und seine Hüften haben."

Ich weiß, ich weiß, jetzt seid endlich ruhig, denkt Lucy resigniert, und bringt die beiden damit überraschend schnell zum Schweigen. Aber ihr Teufelchen hat schon recht. Wenn Bondi sie wenigstens nicht immer mit diesem schmachtenden Dackelblick angucken würde. Das macht sie fast wahnsinnig. Und jagt ihr jedes Mal einen Schauer über den Rücken. Und zwar nicht einen von den guten. Wenn sie ehrlich ist, gibt sie Hannah recht. Christopher Bondi scheint tatsächlich ein Interesse an ihr zu haben, das über das rein Berufliche hinausgeht. Einerseits ist das durchaus praktisch, denn so scheint er immer Zeit für sie zu haben. Außerdem bildet sie sich ein, dass er deswegen auch ein besonderes Interesse daran hat, ihre Genehmigung durchzuboxen – schließlich möchte er ja wohl, dass sie am Tegernsee bleibt. Aber andererseits widert es sie an. Sie kann dieses Schleimige nicht ausstehen. Dazu kommt, dass er immer von oben herab auf sie einredet. Typisch Anwalt halt, der alles besser weiß. Nur Ärzte können das ihrer Erfahrung nach noch besser.

Und schon steht sie vor dem goldenen Schild mit Christopher Bondis Namen drauf und drückt entschlossen auf die Klingel.

Für ihr Chalet!

Kurz darauf steht der Anwalt in der Tür und weitet seine Arme.

„Lucy, was für ein Lichtblick an diesem trüben Tag. Wenn du wüsstest, womit ich mich hier permanent herumschlagen muss." Er lacht übertrieben und versucht wie immer, sie kurz in die Arme zu schließen. Lucy ignoriert den Annäherungsversuch und streckt ihm stattdessen die Hand hin.

„Herr Bond ... äh, Christopher, hallo, schön dich zu sehen."

„Hahaha, Herr Bond, das gefällt mir. Manchmal fühle ich mich hier tatsächlich ein wenig so, als müsste ich die Welt retten. All die Leute, die mit ihren Problemen zu mir kommen. Aber dafür ist Bond ja da, Christopher Bond!". Er ist ganz begeistert von seinem kleinen Wortspiel und fährt fröhlich fort: „An das ‚Du' hast du dich noch nicht ganz gewöhnt, was? Dabei duzt ihr in England doch jeden. Außerdem solltest du geschmeichelt sein. Ich biete schließlich nicht jedem meiner Mandanten an, mich beim Vornamen zu nennen, das kannst du mir glauben. Nein, die meisten halte ich auf gesunder Distanz. Aber Lucy Davenport, die ist etwas ganz Besonderes, eine Mandantin, für die ich nicht nur Juristisches erledige, sondern ohne Murren auch Baumaterial beschaffe."

Bislang erfolglos, aber dafür mit fetten Rechnungen unterlegt, denkt Lucy, legt jedoch ihr süßestes Lächeln auf. Gleichzeitig wundert sie sich über sich selbst. Was macht sie hier? Wieso pflastert sie sich dieses Kleinmädchenlächeln ins Gesicht, als wollte sie ihn bezirzen? Kein Wunder, dass er auf falsche Gedanken kommt.

Aber das Lächeln bleibt, wo es ist, und während der Anwalt sie in den Besprechungsraum führt, sagt sie mit einer weichen Stimme, die sich sogar in ihren eigenen Ohren fremd anhört: „Das weiß ich auch sehr zu schätzen, Christopher, und ich danke dir dafür. Ich weiß nicht, was ich ohne deine Unterstützung machen würde. Aber wir benötigen bald Fortschritte. Die paar Yogastunden, die ich anbiete, zahlen gerade mal meinen Kaffee. Alles andere geht an mein Erspartes. Das Hotel muss wirklich einmal mal Realität werden."

„Das weiß ich doch, das weiß ich doch, liebes Kind", sagt er und tätschelt ihre Schulter. Sie kann es gerade noch unterdrücken, sich zu schütteln. „Aber wie du weißt, mahlen nicht nur die Mühlen der Justiz langsam, sondern alle Mühlen am Tegernsee. Das ist hier schließlich ein Urlaubsort."

„Aber das kann doch nicht sein", bemerkt Lucy zunehmend verzweifelt. „Das ist doch nicht nur ein Urlaubsort, sondern hier leben und arbeiten doch auch Menschen. Genau das, was ich auch gerne tun würde. Nur lässt man mich nicht."

„Doch, sicher lässt man dich", widerspricht Bondi ihr. „Arbeiten darfst du schon. Deshalb kannst du deine Yogastunden geben, das ist doch positiv, nicht?" Dabei lächelt er sie gönnerhaft an. Er will ihr wieder die Schulter tätscheln, aber diesmal gelingt es ihr, sich rechtzeitig wegzudrehen.

„Das ist besser als nichts, ja, aber ich muss auch mit den anderen Sachen langsam loslegen. Gibt es irgendwelche Neuigkeiten? Sind wir weiter mit der Baugenehmigung? Und haben wir Material bekommen? Das ist das, was mich am meisten erstaunt. Dass die Behörden langsam arbeiten, das scheint ein weltweites Phänomen zu sein. Aber es kann doch nicht sein, dass man kein Baumaterial bekommt. Das ist doch hier nicht irgendein Brachland. Wir sind am Tegernsee, wo Überfluss ohne Ende herrscht. Wie nennen die Münchner das hier? Lago di Bonzo. Überall ist Überfluss, Überfluss, Überfluss. Nur mein Baumaterial bleibt wie von Geisterhand verschwunden. Dabei könnte ich selbst ohne die Baugenehmigung schon so viel machen. Alles, was nicht genehmigt werden muss, könnte ich renovieren und ausbessern."

„Ja, ich weiß, es sind einfach viele im Urlaub", gibt Bondi zurück. „Ich versuche wirklich alles, das verspreche ich dir."

„Im Urlaub?", hackt Lucy ungläubig nach. „Jetzt, im Mai?"

Langsam hat sie das Gefühl, auf den Arm genommen zu werden.

„Ja, natürlich jetzt im Mai. Bevor die Saison zu Hochtouren aufläuft, versuchen alle noch mal, sich zu erholen. Denn danach ist hier monatelang die Hölle los", belehrt Bondi sie und sie ist sich nicht sicher, ob er nicht doch Scherze macht.

„Na ja, das gilt vielleicht für die Tourismusbranche", gibt sie zurück. „Obwohl es auch jetzt schon vor Touristen brodelt. Aber die Baubranche? Es sollte doch bis zum Sommer alles fertig gebaut und renoviert sein, oder? Nicht mein Hotel natürlich, das ist die Ausnahme", fügt sie frustriert hinzu. „Das kann ich mir für diesen Sommer abschreiben, das ist mir schon klar. Aber es wäre wichtig, dass die Arbeiten wenigstens bald anfangen können, damit ich nächstes Jahr voll durchstarten kann. Aber gut, das sind ja keine Neuigkeiten für dich. Das haben wir schon hundertmal durchgekaut. Und zum hundertsten Mal drehen wir uns im Kreis."

Allmählich verliert Lucy wirklich die Geduld.

„Ja, ich weiß und ich verspreche, ich tue, was ich kann", beteuert Bondi und hebt abwehrend die Hände. „Das Beste ist, sich den Gegebenheiten hier anzupassen und nicht zu versuchen, die Dinge auf Teufel komm raus durchzudrücken. Das wird gar nicht gern gesehen, vor allem nicht, wenn es von jemandem kommt, der hier nicht heimisch ist. Selbst wenn es eine so wundervolle Person wie Lucy Davenport ist."

Lucy würde am liebsten demonstrativ die Augen verdrehen, aber sie hält sich zurück. Sie braucht Christopher Bondi noch.

„Also bin ich heute wieder umsonst hergekommen", bemerkt sie und blickt enttäuscht zu Boden. Es wäre einfach schön, mal gute Neuigkeiten zu erhalten."

„Na, doch hoffentlich nicht ganz umsonst", antwortet Bondi mit gönnerhaftem Grinsen, „schließlich ist es immer eine Freude, wenn wir uns sehen."

Lucy lässt die Aussage unkommentiert und fragt stattdessen:

„Darf ich dir etwas anvertrauen?"

Bondis Augen funkeln.

„Und ob du das darfst. Ich bin schließlich dein Anwalt. Bei mir sind deine Geheimnisse in guten Händen." Er zwinkert ihr verschwörerisch zu und Lucy windet sich innerlich.

„Ob es wirklich ein Geheimnis ist, weiß ich nicht", gibt sie zurück, „aber ich habe da so einen Verdacht und bin mir nicht sicher, ob ich paranoid bin. Daher ist es mir etwas peinlich, das auszusprechen."

„Was für einen Verdacht?", will Bondi wissen. Sein Blick ist jetzt wachsam.

Er sieht aus wie eine Schlange, die zum Angriff ansetzt, denkt Lucy, bevor sie ihn aufklärt: „Na ja, ich weiß nicht, aber manchmal habe ich fast das Gefühl, als ob ich boykottiert würde."

„Boykottiert?"

„Ja, boykottiert. Von den Menschen hier. Schau, es kann doch nicht sein, dass ich die Einzige bin, die kein Baumaterial bekommt. Keine Parkettböden, keine Pflastersteine, kein Holz, nichts! Ich sehe überall Lastwagen herumfahren, die Material zu anderen Baustellen karren. Das Tegerngold zum Beispiel ist dabei, anzubauen und ständig gondeln Lastwagen mit Material an meinem Haus vorbei. Ohne Übertreibung: den ganzen Tag! Von wegen, die sind im Urlaub. Also kam mir der Verdacht, dass es diesem Alex vom Tegerngold vielleicht nicht passt, dass ich auch ein Hotel aufmachen will. Auch wenn es wesentlich kleiner als seines wird – *wesentlich* kleiner! – kann es doch trotzdem sein, dass es ihm stinkt. Wir befinden uns schließlich auf einer Luftlinie, auch wenn er auf dem Berg ist und ich am See. Aber weit entfernt ist es nicht. Und jetzt überredet er vielleicht alle, dass sie mich nicht unterstützen sollen und gibt ihnen stattdessen die Aufträge.

Ich weiß, das hört sich absurd an, aber es ist ein Gedanke, den ich hatte. Oder es ist jemand, der meine Tante nicht leiden konnte. Davon scheint es hier genug zu geben. Und jetzt will diese Person nicht, dass ihre Nichte sich am Tegernsee niederlässt und hetzt alle gegen mich auf."

Bondi lacht schallend.

„Ganz so absurd sind diese Gedanken leider nicht, liebe Lucy. Deine Tante war wirklich eine ganz schöne Furie. Ich war auch ziemlich enttäuscht, dass sie ihr Testament nicht mir anvertraut hat, sondern es stattdessen bei irgendwelchen Anwälten in München hinterlegt hat. Das war offen gestanden ein Schlag ins Gesicht, schließlich erledige ich hier fast alle juristischen Dinge für die Einwohner. Zumindest, wenn dieser naseweise Marcel Monti sich nicht einmischt."

Bondi und Monti, denkt sich Lucy. Wie lustig, so heißt Marcel also. Und gleichzeitig öffnet sich ihr Herz für den jungen, hübschen Anwalt, der immer bei Hannah im Café sitzt. Wie viel lieber würde sie die Dinge mit ihm besprechen. Aber Bondi hat schon recht. Er ist es, der die meisten Angelegenheiten für die Einwohner hier erledigt und wenn er nicht weiterkommt, wird Marcel es auch nicht.

„Jedenfalls", fährt Bondi fort und zwei Speichelspritzer fliegen über den Tisch, an dem sie sich mittlerweile in sicherer Entfernung voneinander niedergelassen haben, „ist der Gedanke alles andere als absurd. Doch so viele Feinde deine Tante auch hatte, Lucy – eigentlich war sie nur mit der alten Schrobel befreundet – so wage ich doch zu bezweifeln, dass das Motiv hier Rache ist. Da ist dein Verdacht mit dem arroganten Alex von Meyenhofen schon weitaus begründeter."

Vor lauter Aufregung folgen ein paar weitere Speicheltröpfchen.

„Ich bin Herrn von Meyenhofen noch nie begegnet",

klärt Lucy ihn auf und ist froh, dass der Tisch so breit ist. „Aber Sinn macht das schon, oder?"

„Allerdings, allerdings." Bondi nickt eifrig. „Lass mich ein paar Recherchen anstellen und ich melde mich bei dir, sobald ich mehr weiß. Und, Lucy, da du schon einmal hier bist, muss ich es dir nicht extra schicken. Hier ist die neue Rechnung, die kannst du gleich mitnehmen. Und du weißt, Zahlungsziel ist dreißig Tage, es eilt also nicht."

Damit steht er auf, kommt um den Tisch herum, tatscht Lucy noch zweimal auf die Schulter und begleitet sie dann zur Tür. Draußen reißt Lucy sofort die Rechnung auf und muss beim Blick auf den Betrag schlucken. Tränen steigen ihr in die Augen. Das ist mehr, als sie in London in einem Monat als Yogalehrerin verdient hat. Wie soll sie das nur alles schaffen?

6

Am Tag nach ihrem Besuch bei Bondi ist Lucy mal wieder dabei, ihren Vorgarten auf Vordermann zu bringen, als sie auf der Straße vertraute Stimmen vernimmt.

Oh nein, bitte nicht, denkt sie, aber es ist zu spät, um ins Haus zu fliehen. Also schaut sie auf und pflastert sich ein tapferes Lächeln ins Gesicht.

„Herr Schrobel, guten Morgen", sagt sie höflich. „Oh, und Frau Schrobel, Ihnen beiden einen guten Morgen!"

Das Dreamteam, schießt es ihr durch den Kopf, während Frau Schrobel sie abfällig von oben bis unten mustert. Dann kommt ein Grunzen über ihre Lippen, das man mit sehr viel gutem Willen als Gruß bezeichnen könnte. Mehr kann Lucy von ihr nicht erwarten. Und das, obwohl sie die einzige Freundin ihrer Tante gewesen ist. Dafür ist ihr Mann wie immer umso jovialer.

„Guten Morgen Lucy, was für ein wunderschöner Tag. Wie ich sehe, versuchst du, dein Grundstück ein wenig zu verschönern. Wenn das mal keine vergebliche Liebesmüh ist, junge Dame, wenn das mal keine vergebliche Liebesmüh ist!"

Wie immer wiederholt er sich gerne. Lucy würde ihm am liebsten in nicht sehr Yoga-mäßiger Manier eine schallern. Wie schafft der Mann es nur, sie in kürzester Zeit so in Rage zu bringen? Da führt er seine übliche Leier auch schon fort:

„Du weißt ja, was ich denke und du solltest wirklich auf den guten alten Schrobel hören, mein Kind. Der weiß, wovon er spricht. Also, wenn du mich fragst, reiß den alten Kasten einfach ab. Das hat doch alles keinen Sinn. Hast du eine Vorstellung davon, was da für eine Arbeit auf dich wartet? Glaub mir, du wirst aus dem Renovieren nicht mehr rauskommen, sobald du einmal angefangen hast. Ich weiß, wovon ich spreche", wiederholt er, damit seine Aussage ja bei Lucy ankommt.

Na ja, als Bauunternehmer wirst du wohl wenigstens das wissen, denkt Lucy und fragt sich nicht zum ersten Mal, wie es kommt, dass Sigmund Schrobel sie wie selbstverständlich duzt und bei ihrem Vornamen nennt, während sie ihn immer mit einem Anflug von Respekt siezt. Das Einzige, das ihr eine gewisse Genugtuung verleiht, ist, dass sie ihn und seine Frau in Gedanken jetzt ‚Schrott' statt Schrobel nennt. Diese Idee hat sie von dem netten Michi, der den beiden wohl schon vor langer Zeit diesen Spitznamen verpasst hat. Nur hinter deren Rücken natürlich. Lucy hat sich jedoch in kürzester Zeit so daran gewöhnt, dass sie aufpassen muss, die beiden nicht laut so zu nennen. Jedenfalls würde sie sich eher die Zunge abbeißen, als mit diesem Ekel auf Du zu sein. Trotzdem lächelt sie tapfer weiter.

„Ich weiß ja mittlerweile, dass das Ihre Meinung ist, Herr Schro ..., äh Schrobel, aber ich kann dieses wunderschöne Haus unmöglich abreißen. Schauen Sie sich doch dieses alte, wundervolle Holz an. Es lebt förmlich. Und wie die Rosen daran hochklettern. So etwas gibt es doch heute fast nicht mehr. Und dann diese Fenster und Türen, das hat Charakter, echten Charakter. Wie kann man bloß auf die Idee kommen, so etwas abreißen zu wollen?"

„Ja, ja, ich weiß, ihr jungen Mädchen mit euren romantischen Vorstellungen. Verwunschene Gebäude und Kletterrosen. Kommst dir wohl vor wie ein Burgfräulein, was?"

Dabei lacht er so sehr über seinen eigenen Witz, dass er sich verschluckt und einen Hustenanfall bekommt, bei dem sich ein wahrer Regen aus Spucke über Lucy ergießt. Erst Bondi mit seinem Speichel, jetzt der Schrott mit seinen Bazillen. Sie hat wirklich langsam genug von den beiden. Bevor sie sich jedoch in Sicherheit bringen kann, ist der Bazillenangriff auch schon vorbei und sein Initiator fährt fort: „Im Sommer ist es vielleicht noch ganz nett, aber im Winter wirst du das Haus nicht warm bekommen, da wird dir die Romantik schnell vergehen. Dass ihr jungen Leute nicht gelernt habt, mal aufs Geld zu schauen. Das Haus wird sämtliche Ersparnisse auffressen, die du im Moment noch haben magst. Da kannst du sie auch gleich in den Gully werfen. Hier, da vorn ist einer. Also, rein mit dem Schotter", fordert er sie lachend auf, um dann wieder ein ernstes Gesicht aufzusetzen. „Ich mache dir das Angebot jetzt noch einmal, gewissermaßen unter Freunden, da ich ein gutes Herz habe: Ich würde in Erwägung ziehen, dir das Grundstück abzukaufen. Zu einem fairen Preis natürlich. Sehr viel wert ist es nämlich nicht. Ich weiß zwar noch nicht genau, was ich damit anfangen würde, aber mit etwas Mühe würde mir schon etwas einfallen. Dann hättest du ausreichend Geld, um dir eine schöne Zeit in München oder in einer anderen Großstadt zu machen und müsstest nicht hier am Tegernsee versauern. Das ist doch nichts für junge Leute hier. So ein hübsches junges Ding wie du muss sich doch vergnügen."

Lucy läuft es kalt den Rücken runter. Der Typ ist so widerlich.

Trotzdem nickt sie freundlich und antwortet: „Ich weiß

Ihr Angebot sehr zu schätzen, Herr Schrobel, und wie schon erwähnt, werde ich vielleicht mal darauf zurückkommen. Aber im Moment bin ich nicht bereit, zu verkaufen. Das hier ist mein Erbe und ich will zumindest versuchen, das Beste daraus zu machen. Sollte sich etwas ändern, so lasse ich Sie es wissen."

„Schönes Erbe", knurrt Schrobel und dreht sich dann mit seiner Frau um, um seinen Weg fortzusetzen. Seine Jovialität ist wie jedes Mal nach ihren Gesprächen verflogen.

Sobald er weg ist, verschwindet das Lächeln auch aus Lucys Gesicht. Der Schrobel hat leider recht, das Haus frisst schon jetzt ihr ganzes Geld auf. Und das Schlimmste ist, es ist kein Ende abzusehen.

LUCY SEUFZT UND BESCHLIESST, bei Hannah im Café etwas trinken zu gehen. Sie muss sich von ihren trüben Gedanken ablenken. Hannahs Café war von Anfang an ihr Lichtblick am Tegernsee und durch ihre fast täglichen Besuche dort, sind die beiden gute Freundinnen geworden.

Kurz darauf steht sie auch schon vor der kleinen, süßen Konditorei und sieht Hannah darin herumwirbeln. Lucy ist jedes Mal wieder begeistert, mit welcher Leidenschaft und Liebe ihre Freundin das Café führt. Es sind nur wenige Gäste da, aber wie immer sitzt dort der Stammgast Marcel, von dem sie jetzt weiß, dass er mit Nachnamen Monti heißt und der ihr so viel sympathischer ist als der fürchterliche Bondi. Marcel hat ein so kleines Büro und so wenige Mandanten, dass er lieber in Hannahs Café arbeitet, als allein in seinem Kämmerlein zu hocken, wie er gerne sagt. Lucy tut er irgendwie leid und sie fühlt sich ein wenig schuldig, dass sie ihr ganzes Business Christopher Bondi gibt, anstatt auch den jungen Anwalt zu unterstützen. Aber sie braucht einfach jemanden, der gut vernetzt ist und genug

Macht hat, etwas zu bewegen. Und dies sollte eigentlich Bondi sein.

Doch selbst er mit all seinem Einfluss kriegt nichts hin, denkt Lucy noch, bevor sie schwungvoll die Tür öffnet und ihr der köstliche Duft selbst gebackenen Kuchens entgegenweht. Sobald sie das Café betritt, überkommt sie ein Gefühl der Geborgenheit und sie könnte sich gleich hinlegen und wegdösen. Stattdessen umarmt sie ihre Freundin herzlich.

„Wie wundervoll es hier wieder riecht", bemerkt sie lächelnd. „Ich glaube, ich brauche heute etwas Süßes. Der Schrott und seine Frau konnten mich mal wieder nicht in Ruhe lassen. Das Schlimmste ist, dass das, was er sagt, auch noch stimmt!"

„Ach was, mach dir doch nichts aus denen", tröstet Hannah sie. „Das hast du gar nicht nötig. Jetzt iss erst einmal etwas, das wird dich alle Sorgen vergessen lassen. Marcel hatte schon drei Muffins", flüstert sie kichernd und schaut zu dem jungen Anwalt hinüber. „Wie gut, dass er so einen guten Metabolismus hat, sonst wäre er längst fett wie der Schrott."

„Nicht nur einen guten Metabolismus, sondern auch ein ausgesprochen gutes Gehör", kommt es umgehend von Marcels Tisch. „Du wärst keine gute Anwältin geworden, Hannah, so locker wie du mit der Schweigepflicht umgehst. Mein Muffinverzehr geht selbst die gute Lucy nichts an, beziehungsweise besonders Lucy nicht, mit ihrem Fitnessstick und der absolut fettfreien Figur."

„Das mit dem fettfrei werden wir sofort ändern, Marcel. Ich nehme mir jetzt das kalorienreichste Stück Kuchen, das Hannah zur Verfügung hat. Und werde es in einem Happs verschlingen. Von wegen bewusstes Kauen und Genießen, das kann mich heute mal kreuzweise. Du siehst also, ich kann auch anders."

Marcel lächelt sie an.

„Hannah hat recht, du solltest dich vom Schrobel und

seiner Frau nicht so irritieren lassen. Sie sind nicht glücklich, wenn sie den Leuten nicht auf den Geist gehen können. Ignoriere sie einfach."

„Leichter gesagt als getan", murmelt Lucy und fragt ihn dann mit vollem Mund: „Sag mal Marcel, du sitzt hier immer so allein im Café, willst du nicht mal mit uns in die Weinbar kommen? Das kann doch nicht gesund sein, den ganzen Tag nur Paragrafen zu wälzen."

„Nett von dir, Lucy", erwidert Marcel. „Aber im Moment habe ich so viel zu tun, da gehe ich abends nicht viel aus. Es sind zwar alles nur kleine Aufträge, aber damit halte ich mich über Wasser und das will ich nicht vermasseln. Außerdem vertrage ich Alkohol nicht so gut, bei mir ist dann immer gleich der nächste Tag gelaufen."

„Verstehe", gibt Lucy zurück und leckt sich den Zuckerguss von einem Finger ab, „aber ich hoffe, du weißt, die Einladung steht. Und die Einladung zum Yoga sowieso. Doch da musst du bezahlen."

„Und hier wirst du auch bald Miete zahlen müssen, wenn du mein Café ständig als Büro missbrauchst", schaltet sich Hannah ein. „Wie sollen die Leute ihre Leckereien genießen, wenn überall graue Akten herumliegen?"

Dann zwinkert sie ihm zu.

„Ist nicht so gemeint, weißt du ja. Du kannst jederzeit hier sitzen. Es ist für mich auch schön, nicht so allein zu sein. Aber nimm dir doch bitte zumindest mal jede Stunde mindestens fünf Minuten, um mit mir zu quatschen. Das dürfte drin sein, oder?"

„Okay", sagt Marcel und grinst. „Versprochen. Dann erzähle ich dir von meinen Fällen. Hier eine Mietstreitigkeit, dort ein Verkehrsunfall und zum krönenden Abschluss ein Versicherungsfall. Ich wette, du wirst dir bald die selige Ruhe zurückwünschen!"

„Oder ich bringe dir Backen bei", kontert Hannah

lachend, „dann lernst du mal etwas Vernünftiges." Gleichzeitig schlägt sie Lucy auf die Finger, die sich gerade das dritte Stück Kuchen nehmen will.

„Genug jetzt", sagt sie streng. „Sonst bekommst du einen Zuckerrausch. Und jetzt, raus mit dir, tu etwas Sinnvolles." Damit dirigiert sie Lucy kurzerhand aus dem Café und auf die Straße hinaus, ohne eine Bezahlung zu akzeptieren.

7

„Huhu, Lucy!"

Lucy blickt über ihren Gartenzaun und sieht Babs auf sie zugestürzt kommen. Sie kann sich ein Lächeln nicht verkneifen. Dieser menschgewordene Orkan aus Athen hebt ihre Stimmung bei jedem Wiedersehen.

„Hey Babs, schön dich zu sehen, was gibt's Neues?", ruft sie ihr schon auf die Entfernung zu.

Atemlos kommt Babs bei ihr an. „Ich wollte nur fragen, wie deine Nachmittagsstunde heute war. Ich habe nämlich deine Flyer ausgelegt und meine Gäste bei der Massage noch einmal dezent darauf hingewiesen. Wie ich vermutet habe, sind die meisten von ihnen leidenschaftliche Yogis und waren begeistert zu hören, hier in unserem paradiesischen Kaff ihren gewohnten Tätigkeiten nachgehen zu können. Also, ist jemand gekommen?"

Lucy lacht erstaunt auf. „Die kamen alle von dir? Jetzt verstehe ich! Ja, es war heute deutlich voller als sonst. Ich glaube, es wird langsam. Danke, Babs, du hast wirklich keine Zeit verloren, was!?"

„Herzlich gern geschehen!" Babs strahlt übers ganze Gesicht. „Das müssen wir feiern! Komm, wir treffen uns heute wieder bei Michi. Bring doch auch Hannah mit, die ist gar nicht so langweilig, wie ich immer dachte."

Lucy ist perplex. „Schon wieder Weinbar? Ist das nicht ein bisschen viel? Ich werde noch zur Alkoholikerin. Außerdem muss ich wirklich auf meine Ausgaben achten."

„Ach was, papperlapapp", weist Babs ihre Bedenken resolut zurück. „Hier verkümmert man sonst, wenn man nicht für seine eigene Unterhaltung sorgt. Du kannst doch nicht ständig allein in diesem riesigen Haus hocken, sonst wirst du noch genauso wunderlich wie deine Tante. Und mach dir wegen des Geldes keine Gedanken. Michi gibt uns eh das meiste aus. Das holt er dann bei den Bonzen wieder rein, die die teuren Weine bestellen. Also, kommst du?"

Lucy lächelt sie an. „Du hast schon recht, es tut gut, herauszukommen. Mir ist es jedoch unangenehm, mir von Michi alles ausgeben zu lassen. Ich zahle mein Zeug schon selbst. Aber ich bin auf jeden Fall dabei. Und ich bringe Hannah mit, die übrigens ausgesprochen nett ist. Bislang ist sie meine einzige Freundin hier."

„Bislang", erwidert Babs grinsend. „Wir sind ja gerade dabei, das zu ändern. Also, sieben Uhr?"

„Sieben Uhr", bestätigt Lucy und ihr Herz macht vor Freude einen Sprung. Sie fängt an, Freundschaften zu schließen!

ALS SIE PUNKT sieben bei Michi in der Weinbar ankommt, sitzt Hannah wie verabredet da, aber von Babs keine Spur. Michi begrüßt sie mit einer Umarmung und schenkt ihr ungefragt ein.

„Den musst du probieren", verlangt er. „Ist einer meiner Geheimtipps. Nur für besondere Gäste. Und wenn es um

Babs geht: erwarte keine Pünktlichkeit. Wenn sie Sieben sagt, so meint sie plus minus eine Stunde, meistens plus. Und selbst dann wirkt sie immer völlig abgehetzt, fast so als wäre sie gerade einen Marathon gelaufen."

Und tatsächlich kommt Babs eine halbe Stunde später unter Ächzen und Stöhnen hineingestolpert.

„Sorry, Leute, dass ich zu spät bin. Ich habe mich extra beeilt, aber es kommt halt immer etwas dazwischen. Soll nicht wieder vorkommen."

Lucy sieht, wie Michi ihr zuzwinkert und sie zwinkert fröhlich zurück.

Dann erwidert sie Babs' Umarmung, die auch Hannah herzlich begrüßt, Michi jedoch völlig ignoriert, bevor sie ihn brüsk mit den Worten „Alkohol, schnell, ich brauche Alkohol", anbellt.

„Kommt sofort, junge Dame, und auch dir einen schönen Abend. Es ist eine Freude, dich zu sehen!"

„Wie kannst du nur immer so ausgeglichen sein?", fährt Babs ihn an, aber ihr Blick ist durchaus liebevoll. „Soweit ich das mitbekomme, hast du schon seit Ewigkeiten keinen Sex mehr gehabt. Solltest du da nicht ein wenig unausstehlicher sein?"

„Vielleicht, vielleicht auch nicht", sinniert Michi. „Ein Gentleman genießt und schweigt."

„Ach, als ob bei euch Schwulen jemals jemand schweigen würde", gibt Babs lachend zurück. „Ihr teilt doch euer gesamtes Liebesleben allen ungefragt mit. Da würden wir Zuhörer uns manchmal wesentlich mehr Diskretion wünschen."

Lucy muss schlucken. Michi ist schwul? Das hätte sie nicht gedacht. Klar, er ist außergewöhnlich hübsch, aber trotzdem ...

Babs bemerkt ihren Blick und lacht. „Ha, das hast du

wohl nicht geahnt, was Lucy? Dabei dachte ich, dass du mit deiner Londoner Herkunft etwas weltoffener bist."

Das dachte Lucy auch, aber laut sagt sie: „Nein, nein, ich habe mir da überhaupt keine Gedanken drüber gemacht. Es ist nur so, du wirkst gar nicht schwul, Michi. Bei den meisten, nun ja, da bekommt man das schon mit, aber bei dir habe ich da jetzt wirklich nicht mit gerechnet."

„Hach, nur weil ich meine Hände nicht nach hinten werfe und nicht mit dieser Stimme spreche?", fragt er und imitiert mit zurückgeworfenem Kopf perfekt das Schwulenklischee. „Das besagt gar nichts, Lucy. Denn auch wenn man meint, dass wir in aufgeklärten Zeiten leben, so gibt es immer noch genug Spießer, die ein Riesenproblem mit Homosexuellen haben. Vor allem hier auf dem Land, wo sie vielleicht ihre Ziegen im Stall vögeln, aber sich nicht vorstellen wollen, wie zwei Männer es miteinander machen."

Lucy spürt das Blut in ihre Wangen steigen.

„Siehst du, selbst du wirst ja rot", neckt Michi sie.

„Na ja, aber nicht so sehr wegen der Männer, sondern eher wegen der Ziegen", gibt sie schüchtern zurück.

„Daran solltest du dich hier gewöhnen", behauptet Michi, während Babs leise: „So ein Quatsch" flüstert.

„Wie dem auch sei", fährt Michi fort. „Jedenfalls gibt es nicht nur hier, aber halt auch hier mehr als genug Leute, die gar nicht begeistert von der Vorstellung schwuler Männer sind. Obwohl der Bürgermeister einer der Orte am See offen homosexuell ist. Er sagt, dass er sich dadurch keinerlei Nachteile eingefahren hat, doch ich bin mir nicht sicher, ob man ihm das glauben kann. Die Regel ist es nicht und ich möchte es hier noch zu etwas bringen. Meine eigene Wassersportschule am See eröffnen. Darauf spare ich schon die ganze Zeit. Aber dafür brauche ich außer Geld auch die Unterstützung der Leute im Ort. Und ich möchte nicht, dass mir meine sexuelle Orientierung im Wege steht.

Solange die Frauen denken, dass der hübsche Michi vielleicht doch noch eines Tages ihre schielende Tochter heiraten wird und die Männer von meiner Weinkenntnis und meinen – ach so männlichen – Wasserskikünsten beeindruckt sind, solange unterstützen sie mich. Aber wenn dies alles im Mief des Schwulseins untergeht, kann das schon wieder ganz anders aussehen. Du siehst ja, was bei dir passiert."

„Bei mir? Ich bin doch nicht schwul", sagt Lucy erstaunt.

„Nein, das nicht, wobei auch das nicht außerhalb des Möglichen läge", bemerkt Michi fröhlich und zwinkert ihr zu. „Heute werden Frauen schwul und Männer lesbisch, wer blickt da schon noch durch? Aber du sagtest doch, dass du vieles, was du brauchst, einfach nicht bekommst. Da siehst du's, du hast die lokale Unterstützung nicht. Und ohne die wird hier alles schwer. Besonders als Zugereiste. Sorry, aber so ist es halt", sagt er und zuckt mit den Schultern.

Plötzlich kommt Lucy ihr Verdacht gar nicht mehr so paranoid vor.

„Das habe ich heute sogar mit dem Bondi besprochen", teilt sie ihm daher mit. „Und weißt du was? Er glaubt auch, dass es sich eventuell nicht nur um mangelnde Unterstützung, sondern tatsächlich um einen Boykott handelt."

„Ich sage ja, das ist wie im Film hier." Michi pfeift durch die Zähne. „Und weiß der oberschlaue Bondi auch, wer dieser Mr. Boykotteur ist? Oder ist es sogar eine Mrs.? Vielleicht eine, die eifersüchtig auf dich ist?"

„Um ehrlich zu sein", jetzt wird Lucy leicht verlegen, „haben wir den Inhaber des Tegerngold im Verdacht."

„Alex?", mischt sich Babs ein. „So ein Quatsch. Alex ist vielleicht ein wenig überheblich und man kommt nicht wirklich an ihn ran, aber letztlich hat er ein gutes Herz. Wieso sollte er dich boykottieren?"

„Na, weil ich doch ein Hotel eröffnen will."

Jetzt kommt Lucy sich ziemlich blöd vor, was von Babs noch bestätigt wird.

„Das ist Unsinn, Lucy, wirklich. Weißt du, wie viele Hotels es hier gibt? Meinst du, Alex boykottiert jedes Einzelne? Das interessiert ihn doch gar nicht. Er ist der Platzhirsch hier und das wird sich auch so bald nicht ändern."

Jetzt will Lucy doch ihr noch gar nicht existentes Hotel verteidigen und sagt bockig: „Vielleicht ist es in meinem Fall anders. Vielleicht will er keinen Konkurrenten direkt am Fuße des Berges haben, auf dem sein Goldstück prunkt. Denn warte erst einmal ab, bis das Chalet am See betriebsbereit ist, dann wird er Augen machen. Es kann natürlich mit seiner Größe nicht mithalten, aber mit der Qualität allemal."

„Oh schau mal, wie die Löwenmama ihr Junges verteidigt", feixt Michi, während er die Theke abwischt. „Wenn ich nicht schwul wäre, würde mich das glatt antörnen."

„Weißt du", sagt Babs nachdenklich. „Ich glaube zwar immer noch nicht, dass Alex so etwas tun würde oder es nötig hätte, aber um ganz ehrlich zu sein, ist es vielleicht doch nicht so abwegig, wie ich zunächst dachte. Denn er hat mich heute tatsächlich mit dem neuen Packen Flyer in der Hand erwischt und war alles andere als begeistert, als ich ihm gestehen musste, dass ich die im Spa auslegen wollte. Seine Worte waren: ‚Du glaubst doch nicht im Ernst, dass ich es zulasse, dass meine Angestellten in meinem eigenen Haus ein anderes Hotel bewerben?' Als ich ihm sagte, dass es das Hotel noch gar nicht gibt, und ich ja nur die Yogastunden bewerben will, war er nicht minder aufgebracht und zählte mir das reichhaltige Sportangebot des Tegerngold auf. Ich habe sie natürlich trotzdem im Spa ausgelegt, so lass' ich doch nicht mit mir reden. Außerdem taucht er dort sowieso nie auf."

„Babs, pass auf, dass du deinen Job nicht verlierst", wirft

Hannah mit großen Augen ein. „Das ist riskant, was du da machst."

„So schnell verliere ich meinen Job nicht, ich bin eine verdammt gute Masseurin", behauptet Babs. „Die Gäste lieben mich. Und wie gesagt, Alex hat eigentlich ein großes Herz. Irgendwo verborgen unter seiner Fassade und all der Kohle, in der er schwimmt."

„Eine schöne Fassade", bestätigt Michi mit leuchtenden Augen. „Extrem sexy sogar. Den würde auch ich nicht von der Bettkante stoßen. Ich tippe trotzdem auf den alten Schrott. Ich wette, der will das Grundstück, um darauf ein Shoppingzentrum zu bauen. Dem alten Sack traue ich alles zu."

Die anderen nicken zustimmend und wenn es um den Schrott geht, kann auch Lucy mitreden.

„Du hast recht. Der geht mir wirklich auf die Nerven. Kommt ständig vorbeigeschlichen und erzählt mir, was mit meinem Grundstück alles nicht stimmt und dass ich es ganz sicher nicht schaffen werde, meinen Traum dort zu verwirklichen. Er hat auch schon ein- bis zweimal einfließen lassen, dass er es mir abkaufen würde. Zu einem Spottpreis, versteht sich. Aber er macht es offen, wisst ihr. Und außerdem war seine Frau die Einzige, die mit meiner Tante befreundet war. Die würden mir nichts Böses wollen, auch wenn die beiden widerwärtig sind."

„Das sind sie in der Tat", bestätigt Michi. „Darauf trinken wir."

Dann grinst er plötzlich. „Na, wenn das mal nicht der Begnadete persönlich ist." Michi wirkt fast aufgeregt und auch Babs richtet sich auf. Zur Tür herein kommt ein dunkelhaariger, äußerst attraktiver Mann. So attraktiv, dass Lucy schlucken muss. Sie merkt, wie auch sie sich sofort gerader hinsetzt und streicht noch schnell ihre Haare zurück.

„Alex, huhu", ruft Babs ihm zu und der Adonis nickt in ihre Richtung. Lächelnd zwar, aber merklich kühl.

„Scheint noch etwas fuchsig wegen der Flyer zu sein", flüstert Babs. „Sonst ist er eigentlich offener und wäre sicherlich rübergekommen."

„Herr von Meyenhofen!" Beflissen läuft Michi auf ihn zu. „Wie schön, Sie hier begrüßen zu dürfen! Was darf ich Ihnen bringen?"

„Ich warte noch auf einen Bekannten", antwortet der Angesprochene mit schöner, tiefer Stimme und Lucy muss schon wieder schlucken. Sie möchte ihn sich noch einmal unauffällig von der Seite anschauen, aber da zieht Babs sie schon von ihrem Schemel.

„Komm, Lucy, ich muss dich meinem Chef vorstellen. Auch wenn der gerade ein bisschen gruselig dreinschaut, ist er doch eigentlich ganz nett", verkündet sie so laut, dass Alex es hören muss.

„Babs", sagt dieser und schaut hoch. „Wie sie leibt und lebt. Nie um Worte verlegen, was?"

Dann steht er auf und streckt Lucy höflich die Hand entgegen.

„Von Meyenhofen", stellt er sich förmlich vor, obwohl er nicht viel älter als Lucy sein kann.

„Hallo, Lucy Davenport", gibt sie höflich zurück. Gleichzeitig ist ihr deutlich bewusst, dass dieser Mann für ihre missliche Lage verantwortlich sein könnte. Es fällt ihr schwer, nett zu ihm zu sein.

„Ah – Frau Davenport. Es grenzt an ein Wunder, dass wir uns bislang nicht begegnet sind. Sie arbeiten ja jetzt schon seit einigen Wochen an Ihrem Projekt. Ich hätte Sie eigentlich gleich von den Flyern erkennen sollen, die Babs in unserem Spa auslegen wollte. Das sind Sie doch, oder?" Dabei holt er zu Lucys Erstaunen einen Ihrer Flyer aus seiner Hosentasche, streicht ihn glatt, vergleicht Lucys Gesicht darauf mit dem Original und nickt: „Ja, ohne Zweifel dieselbe Person. Und Yoga soll ja sehr gesund sein. Aber Frau Davenport, ich weiß zwar nicht, wie die Etikette in London ist, aber hier zumindest preist man seine Leistungen nicht bei der Konkurrenz an. Ich hoffe, das verstehen und respektieren Sie."

Und damit überreicht er Lucy den Flyer mit den Worten: „Hier, damit er in Ihrer Kollektion nicht fehlt."

Lucy steht mit hochrotem Kopf da und kommt sich vor wie eine Idiotin. Sie bemerkt, dass Babs nicht viel besser aussieht. Was sie vor allem nervt, ist, dass Alexander von Meyenhofen sicherlich einen Kopf größer ist als sie und sie zu ihm aufschauen muss. Was für eine Blamage, die ganze Geschichte! Um wenigstens einen Teil ihrer Würde zu retten, nickt sie ihm kurz zu und dreht sich dann auf dem Absatz um, um zu ihrem Platz zurückzukehren.

„Sorry", flüstert Babs ihr zu.

„Du entfernst sofort die Flyer aus dem Spa", flüstert Lucy zurück.

„Ja, das glaub' ich allerdings auch." Babs wirkt ernsthaft geknickt. „Ich hätte nicht gedacht, dass er *so* allergisch darauf reagiert. Die Gäste fanden es toll."

„Vielleicht deshalb", gibt Lucy zurück. Dann nimmt sie ihre Jacke und teilt den anderen mit: „Ich muss los. Mir ist der Spaß für heute Abend vergangen."

Damit wirft sie den Flyer, den der unmögliche Typ ihr gegeben hat, auf den Tresen, legt noch einen Geldschein für ihre Getränke dazu und dreht sich ohne ein weiteres Wort um.

Sie spürt, wie die Augen von Alexander von Meyenhofen ihr folgen, während sie so aufrecht wie möglich aus der Tür in die kühle Frühlingsluft hinaus stolziert.

8

Der nächste Tag beginnt leider nicht viel besser, als der gestrige Abend geendet hat. Schon morgens klingelt Lucys Telefon und ihr Anwalt Bondi ist dran. Kurz bereut sie, überhaupt abgenommen zu haben, aber vielleicht hat er ja ausnahmsweise gute Neuigkeiten. Doch wie nicht anders erwartet, wird sie enttäuscht.

Nach seiner üblichen enthusiastischen Begrüßung teilt er ihr mit Grabesstimme mit:

„Liebe Lucy, leider bin ich wieder der Überbringer schlechter Nachrichten."

Lucys Magen zieht sich schmerzhaft zusammen.

„Oder guter, wie man's nimmt."

„Was denn nun?", herrscht sie ihn ungehalten an.

„Langsam, langsam, junge Dame", erwidert Bondi jetzt etwas verunsichert. „Schlechte insofern, als dass ich wohl bestätigen kann, dass du und dein Hotelprojekt wirklich boykottiert werden. Gute, da ich eine gute Vorstellung davon habe, um wen es sich bei unserem Boykotteur handelt."

Lucy hält die Luft an.

„Alexander von Meyenhofen?", stößt sie zwischen zusammengebissenen Zähnen hervor.

„Richtig", antwortet Bondi mit einer Stimme, als würde ihm diese Aussage persönliche Qualen bereiten. Dabei ist Lucy sich sicher, dass er das Drama durchaus genießt. Vor allem, da er mittendrin ist.

„Ich muss natürlich Vorsicht walten lassen", sagt er jetzt, „da es sich bisher nur um einen Verdacht handelt und ich keine Beweise habe. Es wäre zum jetzigen Zeitpunkt wohl auch Geldverschwendung, danach zu suchen. Aber hier am Tegernsee ist die Gerüchteküche verlässlich, manchmal verlässlicher als jeder Beweis. Und nachdem ich mich ein wenig umgehört habe, wurde mir aus verlässlicher Quelle bestätigt, dass Herr von Meyenhofen tatsächlich schon mehrfach Interesse an deinem Grundstück bekundet hat. Sogar an den höchsten Stellen hat er dies kundgetan."

Lucy hat das Gesicht von gestern Abend noch gut vor sich. Und obwohl sie den Kerl nicht leiden kann, ist da doch etwas in ihr, das sich weigert zu glauben, dass er ihr so etwas antun würde. Sie sucht in ihrem Kopf nach einer Alternative.

„Was ist mit dem Schrobel?", möchte sie wissen. „Hat der nicht auch Interesse an dem Grundstück? Mich jedenfalls nervt er ganz schön oft damit."

„Oh ja, natürlich, der hat Interesse an allem, was bebaubar ist und dein Grundstück ist ja wirklich an einer exzellenten Lage. Das kann man ihm nicht verübeln, er ist schließlich Bauunternehmer. Doch wie wir schon festgestellt haben: Seine werte Ehefrau war die engste Freundin deiner Tante. Die haben kein Interesse daran, dir zu schaden. Der Herr von Meyenhofen jedoch ... nun ja, mein Vorschlag wäre, vielleicht wirklich mal darüber nachzudenken, an die Schrobels zu verkaufen."

„Was?" Lucy ist fassungslos.

„Schau, irgendwie werden dir doch hier immer Steine in den Weg gelegt und wenn noch nicht einmal ich dir helfen kann, so kann es niemand. Glaub mir, mein Kind. Und der Schrobel würde dir sicherlich einen guten Preis bieten, womit du ein neues Leben beginnen könntest. Außerdem könntest du damit dem Herrn von Meyenhofen eins auswischen. Das würden viele hier gerne sehen."

„Das ist Ihr Rat?", fragt Lucy empört und es ist ihr egal, dass sie jetzt wieder zum Sie gewechselt ist. „Dass ich verkaufe, nur weil ich Gegenwind spüre? Klein beigebe? Wissen Sie was, Herr Bondi, ich habe schon ganz andere Dinge im Leben bewältigt, da werde ich mich sicherlich nicht von irgendwelchen Tegernseern einschüchtern lassen. Guten Tag."

Damit legt sie auf und zieht sich wutentbrannt ihre Turnschuhe an. *Wir werden ja sehen, wer hier den längeren Atem hat*, denkt sie, um kurz darauf im Rekordtempo den Berg zum Tegerngold hochzulaufen.

Oben angekommen entdeckt sie Alex von Meyenhofen tatsächlich draußen vor dem Hotel. Was für ein Glück! Sie muss nur kurz zu Atem kommen, aber dann wird sie ihm die Meinung geigen! Er ist jedoch gerade in ein Gespräch mit einem weiblichen Gast verwickelt, und zwar keineswegs in ein angenehmes, wie es scheint.

„… so viel zu zahlen und dann kein vernünftiges Internet. Das ist ja wohl das Geringste, was man erwarten kann", hört Lucy beim Näherkommen.

Ah, die wesentlichen Dinge der Zivilisation scheinen zu fehlen, denkt sie mit einem Grinsen. *Grund genug, um jegliche Zivilisation auch im zwischenmenschlichen Gespräch flöten gehen zu lassen.* Da bemerkt sie, dass sie die Frau kennt. Sie war gestern in ihrer Yogastunde. Nicht nur das, sie hat sich danach extra noch mal bei Lucy bedankt und beteuert, heute Nachmittag wiederkommen zu wollen. In dem Moment entdeckt die Frau auch sie.

„Ah, Lucy", ruft sie und ein freudiges Lächeln erhellt ihre Miene. „Wie schön, dich zu sehen."

Jetzt dreht auch Alex sich zu ihr um und zu sagen, dass dieser bei ihrem Anblick *kein* Lächeln im Gesicht hat, wäre eine Untertreibung. Es wird nicht besser, als die Frau, an deren Namen Lucy sich nicht erinnern kann, verkündet: „Wie passend, dass du jetzt gerade kommst. Hast du bei dir unten Internet?"

Lucy nickt. „Ja, natürlich."

„Ja, natürlich", faucht die Frau Alex wieder an. „Das ist die Reaktion, die ich erwarte und nicht irgendwelche Ausreden von wegen Disruption wegen Arbeiten. *Ja, natürlich!*"

Lucy ist die Situation äußerst unangenehm. So durchtrieben dieser Alex auch sein mag, sie wollte ihm nicht vor seinen Gästen in den Rücken fallen. Ihre Wut von eben ist verraucht. In dem Moment fragt die Frau sie: „Hättest du etwas dagegen, wenn ich mit runterkomme und kurz das Internet bei dir nutze? Ich wohne im Ausland und die Roamingkosten sind einfach zu hoch. Vor allem, wenn man das zu dem dazurechnet, was ich in dieser angeblichen Luxusherberge hier bezahle."

Lucy errötet und möchte gleich wieder mit „Ja, natürlich" antworten, aber das verkneift sie sich gerade noch.

„Ja, klar, das ist möglich", stammelt sie mangels besserer Alternative. „Ich wollte sowieso gerade wieder runter." Irgendetwas sagt ihr, dass es jetzt keine gute Idee ist, Alexander von Meyenhofen zu provozieren und trotz seiner Aktionen tut es ihr irgendwie leid, dass er hier so vorgeführt wird.

„Gut", sagt die Frau, um dann noch gleich zu fragen: „Hast du nicht gesagt, dass du auch ein Hotel aus deinem

Haus machen willst? Da werde ich beim nächsten Mal wohnen, da kannst du dir sicher sein. Da kann ich wenigstens vernünftigen Service erwarten. Guten Tag, Herr von Meyenhofen", fügt sie hinzu, während aus Alex' Augen Blitze in Lucys Richtung schießen. Und zwar nicht die gute Art von Blitzen.

9

Am nächsten Tag steht Lucy vor ihrem Haus und spürt Unsicherheit in sich aufsteigen. Nachdem sie gestern das Tegerngold aus nächster Nähe betrachten durfte, ist sie sich nicht mehr sicher, ob ihr kleines Yoga-Chalet mit dem imposanten Kasten da oben auf dem Berg mithalten kann. *Und dann muss der Goldjunge auch noch anbauen. Als hätte er nicht schon genug. Und wünscht sich zudem mein Grundstück dazu*, denkt sie verärgert und schaut an dem Haus hoch, das ihr zuvor so eindrucksvoll erschienen ist und jetzt fast schon mickrig vorkommt. Sie sieht alles genau vor sich. Vor ihrem inneren Auge ist das Chalet schon fertiggestellt: Es wird nur eine kleine Anzahl von Zimmern geben, dafür von allerfeinster Qualität. Denn ja, um Qualität geht es ihr, nicht um Quantität! Wenn möglich, sollte jedes Zimmer einen eigenen Kamin oder Ofen haben, mit einer gemütlichen Sitzecke und einem Tisch, an dem man essen kann. Sie möchte ihre Gäste nicht zwingen, jeden Abend auswärts speisen zu gehen. Die Zimmer sollen eher wie kleine Apartments sein, in denen die Menschen sich gerne aufhalten. Nicht wie die meisten dieser beengenden

Hotelzimmer, in die man nur kurz hereinkommt, um sich umzuziehen und dann am liebsten gleich wieder zu verschwinden. Ihre Gäste sollen sich wohlfühlen und am besten gar nicht wieder wegwollen. Nein, sie wird sich vor Alex und seinem Tegerngold nicht verstecken müssen, was sie vorhat, wird sich sehen lassen können! Sie schwelgt weiter in ihren Träumen und wendet sich nun den geplanten Badezimmern zu. Auch diese werden großzügig sein, mit schönen Holzelementen und so einladend wie private Wellness-Oasen. Nicht nur eine Notwendigkeit, sondern ein Luxus, den man sich gönnt. Das Gegenteil von einer *Nasszelle*, erinnert sich Lucy an das hässliche deutsche Wort, das ihr immer einen kalten Schauer über den Rücken laufen lässt. Sie assoziiert es mit Krankenhäusern und Gefängnissen. In ihrem Chalet werden die Badezimmer eine breite Fensterfront mit Panoramablick über die Voralpen haben. Privatsphäre ist trotzdem gegeben, da ja um sie herum niemand wohnt, aber sie liebt die Vorstellung, dass ihre Gäste vom Bad aus einen Blick über die unendliche Landschaft haben werden. Der Clou ist jedoch – und das ist ihr absolutes Lieblingselement – es wird eine Balkontür nicht nur aus dem Wohn- und Schlafzimmer herausführen, sondern auch aus dem Badezimmer. Und draußen bekommt jedes Badezimmer seine eigene Außenbadewanne. Das war schon immer ihr Traum – im warmen, duftenden Wasser unter freiem Himmel zu liegen und dabei die funkelnden Sterne zu betrachten oder sich sogar den Schnee auf die Nase fallen zu lassen, während um einen herum der Dampf aufsteigt. Natürlich wird es zur Abrundung der Erfahrung feine Badezusätze aus natürlichen Essenzen und in allen Duftrichtungen sowie zahlreiche Kerzen geben. Sie wird sich nur etwas einfallen lassen müssen, damit das Haus nicht abbrennen kann. Und dass die Mücken die Gäste nicht zerstechen. Aber das ist jetzt ihr kleinstes Problem.

Zudem wird es jeweils eine kleine Kochecke geben und – darauf freut sie sich besonders – in jedem Apartment einen Weinkühlschrank, der mit erlesenen Weinen, Champagner und Prosecco gefüllt sein wird. Dazu Riedel-Gläser, das ist ein Muss. Lucy ist sich zwar bewusst, dass ihr Haus in erster Linie ein Yogahotel sein wird, aber es ist ihr wichtig, dass der Genuss nicht zu kurz kommt. Daher werden auch in jedem Zimmer ein paar gesunde Leckereien sowie vitaminreiche, frische Säfte auf ihre Gäste warten. Es gibt kaum ein Element, dass nicht schon lebendig in ihrer Vorstellungskraft existiert. Das reicht wie gesagt bis hin zu den Säften und Gläsern. Um es auch in der physischen Welt realisieren zu können, sind die Gespräche mit der Bank schon weit fortgeschritten und sie ist zuversichtlich, dass sie einen Kredit erhalten wird, sobald die notwendige Bewilligung vorliegt.

Während sie so vor sich hinträumt, lässt eine Stimme hinter ihr sie plötzlich zusammenzucken.

„Störe ich?"

Sie dreht sich um und da steht er, der arrogante Schnösel von gestern. Lucy versteht nicht, wieso ihr Herz plötzlich schneller zu schlagen beginnt.

„Ja, das tun Sie. Ich habe im Moment keine Zeit."

Ihr Gesicht wird heiß und sie weiß selbst nicht, warum sie ihn angelogen hat. Jetzt wäre schließlich der perfekte Moment, um ihm die Meinung zu sagen. Wenn der Berg sich schon zum Propheten bewegt … Aber sie ist jetzt gerade so schön in den Traum von ihrem Chalet vertieft, da will sie sich von ihm nicht herausreißen lassen. Außerdem ist ihr jetzt nicht nach Konfrontation zumute. Wobei sich das bald ändern könnte.

„Aha", kommt es aus dem Mund des hochnäsigen Tegerngold-Inhabers. „So beschäftigt siehst du eigentlich nicht aus. Es ist doch okay, wenn wir uns duzen, oder? Ich denke mal, wir sind beide noch nicht alt genug, um uns ans ‚Sie' zu halten."

Jetzt wird Lucy noch heißer. Und zwar vor Ärger. Sie wird nicht vergessen, wie er sie in Michis Weinbar vorgeführt und dort fast schon demonstrativ gesiezt hat. Sie fand es da schon affig, aber wenn er es so wollte – bitte schön. Und jetzt gibt er ihr das Gefühl, sie sei hier die Spießerin.

„Zum einen", erwidert sie, „können wir uns duzen, siezen oder auch ganz aus dem Weg gehen, mir ist das offen gestanden schnuppe. Ich bin schließlich nicht diejenige, die mit dem lächerlichen ‚Sie' angefangen hat. Aus England kennen wir das nicht. Zum anderen", fährt sie fort, „sieht es vielleicht nicht so aus, als ob ich beschäftigt bin, da ich nicht wild herumspringe und in unsinnigen Aktionismus verfalle, aber ich denke nach. Das ist auch eine Art der Beschäftigung, weißt *du*."

„Oh, das war mir ganz neu", erwidert Alex, ohne sich von ihr aus der Ruhe bringen zu lassen. „Ich dachte tatsächlich, beschäftigt sein würde immer bedeuten, wild herumzuspringen. Und unsinniger Aktionismus ist mir auch gut bekannt. Das ist sozusagen meine zweite Natur. Wie dem auch sei, ich bin froh, wieder etwas Neues gelernt zu haben." Dabei zwinkert er ihr zu. „Weshalb ich eigentlich hier bin: Ich hatte das Gefühl, du wolltest gestern zu mir. Und um ehrlich zu sein, sahst du nicht gerade erfreut aus, als du den Berg hochgerast kamst. Also, kann ich dir mit irgendetwas helfen? Außer deine Flyer wieder bei mir auszulegen?"

Er kann einfach nicht damit aufhören! Trotzdem hat Lucy weiterhin keine Lust, mit ihm zu streiten. Sie lässt sich ohnehin viel zu sehr von ihren Sorgen aus der Fassung bringen, da ist sie froh, jetzt gerade mal in einer positiven Gedankenwelt zu schwelgen und ihr Chalet in all seiner Schönheit zu visualisieren. Daher sagt sie schärfer als geplant: „Nein, da gibt es im Moment nichts zu besprechen. Ist nicht wichtig.

Können wir ein andermal machen, aber jetzt habe ich, wie zuvor erwähnt, zu tun. Und das mit den Flyern bauschst du ganz schön auf. Verglichen mit dem, wie du mir konstant im Weg stehst, würde ich mal sagen, dass das eine Lappalie war. Also, auf Wiedersehen und schönen Tag noch." Sie wünschte, sie könnte auch mal mit dem Schrott so sprechen, wieso kriegt sie das eigentlich nicht hin?

Alex zuckt nur kurz mit den Schultern und bemerkt weitaus kühler als zuvor: „Im Weg stehen, so, so. Ich habe zwar keine Ahnung, wovon du sprichst, aber ich habe im Moment tatsächlich das Gefühl, dir hier im Weg zu sein. Also, nichts für ungut, ich dachte, als Nachbarn sollten wir vielleicht miteinander sprechen, aber dann halt ein andermal." Damit wendet er sich ab und geht wieder den Berg hinauf.

Scheinheiliger Hansel, denkt Lucy, sobald er weg ist, und versucht, sich wieder schöneren Gedanken zuzuwenden. Wo war sie stehen geblieben? Ah ja, bei den frischen Säften! Aber irgendwie kommt sie nicht mehr richtig in Stimmung …

10

Mein Gott, es kann doch nicht sein, dass dieses unsportliche Mädchen so einen Schritt draufhat! Babs hechelt fast in dem Bemühen, Emma hinterherzukommen.

„Hey Emma, warte", ruft sie ihr hinterher.

Sobald Emma sich nach ihr umdreht, fragt Babs sich, wie man es schafft, so blass zu bleiben und sich der Sonne dermaßen zu entziehen. Um Hautkrebs wird die sich zumindest nie Gedanken machen müssen. Dann hat sie Emma endlich eingeholt.

Täuscht sie sich, oder sieht Emma gar nicht begeistert über ihre Gesellschaft aus? Wie dem auch sei – Babs ist das egal. Sie gehen beide regelmäßig zum Yoga und leben im Mitarbeitertrakt des Hotels, da ist es doch absurd, dass sie getrennt zu Lucys Studio laufen. Babs zumindest findet, dass es zu zweit viel schöner ist. Schon bald steht sie jedoch kurz davor, ihre Meinung wieder zu ändern. Denn es scheint unmöglich, eine Unterhaltung mit Emma in Gang zu bekommen. Das ist die Quasselstrippe Babs, die sonst mit jedem reden kann, nicht gewohnt. Doch egal welches Thema sie auch anschneidet, Emmas Antworten bleiben spröde und einsilbig. Um ehrlich zu sein, findet Babs sie fast schon unhöflich. Schließlich gibt sie auf und akzeptiert Emmas offensichtliches Bedürfnis nach Ruhe. Sie macht sie nur gelegentlich auf das ein oder andere Schöne in der Natur aufmerksam und hat das Gefühl, dass Emma ihre Zurückhaltung zu schätzen weiß. Babs nutzt die Zeit, um Emma unauffällig von der Seite zu mustern. Sie könnte ganz hübsch sein. Wenn sie nur etwas aus sich machen würde. Aber es ist, als würde sie alles tun, um unsichtbar zu bleiben. Wenn sie könnte, würde sie wahrscheinlich sprichwörtlich im Boden versinken. Ob sie wohl mal einen Freund hatte? Ein Mann würde ihr guttun, entscheidet Babs und als sie beim Yogastudio angekommen sind, hat sie den Entschluss gefasst, das verschreckte Mädchen ein wenig unter ihre Fittiche zu nehmen. Egal, ob diese will oder nicht! Manche Menschen muss man halt zu ihrem Glück zwingen.

Lucy steht im Garten und strahlt ihnen entgegen.

„Guten Morgen, ihr beiden Goldmädchen."

Babs verdreht die Augen.

„Lucy, ich bin ungefähr so golden wie ein Rabe oder ein Kohlenkeller, hör also endlich auf, mich so zu nennen. Du und Emma passt schon eher in diese Kategorie, aber lass mich da raus."

Dann umarmt sie ihre Freundin.

Lucy lacht. „Wer im Tegern*gold* arbeitet, bei dem Goldjungen Alex, der ist auch ein Goldmädchen, also widersprich deiner Lehrerin nicht", feixt sie, während sie die beiden in den Raum scheucht, damit sie sich schon einmal dehnen können.

Babs betrachtet Emma unauffällig und fragt sich nicht zum ersten Mal, was dieses schüchterne und offensichtlich verklemmte Mädchen wohl dazu bewogen haben könnte, Yoga zu praktizieren. *Passt null*, findet sie, aber sie nimmt sich vor, Emma heute ein wenig zu beobachten. Sonst hat sie sich herzlich wenig um sie geschert und beobachten kann man sie sowieso nur schwer, da sie immer ganz hinten steht, egal, wie viele Teilnehmerinnen da sind. Selbst wenn sie nur zu zweit waren, was schon öfter vorgekommen ist. Auch heute stellt Emma sich wieder ganz hinten hin und Babs versucht sich noch hinter sie zu quetschen, während sich der Raum langsam mit anderen Schülerinnen füllt. Babs sieht, wie Lucy sie erstaunt anschaut, bevor sie ihr zuruft: „Babs, möchtest du nicht etwas nach vorne kommen? Du und Emma, ihr hängt da an der Wand, als hättet ihr Angst vor mir."

„Das hat nichts mit Angst zu tun", gibt Babs selbstbewusst zurück. „Lediglich mit Perspektivenwechsel. Ich möchte heute mal hinten sein. Dann bin ich auch deinem kritischen Auge nicht so ausgesetzt. Aber du hast recht, im Zuge des Perspektivenwechsels könnte Emma sich vielleicht ein wenig nach vorne bewegen."

Sie sieht, wie Emma knallrot wird. *Sie sollte wirklich mehr in die Sonne gehen und ein wenig Farbe im Gesicht bekommen. Dann würde man nicht immer gleich sehen, wenn sie so rot wird*, denkt Babs gehässig.

Aber da sagt Lucy auch schon mit der liebenswürdigen Stimme, die sie speziell für Emma reserviert zu haben scheint: „Babs hat recht, Emma, es ist nicht schlecht, auch mal die Position zu wechseln. Komm doch ein wenig nach vorne, hier an die Seite, was hältst du davon?"

Emma verzieht das Gesicht, doch dann nickt sie, und zieht mit ihrer Yogamatte um. Babs ist mal wieder beeindruckt. Lucy macht das alles richtig. Sie lässt Emma etwas nach vorne kommen, aber gibt ihr weiterhin eine Wand an ihrer Seite, damit sie nicht ganz von Menschen umgeben ist. Wie immer ist Babs erstaunt über das Einfühlungsvermögen, das Lucy bei jeder einzelnen von ihnen an den Tag legt. So scheint sie bei Babs intuitiv zu wissen, dass sich hinter ihrem großen Mundwerk eine sensible und manchmal auch etwas schüchterne Person verbirgt und regt sie daher bei Übungen, die Kraft und einen gewissen Mut erfordern an, mehr zu geben. Dabei ist sie auch kritisch, was wiederum Babs' Ehrgeiz anspornt. Aber bei Übungen, die ein In-sich-gehen und innere Ruhe erfordern, lässt sie Babs allein und schaut sie auch nicht an. Sie scheint zu spüren, dass dies für Babs etwas ganz Privates, fast Intimes ist und sie dabei keine Zuschauer haben möchte. Babs ist ihr dafür jedes Mal dankbar. Auch dafür, dass Lucy über Babs' Yogaperformance nie außerhalb der Stunden spricht, sondern es strikt auf den Yogaraum beschränkt. Damit hat sie Babs sicherlich schon so manch peinliche Situation erspart, denn das Letzte, was sie braucht, ist, dass man sich in Michis Weinbar über ihre Yogakünste unterhält. Wenn Michi manchmal leicht gehässig fragt: „Und, wie ist Babs denn so? Erzähl schon!", dann erwidert Lucy nur nonchalant: „Komm halt selber vorbei, dann kannst du es sehen." Mehr ist aus ihr nicht herauszubekommen.

Und bei Emma weiß Lucy instinktiv, dass diese niemals frei zwischen Menschen ihre Übungen machen könnte, ist es doch schon Wunder genug, dass sie überhaupt mitmacht. Sie braucht ihre Freundin, die Wand, erkennt Babs jetzt. Die Wand, von der sie niemals beurteilt wird und die einfach nur still da ist und ihr Halt gibt, wenn sie sie braucht. Irgendwie kann Babs das nachvollziehen.

Wie geplant, beobachtet sie Emma ein wenig während der Stunde und muss zugeben, dass sie erstaunt ist. Am ersten Tag war bei Emma noch nichts wirklich koordiniert. Es wirkte, als hätte sie gar keinen Bezug zu ihrem eigenen Körper. Aber jetzt scheint sie fast so etwas wie Anmut zu entwickeln. Babs sieht sogar ein paar kleine Muskeln, die sich an ihren Armen abzeichnen, aber sonst immer unter der unglaublich hässlichen Uniform der Zimmermädchen verborgen sind. Da muss sie mal mit Alex drüber sprechen. So kann man die armen Frauen doch nicht herumlaufen lassen. Wie soll man gerne seinen Job machen, wenn man etwas so Fürchterliches tragen muss?

Nach der Yogastunde wartet sie wie selbstverständlich auf Emma, der das wieder gar nicht recht zu sein scheint, aber das ist Babs auch diesmal egal. Sie hat sich schließlich vorgenommen, Emma aus ihrer Schale hervorzulocken und wenn sie sich etwas vornimmt, ist sie nicht so schnell davon abzubringen. Da braucht es schon mehr als ein Zimmermädchen namens Emma.

So laufen sie abermals zusammen den Berg hoch und Babs kann wieder kaum glauben, was Emma für ein Tempo vorlegt.

„Wow, du läufst ganz schön schnell", stellt sie mit echter Bewunderung in der Stimme fest. „Gute Kondition, was? Ich bin gerade dabei, meine auszubauen. Ich liebe es, durch die Berge zu streifen und die frische Luft zu atmen. In Athen, da wo ich herkomme, hab' ich immer nur Autoabgase inhaliert, hier kommt jetzt endlich mal Sauerstoff in meine Lunge. Wusstest du, dass einige das Tegernseer Tal als einen der schönsten Orte der Erde bezeichnen?" Dabei guckt sie zum Wallberg hoch, dem Hausberg der Tegernseer.

Emma scheint wenig Interesse an dem Thema zu haben. Sie brummt kurz etwas, das man als Zustimmung auffassen könnte, schaut aber sonst weiter auf den Weg vor sich.

„Ich stimme dem jedenfalls zu", fährt Babs unbeirrt fort. „Ich möchte mein Leben hier verbringen und hoffe, dass ich nie wieder wegmuss. Was ist mit dir?"

Wieder brummt Emma nur und nickt. Babs meint ein „Ist mir egal, wo ich lebe", herausgehört zu haben, aber sicher ist sie sich nicht. „Jedenfalls", ergreift sie unberührt wieder das Wort, „habe ich heute beim Yoga gesehen, wie gelenkig und stark du geworden bist. In so kurzer Zeit. Das kommt doch vom Yoga, oder? Ich liebe es zumindest. Mir hat es auch schon richtig gutgetan. Im Gegensatz zur dir bin ich nur einfach scheiße proportioniert. Ein richtiger Sitzriese mit viel zu kurzen Beinen und einem ewig langen Oberkörper. Ich glaube, da hat mein Macher etwas falsch verstanden. Ich wollte doch eigentlich lange Beine haben und von mir aus einen kurzen Oberkörper, ist doch egal, wie kurz oder lang der ist, oder? Aber wer will schon kurze Beine haben? Du siehst, selbst auf die da im Himmel ist kein Verlass mehr. Ingenieurfehler, so nenne ich das, oder mangelnde Aufmerksamkeit beim Aufnehmen meiner Wünsche."

Sie meint, bei Emma ein kleines Lächeln erkennen zu können und fährt davon angespornt fort: „Du hingegen, du bist perfekt proportioniert, alles ist genau so, wie es sein sollte. Ein richtiges, kleines Kunstwerk."

Emma wird wieder knallrot und Babs fragt sich, ob sie zu weit gegangen ist. Aber sie meint es wirklich so. Emma ist gut proportioniert. Und Komplimente bekommt doch jeder gerne, oder?

„Danke", antwortet Emma schließlich leise und fügt dann hinzu: „Das war mir noch nie so bewusst, aber es stimmt schon, wenn ich Anziehsachen kaufe, habe ich eigentlich nie Probleme. Alles, was ich in meiner Größe anprobiere, passt mir. Eine aus meiner Klasse früher, die hatte so lange Arme, die guckten immer aus allem hervor, das sah wirklich komisch aus. Ihre Mutter hat ihr am Ende die Pullis selbst gestrickt, obwohl sie vorher gar nicht stricken konnte. Musste es extra wegen der langen Arme ihrer Tochter lernen."

Emma lächelt Babs unsicher an.

Das waren wahrscheinlich die meisten Worte, die Babs am Stück von Emma gehört hat und sie sagt mit einem ermunternden Lachen:

„Ja, lange Arme will auch keiner haben, da haben die da

oben bei deiner Freundin wohl auch etwas falsch verstanden."

Sie guckt in den Himmel und hebt rügend den Finger. Jetzt fängt Emma wirklich an zu lachen und so erreichen sie kichernd das Tegerngold, aus dem gerade Alex herauskommt.

„Na, ihr seid ja gut drauf", sagt er fröhlich, mit einem Blick auf Babs' Yogamatte. „Dieses Yoga scheint ja wirklich Wunder zu bewirken. Vielleicht sollte ich es auch mal ausprobieren."

Damit sich keiner von uns mehr konzentrieren kann, denkt Babs, aber laut sagt sie: „Alex, gut, dass ich dich sehe. Hast du mal eine Minute?" Dann winkt sie Emma zu und verabschiedet sich von ihr.

„Tschüss", sagt Emma und verschwindet mit rotem Gesicht in der Tür.

„Ein ungleiches Paar, würde ich sagen", bemerkt Alex lächelnd. „Aber schön, wenn du sie ein wenig unter deine Fittiche nimmst."

„Ach, ist das so offensichtlich?", fragt Babs seufzend. „In diesem Zusammenhang, Alex: Die Uniformen der Zimmermädchen sind einfach fürchterlich. Wirklich, nicht zum Aushalten. Kannst du ihnen nicht mal etwas Schöneres besorgen?"

„Etwas Schöneres besorgen?" Alex sieht sie an, als sei sie gerade mit ihrem UFO vor ihm gelandet. „Was soll das bedeuten, etwas Schöneres?"

„Na, neue Uniformen halt. Welche, in denen sie sich wie Frauen fühlen und nicht wie Mäuse, die durch die Korridore huschen."

Auf Alex' Gesicht erscheinen hektische, rote Flecken. „Du hast recht, Babs", sagt er schließlich. „Ich werde allen neue Uniformen besorgen, all unseren Zimmermädchen, den Gepäckjungen, einfach allen, wieso nicht auch euch im Spa? Ich bin mir sicher, du hast kein Problem damit, wenn ich dann eure Gehälter ein wenig kürze, um mir das leisten zu können? Ich nehme an, das ist es dir wert, dass die Zimmermädchen nicht wie Ratten, ach nein, sorry, es waren ja Mäuse, durch die Korridore fegen müssen?"

Jetzt ist auch Babs knallrot und wendet den Blick ab.

„Sorry, Alex, so habe ich das nicht gemeint. Ich weiß, du bist mehr als großzügig und tust alles Mögliche für uns. Es tut mir nur so leid, sie in diesem unattraktiven Outfit sehen zu müssen."

Alex seufzt. „Schau, Babs, ich weiß, du meinst es nur gut und es tut mir leid, wenn ich dich gerade zu heftig angefahren habe. Aber dass sie nicht ganz so attraktiv aussehen, ist nicht ungewollt. Kein Hotelmanager, mit ein bisschen Verstand, will zu attraktive Zimmermädchen haben. Weißt du, wie schnell das zu prekären Situationen führen kann? Glaub mir, die Zimmermädchen sind ganz froh, wenn sie nicht auffallen. Nicht alle Gäste sind angenehm und da möchte man nicht der Fokus von zu viel Aufmerksamkeit sein. Und ein wie du sagst ‚attraktives' Outfit könnte falsch ausgelegt werden, gerade von unseren männlichen Gästen. Wir haben darauf geachtet, dass alles von bester Qualität ist und das muss reichen."

Babs nickt. Ja, da hat er wohl recht. Sie erleben auch im Spa leider immer wieder unangenehme Situationen, aber bislang wussten sie sich immer zu helfen. Außerdem wissen sie, dass Alex jederzeit an ihrer Seite steht. Das ist ein beruhigendes Gefühl.

Sie entschuldigt sich: „Ich verstehe, sorry, so war es wirklich nicht gemeint. Aber jetzt gehe ich mich mal lieber schnell umziehen, meine nächste Massage fängt bald an. Denn wenn ich anfange, meine Massagen zu verpassen, habe ich bald nicht nur ein gekürztes Gehalt, sondern sitze auf der Straße, mit gar keinem Gehalt mehr."

Damit winkt sie ihm zu und läuft auf ihr Zimmer.

Während sie sich umzieht, fällt ihr Blick auf die Schmuckschatulle, die ganz unten in ihrem Kleiderschrank steht. Sie macht sie auf, um über eine funkelnde Brosche mit blauen Steinen zu streichen. *Wenn Alex wüsste,* denkt sie, *dass ich hier in meinem kleinen Angestelltenzimmer genug Wertsachen habe, um nicht nur neue Uniformen für alle, sondern gleich das ganze Hotel kaufen zu können …*

11

Emma könnte sich ohrfeigen! Was hat sie sich eben bei Babs blamiert! Wie ein blöder Landochse kam sie daher. Zum einen, weil sie es nicht gewohnt ist, aus dem Nichts angesprochen zu werden und es daher auch nie gelernt hat, schlagfertige Antworten zu geben. Zum anderen, weil sie Babs mit Absicht gemieden hat. Deshalb ist sie vorhin auch so gelaufen. Ihr war schon bewusst, dass dieses unbändige Bündel puren Lebens direkt hinter ihr war, aber sie dachte, sie könne sie abhängen. Doch Babs ist natürlich keine, die sich abhängen lässt. Und so stiefelte sie wie selbstverständlich neben Emma her und fragte sie angenehmerweise nicht über ihr Leben aus, sondern machte sie hier und da auf die Schönheit der Natur aufmerksam und schien schließlich ganz zufrieden damit zu sein, einfach mal zu schweigen. Das hätte Emma ihr nicht zugetraut. Für sie waren Menschen, die wie Babs aussehen, laut, oberflächlich und einfach nicht ihr Ding. Wenn sie ehrlich ist, glaubt sie tief drinnen, dass Menschen, die so attraktiv wie Babs sind, auch gemein sein müssen. Einfach, weil sie es sich leisten können. Daher versucht Emma, sich vor ihnen zu verstecken.

Wenn man nicht auffällt, dann wird man auch nicht zum Opfer. Aber erstaunlicherweise hat sie heute aus Babs' Mund kein einziges gemeines Wort vernommen. Ganz im Gegenteil. Wenn Emma etwas Negatives sagte, antwortete Babs nur: ‚Leben und leben lassen, Emma, leben und leben lassen.' Und damit schien die Sache für sie erledigt zu sein.

Das ist mit den anderen Zimmermädchen anders. Wenn sie mit denen ausgeht, was selten genug vorkommt, dann wird über jeden gelästert. Über die Kollegen, über Alex und natürlich auch über die Gäste. Gut, Alex kommt meistens noch ganz glimpflich davon. In ihn sind sie schließlich alle ein wenig verliebt, aber jeder andere wird durch den Kakao gezogen. *Dabei müssten sie sich nur einmal selbst angucken*, denkt Emma, *und sich überlegen, ob sie es sich wirklich leisten können, schlecht über andere zu sprechen.* Apropos angucken. ‚Wie ein Kunstwerk', hat Babs gesagt. Emmas Herz schlägt schneller, als sie an das ungewohnte Kompliment zurückdenkt. Babs, mit ihrer olivfarbenen Haut, den schwarzen, glänzenden Haaren und den gefährlich funkelnden Augen, hat sie, Emma, ein Kunstwerk genannt und sich selbst einen Sitzriesen. Vor Aufregung hat Emma sich so sehr am Kinn gekratzt, dass ein kleiner Pickel dort angefangen hat, zu bluten. Glücklicherweise hatte sie wie immer ein Taschentuch dabei. *So viel zum Kunstwerk*, hat sie noch gedacht, während sie unauffällig ihr Kinn abtupfte, aber Babs tat so, als würde sie es gar nicht bemerken, sondern plapperte fröhlich weiter.

Unsicher schaut Emma in den Spiegel. Die aufgekratzte Stelle sieht man immer noch, aber sonst ist das, was ihr entgegenguckt, gar nicht so schlecht. Sie nimmt ihre Haare zurück und betrachtet zum ersten Mal bewusst ihr Gesicht. Ein Kunstwerk? Sie weiß nicht recht. Zumindest sticht nichts Auffälliges hervor – keine große Nase, die Zähne gerade, die Augen könnten etwas größer sein, aber sie haben eigentlich eine schöne Farbe und trotz Emmas meist mürrischen Gesichtsausdrucks haben sich überraschenderweise noch keine Falten gebildet. Nur ihre Mundwinkel zeigen etwas nach unten. Aber das könnte man vielleicht ändern. Sie zieht sie kurz nach oben und ihr Herz macht einen Sprung. Sie hat sich selbst zugelächelt! Sie versucht es noch einmal und bemerkt, wie intim es sich anfühlt und wie eine Gänsehaut über ihren Körper läuft. Sie findet sich hübsch. Ja, zum ersten Mal in ihrem Leben findet sie sich so etwas wie hübsch.

12

Hannah genießt die Ruhe im Café, bevor die Saison zu Hochtouren aufläuft und sie keine ruhige Minute mehr haben wird. Sie denkt über das Gespräch in Michis Weinbar nach und dass Lucy das Gefühl hat, boykottiert zu werden. Ausgerechnet von Alex von Meyenhofen! Hannah kann sich das nicht vorstellen. Wie jede Frau im Ort hat sie eine Schwäche für ihn und würde ihm so etwas nie zutrauen. Aber sie kennt ihn kaum und ehrlich gesagt – was weiß man bei Männern denn schon. Hannahs Gedanken schweifen zu ihrem Mann zurück. *Ex-Mann,* korrigiert sie sich, während sie in einen Muffin beißt. Es handelt sich um einen besonders süßen Schokoladenmuffin, denn wenn Hannah an ihren Ex denkt, braucht sie Schokolade. Viel Schokolade sogar. Das tröstet sie zumindest kurz über das Kapitel in ihrem Leben hinweg, das sie als absolutes Versagen ansieht. Hätte ihr vorher jemand gesagt, dass sie sich einmal scheiden lassen würde, so hätte sie das niemals geglaubt. Sie hätte die Vorstellung einfach weggelacht. Scheidung! Sie doch nicht, die immer an den einen Richtigen geglaubt hat und nie so naiv wäre, auf einen Mann hereinzufallen, auf den man sich nicht verlassen kann. Nein, sie würde jemand Soliden an Land ziehen, keinen Luftikus, wie viele andere Frauen sie so zielsicher anzuziehen scheinen. Hannah wünschte sich niemals das große Kribbeln im Bauch. Sie wollte Stabilität. Im Bauch reichten ihr ihre Backwaren, mehr musste da nicht rein und Schmetterlinge schon gar nicht. Auf den ersten Blick war Herbert auch genau dieser Mann. Herbert und Hannah, mittlerweile empfindet sie diese Kombination als fast lächerlich, aber damals haben selbst ihre Namen sie bestärkt. Wenn nicht Herbert und Hannah zusammengehören, wer dann? Da, sie erwischt sich dabei, wie sie es schon wieder tut. So, wie sie es die ganze Zeit über getan hat. Sie denkt immer an Herbert und Hannah, nie in umgekehrter Reihenfolge, niemals Hannah und Herbert, wie es sich doch eigentlich gehört. Als hätte es die Emanzipation nie gegeben. Doch wenn sie ehrlich zu sich ist, ist sie noch nie ein großer Verfechter dieser Bewegung gewesen. Sie mochte und mag es bis heute traditionell. *Na ja, heute vielleicht ein bisschen weniger als damals*, denkt sie, während sie ihre Hochzeit vor ihrem inneren Auge Revue passieren lässt. Was hat sie damals für Hoffnungen gehegt, die perfekte Familie zu gründen! Das waren nicht nur Hoffnungen, sondern es existierten schlichtweg keinerlei Zweifel in ihrem Kopf.

Denn dies war ihr einziges Ziel: eine große, glückliche Familie zu haben, mit ihr als dem Mittelpunkt, zwar immer auf Achse und etwas außer Atem, um es allen recht zu machen, aber doch glücklich und zufrieden. Unentbehrlich wollte sie sein, der Dreh- und Angelpunkt ihres kleinen Universums. Als es dann aber mit dem Kinderkriegen nicht klappte, entpuppte Herbert sich als der, der er wirklich war.

Doch hat sie es nicht die ganze Zeit schon gewusst?, fragt sie sich jetzt. Wusste sie nicht tief drinnen schon am Tag ihrer Hochzeit, dass der verlässliche Herbert einfach nur hart und kalt war und lediglich jemanden brauchte, der ihn bekocht und bemuttert? Es war ihr jedoch so wichtig gewesen, keine Schmetterlinge im Bauch zu haben und nicht als oberflächlich abgestempelt zu werden, dass sie sich unbewusst einen der gröbsten Typen genommen hat, die man sich vorstellen kann. Für sie hieß langweilig, solide. Und dass er nicht lachte, machte auch nichts. Hinter dem ernsten Gesichtsausdruck vermutete sie Tiefe. Zumindest ist er kein Hallodri, sagte sie sich damals. Und er wollte heiraten und eine Familie haben. Mehr konnte man nicht erwarten. Schließlich standen die Männer nicht gerade Schlange, um eine ganz süße, aber doch recht pummelige Rothaarige zu heiraten. Herbert jedoch war gewillt und schien die gleichen Werte wie sie zu haben. Wobei sie, wie sie sich jetzt in dieser ehrlichen Minute eingestehen muss, nie sonderlich an seinen Werten interessiert gewesen war. Sie wollte ihn so sehen, wie sie ihn sich wünschte. Dabei hätte sie die Wahrheit doch schon viel früher erkennen können. Denn anders als viele ihrer Altersgenossinnen auf dem Land, hatte Hannah sich vorher nie ganz auf einen Mann eingelassen, also nie zuvor mit einem geschlafen. Es war eine bewusste Entscheidung von ihr gewesen, dass sie erst nach der Hochzeit Geschlechtsverkehr haben wollte. Auch da war sie traditionell. Das hat sie nach ihrer Scheidung noch nie jemandem erzählt und es wird ihr ganz anders bei der Vorstellung, wie Lucy und vor allem Babs reagieren würden, wenn sie wüssten, dass Hannah bis zu ihrer Hochzeit Jungfrau bleiben wollte. Lucy würde es wahrscheinlich verstehen, vielleicht sogar noch romantisch finden, aber Babs würde sich schlichtweg kaputt lachen. *Wer hätte aber auch gedacht, dass ich mal jemanden wie Babs zur Freundin haben würde*, denkt sie jetzt, bevor sie sich wieder dem Abend zuwendet, als Herbert ihr unmissverständlich klargemacht hat, dass er nicht gewillt sei, bis zur Hochzeit zu warten, sondern dass sie sich jetzt entscheiden solle, ob sie ihn will oder nicht. Und sollte sie ihn wollen, so sei es auch jetzt schon ihre Aufgabe, ihn zu beglücken. Hannah hat nicht lange gezögert. Um nichts in der Welt würde sie ihn gehen lassen, dafür hatte sie jetzt schon zu viel investiert. Sie konnte ihren Traum von Kindern und einer Familie nicht einfach so platzen lassen. Nicht jetzt, wo sie so nahe dran war. Also machte sie, was von ihr erwartet wurde und hatte eigentlich darauf gehofft, die Art von Freude beim Sex zu empfinden, von der andere berichten. Aber Herbert war dermaßen rücksichtslos und so wenig an ihrem Vergnügen interessiert, dass sie bis heute einen dicken Kloß im Hals verspürt, wenn sie an ihr erstes Mal zurückdenkt. Und anstatt die ganze Sache da schon in Zweifel zu ziehen und mit zwar verlorener Jungfräulichkeit, aber doch noch etwas Würde auf jemanden zu warten, der echtes Interesse an ihr hat, hat sie es stattdessen darauf geschoben, dass es das erste Mal war. Aber die nächsten Male wurden nicht besser, sondern wenn möglich nur noch schlimmer. Doch wenn es das war, was von ihr erwartet wurde, um Kinder zu bekommen, so würde sie es tun! Und anstatt Herbert zurückzuweisen und ihn als vergangenes Kapitel in ihrem Leben abzulegen, hat sie ihn stattdessen noch mehr und noch schneller in eine Heirat gedrängt. Wenn sie das schon alles mitmachen musste, dann wollte sie auch die Früchte ernten. Sobald sie Herbert ein gemütliches Zuhause schaffen und ein paar Kinder schenken würde, würde er sich sicherlich ändern, sich öffnen und seine guten Seiten zeigen. Bei dem Anblick großer Kinderaugen kann schließlich kein Herz verschlossen bleiben. So war ihr Plan. Doch sie hat ihre Rechnung ohne Mutter Natur gemacht, die gar nicht daran dachte, Hannah und Herbert Kinder zu schenken, nur um ihre Beziehung zu retten und Hannahs Traum von ihrem kleinen Universum Wirklichkeit werden zu lassen. Ganz im Gegenteil. Sie weigerte sich standhaft, Hannah auch nur einmal mit einer verspäteten Periode die Hoffnung zu geben, dass neues Leben in ihr entstünde. Trotz aller Versuche passierte nichts, rein gar nichts. Hannah erinnert sich, wie viele Nächte sie durchgeweint hat. Sie fühlte sich wie Brachland. War es nicht die Berufung, ja, die Daseinsberechtigung einer Frau, Mutter zu werden? Wozu war sie sonst hier? Sie erinnert sich an das Gefühl tiefer Ungerechtigkeit, das sich in ihr breitmachte. Wenn sie schon mit einem pummeligen Körper gestraft war, sollte dieser doch zumindest in der Lage sein, Kinder hervorzubringen. Wozu hatte sie sonst diese großen Brüste? Doch nicht nur, damit Herbert sie begrapschen konnte? Sie waren dafür da, einen Kinderkörper und eine Kinderseele zu nähren und nicht einfach nur, um der Schwerkraft immer weiter nachzugeben und der Lustbefriedigung ihres Mannes zu dienen. Hannah fühlte sich verloren, nutzlos. Und Herbert machte alles noch schlimmer. Denn während sie den heimlichen Verdacht hegte, dass er gar nicht so erpicht wie sie auf Kinder war, so schien er ein fast perverses Vergnügen daran zu finden, sie immer wieder auf ihre Unzulänglichkeit aufmerksam zu machen. Wie selbstverständlich machte er Hannah dafür verantwortlich, dass sie auch nach zwei Jahren noch kinderlos waren, obwohl es für seine immer brutaler vorgebrachten Anschuldigungen keinerlei medizinische Grundlage gab. Im Gegenteil – Hannah wurde stets beteuert, dass sie absolut gesund und im besten Alter zum Gebären sei. Doch Herbert weigerte sich, sich untersuchen zu lassen. Er werde nicht in ‚irgendeinen Becher wichsen', konterte er ihr immer brennender vorgebrachtes Drängen empört. Und nicht nur das, nach zwei Jahren machte er ihr schließlich klar, dass sie von Anfang an gewusst habe, dass er für eine Farm spare und für eine Farm bräuchte man Nachwuchs. Idealerweise männlichen Nachwuchs. Wenn Hannah ihm den nicht bieten könne, so müsse er sie verlassen, da bliebe ihm gar keine andere Wahl. Praktischerweise hatte er auch schon einen Ersatz für sie in Warteposition: eine schlanke, laute Person aus demselben Dorf, die gerne mal einen über den Durst trank und jetzt die Aufgabe hatte, für Herberts männlichen Nachwuchs zu sorgen. Nachdem Herbert sich also mit einer Geschwindigkeit, die Hannah ihm gar nicht zugetraut hätte, von Hannah scheiden und diese völlig traumatisiert zurückließ, verlor er nicht viel Zeit, um seine Neue zu heiraten.

Hannah versucht bis heute, jegliche Informationen über die beiden aus ihrem Leben zu halten, aber das lässt sich nicht immer bewerkstelligen. Vor allem, wenn man aus einem kleinen Dorf kommt, in dem sowohl die eigene Mutter als auch der Ex und seine Neue noch leben. Laut Hannahs Mutter hat er bis heute keine Kinder und obwohl Hannah eigentlich nicht zu Schadenfreude neigt, verschafft dieser Gedanke ihr doch eine gewisse Genugtuung. Sie beißt herzhaft in ihren Muffin. Wenigstens hat die Trennung ihr das hier ermöglicht! Voller Stolz sieht sie sich in ihrem Café um. Als Herberts Ehefrau hätte sie sicherlich keinen eigenen Laden auf die Beine gestellt.

In diesem Moment wird ihr Gedankengang von Lucy unterbrochen, die unter dem lauten Klingeln der Türglocke mit den Worten hineinstürzt: „Du wirst nicht glauben, was die Schrott sich wieder geleistet hat!"

Selbst noch mit ihren eigenen Gedanken beschäftigt, antwortet Hannah abwesend: „Lucy, du bist doch Yogalehrerin, sollte man da nicht anders über Leute sprechen? Seid ihr nicht alle Namaste und so? Sie heißt Schrobel, nicht Schrott."

„Nein, nicht immer Namaste und so", antwortet Lucy. „Gelegentlich dürfen wir auch Menschen mit Schwächen sein. Denn die Schrott ist wirklich Schrott, da hat Michi absolut recht. Sie ist doch allen Ernstes gerade an mir vorbeigekommen, guckt mich von oben bis unten an, schaut auf die Tattoos an meinem Knöchel und sagt beim Vorbeigehen so laut, dass ich es hören musste: ‚Ach Gott, dieser Anblick wird uns im Sommer wohl kaum erspart bleiben.' Damit drehte sie sich mit einem Schauder weg, als hätte ich Lepra. Bei ihr wartet man nur darauf, dass ihr gleich Haare aus ihren Warzen wachsen, und sie wagt es, sich wegen meiner paar dezenten Tattoos zu schütteln."

„Mach dir doch da nichts draus", versucht Hannah sie zu beschwichtigen. „Auch wenn ihr keine Haare aus irgendwelchen Warzen wachsen, so hat sie doch definitiv welche auf den Zähnen."

„Das kannst du laut sagen", antwortet Lucy. „Und übrigens auch an den Zehen. Das konnte ich eben in ihren Sandalen nicht übersehen. Der Schrobel ist ja ein echtes Ekel, aber trotzdem, wie ist er bloß dazu gekommen, diese Schreckschraube zu heiraten?"

„Ach der", antwortet Hannah, „der geht doch eh permanent fremd. Das weiß jeder außer ihr. Mit der Dorffriseuse, seiner Sekretärin und wer weiß, wem noch. Der ist da nicht besonders wählerisch."

„Mit der Friseuse mit den gelben Haaren?", fragt Lucy entsetzt. „Mensch, da bleibt wirklich kein Klischee unbedient".

„Allerdings", bestätigt Hannah und wird ein wenig rot, als sie daran denkt, was für einer Klischeevorstellung sie selbst lange Zeit nachgehangen hat. Trotzdem kann sie sich nicht helfen und fügt hinzu: „Die sind bestimmt beide so, da sie keine Kinder haben, das gehört doch irgendwie zu einer guten Ehe dazu. Und vielleicht hat es bei ihnen einfach nicht geklappt und sie ist frustriert und er schaut sich anderweitig um."

Schon während sie die Worte ausspricht, merkt sie, wie absurd das klingt. Aber sie kann einfach nicht über ihren

Schatten springen. Lang eingebrannte Glaubenssätze lassen sich nicht von jetzt auf gleich über Bord werfen.

„Wow." Lucy blickt sie erstaunt an. „Du hörst dich an wie aus dem letzten Jahrhundert. Ich wusste ja, zu viel Landluft kann nicht gut sein."

Und da kommt diese Luft auch schon hereingeweht, als Babs durch die Tür schneit und gebieterisch verkündet:

„Dachte ich mir doch, dass ich euch hier antreffe, ihr Schleckermäuler. Es ist der erste warme Tag, auf, lasst uns ein wenig hinausgehen und die Sonne genießen. Ich habe mir extra zwei Stunden rausgeboxt und mich an dem schönen Alex vorbeigeschlichen, bevor er etwas anderes für mich zu tun findet."

„Wir können die Sonne nicht genießen, wir haben keine Kinder", gibt Lucy zu Hannahs Schrecken zurück.

„Wie bitte?" Babs schaut sie entgeistert an. „Du hast heute wohl schon zu viel Sonne abbekommen."

„Keinesfalls. Aber Hannah hat mir gerade einen Vortrag darüber gehalten, dass man frustriert und unglücklich wird, wenn man keine Kinder hat."

„Hab' ich nicht", sagt Hannah und wird knallrot. Was ist nur mit Lucy los?

„Hast du wohl", gibt Lucy ungewohnt aggressiv zurück, aber kurz darauf wundert Hannah sich nicht mehr, als es aus Lucy heraussprudelt: „Was glaubst du, wie man dann erst wird, wenn man als Kind keine Eltern hat? Ist es so herum nicht schlimmer? Und vielleicht sollten Eltern dann lieber gar keine Kinder bekommen als plötzlich zu verschwinden und sich nicht mehr um diese kümmern zu können! Da sind mir Leute ohne Kinder tausendmal lieber!"

Dabei schießen Lucy Tränen in die Augen und Hannah bemerkt versöhnlich: „So, ihr Lieben, ich glaube, das reicht jetzt. Ich habe das Gefühl, es ist Föhn und wir sind alle ein wenig gereizt. Kommt, lasst uns rausgehen. Jetzt kommt eh keiner, ich schließe das Café für eine Stunde ab und wir lassen uns den Kopf durchpusten. Dann kommen wir auch wieder auf andere Gedanken."

Sie legt beim Rausgehen einen Arm um Lucy und sieht, wie der eine Träne über die Wange läuft.

13

Abends treffen sie sich wieder bei Michi, aber es ist schnell klar, dass Lucys Laune sich seit mittags nicht verbessert hat. Im Gegenteil, sie reagiert gereizt und schnippisch auf ihre Freunde.

„Hey, was ist los?", fragt Michi sie. „Schlecht geschlafen?"

„Gar nicht geschlafen", faucht Lucy ihn an. „Wie soll man denn hier schlafen? Ich hab' noch keine Vorhänge und die Sonne scheint morgens direkt rein. Und abends wird es nicht dunkel. Das ist wie in Skandinavien hier. Kein Wunder, dass man da gereizt wird."

Kurz kommt ein schlechtes Gewissen bei ihr auf. Sie weiß, dass sie Unsinn erzählt. Sie schläft am liebsten bei offenem Fenster und ohne Vorhänge und liebt es auch, wenn es abends erst langsam dunkel wird. Aber jetzt ist ihr einfach danach, sich zu beschweren, also beschwert sie sich.

„Huh", sagt Michi. „Kein Grund, uns gleich den Kopf abzureißen. Kann ich irgendetwas für dich tun?"

„Ja, das kannst du, Michi, und zwar kannst du uns endlich die Wahrheit erzählen!"

„Wie bitte?" Er schaut sie perplex an und auch Babs,

sonst die Nonchalance in Person, stellt betont langsam ihr Glas ab und sieht Lucy fast provokant an. Wenn Michi angegriffen wird, mutiert Babs zur Löwenmutter, das sollte Lucy mittlerweile wissen. Nur Hannah scheint froh zu sein, dass jetzt mal die anderen Lucys Zielscheibe sind, aber da hat sie sich zu früh gefreut.

„Was ich damit meine, Michi, ist, dass wir hier zwar gerne zusammensitzen und trinken, aber was wissen wir schon voneinander? Heute habe ich erfahren, dass die Emanzipation sang- und klanglos an Hannah vorbeigezogen ist. Da haben unsere Vorfahrinnen ganz umsonst ihre BHs verbrannt."

Hätte sie hingeschaut, so hätte sie gesehen, wie Hannah zusammenzuckt, als hätte sie gerade einen Schlag einstecken müssen. Aber das sieht sie nicht. Stattdessen fährt sie ungebremst fort:

„Und du, Michi, bist auch so ein Buch mit sieben Siegeln. Was wissen wir schon von dir?"

„Genug, möchte ich meinen." Seine Augen verengen sich zu Schlitzen. „Was möchtest du denn wissen, Lucy?"

„Zum Beispiel, was du in deiner Freizeit so treibst."

„Was ich in meiner Freizeit treibe? Machst du Witze? In welcher Freizeit, verdammt noch mal? Wie du langsam wissen solltest, fahre ich tagsüber die Fähre und träume von meiner eigenen Wassersportschule, die wahrscheinlich nie Realität werden wird und abends bin ich hier, versuche euch eine gute Zeit zu bereiten und lasse mich trotzdem blöd von dir anmachen. Welche Laus ist dir über die Leber gelaufen? Meinst du nicht, es reicht langsam?"

Die meisten hätten jetzt wahrscheinlich aufgehört, doch Lucy ist heute nicht zu halten.

„Aber da fehlt eine Kleinigkeit, Michi, oder? Was ist mit deinem Privatleben? Du hast uns zum Beispiel noch nie zu dir eingeladen. Ich habe eine ungefähre Vorstellung davon, wo du lebst, aber ich war noch nie da. Was ist mit deinem Liebesleben? Wieso erzählst du nichts davon? Wieso bist du so verschlossen? Wie soll man da eine echte Freundschaft aufbauen?"

„Verschlossen, he? Du bist die Erste, die das behauptet, Lucy. Gratulation! Und du meinst, eine Freundschaft entsteht, wenn man sich selbst zu jemandem einlädt und diesen zwingt, über Dinge zu reden, zu denen er vielleicht einfach noch nicht bereit ist? Also, ich sage es dir jetzt ganz klar: Es geht dich nichts an, okay? Wenn ich mal das Bedürfnis habe, dir mehr zu erzählen oder dich zu mir einzuladen, dann werde ich das tun. Aber bis dahin wirst du damit vorliebnehmen müssen, dich hier von mir unterhalten und bedienen zu lassen. Oder es eben sein lassen."

Lucy muss schlucken. Solch eine Abfuhr hatte sie nicht erwartet. Sie sieht sich regelrecht von ihrem hohen Ross herunterfallen. Vor allem als Babs noch sagt:

„Da wir gerade dabei sind, Miss ‚Lasst uns alle beste Freunde sein' – bist du nicht die Verschlossene hier? Dir muss man doch auch alles aus der Nase ziehen. Also, erzähl schon, wieso ist Schluss mit deinem Freund aus London? Das hast du uns bis heute sehr elegant vorenthalten. Meinst du nicht, da ist es auch mal an der Zeit, den Mantel des Schweigens zu lüften? Oder gilt die erwartete Ehrlichkeit nur für uns?"

Lucy spürt, wie ihr Blut in Wallungen kommt. Das tut es immer, wenn sie an die Sache mit Stuart denkt.

„Okay, Babs, du willst es also wissen? Ihr wollt es alle wissen?"

Sie sieht ihre Freunde mit funkelnden Augen an.

„Um ehrlich zu sein, ich eher nicht", sagt Hannah und steht auf. „Ich gehe nach Hause. Tschüss, wünsche euch noch einen schönen Abend."

Damit dreht sie sich um und verschwindet.

„Glückwunsch", murmelt Babs und Lucy hat plötzlich einen Kloß im Hals. Sie hätte nicht gedacht, dass es möglich ist, die gutmütige Hannah zu verärgern. Aber jetzt ist sie voll in Fahrt, da kann sie so schnell nicht aufhören.

„Nun gut, eine weniger, auch nicht schlimm. Also, wieso mit Stuart Schluss ist? Ganz einfach – weil er mich betrogen hat! Und zwar aufs Übelste und über eine längere Zeit hinweg, wie ich inzwischen erfahren habe. Und wollt ihr auch wissen, wie ich es erfahren habe? Hier, da habt ihr mal eine Geschichte: Er hat mir zu Weihnachten eins dieser lächerlichen Fitnessbänder geschenkt, die man am Handgelenk trägt."

Aus dem Augenwinkel nimmt sie wahr, wie Michi schnell versucht, sein eigenes Band unter dem Ärmel zu verstecken. Nur Babs schiebt ihre Ärmel genüsslich hoch. Mit einem Fitnessband würde man sie selbst tot nicht sehen.

„Fitbit oder wie diese Teile heißen", fährt Lucy fort.

„Wäre schon Grund genug gewesen, ihn zu verlassen", murmelt Babs.

„Da hast du allerdings recht", stimmt Lucy ihr zu. „Aber dafür war ich offensichtlich zu blöd oder zu abhängig oder zu anspruchslos oder was auch immer. Aber einer Yogalehrerin so ein Band zu schenken, ist natürlich Hohn. Nun ja, wenigstens hat er sich selbst auch eins gekauft und war stolz darauf, mir zu präsentieren, wie wir unsere Aktivitäten miteinander synchronisieren können. So kann der eine immer sehen, inwieweit der andere sich sportlich betätigt hat. Ihr wisst schon – wie in der DDR. Totale Überwachung. Darauf stand er offenbar. Ich habe dieses lächerliche Ding natürlich stets zu tragen vergessen. Was ihn unglaublich beleidigte, denn er hing an seinem wie an einer Religion. Konnte es sogar nachts nicht ausziehen, seinen kleinen Schatz. Irgendwann wollte ich dann tatsächlich mal durch den Londoner Smog joggen, nahm das Band zur Hand und spielte damit herum. Und da sah ich dann seine Aktivitäten und durfte verwundert feststellen, dass diese besonders nachts in kurzen Intervallen hochschossen. Und zwar immer in den Nächten, in denen wir nicht zusammen waren und wo er angeblich lernen musste. Er hat noch studiert. Nun ja, dies war jedenfalls wieder einer dieser Lernabende, die sich in letzter Zeit gehäuft hatten und so entschloss ich mich, statt durch den Park lieber zum lieben Stuart zu laufen. Und kaum habe ich geklingelt, wurde auch schon aufgemacht, da ich offensichtlich für den China-Mann gehalten wurde, von dem er und seine Geliebte gerade Essen bestellt hatten. Ja, ihr müsst gar nicht so gucken. Ist schlechter als in jedem Film. Jedenfalls macht mir eine schlanke Schönheit mit langen dunklen Haaren und wesentlich weniger Falten als ich auf, nur in einen langen Pulli meines damaligen Freundes und ein Paar Socken gekleidet und wundert sich, dass ich ihr Essen nicht dabeihabe. Noch mehr wunderte sie sich dann, als ich das verflixte Fitnessband wie eine Kugelstoßerin durch die Wohnung geschmissen habe. Das Schlimmste war – Stuart war zwar ein wenig erschrocken, aber mehr als das wirkte er erst genervt und dann fast erleichtert. Er hat noch nicht einmal versucht, es zu beschönigen. Sagte nur: ‚Jetzt ist es raus. Vielleicht ganz gut so.' Und ich dumme Kuh habe mit offenem Mund den Rückzug angetreten. Das Beste ist: Danach habe ich sogar noch in Erwägung gezogen, um ihn zu kämpfen! Hatte schlaflose Nächte bei der Vorstellung von den beiden, wie sie nackt auf ihm sitzt und ihre langen Haare nach vorne und nach hinten wirft. Könnt ihr euch das vorstellen? Ich wollte ihn wirklich zurückhaben!"

„Frauen!", deklariert Michi und verdreht die Augen.

Lucy holt tief Luft. Sie hat fast ohne Punkt und Komma geredet.

„So, das war meine Geschichte, da habt ihr es. Hat es

euch Spaß gemacht? Babs, jetzt bist du dran. Von dir wissen wir quasi gar nichts. Also los, raus mit der Sprache."

Babs lächelt sie an. „Wie Michi sagte, Lucy: Das geht dich nichts an! Ich teile, was ich will und wann ich es will. Von dir lasse ich mich sicherlich nicht in die Ecke drängen. Aber ich muss zugeben, die Story war gut", sagt sie. „Daher musst du dich bei mir auch nicht für dein unmögliches Verhalten heute Abend entschuldigen. Wir sind quitt."

„Bei mir auch nicht", wirft Michi ein. „Die Story war es wirklich wert!"

„Aber bei Hannah", fügt Babs hinzu, „bei der würde ich mich an deiner Stelle schnellstens melden und versuchen, das wieder gutzumachen. Also, nichts für ungut, Leute. Ich muss los."

Dann nimmt sie ihre Tasche und verschwindet.

„Ich mache bald zu, Lucy." Michi fühlt sich offensichtlich unwohl mit ihr allein. „Wir sehen uns die Tage, okay? Und hör zu – die Story mit diesem Stuart – das tut mir leid. Das hast du nicht verdient. Was für ein Idiot."

Damit fegt er sie regelrecht auf die Straße und Lucy steht verdattert draußen. Was war das nur für ein Tag? Was ist mit ihr los?

14

Was für ein Abend! Michi nimmt seinen Freund in den Arm.
„Und, wie war es heute?"
„Ach, frag nicht, einfach nur schräg. Lucy war drauf, das kann ich dir gar nicht beschreiben. Hat jeden von uns attackiert. Mich unter anderem dafür, dass ich nichts von meinem Privatleben berichte."
Der geliebte Mann in seinen Armen lächelt traurig.
„Da kann ich ihr nur zustimmen. Wann, Michi? Wann ist es endlich so weit, dass wir unsere Liebe offen ausleben können? Ewig kann ich so nicht weitermachen. Ich stoße langsam an meine Grenzen."
Michi sieht in die vertrauten, dunklen Augen und es zerreißt ihm das Herz bei dem Schmerz, den er darin erkennt. Er streichelt seinem Freund über das schöne schwarze Haar, das sich unter seinen Fingerspitzen so weich und doch so fest anfühlt.
„Ich weiß es nicht, mein Liebster. Ich weiß es wirklich nicht. Du kennst doch die Situation."
„Ich kenne sie, ja, und ich wüsste nicht, was sich bald

ändern sollte. Worauf wartest du? Auf ein Wunder? Ich brauche eine Perspektive, Michi, ich brauche sie wirklich."

„Ich weiß", seufzt Michi und legt sich auf den Rücken. „Und ich würde sie dir so gerne geben. Ich weiß einfach, dass sich irgendwann einmal etwas ändern wird, aber jetzt ist es noch nicht so weit. Lass uns doch trotzdem zumindest vor meinen Freunden schon einmal offen zusammenleben. Das wäre ein Anfang, oder?"

„Nein, das wäre es nicht. Und ich will keinen Anfang, ich will alles mit dir zusammen erleben, nicht häppchenweise."

Michi nickt. „Wir sprechen manchmal über dich, weißt du?"

„Wirklich, was denn?"

„Das sage ich dir nicht, das wirst du erfahren, wenn du mal mitkommst. Ich versuche zumindest immer wieder, das Thema auf dich zu lenken. Das ist dann fast, als seist du dabei. Aber halt nur fast." Damit nimmt er seinen Freund fester in die Arme und hört, wie dieser bald ruhig und tief atmet.

Er selbst kann jedoch nicht so schnell einschlafen. Diese Gespräche machen ihm immer zu schaffen. Denn es stimmt ja – was sollte sich in nächster Zeit schon ändern? Was könnte Weltbewegendes passieren, damit er endlich zu seinem Leben stehen kann? Und vor allem – wie lange wird er sich noch hinter Ausreden verstecken und seinen Freund hinhalten können? Mit einem tiefen Seufzer starrt er an die Decke, bis es langsam wieder hell im Zimmer wird.

15

Lucy wacht auf und schlägt die Hände vors Gesicht. Sie fragt sich, was gestern in sie gefahren ist. Aber wenn sie ganz ehrlich ist, dann weiß sie es: War das, was Hannah gesagt hat, nicht genau das, was sie selbst empfunden hat? Hat sie nicht all ihre Hoffnungen in Stuart gelegt, dass er ihren Schmerz des Verlassenwerdens heilt? Hat sie nicht heimlich auch auf einen Heiratsantrag und Kinder gehofft und sich minderwertig gefühlt, als Stuart ihr eine andere vorgezogen hat? Denkt sie nicht ganz genauso wie Hannah und hat sich deshalb ertappt gefühlt?

So will sie nicht denken, das ist ihr schon klar. Sie ist eine eigenständige, selbstbewusste Frau und würde sich auch gerne wie eine fühlen. Aber wie soll das gehen, wenn nichts so klappt, wie sie es sich vorstellt? Wenn sie vielleicht sogar so sehr gehasst wird, dass man sie boykottiert und sie in absehbarer Zeit bankrott sein wird. Sie denkt an Alex und ihr wird wieder warm im Gesicht, als sie sich daran erinnert, wie er sie bei Michi vorgeführt und danach erfolglos versucht hat, die Wogen wieder zu glätten. Aber er kann es sich leisten. Bei ihm scheint alles so rundzulaufen. *Smooth operator halt,* denkt sie sarkastisch und der Neid steigt in ihr auf. Wie muss es wohl sein, in dem Paradies hier zu leben, wenn alles wie am Schnürchen läuft? Wenn man einfach genießen und sein Bestes geben kann, ohne sich die ganze Zeit um grundlegende Dinge Sorgen machen zu müssen, während das Ersparte verschwindet. Es ist, als würde ihr Geld einfach in ein Loch ohne Boden fließen. Alles geht raus, fast nichts kommt rein. Wenigstens ist das Leben hier nicht so teuer wie in London und sie geht hier auch wesentlich seltener aus. Trotzdem, es wird Zeit, dass sie anfängt, etwas zu verdienen. In dem Moment schaut sie auf den Wecker und sieht, dass ihre Morgenyogastunde gleich beginnt. Zeit, zu duschen und sich für die Teilnehmerinnen in die richtige Stimmung zu bringen. Sie möchte nicht mit solch einem miesepetrigen Gesicht daherkommen, das haben ihre Yogis nicht verdient. Sie sind zudem die Einzigen, die ihr zumindest eine kleine Einnahmequelle sichern. So macht sie sich frisch, versucht ihre trüben Gedanken abzuschütteln und geht nach unten in ihr Studio. Die üblichen Verdächtigen sind schon da, unter anderem Babs und Emma. Sie umarmt Babs wie immer herzlich, wenn auch heute ein wenig beschämt. Dabei versucht sie trotzdem, den anderen Schülerinnen nicht das Gefühl zu geben, dass sie ihre Freundin bevorzugt behandelt. Besonders rührend findet sie, wie Babs sich mittlerweile als Emmas Beschützerin aufführt. Lucy muss trotz ihrer trüben Stimmung lächeln. Zwei unterschiedlichere Zeitgenossinnen könnte man sich kaum vorstellen. Dann bemerkt sie, dass an Emma heute etwas anders ist. Hat sie etwa Make-up aufgelegt? Ja, es sieht tatsächlich so aus.

„Du bist heute aber besonders hübsch", stellt Lucy mit einem Lächeln fest und wie erwartet errötet Emma und schaut unsicher zu Babs hin. Diese nickt ihr mit einem Zwinkern zu und Lucy sieht ihre Annahme bestätigt, dass Babs etwas mit dieser Verwandlung zu tun hat. *Gut für Emma,* denkt sie sich und freut sich für das schüchterne Mädchen. Dann begrüßt sie auch die anderen und die Stunde kann beginnen.

NACH DEM TRAINING geht Babs nicht wie sonst mit Emma wieder hoch zum Tegerngold, sondern lungert noch vor dem Yogaraum herum.

„Lucy, hast du mal eine Minute?"

Lucy stöhnt innerlich auf. Das hätte sie sich denken können. So einfach lassen ihre Freunde sie nach dem gestrigen Abend nicht davonkommen.

„Ja klar, warte nur kurz. Ich räume noch diese Sachen hier weg und bin dann gleich bei dir."

Beim Aufräumen lässt sie sich Zeit. Solche Gespräche genießt niemand. Aber dann kann sie es nicht länger vor sich herschieben. „Tee?", fragt sie, und sie gehen gemeinsam in die große Wohnküche.

Lucy beschließt, einfach anzufangen.

„Du willst über gestern Abend sprechen, nehme ich an? Es tut mir leid, Babs, ich hätte mich nicht so verhalten sollen. Das war unangemessen. Ich weiß nicht, was in mich gefahren ist."

„Es ist okay, Lucy, wirklich. Ich bin nicht hier, um dir Vorwürfe zu machen, das machst du offenbar schon selbst. Nein, das nicht. Aber wir drei haben uns unterhalten. Du liegst uns allen am Herzen und wir machen uns Sorgen."

Lucy lacht bitter auf.

„Sorgen macht ihr euch? Glaub mir, die mache ich mir auch. Denn wenn das so weitergeht, bin ich bald pleite."

„Sorry, Lucy, ich will natürlich, dass die Sachen gut für dich laufen, aber Geld ist mir ehrlich gesagt ziemlich egal. Wenn du willst, leihe ich dir auch etwas."

Jetzt fängt Lucy wirklich an zu lachen.

„Ich meine es nicht böse, aber wenn eine Masseurin mir, der angeblichen Großerbin, schon anbieten muss, Geld zu leihen, dann ist meine Situation wirklich ziemlich ausweglos, oder?"

Babs sieht sie verletzt an, und Lucy tun ihre Worte sofort wieder leid.

„Ich lasse das jetzt einfach mal so stehen," bemerkt Babs und atmet tief durch, wahrscheinlich um die Fassung zu bewahren. „Es ist interessant zu hören, was du von meinem Job hältst, aber darum geht es hier eigentlich nicht."

Lucy würde am liebsten im Erdboden versinken. Sie tritt auf ihre Freundin zu und legt die Arme um sie.

„Babs, es tut mir so leid, was bin ich nur für ein Ekel. Ich bewundere dich für alles, was du machst, vielleicht beneide ich dich sogar tief im Herzen für das Selbstverständnis, mit dem du durchs Leben gehst. Es ist mir wirklich peinlich, was ich da gesagt habe, es hat nichts mit dir zu tun. Das zeigt nur, wie klein ich mich gerade fühle."

Damit schießen ihr die Tränen in die Augen und Babs streichelt ihr beruhigend über den Rücken.

„Ist schon gut", sagt sie. „Ich habe ein dickes Fell. Aber genau um das, was du gerade sagst, geht es. Du scheinst so zerrissen in dir zu sein. Beim Yoga und auch wenn man dich nicht kennt, da wirkst du so Zen, wie es nur geht, aber wenn man dann etwas tiefer bohrt, kommt ein Schmerz hervor, der dich fast aufzufressen scheint."

„Genau so fühle ich mich, Babs, ganz genau so. Als müsse man nur einmal picken und schon schießt alles wie bei einem Vulkan heraus. Als hätte ich Abgründe in mir, vor denen ich mich selber fürchte. Deshalb auch das ganze Yoga. Das sind die Momente, in denen ich mich wirklich geerdet und mit mir im Einklang fühle. Da fühle ich mich ganz, quasi komplett, verstehst du? Und auch sonst geht es mir meistens gut. Aber manchmal, da kommt etwas über mich, das mich selbst erschreckt."

Mittlerweile laufen ihr die Tränen über die Wangen und Babs schenkt ihr noch etwas Tee nach.

„Sagt ihr in England nicht immer, dass Tee alle Sorgen löst?", fragt sie sanft lächelnd.

„Nein", antwortet Lucy und zieht ihre Nase laut vernehmlich hoch. „Da hast du dich vertan. Das ist Gin!"

„Okay, den gibt es nächstes Mal", beteuert Babs mit einem Zwinkern und reicht ihr ein Taschentuch. „Aber jetzt hör mal Lucy, ich bin mir sicher, dir kann geholfen werden. Meine Güte, du hast deine Eltern als Kind verloren und wurdest von Leuten großgezogen, die nichts mit dir anfangen konnten. Und dann verlässt dich dieser Vollidiot und hier hast du es jetzt auch nicht leicht. Da ist es doch normal, dass alte Ängste hochkommen. Aber kannst du dies nicht auch als Chance nutzen? So mache ich das immer. Wenn es mir nicht gut geht, sage ich mir, dass dies eine Chance darstellt, etwas in mir zu klären. Jede Krise ist auch immer eine Gelegenheit."

„Hallo, was hast du mit meiner vorlauten Freundin gemacht?", fragt Lucy und lächelt sie an. „So wie du dich anhörst, solltest du die Yogalehrerin sein. Aber du hast ja recht", wird sie wieder ernst. „Ich stimme dir vollkommen zu. Es wäre eine Schande, eine Krise vorbeiziehen zu lassen, ohne daraus zu lernen. Nur habe ich im Moment das Gefühl, ununterbrochen in leichter Panik zu leben. Das Geld rinnt nur so durch meine Finger und da fällt es mir schwer, mich auf andere Dinge zu konzentrieren."

„Du meinst, auf etwas so Unwesentliches wie dich selbst?", gibt Babs zurück. „Ich weiß nicht, ob du hier die Prioritäten richtig setzt. Mir ist ja bewusst, dass Geld die Gedanken von einem einnehmen kann, wenn man es gerade mal nicht hat, aber Geld ist etwas, das kommt und geht. Du selbst hingegen, du bist in jeder Sekunde bei dir. Solltest du dir da nicht die absolut höchste Bedeutung geben? Außerdem sagst du doch selbst immer: Das Außen spiegelt nur das Innenleben wider. Wenn etwas im Außen nicht stimmt, so schau, was du in deinem Inneren ändern kannst, denn nur darüber hast du Macht."

Jetzt hält Lucy sich lachend die Ohren zu. „Stopp", ruft sie. „Meine eigenen Worte aus deinem Mund – das ist ja unheimlich! Aber da bin ich wohl selbst schuld, ich sollte beim Yoga besser den Mund halten."

„Oder anfangen, auf dich selbst zu hören", sagt Babs und lächelt. „Denn du bist gar nicht so unweise. Also, was hältst du von der Annahme, dass in deinem äußeren Leben momentan Dürre herrscht, da es innerlich auch nicht besser aussieht? Das Potenzial ist da – schau dir nur dieses wunderschöne Grundstück an, der Neid eines jeden Baulöwen hier in der Gegend. Aber am letzten Ruck fehlt es noch – genau wie bei dir. Eine wunderschöne, liebenswerte Frau voller Potenzial, doch ist da etwas, das dich zurückhält, dieses Potenzial auszuleben. Mein Gefühl ist, wenn du das in deinem Inneren klären kannst, wird sich auch alles andere regeln."

„Wie weise du bist, meine liebe Freundin", sagt Lucy lächelnd. „Kein Wunder, ihr Griechen hattet schon immer die besten Philosophen. Und erinnerst du dich an das Orakel von Delphi? Die Antwort auf alles ist: Erkenne dich selbst. Also gut, ich bin bereit. Natürlich bin ich das. Ich will meinen Dämonen in die Augen schauen. Aber wie gehe ich das an? Ich glaube nicht, dass ich das ohne Hilfe schaffe."

„Und hier kommt wieder die weise Babs", antwortet diese und holt ein Stück Papier aus der Tasche, „die in ebenso weiser Voraussicht schon einmal die Adresse einer tollen Atemtherapeutin hier in der Gegend aufgeschrieben hat".

„Atemtherapeutin?" Lucy ist verdutzt. „Babs, ich kann

atmen. Wenn ich eines kann, dann ist es atmen. Das ist eine der Grundlagen des Yoga."

„Hier kannst du jetzt vielleicht noch einmal ein wenig tiefer gehen", beharrt Babs auf ihrem Plan. „Denn bei ihr geht es um kraftvolles Atmen, volles Leben, da wird alles herausgeschwemmt, was vorher im Verborgenen lag. Ich selbst war noch nie bei ihr, aber viele meiner Kundinnen schwärmen von ihr. Und andere kommen nur an den Tegernsee, um sie zu besuchen. Sie soll wirklich ausgezeichnet sein, probiere es doch einfach mal aus."

„Okay, ich werde darüber nachdenken", antwortet Lucy zögerlich, aber sobald Babs aus der Tür raus ist, nimmt sie ihr Telefon und wählt die Nummer, die auf dem Zettel steht.

„Ja, guten Tag, hier spricht Lucy Davenport. Könnte ich bitte einen Termin bekommen? So schnell wie möglich, wenn es geht."

16

Hier steht sie jetzt also, vor dem kleinen schmucken Haus dieser Wundertante. Diese muss gespürt haben, dass Lucy ihre Hilfe wirklich braucht, denn sie hat ihr ruckzuck einen Termin gegeben. Was hat Babs gesagt? Alles Verborgene wird ans Tageslicht gespült, das Innen nach Außen gekehrt. Es hört sich etwas unheimlich an, aber Lucy ist bereit, es anzugehen. Sie ist heilfroh, dass Hannah ihr schnell wieder verziehen hat, da hat sich dann glücklicherweise doch wieder ihr weiches Herz gezeigt. Aber Lucy weiß auch, dass sie an ihrem Verhalten etwas ändern muss, wenn sie die Menschen, die ihr wichtig sind, nicht vergraulen will. Babs hat ihr für heute ihr Auto geliehen und nun, zwanzig Minuten später, steht Lucy hier vor der Tür und ist sich plötzlich doch nicht mehr sicher, ob sie das durchziehen will. Bei der Adresse handelt es sich um ein kleines Einfamilienhaus, rundherum weit und breit nichts und auf der Klingel nur ein Name: Aurelia. Scheint keinen Nachnamen zu haben, die gute Frau. Sehr esoterisch, das Ganze. So ganz wohl fühlt Lucy sich dabei nicht. Braucht sie so einen Hokuspokus wirklich? Irgendeine Wunderheilerin, die Aurelia heißt? Aber schließlich drückt sie doch auf die Klingel. Jetzt ist sie schon einmal hergefahren, dann will sie es jetzt auch wissen. Sie wartet, das Schlimmste befürchtend und stellt sich Aurelia so wie Frankie aus der Serie *Grace and Frankie* vor. Mit grauen, strohigen Haaren, Batik-Klamotten und von einem permanenten Geruch von Hasch und Räucherkerzen umgeben. Stattdessen öffnet eine kleine, blonde und durchaus hübsche Mittvierzigerin die Tür, nach deren Akzent Lucy sie sofort als Schweizerin einordnet. Lucy hat zwar keine Ahnung von Schweizern, eigentlich hat sie von wenig anderem als von Engländern Ahnung, aber sie hatte schon immer das Gefühl, eine Schwäche für Schweizer zu haben. Wahrscheinlich, seitdem sie als Kind Heidi im Fernsehen gesehen hat. Sie atmet auf. Ist doch nicht so schlimm, wie sie dachte. Noch erleichterter ist sie dann, als sie sieht, dass Aurelia in einem ganz normalen, nett eingerichteten Haus wohnt und sie in einen schönen, hellen Raum führt. Klar, der ein oder andere Buddha steht hier und dort herum, das obligatorische Bild einer Lotusblume auf einem See darf auch nicht fehlen und natürlich ist der Raum mit Kerzen geschmückt. Aber es hält sich alles in Grenzen und durch das Yoga hat Lucy auch ein Faible für solche Dinge.

„Schön ist es hier", sagt sie und schaut sich um.

„Freut mich, dass es dir gefällt", erwidert Aurelia und zeigt bei ihrem Lächeln strahlend weiße Zähne. „Es ist doch okay, wenn wir uns duzen? Ich finde, bei einem solch persönlichen Prozess ist das hilfreich."

„Ja, klar ist das okay", bestätigt Lucy. „Mache ich mit meinen Yogaschülern auch immer."

„Ach, du bist Yogalehrerin? Wie schön – ich liebe Yoga!"

„Dann solltest du mal bei mir vorbeikommen", schlägt Lucy vor.

„Wer weiß, vielleicht mache ich das mal, aber jetzt geht es um dich. Womit kann ich dir helfen?"

Damit setzen die beiden sich hin und Aurelia schenkt ihnen warmen, würzigen Tee ein. Schon allein der Geruch beruhigt Lucy, aber sie weiß trotzdem nicht, wie sie beginnen soll. Aurelia spürt das offenbar.

„Erzähl einfach frei von der Leber weg, was dich belastet, es gibt hier keine Erwartungen zu erfüllen."

„Also gut." Lucy holt tief Luft. „Ich weiß nicht so genau, wie ich das ausdrücken soll, aber irgendwie fühle ich mich in mir selbst allein. Es ist ein Gefühl von ständigem Verlassenwerden. Ich scheine da keinen Anker zu haben, macht das Sinn?"

„Wenn das dein Gefühl ist, dann macht das natürlich Sinn. Jedes Gefühl hat seine Berechtigung und ist ernst zu nehmen. Kannst du mir dazu noch ein bisschen mehr erzählen? Wie sich das auswirkt, zum Beispiel?"

„Ja", sagt Lucy und denkt kurz nach. „Ich bin in letzter Zeit ein richtiger Kotzbrocken, auch den paar Freunden gegenüber, die ich hier habe. Dabei können die nun wirklich gar nichts dafür. Früher war ich nicht so. Da war ich ausgeglichen. Aber seit mein letzter Freund mich verlassen hat und ich hier am Tegernsee so lieblos empfangen wurde, kommt vieles in mir wieder hoch. Und das ist es eigentlich. Ich habe nicht das Gefühl, dass es etwas Neues ist. Ich glaube eher, es ist etwas ganz Altes in mir, das jetzt zum Vorschein kommt. Wenn ich in Beziehungen war, dann wurde es ruhiggehalten, wie ein Wolf, der gestreichelt wird, aber von dem man weiß, dass er gleich aufspringen und zubeißen wird. Dass es nur eine Frage der Zeit ist. Ist das irgendwie verständlich?", fragt sie.

Wieder nickt Aurelia. „Natürlich. Und nicht nur das. Du bist offensichtlich sehr reflektiert. Das sind nicht viele. Dieses schlummernde Monster in sich selbst zu erkennen, das können nur die wenigsten."

„Ich bin mir manchmal nicht sicher, ob es gut ist, das zu

sehen", sagt Lucy und spürt, wie ihr die Tränen kommen. „Vorher war das Leben einfacher."

Aurelia lächelt verständnisvoll. „Das kann durchaus sein, aber glaub mir, das ist es wert. Denn solange das Monster unter dem Schrank schlummert, solange hältst du es für groß und gefährlich. Du verschwendest eine unglaubliche Energie darauf, es im Zaum zu halten. Aber sobald du ihm einmal in die Augen schaust, wirst du merken, dass es sich bloß um einen Papiertiger handelt. Das Unheimliche fällt in sich zusammen und du wirst eine Liebe für deine Ängste und für dich empfinden, die fast schmerzlich in ihrer Zartheit ist. Es ist ein Prozess, der Mut erfordert, aber wie zuvor erwähnt – das ist es wert. Denn schließlich musst du auf jeden Fall damit leben. Ist es da nicht besser zu wissen, womit du es zu tun hast?"

„Doch, wahrscheinlich schon", murmelt Lucy. „Und du kannst mir dabei helfen?"

„Ich unterstütze dich, ja. Ich assistiere, aber die eigentliche Arbeit musst du machen. Nur du kannst dich selbst heilen. Du hast ein Gefühl des Verlassenwerdens erwähnt. Weißt du, wann du es zum ersten Mal erlebt hast? Glaubst du, du kannst dich dorthin noch einmal zurückversetzen?"

Lucy läuft ein kalter Schauer über den Rücken. Wenn sie eins nicht will, dann ist es, sich an diesen Tag im Oktober zu erinnern. Sie sieht zu Boden und sagt leise zu Aurelia: „Wann ich es zum ersten Mal erlebt habe, weiß ich nicht, aber ich weiß, wann ich es am stärksten erlebt habe."

Schließlich erzählt sie Aurelia unter Tränen vom Tod ihrer Eltern. Noch während sie spricht, fragt sie sich: Wieso erzähle ich nicht die ganze Wahrheit? Wieso lasse ich einen Teil aus? Aber sie kann nicht anders. Sie ist noch nicht bereit.

Aurelia hört ihr aufmerksam zu und als Lucy geendet hat, sagt sie:

„Das ist ein großer Schock für ein Kind. Hat dir damals jemand geholfen, das zu verarbeiten?"

Lucy schüttelt den Kopf.

„Meine Pflegefamilie hätte das gar nicht gekonnt. Sie waren einfache Leute und das Thema wurde praktisch nicht angeschnitten. Ich hatte irgendwie das Gefühl, es beschämte sie. Tatsächlich, wenn ich jetzt darüber nachdenke, glaube ich, sie schämten sich, über Gefühle zu reden. Das machte man einfach nicht."

Aurelia nickt.

„Im Internat", fährt Lucy fort, „hat man mir schon ein bisschen geholfen. Da war ein Priester, der ab und zu mit mir gesprochen hat. Er meinte es wahrscheinlich gut, aber das ganze Gerede über Gott war mir zu abstrakt. Und wenn ich ehrlich bin, war ich auch wütend auf Gott. Stinkwütend sogar."

Aurelia nickt wieder. „Das ist verständlich."

Da fängt Lucy richtig an zu weinen. „Wenn ich in mich hineinhöre, dann spüre ich: Ich bin es immer noch! Stinksauer auf Gott! Dass er mir das angetan hat. Dass er mich alleingelassen hat. Und dass er mich immer wieder alleinlässt!"

„All deine Wut hat ihre Berechtigung, Lucy", sagt Aurelia sanft. „Wir werden da noch genauer hinsehen. Aber jetzt schauen wir uns noch mal das Gefühl des Verlassenwerdens an, okay? Nicht von deinen Eltern, das ist im Moment noch zu heftig, aber von deinem Ex-Freund. Was sagt es da in dir?"

„Was es in mir sagt?"

„Ja, dass er dich verlassen hat, scheint ja einiges ausgelöst zu haben. Also, wenn du an ihn und das Verlassenwerden denkst, was sagt es da in dir?"

„Na, dass er mich nicht hätte verlassen sollen, natürlich."

„Kannst du das als ganzen Satz, als Aussage formulieren?"

„Stuart hätte mich nicht verlassen sollen."

„Gut, nehmen wir das als Ausgangspunkt. Stuart hätte dich nicht verlassen sollen. Bist du dir da sicher?"

„Ja, natürlich bin ich mir da sicher." Lucy sieht Aurelia erstaunt an.

„Hundertprozentig sicher?"

Lucy will das gerade bestätigen, doch dann hält sie inne.

„Na ja, hundert Prozent vielleicht nicht. Es hat vermutlich auch seine guten Seiten, dass er mich verlassen hat. Das sehe ich schon auch manchmal."

„Aha", sagt Aurelia. „Dann drehen wir den Satz doch einfach mal um. Was wäre das Gegenteil von dem, was du gerade gesagt hast?"

„Stuart hätte mich verlassen sollen?"

„Zum Beispiel. Klingt das vernünftig? Das ist schließlich die Realität. Kann etwas in dir akzeptieren, dass die Realität so sein sollte, wie sie ist, und nicht anders?"

Lucy grinst. „Es hört sich verrückt an, aber auch sehr erleichternd. Das Anstrengende ist ja immer dieses Infragestellen hinterher. Und das Analysieren und darüber nachdenken."

„Richtig", sagt Aurelia. „Es ist vorbei, nicht? Und es ist passiert. Ziemlich müßig, das immer wieder infrage zu stellen. Aber machen wir weiter. ‚Stuart hätte mich nicht verlassen sollen.' Was gibt es noch für eine Umkehrung?"

„Ich hätte Stuart verlassen sollen? Oh ja, das hätte ich tun sollen, der untreue Sack."

„Oder?"

„Ich hätte Stuart nicht verlassen sollen? Das ergibt nun wirklich keinen Sinn, ich habe ihn ja nicht verlassen."

„Bist du dir da sicher, Lucy? Öfter, als man denkt, haben wir Menschen schon verlassen, bevor sie uns dann verlassen können. Du kannst ja mal in Ruhe darüber nachdenken, ob dir die Beziehung wirklich so wichtig war, wie du dachtest.

Aber jetzt gehen wir zu der einen Person, über die du wirklich Macht hast. Wer ist das?"

„Ich selbst", stellt Lucy fest.

„Richtig. Und wenn wir jetzt davon ausgehen, dass andere uns immer nur das ‚antun'", dabei malt Aurelia Gänsefüßchen in die Luft „was wir uns selbst antun und dass unser Außenleben immer unser Innenleben reflektiert, dann könnte eine weitere Umdrehung was sein, Lucy?"

„Ich hätte mich nicht verlassen sollen?", fragt Lucy leise und spürt wieder Tränen in ihre Augen steigen. Die Worte resonieren mit ihr.

„Du hättest dich nicht verlassen sollen, ganz richtig. Oder 'du sollst dich nicht verlassen'. Als dein Freund dich verlassen hat, hat er es einmal getan. Einmal verlassen, einmal Schmerz. Aber wenn wir diese Dinge immer wieder durchgehen, sie immer wieder durchkauen, verlassen wir uns immer und immer wieder, spüren den Schmerz immer und immer wieder. Wir tun uns Schlimmeres an, als uns jemand von außen jemals antun könnte. Dabei ist unser eigenes Verhalten das Einzige, über das wir die volle Kontrolle haben. Also, ‚ich sollte mich nicht verlassen'. Und daran werden wir jetzt arbeiten, was hältst du davon?"

Lucy nickt. Ihr wird klar, dass Aurelia recht hat. „Einverstanden", sagt sie. „Daran können wir arbeiten."

Aurelia erklärt ihr, was sie jetzt vorhat. Sie möchte mit Lucy eine Atemsitzung machen, bei der Lucy sich auf dem Boden auf eine Matte legt und so tief und stark atmet, wie es ihr möglich ist.

„Der Atem trägt unglaublich viel Weisheit in sich", erläutert Aurelia. „Aber das weißt du ja aus dem Yoga. Das heißt, wenn du ganz tief atmest und dich auf nichts anderes konzentrierst als auf deinen Atem, wird er dorthin gehen, wo er gebraucht wird. Wo etwas festsitzt, wo Dinge gelöst werden wollen. Dabei können viele Bilder auftauchen. Lass dich von ihnen nicht ablenken. Lass sie hochkommen, aber konzentriere dich dann wieder auf deinen Atem. Überlasse dich ganz dem Atmen. Ab und zu werde ich dich bitten, Geräusche zu machen. Und da kannst du dann auf den Boden stampfen, mit deinen Armen in die Luft boxen oder auf den Boden schlagen und so laut schreien, wie du möchtest. Lass dann einfach alles raus, was raus will. Und hab' bitte keine Hemmungen. Schrei deine ganze Wut heraus. Solch eine Möglichkeit hat man nur selten", bemerkt sie lachend. „Jetzt verstehst du auch, wieso ich nicht in einem Mietshaus wohne, sondern hier so abgeschieden lebe."

Lucy nickt. „Okay, ich werd's versuchen. In letzter Zeit war mir tatsächlich oft nach Schreien zumute. Vielleicht tut es gut, das Ganze mal rauszulassen."

Dann legt sie sich hin und Aurelia macht schnelle, rhythmische Trommelmusik an, die offensichtlich zum Atmen anspornen soll. Dann setzt sie sich neben Lucy auf den Boden und unterstützt den Prozess.

„Tiefer Atmen, Lucy, noch viel tiefer. Ganz in den Bauch hinein, lass den Atem wirklich durchfließen. Gut machst du das."

Am Anfang fällt es Lucy schwer, so tief zu atmen, aber bald spürt sie, wie sie es genießt, sich von ihrem Atem tragen zu lassen. Und wie von Aurelia angekündigt, kommen schon bald Bilder in ihr hoch, Erinnerungen und Gefühle. Sie spürt den Schmerz über das Verlassenwerden, ohne Familie aufzuwachsen, ins Internat abgeschoben worden zu sein. Von allen und allem verlassen. So fühlt es sich in ihr an.

Sie bemerkt, wie ein Teil von ihr ihre Pflegefamilie in Gedanken verteidigen will – immerhin haben sie mich aufgenommen, das hätten sie nicht tun müssen, meldet sich eine Stimme zu Wort. Das waren ganz schön hohe Kosten, meldet sich eine andere. Aber Lucy entscheidet, diese Stimmen heute nicht zu Wort kommen zu lassen. Die Stimmen der Vernunft und der Dankbarkeit, von denen sie sonst so viel hält. Nein, heute, jetzt und hier will sie ihrem Schmerz Raum geben. Der Wut, der Trauer, der Verzweiflung und auch der Schuld – dem Schuldgefühl darüber, als Einzige aus ihrer Familie überlebt zu haben. Der Schuld, dass sie niemandem helfen konnte, dem Gefühl, dass jemand anders sein Leben für sie lassen musste. Ihr Verstand weiß, dass das Unsinn ist. Sie war viel zu klein, um etwas tun zu können und dass sie überlebt hat, sollte keine Schuldgefühle in ihr auslösen. Und doch sind sie da – diese Gefühle, so scharf wie Messer, die Gefühle, die sie ab und zu unterdrücken, aber nie ganz abstellen kann. Die Gefühle, die sie mittlerweile mit so viel Übung kleinhält, aber die sich immer wieder ihren Weg nach oben bahnen. Das Gefühl, ihrer Pflegefamilie eine Last gewesen zu sein, nicht gewollt zu sein, eine Verpflichtung zu sein, die niemand will. Ihre Partner, die sie immer aus dem ein oder anderen Grund verlassen haben. Das Gefühl, dass ihre Partner immer gleich weitergemacht haben, sich in kürzester Zeit neu orientiert haben, während sie verzweifelt versuchte, das Ganze zu verstehen, aber selbst unverstanden blieb. Unverstanden von der Welt, die sich normal weiterdrehte, von ihren Freundinnen, die normal weiterlebten, von allen, ja, auch von Gott. Und jetzt das hier. Ihr Haus. Dieses riesige Haus. Auch das hat sie nur aufgrund der Tatsache bekommen, dass jemand gegangen, gestorben ist. Und selbst dieser Jemand hat sich nicht die Mühe gemacht, ihr wenigstens einen Brief zu hinterlassen und etwas zu erklären. Nie wird ihr etwas erklärt, die Leute verschwinden einfach und sie bleibt mit dem Scherbenhaufen zurück. Und während sie das Anwesen, das sie geerbt hat, vielleicht als Segen ansehen könnte, stellt es sich doch gerade als Fluch heraus. So viele finanzielle, existenzielle Sorgen hatte sie in ihrem ganzen Leben noch nicht. Und wieso? Weil sie auch hier niemand will! So einfach ist das – niemand will sie.

Lucy schluchzt laut auf. Aurelia fordert sie auf, den Schmerz hinauszuschreien und dabei auf den Boden zu trommeln. Und das tut Lucy. Sie schreit, so laut sie kann, sie schreit all die Ungerechtigkeit heraus, all die Wut darüber, dass sie auf die Welt gebracht wurde, ohne gefragt worden zu sein. Den Schmerz über ihr ganzes Leben, über ihre Einsamkeit. Sie schreit und schreit und trommelt dazu wie ein kleines Kind auf den Boden. Kurz schaltet sich ihr Verstand ein und sie fragt sich, was Aurelia jetzt wohl von ihr denkt. Doch der Gedanke verschwindet schnell wieder. Es ist ihr egal. Zu wundervoll ist es, endlich mal alles rauszulassen, sich nicht kontrollieren und zensieren zu müssen, sondern einfach nur zu schreien, schreien, schreien. Dann ist sie erschöpft und lässt mit einem lauten Schluchzen die Arme sinken. Am liebsten würde sie sich jetzt einfach nur entspannen und einschlafen. Doch Aurelia ist gnadenlos.

„Atmen, Lucy, weitermachen. Wir sind noch nicht fertig. Lass dich von deinem Atem tragen, spüre, wie das Leben in dich hinein will und dich versorgen, nähren möchte. Und spüre, wie du beim Ausatmen alles loslassen kannst. Alles, Lucy. Lass die alten Gefühle los, lass sie gehen, du brauchst sie heute nicht mehr."

Lucy erschrickt. Ihre Eltern, ihre Familie gehen lassen? Nein, das kann sie nicht, das will sie nicht. Sie muss es laut gesagt haben, denn Aurelia antwortet:

„Nicht deine Familie gehen lassen, Lucy. Deine Familie kannst du selbstverständlich immer im Herzen behalten, sie *wirst* du immer im Herzen behalten. Nein, die alten Gefühle gehen lassen, Lucy, die dir damals geholfen haben, aber dir heute nicht mehr dienen. Lass sie los, sie stehen dir nur im Weg. Triff die Entscheidung, die Vergangenheit endlich Vergangenheit sein zu lassen."

„Ich versuche es ja", gibt Lucy weinend zurück. „Aber ich weiß einfach nicht wie."

„Einfach atmen, Lucy, mehr wird von dir nicht erwartet. Atme weiter und lass den Atem das Seine tun. Aber hör jetzt nicht auf. Schön tief in den Bauch und bis oben zur Brust hin."

Also atmet Lucy weiter, auch wenn es ihr schwerfällt. Doch dann löst sich eine weitere Blockade und sie spürt, wie auch ihre Tränen sich mehr und mehr lösen, immer freier fließen. Spürt, wie der alte Schmerz seinen Weg nach draußen findet und Neuem Platz macht. Dinge lösen sich in ihr und sie kann sie gehen lassen. Sie atmet und atmet und atmet. Und dann fordert Aurelia sie nochmals auf, ihren Schmerz in die Welt hinauszubrüllen. Sie erschrickt darüber, wie viel Wut noch in ihr ist. Sie hat sich für eine ausgeglichene Yogalehrerin gehalten, aber jetzt spürt sie genau, wie viele Verletzungen da noch sind. Wie viele Dinge, die sie sich nie getraut hat, anzuschauen. Einfach, weil sie zu schmerzhaft waren. Weil sie Angst hatte, dass der Schmerz sie überwältigt, überrollt wie eine riesige Flutwelle und sie da nie wieder herauskommt.

Aber jetzt merkt sie, wie sie über den Schmerz hinauswächst. Er war ohnehin immer in ihr drin, egal ob sie ihn anerkennt oder nicht. Da kann sie ihm auch gleich in die Augen schauen. Und sie sieht mit einer Klarheit, wie seit vielen Jahren nicht mehr, die Gesichter ihrer Eltern. Sie sieht sie vor sich, als würden sie direkt vor ihr stehen. Und dann sieht sie noch ein anderes Gesicht. Eines, das sie die ganzen Jahre verdrängen wollte, das sie sich zwingen wollte, zu vergessen. Sie schaut direkt in ihr eigenes Gesicht und schreit laut auf. Ein Schrei, wie von einem Tier, das seine Jungen verloren hat. Sie schreit und schreit, während Aurelia ihr beruhigend die Hände auf die Schultern legt. Lucy kann nicht mehr aufhören und fängt an, zu hyperventilieren.

„Ruhig, Lucy, ganz ruhig atmen. Lass alles heraus, aber bleib ruhig und atme. Tief in den Bauch hinein. Ganz tief."

Und das tut Lucy. Ganz allmählich legt sich Ruhe und eine nie erlebte Müdigkeit über sie. Und während sie so daliegt, spürt sie trotz ihrer Müdigkeit eine lebendige Präsenz in ihrem Körper. Eine Präsenz, die immer da war, egal wie klein oder groß, wie frech oder artig sie war, ob sie schlief oder wach war. Eine Präsenz, die ihr jetzt mit leiser Stimme zuzuflüstern scheint: „Ich war immer da, Lucy, ich war immer da und werde immer da sein und werde dich nie verlassen." Das stimmt, denkt sie. Etwas war immer da. Und damit bekommt sie gerade noch mit, wie sie mit einem Lächeln auf den Lippen in einen traumlosen Schlaf sinkt.

„Wow, meine Liebe, da hast du ja ganze Arbeit geleistet", ertönt die Stimme mit dem Schweizer Dialekt, sobald Lucy wieder wach ist.

Sie lächelt Aurelia schläfrig an. „Bin ich wirklich eingeschlafen? Sorry. Wie lange war ich weg?"

„Gar nicht lange", antwortet Aurelia und lächelt Lucy milde an. „Zwanzig Minuten vielleicht. Aber du hast Schwerstarbeit geleistet, so viele Jahre des Schmerzes wollten sich verabschieden. Da ist es kein Wunder, dass dein Körper ein wenig Erholung brauchte. Wie geht es dir jetzt?"

Lucy setzt sich auf. Der Kopf schwirrt ihr, aber ansonsten fühlt sie sich so friedlich wie schon lange nicht mehr.

„Gut", sagt sie. „Glaube ich zumindest. Es ist alles ein wenig verwirrend, es kamen so viele Bilder hoch. Aber am Ende war es wunderschön, da spürte ich eine Präsenz, die mich niemals verlassen wird und die selbst in meinen unmöglichsten Momenten da war und nicht geurteilt hat. Das fühlte sich wunderschön an."

„Natürlich war sie immer da", bestätigt Aurelia. „Denn diese Präsenz ist dein eigentliches, dein echtes Wesen, Lucy. Sie ist einfach da und aus ihr schöpfst du alle Erfahrungen, inklusive deiner Gefühle und Gedanken. Das ist wichtig, zu erkennen. Du bist weder deine Gefühle noch deine Gedanken noch dein Körper, das ändert sich alles kontinuierlich. Du hingegen bist diese ewige Präsenz und deine Eltern sind die gleiche Präsenz, deswegen könnt ihr auch niemals wirklich getrennt sein."

Lucy schießen wieder Tränen in die Augen, und Aurelia legt ihr beruhigend eine Hand auf die Schulter.

„Lucy, das war eine wichtige Erfahrung, die du heute gemacht hast. Versuch, dies zu verinnerlichen. Verlassen werden und Tod sind natürliche Bestandteile unseres Lebens. Jeder Atemzug kommt, dann geht er. Jede Zelle verändert sich andauernd. Alles wird geboren, entfaltet sich, stirbt. Du bist heute nicht mehr dieselbe, die du als Baby warst, du bist nicht mehr dieselbe, die du als Teenager warst. Diese Lucys gibt es nicht mehr. Aber etwas, deine reine Präsenz, die reine Existenz, die war immer da und sie kann sich nie ändern. Wenn du das wirklich erkennst, dann bist du frei. Aber das war genug für heute, Lucy, das hast du gut gemacht. Heute am besten gut erholen und viel Wasser trinken und nicht so viel über das Ganze nachdenken. Lass es sich einfach setzen und du wirst merken – die Veränderungen werden kommen."

„Reicht das denn, eine Sitzung?", fragt Lucy erstaunt. „Ist jetzt alles an altem Schmerz raus?"

„Nicht unbedingt", antwortet Aurelia und lächelt sie liebevoll an. „Aber es ist ein guter Anfang und du hast deinem System gezeigt, dass du bereit bist, mit der Vergangenheit abzuschließen und dich nicht mehr von ihr regieren lassen willst. Das ist ein großer Schritt."

„Okay", sagt Lucy, „aber dann komme ich am besten bald noch mal wieder."

„Lass es, wie gesagt, erst einmal setzen und dann

entscheide, wie du weitermachen willst", antwortet Aurelia. „Wir haben alle Zeit der Welt, kein Grund zu hetzen."

Und so umarmen und verabschieden sich die beiden Frauen mit warmer Herzlichkeit voneinander.

Als Lucy nach draußen tritt, hat sie das Gefühl, dass alles lebendiger und frischer wirkt. Die Farben sind saftiger und ihre Sinne scheinen besser zu funktionieren. Sie setzt sich in Babs' Auto. Noch will sie nicht losfahren. Sie hat Angst, dieses Gefühl wieder zu verlieren. Aber anstatt zu verschwinden, macht es sich mehr und mehr in ihr breit und wird immer klarer. „Ich bin Lucy", denkt sie sich. „Manchmal bin ich Lucy die Yogalehrerin, manchmal Lucy die Freundin, ich bin Lucy die Tochter und Lucy die Liebhaberin. Eben war ich Lucy in der Atemsitzung, jetzt bin ich Lucy im Auto. Jeder einzelne Moment ist anders. Jeder Moment kommt, blüht kurz auf und wie Aurelia sagt – verlässt uns wieder. Weh tut es nur, wenn wir uns dem entgegensetzen. Aber eine Konstante bleibt: Ich bin. Dieses ‚Ich bin', diese reine Existenz, das ist unsere Natur, sie wird uns niemals verlassen können, selbst im Tod nicht. Was für eine Erleichterung, was für eine Einsicht! Lucy steigen wieder Tränen in die Augen, diesmal vor erschöpftem Glück. Dann macht sie den Motor an. „Ich bin Lucy, die die Kupplung kommen lässt. Ich bin Lucy, die das Lenkrad hält. Lucy in der Sonne, Lucy im Regen. Jede Sekunde etwas anderes. Aber ganz drinnen: Ich bin! Immer."

Dann fährt sie los.

17

Die nächsten Tage verbringt Lucy fast wie in Trance. Die Atemsitzung hat nachhaltig etwas in ihr bewegt. Sie hat nicht mehr das Bedürfnis, die Dinge zu kontrollieren und sie ihren Vorstellungen anzupassen, sondern sie akzeptiert und genießt jeden Moment wie er kommt. Sie erkennt das volle Leben in jedem Augenblick und ist aus ganzem Herzen dankbar dafür. Es wirkt plötzlich alles so logisch und die sinnlosen Kämpfe in ihrem Inneren fallen weg, da es kein Ziel mehr zu erreichen gibt. *Das Ziel haben wir immer schon erreicht*, denkt sie. *Ich bin. Jetzt, immer und ewig. Mehr gibt es nicht. Alles andere ist Deko.* Endlich ist ihr klar, woher ihr innerer Schmerz kam und ihr Drang, von einem Mann gerettet zu werden. Ja, gerettet werden wollte sie. Das versteht sie nun. Obwohl sie nach außen hin immer selbstbewusst und stark wirkte und ganz so, als würde sie sich ihre Männer aussuchen, war sie innerlich doch immer das kleine Mädchen geblieben, das von einem starken Mann gerettet und ans Licht gebracht werden wollte. Sie erinnert sich an das Internat, als die anderen Kinder von ihren Eltern abgeholt wurden, wie die Väter sie in die Luft warfen und ihre Töchter ‚Prinzessin' nannten, während Lucy allein in den Zug stieg und zu einer Familie fuhr, die ihr immer irgendwie fremd blieb. Wenn sie ehrlich ist, weiß sie bis heute nicht, wieso sie nach dem Tod ihrer Eltern gerade bei diesen entfernten Verwandten gelandet ist und wie diese Leute überhaupt von den Behörden ausfindig gemacht worden sind. Wenn sie sich danach erkundigt hat, so kam immer nur ‚wo hättest du denn sonst hinsollen? Es gibt doch sonst keinen.' Aber wie sie jetzt weiß, stimmte das nicht. Sie hatte zumindest eine Tante – sogar eine Tante ersten Grades – in deren Haus sie jetzt wohnt. Und dieses wäre mehr als groß genug für sie beide gewesen. *Es wäre groß genug, einen ganzen Zirkus darin unterzubringen!*, denkt sie jetzt. Vor allem hätte Lucy in Deutschland, in ihrer Heimat, bleiben können. Aber so ist es nicht gekommen. Auch damit wird sie sich abfinden müssen. Und nachdem, was sie über ihre Tante Elfriede gehört hat, bezweifelt sie sehr, dass es eine Freude gewesen wäre, mit ihr zusammenzuleben. Bis heute hat sie keinen einzigen Menschen ausfindig machen können, der etwas Positives über sie zu sagen gehabt hätte. Vielleicht sollte sie sich doch einmal mit der alten Schrott unterhalten, scheinbar dem einzigen Menschen, der ihrer Tante nahestand. *Was auch nicht gerade für sie spricht*, denkt Lucy, bevor ihre Gedanken wieder zu ihrer Kindheit zurückkehren. Ja, das Licht, grübelt sie, das war es. Sie hatte immer das Gefühl, andere seien am Licht, in der Sonne, während sie immer wieder wie in eine dunkle Höhle zurückmusste. Andere hatten diese leuchtenden, lachenden, freundlichen Familien, während ihre irgendwie gruselig, dunkel und stets beschäftigt war. Nichts ging leicht vor sich, sondern alles schien von schweren Gewichten heruntergedrückt zu werden. Die anderen wirkten komplett und ganz, so wie es sein sollte, während bei ihr immer etwas fehlte. Und das versuchte sie dann, als sie älter wurde, mit Männern auszugleichen. Sie waren immer etwas oberflächlich, immer der Sonnenseite des Lebens zugewandt, waren charmant, hatten ein schönes Lachen und sollten ihr das geben, was sie als Kind nicht bekommen hatte. Und wenn sie dann gingen, was sie regelmäßig taten, so nahmen sie auch die Sonne mit. Damit zeigten sie ihr, dass sie das Sonnenlicht nicht wert war. Eine andere würde kommen, eine, die schon von ihrem Vater geliebt und verehrt worden war und die jetzt auch von ihrem Freund geliebt und verehrt würde. Sie, Lucy, war nur die Zwischenstation, ein notwendiges Übel auf dem Weg zum finalen Glück ihrer Partner. Diese Glaubensmuster werden ihr jetzt plötzlich bewusst und sie ist erstaunt, dass sie sie nicht längst erkannt hat. Vielleicht hat sie sich auch deshalb dem Yoga zugewandt, auf der verzweifelten Suche nach der Vollkommenheit in ihr. Aber ihre Abhängigkeit von der Anerkennung anderer ist damit nicht verschwunden. Sie wurde nur übertüncht. *Und jetzt bin ich hier, ganz allein in einem Land, das eigentlich meine Heimat ist und mir doch so fremd ist,* grübelt sie. *Und ich bin vollkommen auf mich gestellt. Ohne einen Mann, an den ich mich lehnen könnte und der mir etwas von seiner Sonne abgibt. Aber das brauche ich auch gar nicht,* erkennt sie jetzt mit einem Lächeln. *Denn die Sonne ist für alle gleich da, sie unterscheidet nicht. Ich habe in mir selbst alles, was ich brauche. Und noch viel mehr. Alles, was das Herz begehrt. Sie beschließt hier und jetzt, nicht wieder in ihre alten Muster zu verfallen, sondern erst einmal in ihrer eigenen Stärke zu ruhen, bevor sie sich wieder auf jemand anderen einlässt. Sie wird aufhören, im Außen nach Halt zu suchen. Es fühlt sich an, wie ein Sprung ins kalte Wasser, aber sie ist bereit dazu.*

Eine Gänsehaut läuft über ihren Rücken und das nicht nur, weil es hier unten am See merklich kühler geworden ist. Lucy geht hinein, schnappt sich einen Pulli und macht sich zwei Sandwiches. Diese ganze Gefühlsduselei macht ganz schön hungrig! Dann geht sie mit dem Essen und einer Flasche Wein wieder raus, um den Sonnenuntergang zu beobachten. *Dabei geht die Sonne ja gar nicht unter*, denkt Lucy. *Sie ist immer da. Wir können sie nur nicht immer sehen. Es ist alles eine Frage der Perspektive.*

Sie setzt sich auf einen Stein, der sanft vom Wasser umspült wird und beißt herzhaft in ihr Sandwich. Dann macht sie die Weinflasche auf und schenkt sich ein großes Glas ein. Die Sonne verschwindet langsam hinter dem Horizont und in Lucy breitet sich wohlige Ruhe aus. Bis diese plötzlich von einer Stimme unterbrochen wird, die über die Hecke zu ihr herüberschallt.

„Störe ich heute schon wieder?"

Sie zuckt zusammen. Die Stimme kommt ihr bekannt vor. Ist die nicht von diesem Alex? Und tatsächlich, als sie ihren Kopf betont langsam nach rechts dreht, sieht sie, wie sein Gesicht über die Hecke lugt. Diese ist ziemlich hoch, aber der arrogante Schnösel ist groß, kann also ohne Probleme auf ihr privates Grundstück schauen. Lucy fällt wieder auf, wie attraktiv er ist, aber daran will sie jetzt nicht denken.

„Wie sieht's denn aus?", fragt sie stattdessen. „Sehe ich aus, als wollte ich Gesellschaft haben?"

„Na ja, zwei fette Brote, da könnte eins durchaus für mich sein."

Vielleicht im Traum, denkt sich Lucy, aber laut sagt sie: „Sorry, die sind beide für mich. Ich muss auch ab und zu mal essen."

„Das bezweifle ich nicht", gibt Alex zurück und Lucy muss zugeben, dass er eigentlich ganz nett wirkt. „Aber vielleicht kann ich trotzdem kurz zu dir in den Garten kommen? Ich würde wirklich gerne etwas mit dir besprechen. Du kannst mich schließlich nicht jedes Mal verjagen!"

Lucy stöhnt innerlich auf. Sie hatte ganz vergessen, dass

sie ihn schon einmal weggeschickt hat, immer kann sie das nun wirklich nicht tun. Auch wenn sie jetzt gerne ihre Ruhe hätte. Aber sie hat das Gefühl, dass dieser Alex hartnäckig ist, also kann sie das unvermeidliche Gespräch mit ihm auch gleich hinter sich bringen.

„Also gut", gibt sie mit einem kaum verhohlenen Mangel an Begeisterung nach. „Komm schon rüber. Du kannst vorne durch. Die Haustür steht offen und die Küche ist, wenn du reinkommst, gleich rechts. Von da kannst du dir dann ein Weinglas mitbringen, wenn du magst."

„Das ist ja mehr, als ich zu hoffen gewagt habe", erwidert Alex frech grinsend, aber dann spurtet er auch schon nach vorne und sitzt bald mit einem Weinglas neben ihr.

„Sorry, dass ich dich hier so überfalle."

„Ach, was soll's. Ein bisschen Gesellschaft schadet vielleicht auch nicht. Also, was möchtest du?", fragt sie ihn, während sie Wein in sein Glas schenkt. Extra nicht zu voll, damit er nicht lange bleibt.

Alex hebt das Glas in die Höhe und grinst.

„Ist das der Probierschluck?", fragt er. „Denn wenn das ein gefülltes Weinglas ist, dann solltest du anfangen, bei mir im Restaurant zu arbeiten, da würden wir ordentlich sparen. Meine Kellnerinnen schenken immer so viel ein, da ist es ein Wunder, dass das kein Verlustgeschäft für mich ist."

Kellnerin bei dir, so weit kommt es noch, denkt Lucy. Laut sagt sie „Ich glaube kaum, dass ich zur Kellnerin tauge, also sag schon, warum bist du hier? Doch nicht, um mir einen Job anzubieten?"

„Entschuldige, war unsensibel", gibt Alex zurück. „Und dumm von mir. Also, zunächst wollte ich mich dafür bedanken, was du für Emma tust."

„Für Emma?" Jetzt ist Lucy wirklich erstaunt. „Wieso für Emma?"

„Na ja, so wie ich es verstehe, geht sie bei dir zum Yoga.

Und es ist erstaunlich, wie sie sich seitdem verändert hat. Früher war sie völlig verbohrt und sie als graue Maus zu bezeichnen, wäre noch ein Kompliment gewesen. Doch jetzt sehe ich sie jeden Morgen den Berg herunterhüpfen. Sie scheint zu strahlen, hat ein ganz neues Selbstbewusstsein und ich glaube, sie schminkt sich sogar ein bisschen. Soweit ich das als Mann beurteilen kann. Und falls mich nicht alles täuscht, habe ich sie letztens sogar mit dem Küchenchef flirten sehen."

Lucy guckt ihn mit großen Augen an. „Okay, das kommt jetzt wirklich überraschend", sagt sie. „Dass du hierhergekommen bist, um mit mir über Emma zu sprechen."

„Wieso ist das überraschend?", gibt Alex zurück. „Sie ist schließlich eine meiner Angestellten."

„Ja, eben, aber sicherlich nicht eine deiner Wichtigsten. Wie du selbst sagst, ist sie eine eher graue Maus und dazu noch ein Zimmermädchen. Ich bin erstaunt, dass du überhaupt ihren Namen kennst. Oder seid ihr verwandt?"

Alex lacht.

„Nein, verwandt sind wir nicht. Aber nach wie vor, sie arbeitet für mich. Ich fühle mich für sie verantwortlich. Und natürlich kenne ich die Namen all meiner Angestellten."

„Alle?", fragt Lucy ehrlich verdutzt. „Ihr habt doch so viele da oben."

„Ja, das ist trotzdem kein Grund, die Angestellten nicht alle persönlich zu kennen. Zudem wohnen die meisten auch dort, da sind wir ein bisschen wie eine Familie."

Jetzt ist es an Lucy, zu lachen. „Tu doch nicht so, als würdest du im Angestelltenhaus wohnen und mit den anderen in der Gemeinschaftsküche essen."

„Nein, das tue ich tatsächlich nicht", bestätigt Alex. „Ganz im Gegenteil. Ich habe ein wunderschönes Penthouse im Hauptgebäude. Wenn du Lust hast, kannst du mich dort mal besuchen kommen. Zimmerservice inklusive", ergänzt er und zwinkert ihr dabei zu.

Flirtet er mit ihr? Lucy spürt die Röte in ihr Gesicht ziehen. Schnell schenkt sie ihm Wein nach.

„Ich glaube nicht, dass ich das tun werde", antwortet sie schroffer als beabsichtigt. „Aber danke für die Einladung." Dann dreht sie sich weg, damit er ihre Gesichtsfarbe nicht sehen kann.

„Und das ist die zweite Sache, über die ich mit dir sprechen wollte", verkündet Alex.

„Was?", gibt Lucy zurück. „Dass ich nicht Kellnerin bei dir werden möchte? Obwohl du ja alles dafür tust, damit ich mich in dieser Situation wiederfinde?"

„Genau das meine ich", sagt Alex. „Dass du offenbar denkst, dass ich irgendwie versuche, dir Steine in den Weg zu legen. Das kam schon letztes Mal raus und ich weiß ehrlich gesagt nicht, was du damit meinst. Wie um Gottes willen soll ich dir im Weg stehen? Und vor allem – wieso? Ich gebe zu, bei unserem ersten Treffen habe ich nicht den besten Eindruck gemacht. Es war nicht gerade ein super Tag für mich und dann noch das mit den Flyern – das ist bei mir einfach komisch angekommen. Also, ich entschuldige mich hiermit ganz formell. Dafür ignoriere ich seitdem stoisch, dass Babs meine Anweisungen offensichtlich ebenso stoisch ignoriert und deine Flyer immer noch in unserem Spa ausliegen. Ich hoffe, das macht mein Benehmen wieder wett. Und dass du dich mit meinen Gästen duzt, während sie mir eine Standpauke über mangelnde Standards halten, ist bei mir auch nicht gerade gut angekommen. Aber ich gebe zu, das war nicht deine Schuld. Es scheint, dass wir uns bisher immer in verqueren Situationen getroffen haben. Aber ehrlich gesagt bist du auch nicht gerade freundlich, wenn du mich siehst und ich habe keine Ahnung, warum. Wie du den Berg zu mir hochgestampft kamst, ich dachte, du wolltest mir gleich den Kopf abreißen. Da war ich fast froh, dass diese Schreckschraube mir gerade eine Predigt gehalten hat und du nicht dazwischen grätschen konntest. Denn weißt du, ich würde mich gerne gut mit dir stellen. Wir sind jetzt fast Nachbarn und wenn du das Hotel aufmachst, sind wir sogar Kollegen. Dies hier ist ein kleiner Ort, du bist bestimmt ganz nett, aber irgendwie scheinst du ein großes Problem mit mir zu haben. Begründet auf irgendeiner Paranoia, wenn ich das mal so sagen darf."

Damit schenkt er sich ungefragt noch ein Glas Wein ein, sehr voll, wie Lucy bemerkt und sie seufzt innerlich. Das war es dann wohl mit ihrem gemütlichen Abend! Mittlerweile ist die Sonne nicht mehr zu sehen und die Umrisse des Sees verschwimmen in der Dämmerung. Muss sie jetzt darauf antworten? Sie hat eigentlich keine rechte Lust, aber wenn er jetzt schon einmal da ist, sollte sie die Chance nutzen. Also fasst sie sich ein Herz und sagt so bestimmt wie möglich: „Ach komm schon, Alex, als ob du nicht wüsstest, wovon ich rede."

„Ich habe nicht den leisesten Schimmer", gibt er zurück.

Wie scheinheilig, denkt Lucy. Laut sagt sie jedoch: „Weißt du, wie viele Laster ich heute zu deinem Hotel habe hochfahren sehen?"

„Eine ganze Menge wahrscheinlich", gibt Alex entspannt zurück. „Wir bekommen ja den neuen Anbau, das ist ein Kommen und Gehen, das kann sich keiner vorstellen. Die Gäste sind nicht begeistert, glaub mir. Deshalb ist es mir auch wichtig, dass alles bis zur Hochsaison fertig ist. Aber was ist damit? Stören dich die Lastwagen?"

„Was mich stört, ist, dass zu mir keine kommen", gibt Lucy zunehmend ungehalten zurück.

„Was? Dich stört, dass keine Lastwagen zu dir kommen?", fragt Alex nun sichtlich irritiert. „Du hast vielleicht Probleme …"

„Allerdings ist das ein Problem! Als du dir eben das Glas geholt hast, das du dir hier so freudig nachfüllst, ist dir da etwas aufgefallen?"

„Oh, sorry, soll ich's zurückkippen?" Damit macht er Anstalten, den Wein wieder in die Flasche zu schütten, aber Lucy hält ihn davon ab.

„Nein, du sollst ihn nicht zurückkippen, aber geh doch mal hinein, hol noch eine Flasche, die sind im Weinkühlschrank ganz links, und schau dich genau um. Und dann sag mir, was du siehst."

Alex guckt sie verunsichert an, aber er steht auf und klopft sich die Hose ab.

„Aye, aye, Madame. Ich weiß zwar immer noch nicht, was du meinst, aber dann werde ich mich mal auf die Schnitzeljagd begeben." Und damit verschwindet er.

Was hat sie sich nur dabei gedacht? Mit dem Feind die zweite Flasche Wein zu köpfen. Aber sie konnte nicht widerstehen. Er ist einfach zu attraktiv, mit diesen dunklen, dicken Haaren, die ihm immer wieder ins Gesicht fallen und die er dann mit einer starken Hand entspannt nach hinten bürstet. Wenn man dann noch das scharfe Kinn und den sinnlichen Mund dazu nimmt, sieht er fast schon kitschig schön aus. Sie wird aufpassen müssen, dass sie sich davon nicht blenden lässt. Er entspricht nämlich genau ihrem Typ und genau in diese Falle möchte sie nicht mehr tappen. Es ist fast, als würde ihr vorheriger Vorsatz getestet werden. Weiter kann sie jedoch nicht darüber nachdenken, da Alex überraschend schnell mit der Flasche Wein zurückkommt. Eine Haarsträhne fällt ihm mal wieder ins Gesicht und Lucy ertappt sich bei dem Gedanken, wie es sich wohl anfühlen würde, sie zurückzustreichen.

Reiß dich zusammen, rügt sie sich und reicht ihm den Korkenzieher, damit ihre Hände etwas zu tun haben. Sie spürt den Wein zwar schon, aber was soll's – es ist ein schöner, lauer Abend, da kann man sich auch mal entspannen. Selbst mit dem Feind neben sich.

„Also, was hast du gesehen?", fragt sie ihn herausfordernd.

„Ehrlich gesagt, nicht viel", antwortet er. „Es sieht alles sehr ordentlich aus, du hältst dein Haus gut in Schuss."

„Genau, ordentlich wie ein Haus, in dem man lebt, nicht wahr?"

„Ja, ganz genau, ordentlich wie ein Haus, in dem man lebt. Wie denn sonst?"

„Hatte es für dich irgendeinen Anschein von einem Hotel? Auch nur ein klitzekleines bisschen?"

„Von einem Hotel?" Wenn sie es in der hereinbrechenden Dunkelheit richtig erkennen kann, sieht er sie jetzt wirklich an, als sei sie verrückt.

„Nein, so sah es nicht aus, das gebe ich zu. Und das ist das eine, mit dem ich mich hoffentlich auskenne."

Lucy seufzt. „Siehst du – jetzt habe ich es direkt aus dem Mund eines Experten. Mein Hotel hat nichts mit einem Hotel zu tun!"

„Lucy, bist du okay? Sorry, aber was redest du denn da? Wieso sollte es wie ein Hotel aussehen?"

„Ach, Alex, tu nicht so. Du weißt doch genau, dass ich das Haus in ein kleines Yogahotel umbauen will."

„Natürlich weiß ich das, darüber haben wir ja eben noch gesprochen. Wieso tust du es dann nicht?"

Jetzt treten Lucy vor Wut die Tränen in die Augen.

„Wieso ich es nicht tue? Rate mal, Mister Neunmalklug. Wundert es dich gar nicht, dass zu dir alle Lastwagen hochfahren und zu mir keiner? Nicht ein einziger!"

Jetzt wird Alex unwirsch. „Was ist das für eine Besessenheit mit Lastwagen? Wenn du willst, leihe ich dir einen von meinen", fügt er ironisch hinzu. „Um ganz ehrlich zu sein, habe ich nicht den blassesten Schimmer, was ich mit der ganzen Sache zu tun habe. Falls du ein paar Tipps brauchst, kannst du dich gerne mit meinem Bauleiter unterhalten. Das kann ich arrangieren, wenn du willst, aber ich weiß nicht, was ich sonst noch tun könnte. Und vor allem weiß ich nicht, wieso du sauer auf mich bist."

„Mach hier nicht einen auf unschuldig", zischt Lucy ihn an und ihre Augen funkeln gefährlich. Sie ist sich aber nicht sicher, ob er das in der Dunkelheit sehen kann. „Glaubst du, ich weiß nicht, dass du das Grundstück unbedingt haben willst? Das habe ich längst herausgefunden. Da wunderst du dich, was? Hast wohl gedacht, die kleine blöde Kuh aus London erfährt das nicht. Aber so blöd ist sie dann wohl doch nicht. Es gibt mindestens ein bis zwei Menschen in diesem Kaff hier, die mir Gutes wollen. Jedenfalls, Alex, ist mir schon klar, dass du alles tust, damit ich mit dem Umbau nicht anfangen kann. Mein Material bekomme ich nicht, noch nicht einmal die Baugenehmigung habe ich! Gut hast du das gemacht mit deinen Kontakten, hast alle kräftig geschmiert, was?"

Jetzt sieht sie, dass man trotz der Dunkelheit das Funkeln in den Augen sehr wohl erkennen kann, denn Alex wirft ihr einen Blick zu, als wollte er ihr am liebsten den Hals umdrehen.

„Das denkst du von mir, ja? Dass ich dich boykottiere und andere besteche? Ich weiß nicht, ob ich geschmeichelt sein soll, dass du mir solch eine Macht zugestehst oder eher beleidigt, dass du mich für einen kriminellen, hinterhältigen Schuft hältst. Weißt du was, Lucy, ich entscheide mich für beleidigt. Schade eigentlich, denn ich dachte, du seist ganz nett. Aber das war dann wohl fehlendes Urteilsvermögen meinerseits. Danke für den Wein."

Damit schüttet er den Rest seines Weins in den See und macht sich vom Acker.

„Aber du wolltest doch das Grundstück haben", ruft Lucy ihm hinterher. „Gib es doch zu!"

„Was auch immer", meint sie ein Murmeln von ihm zu hören, bevor sie seinen Rücken hinter der Hauswand verschwinden sieht.

Gut gemacht, Lucy, denkt sie und wundert sich, dass sie gar kein Gefühl von Triumph verspürt. Ganz im Gegenteil, sie fühlt sich erschlagen. „Geh ins Bett", sagt sie laut zu sich, „da kannst du wenigstens nichts anstellen." Dann dreht sie sich um, lässt die Flaschen und Gläser, wo sie sind, und wirft sich oben müde und ungewaschen aufs Bett.

Morgen ist auch noch ein Tag, denkt sie, bevor sie in einen überraschend tiefen Schlaf fällt.

18

Die Morgensonne fällt wie ein Scheinwerfer durch das kleine Fenster ihres Zimmers, während Emma nackt vor dem Spiegel steht und ihren Körper betrachtet. Das hätte sie noch vor ein paar Wochen nicht getan. Damals empfand sie es schon als außergewöhnlich, sich im Spiegel selbst zuzulächeln. Nackt vor dem Spiegel zu stehen, das wäre ihr nicht nur falsch, sondern regelrecht schmutzig, sogar verdorben vorgekommen. Nacktheit ist etwas, das ihr fremd ist. Außer unter der Dusche natürlich, aber selbst da benutzt sie Waschlappen, um sich so wenig wie möglich berühren zu müssen, vor allem an den intimen Stellen. Und sich selbst anzusehen, wäre ihr schlichtweg nie in den Sinn gekommen. Schon allein deshalb, da sie an ihrem Körper nichts Schönes anzuschauen fand. Er war bislang einfach ein Werkzeug gewesen, das sie mehr oder minder zuverlässig durchs Leben brachte und dem man mit minimaler Aufmerksamkeit begegnete. Auch heute findet sie es noch ungewohnt, sich so zu betrachten. Aber durch das Yoga und die freundliche Zuneigung, die Babs und auch Lucy ihr entgegenbringen, ändert sich langsam, aber kontinuierlich etwas in ihr. Sie kann es regelrecht spüren. Bei der ersten Yogastunde war sie noch erschrocken darüber, wie man so selbstverständlich mit seinem eigenen Körper umgehen kann, wie Lucy es tut. Sie steckt ihren Kopf einfach überallhin, selbst zwischen die Beine. Jedes Körperteil scheint mit jedem vertraut zu sein und jedes scheint sich genau dort wohlzufühlen, wo es gerade ist. Trotzdem sehen die Übungen niemals vulgär aus, sondern ganz genau richtig, ein besseres Wort fällt Emma nicht ein. Es ist, als sei es genau das, wofür der Körper geschaffen wurde. Und dann merkte auch Emma langsam, dass ihr Körper ihr Freude bereiten kann. Mehr und mehr fing sie während der Yogastunden an, sich selbst zu spüren und etwas schien sich in ihr zu öffnen. Es ist, als hätte eine Freude angefangen, durchzuscheinen, wo vorher nur Nebel war. Und nicht nur das – sie spürt jetzt diese Lebendigkeit in sich, die sie bei anderen wie Babs und Lucy immer heimlich bewundert hat, aber von der sie immer angenommen hat, ausgeschlossen zu sein. Diese Lebendigkeit war etwas für andere, sie, Emma, war hingegen dafür geschaffen, im Hintergrund zu bleiben. Es war nicht Teil ihres Lebensplans, die prallen Farben des Lebens aufzusaugen, sondern sie musste sich mit den blassen Farben zufriedengeben. Aber jetzt schwant ihr langsam, dass das vielleicht gar nicht nötig ist, dass vielleicht alle das gleiche Recht auf ein Leben in Fülle haben. Und dass sie nicht auf ihre Mutter hören muss. Denn diese hat ihr immer klargemacht, sie solle sich kleinhalten, nicht auffallen und vor allem keine Männer anziehen, die würden nur Unglück mit sich bringen. Nichts als Schmach und Schande, beteuert sie bis heute und Emma muss sich jetzt, hier vor dem Spiegel, eingestehen, dass sie die Einstellung ihrer Mutter voll übernommen hat. Jegliche Körperlichkeit hat sie verneint und verurteilt. Einfach so. Ohne es jemals infrage zu stellen. Auf die Idee, die Worte ihrer Mutter anzuzweifeln, wäre Emma gar nicht gekommen.

Sie ist schließlich die Einzige, die sie hat. Also nicht die einzige Mutter, das ohnehin, aber eigentlich auch der einzige Mensch. Und wenn du nur einen Menschen in deinem Leben hast, so vergraulst du ihn nicht, indem du seine Worte hinterfragst. Du bist dankbar, dass wenigstens einer für dich da ist. Aber Emma ahnt, dass der Zweifel an der Wahrheit dieser Aussagen, jetzt, da er einmal hochgekommen ist, sich nicht mehr abstellen lassen wird. Und außerdem – vielleicht hat sie nicht nur ihre Mutter. Vielleicht hat sie auch Babs. Zumindest ein wenig. Damit schaut sie sich noch einmal kurz an und dreht sich dann abrupt weg. Sie muss sich anziehen. Die Arbeit wartet.

19

Zur gleichen Zeit starrt Gerda Schrobel auf den Brief in ihrer Hand und wischt sich verärgert die Tränen weg. *Dumme Kuh,* schilt sie sich innerlich, *hier gibt es nichts zu heulen. Du hast deine Entscheidung getroffen und jetzt leb damit. Heulen ist was für sentimentale Ziegen.* Aber trotzdem liest sie den Brief noch einmal durch. Den Brief, den ihre Freundin Elfriede ihrer Nichte Lucy hinterlassen hat. Den Brief, in dem sie Lucy mitteilt, dass Lucy ihre Alleinerbin ist und ihr die Gründe darlegt. Den Brief, den sie, Gerda, Lucy geben sollte. Den Brief, den sie nie weitergereicht hat, sondern den sie jetzt hier in ihren Händen hält.

Elfriede, du dämliche Gans, denkt sie ärgerlich an ihre tote Freundin und schüttelt den Kopf. *Wieso musstest du mit diesem Erbe alles so kompliziert machen? Hättest du doch einfach das Grundstück an die öffentliche Hand gehen lassen, dann hätte Sigmund es ersteigern können. Dann wäre all das hier nicht notwendig. Das Geld dafür war schon vorgesehen und auch wenn es sich jetzt etwas brüsk anhört, aber wir haben fast sehnsüchtig auf deinen Tod gewartet. Das Bauprojekt auf deinem Grundstück ist schon lange in*

Planung, aber trotz dieser verdammten Krankheit lebtest, lebtest und lebtest du. So wie ich dich kenne, wolltest du uns damit nur eins auswischen. Wie du dahingesiecht bist, kann doch das Leben keine Freude mehr gemacht haben. Es muss ein einziges Leid gewesen sein. Hast du dich mal angeschaut in dieser Zeit? Hast du bemerkt, wie fahl und ausgemergelt du aussahst? Egal, aufgeben kam für dich nicht infrage! Und dann dieser Brief hier, dieser verdammte Brief, von dem wir geglaubt haben, dass er das einzige Stück Papier ist, in dem du deinen echten Willen darlegst. Und wenn dieses Stück Papier verschwindet, dann würde auch keiner erfahren, dass du dein Grundstück an dieses blonde Miststück vererben wolltest. Dann hätten wir ganz nach Plan vorgehen können. Denn Tote können ja glücklicherweise nicht mehr reden. Wie konnten wir ahnen, dass es noch ein offizielles Testament gibt? Bei Christopher Bondi hast du jedenfalls keins hinterlegt und auch nicht bei dem jungen, nutzlosen Anwalt, der immer im Café von dieser pummeligen Rothaarigen sitzt. Da durften wir doch zu dem Schluss kommen, dass es kein Testament gibt, oder, Elfriede? Wir hätten alle unseren Frieden gehabt. Sigmund hätte seinen Plan in Ruhe durchführen können und keiner hätte Verdacht geschöpft. Aber wieder hast du uns einen Strich durch die Rechnung gemacht. Und dir piekfeine Anwälte aus München genommen – aus München, diesem Moloch! Und dort niedergelegt, dass du alles dieser kleinen tätowierten Schlampe hinterlässt. Eine Nichte, von der ich vorher noch nie gehört habe! Die ihren kleinen Hintern durch den Ort wackelt, dass es schon vulgär ist. Und dann diese lächerlichen Malereien auf ihren Beinen. Wer weiß, wo sie das noch hat, um die Männer anzumachen. Sigmund läuft jedenfalls immer der Speichel das Kinn runter, sobald er sie sieht. So jemandem hast du alles hinterlassen und es noch nicht einmal mir, deiner besten Freundin, erzählt! Eine tolle

Freundin warst du! Kein Sterbenswörtchen, Elfriede, kein Sterbenswörtchen! Weißt du, wie Sigmund aus der Haut gefahren ist, als er erfahren hat, dass es außer diesem lächerlichen Brief noch ein offizielles Testament gibt? Ich habe ihm damals versprochen, den Brief zu verbrennen, aber aus irgendeinem Grund habe ich es noch nicht getan. Jedenfalls kann ich heilfroh sein, dass er mich an dem Tag, als er von dem Testament erfuhr, nicht geschlagen hat. Da hat er mich schon beauftragt, dich in deinen letzten Wochen, die bei deiner Sturheit zu Monaten wurden, zu betreuen und alles über deinen letzten Willen zu erfahren und du hinterlässt mir zwar diesen Brief, aber erzählst nichts von den feinen Anwälten aus München. Eine tolle Freundin bist du, erwähnte ich das schon!? Aber wenn ich das hier lese, so wunder ich mich nicht, dass wir beide uns nahestanden. Gib es doch zu, eine so verkommen wie die andere. Der Unterschied ist nur, du hast mir nie von deinen Fehlern erzählt, ich dir von meinem großen Fehler hingegen schon.

Und damit beendet sie das Selbstgespräch und sieht sich vor mehr als zwanzig Jahren das kleine Bündel in den Armen halten, das sie so sehr brauchte, das ihre Muttermilch und ihre Liebe wollte und dem sie genau das nie geben konnte. Weil ihr Mann es nicht wollte. Und wie immer hat sie getan, wie er ihr geheißen hat. Eine Träne und dann gleich noch eine landen auf dem Brief und die Schrift verläuft. Schnell wischt sie sich über die Wangen und faltet den Brief zusammen. Sie fragt sich, wieso sie ihn immer noch nicht verbrannt hat. *Bald*, denkt sie. *Bald wird er brennen. So wahr mir Gott helfe!*

20

„Darf ich mich revanchieren?", fragt die Flasche Wein, die über die Hecke guckt, während Lucy in ihrem Liegestuhl liegt. Diese Stimme schon wieder … da erscheint auch bereits der zugehörige Kopf über der Hecke und Lucy sieht ein breites Grinsen in Alex' Gesicht.

„Ich weiß, ich sollte gar nicht mehr mit dir reden", sagt dieser jetzt. „Aber es ist mir wichtig, die Sache zu klären. Ich komme in Frieden. Frag mich nicht, wo mein Stolz geblieben ist, der ist offensichtlich im See ertrunken! Also, darf ich hereinkommen?"

Lucy muss sich ein Lächeln verkneifen.

„Wenn du magst", sagt sie nonchalant. „Du weißt ja, wo es langgeht. Und wenn du schon dabei bist – bring auf dem Weg zwei Gläser und den Korkenzieher mit. Der ist in der obersten Schublade gleich neben der Spüle."

„Zu Ihren Diensten", kommt es von Alex und sie hört ihn nach vorne laufen. Sie kann eine gewisse Vorfreude nicht unterdrücken.

Da ist er auch schon und legt sich ungefragt in den Liegestuhl neben ihr, während er gekonnt die Flasche öffnet.

„Du hast hier wirklich eine traumhafte Aussicht", stellt er fest und lässt seinen Blick über den See schweifen. „Ich hoffe, du genießt es mehr, als deine Tante es getan hat. Die war ein ziemlicher Stinkstiefel. Wobei, dich kann ich bislang auch noch nicht als Sonnenschein bezeichnen." Dabei zwinkert er ihr zu.

„Womit du gleich zum Thema kommst", gibt Lucy zurück. „Dabei war es gerade so schön entspannt hier. Wollen wir das nicht noch ein bisschen genießen? Bevor wir die Waffen rausholen?"

„Ich komme ganz ohne Waffen, nur mit weißer Fahne. Aber ja, natürlich können wir erst noch genießen. Also, prost, Lucy, auf dein Wohl."

„Ja, auf mein Wohl." Entgegen ihrer Absicht lächelt sie ihn an und kommt nicht umhin, zu bemerken, wie warm seine Augen leuchten.

Und so sitzen sie erst einmal schweigend da und genießen die Ruhe um sie herum.

„So still wird es nicht mehr lange sein", bemerkt Alex schließlich. „Bald kommen die Touristenmassen und dann war es das mit dem Frieden hier. Aber ich sollte mich nicht beschweren, davon lebe ich schließlich, und zwar gar nicht schlecht. Aber jetzt erzähl doch mal, Lucy, was war das letzte Mal alles? Also, mit letztem Mal meine ich, als ich hier war. Nicht die unzähligen Male, die du mich seitdem ignoriert hast, sobald ich in Sichtweite war."

Lucy wird etwas kleinlaut und will sich gerade rechtfertigen, als Alex sie unterbricht.

„Einen Moment. Bevor du anfängst, lass mich ein wenig Licht ins Dunkel bringen. Ich will dich nur wissen lassen, dass du mir vertrauen kannst. Ich meine es ernst. Ich habe sicherlich meine Schwächen, aber dazu gehört definitiv nicht, einer jungen Unternehmerin im Weg zu stehen. Ganz im Gegenteil. Ich habe Respekt für jeden, der versucht, sein eigenes Ding hochzuziehen. Das tun meines Erachtens viel zu wenige. Und vergiss nicht, ich weiß, wie hart das ist. Daher lässt es mir auch keine Ruhe, was du gesagt hast. Dass du die Sachen, die du brauchst, nicht bekommst. Was meinst du damit? Es gibt keinen Grund, dass du kein Baumaterial bekommst. Und wie kommst du darauf, dass ich damit etwas zu tun haben könnte?"

„Ach Alex, wie gesagt, ich weiß doch genau, dass du das Grundstück haben wolltest."

Alex sieht sie wie schon beim letzten Mal erstaunt an.

„Ja, und?"

„Wie – ja und? Das war's. Du willst das Grundstück und nutzt deswegen deine Kontakte, um mich zu boykottieren."

„Wow, du glaubst das also wirklich. Irgendwie hatte ich gehofft, dass du es letztens nicht so gemeint hast, dass wir vielleicht zu viel Wein getrunken haben, aber es scheint dir ernst zu sein. Ich will dein Grundstück und deswegen mache ich dir das Leben zur Hölle?"

„Ja, Wieso nicht?"

„Lucy, jetzt hör mir gut zu. Jeder, absolut jeder hier am Tegernsee will dein Grundstück haben. Und die, die das Geld hätten, es zu erwerben, und dazu gehöre auch ich, haben ihr Interesse offen kundgetan. Wir sind schließlich alle davon ausgegangen, dass die alte Schreckschraube – entschuldige – keine Verwandten hat und das Grundstück an die Gemeinde oder den Staat oder was auch immer fällt und dann zum Verkauf angeboten wird. Und da wollten wir alle ganz vorne in der Reihe sein. Ich inklusive. Es ist einfach perfekt gelegen und ich hätte das Haus in ein Tegerngold Restaurant direkt am Wasser umbauen können. Ich muss zugeben, die Vorstellung hat mich gereizt. Aber als ich dann erfahren habe, dass es eine Erbin gibt, war es halt so. Gar kein Problem, wirklich.

Eine Luftblase zerplatzt, ein schöner kleiner Traum, aber ich hatte deswegen keine schlaflosen Nächte. So ist es im Geschäftsleben. Manche Sachen funktionieren und andere nicht. Und das hat nicht funktioniert. Aber das ist doch kein Grund, dir nicht das Beste zu wünschen."

Jetzt wird Lucy doch ein wenig unsicher. Wenn er das alles so offen ausspricht, kommt sie sich fast ein bisschen blöd vor. Hat sie vorschnell geurteilt? Sich von Bondi beeinflussen lassen? Vielleicht ist der Anwalt eifersüchtig auf den gut aussehenden und erfolgreichen Alex. Und was hat sie gemacht? Völlig unkritisch seinem Urteil vertraut. Aber ganz überzeugt ist sie weiterhin nicht.

„Hm, so ganz sicher bin ich mir da nicht", sagt sie daher. „Hätte doch einen schönen Mehrwert für dein Hotel bedeutet, solch ein Seegrundstück."

„Ja, klar, irgendwann schon, aber erst einmal wäre es nur eine große Investition gewesen, sonst gar nichts. In ein paar Jahren hätte es sich sicherlich ausgezahlt, aber es wäre auch viel Arbeit gewesen. Außerdem verdiene ich mit dem Hotel wirklich mehr als genug Geld. Ich habe keine Kinder und besitze mehr, als ich ausgeben kann. Es wäre also ein schöner kleiner Luxus gewesen und hätte sicherlich Spaß gemacht, aber angewiesen bin ich nicht darauf. Was auch besser ist. Denn denk dran: Es gibt viele, die das Grundstück wollten, allen voran der alte Schrobel, und der ist gut vernetzt und schwimmt in Geld. Ich bin mir gar nicht sicher, ob ich gegen den überhaupt eine Chance gehabt hätte."

Der Wein steigt Lucy langsam zu Kopf, denn nach dem Wort ‚Kinder' hat sie kaum mehr zugehört, sondern ihre Gedanken zu der Vorstellung von Alex und einer Familie schweifen lassen. Wie süß seine Kinder wohl aussehen würden. Wie glücklich sie wären, hier auf so einem schönen Fleckchen Erde aufzuwachsen (da, jetzt hat sie es selbst gesagt – aber zumindest nicht ‚der schönste Ort der Welt' – so weit ist es doch noch nicht). Ob er wohl eine Freundin hat? Am liebsten würde sie ihn fragen, aber sie traut sich natürlich nicht. Erst beschuldigt sie ihn, ihr Grundstück stehlen zu wollen und hinterher will sie wissen, ob er gebunden ist. Das ginge dann doch ein bisschen weit. Stattdessen schlägt sie vor:

„Es wird langsam frisch hier draußen und ich spüre den Wein schon. Wie sieht's aus – hast du Lust, dass wir uns eine Kleinigkeit zu Essen machen? Einen Teller Pasta oder so?"

„Das heißt, du glaubst mir?", fragt Alex.

„Im Moment bin ich noch verwirrt, aber ich glaube dir erst einmal. Auf jeden Fall bin ich hungrig. Das glaube ich nicht nur, sondern das weiß ich. Komm, lass uns reingehen. Kannst du kochen?"

„Und wie, alles von der Pike auf gelernt", deklariert Alex nicht ohne Stolz. „Denn im Gegensatz zu dir muss ich beschämt zugeben, dass ich kein Vollblutunternehmer bin, sondern das Hotel von meinen Eltern übertragen bekommen habe. Und mein Vater hat darauf bestanden, dass ich wirklich alles lerne, was in einem Hotel so anfallen kann. Dann haben sie mich glücklicherweise noch auf gute Schulen geschickt, damit ich mich auch für etwas anderes entscheiden könnte. Aber das Hotelleben hat das Rennen gemacht. Daran hing immer mein Herz und es war stets meine Leidenschaft. Es ist ein Privileg, wenn man seinen Traum zu seinem Beruf machen kann."

„Allerdings", bestätigt Lucy. „Und wo sind deine Eltern jetzt?"

„Ach, die gondeln wahrscheinlich irgendwo in der Weltgeschichte herum. Ich glaube, im Moment sind sie in der Karibik. Ansonsten haben sie ihren Wohnsitz nach Spanien verlegt und spielen von morgens bis abends Golf. Aber sie haben es sich verdient. Haben viel gearbeitet in ihrem Leben."

„Keine Geschwister?", fragt Lucy.

„Doch, eine Schwester. Susi lebt mit ihrem Mann und ihren Kindern in Boston. Sie hat gar nichts mit dem Hotelwesen zu tun. Ich vermisse sie und vor allem die Kids. Zwei Mädels, unglaublich süße Zwillinge. Vielleicht lernst du sie ja mal kennen. Sie versuchen, einmal im Jahr herzukommen und ich besuche sie auch ab und zu in den USA. Was ist mit dir? Sind deine Eltern noch in England? Und hast du Geschwister?"

Lucys Herz, das eben noch bei ‚vielleicht lernst du sie ja mal kennen' überraschenderweise einen Freudensprung gemacht hat, zieht sich vor Schmerz zusammen. Selbst nach so vielen Jahren ist das noch nicht vorbei. Sie senkt den Blick und tut so, als sei sie mit dem Geschirr beschäftigt. Sie möchte den Abend jetzt nicht ruinieren, möchte die Schwere vermeiden, die immer aufkommt, wenn sie von dem Unfall ihrer Eltern berichtet.

„Es ist eine etwas schmerzhafte Geschichte", sagt sie daher nur und merkt, wie ihre Lippen anfangen zu zittern. „Ist aber schon lange vorbei und nichts, was ich im Moment besprechen möchte, wenn das in Ordnung ist. Vielleicht ein andermal, okay?"

Dann macht sie sich schnell daran, den Tisch zu decken, damit Alex ihren Gesichtsausdruck nicht sehen kann. Mit fester Stimme fragt sie:

„Wieso machst du nicht noch eine Flasche Wein auf, dann setze ich schon einmal das Wasser auf. Statt groß zu kochen, können wir ja einfach Pasta mit frischer Tomatensoße und Basilikum machen. Ist das okay?"

„Mehr als okay", bestätigt Alex und fügt dann leise hinzu: „Lucy, auch wenn es vielleicht schon lange her ist und ich nicht weiß, worum es bei der Sache mit deinen Eltern geht, aber Familie ist wichtig und es tut mir leid, wenn du etwas Schmerzhaftes erlebt hast. Bitte glaub mir, ich werde alles tun, damit du dich hier wohlfühlst. Damit dies dein neues Zuhause wird."

Damit streichelt er ihr kurz über den Arm und Lucy läuft ein Schauer über den Rücken. Es fühlt sich gut an, Alex so nah bei sich zu haben.

„Danke." Sie lächelt ihn an. „Frieden?"

„Frieden" wiederholt Alex und blickt ihr für einen Moment tief in die Augen. Dann stoßen sie an und der Zauber ist gebrochen.

Beim Essen lernt Lucy eine Menge über Alex und wie er aufgewachsen ist. Nur über sein Liebesleben erfährt sie nichts. Dafür er auch nichts über ihres. Es ist auch nicht so, dass er nachfragt. *Scheint ihn nicht besonders zu interessieren*, denkt Lucy ein wenig enttäuscht. Aber wahrscheinlich ist er vergeben. So ein Mann bleibt nicht lange allein. Fernbeziehung mit irgendeiner Schönheit, nimmt sie an. Da kann sie sowieso nicht mithalten. Im selben Moment wundert sie sich über ihre Gedanken. *Stopp, Lucy, du willst diesen Schönling doch gar nicht! Du hast für den Moment genug von Männern, hast du das vergessen? Du willst dich erst einmal auf dich selbst konzentrieren.*

„Lucy? Luuuucy", dringt jetzt Alex' Stimme zu ihr durch. „Bist du noch da? Sorry, wenn ich zu lange geblieben bin, du bist bestimmt müde. Du musst ja wegen dieser Yogastunden immer so früh aufstehen."

Lucy hat gar nicht mitbekommen, was er zuvor erzählt hat. So sehr war sie in die Welt von ihm und seiner imaginären Freundin versunken.

„Nein, nein", beeilt sie sich jetzt zu versichern, als Alex Anstalten macht, den Tisch abzuräumen. „Bitte, Alex, keinen Stress. Bleib noch ein wenig. Ist doch gemütlich, oder?"

Im gleichen Moment sind ihr ihre Worte peinlich. Er will gehen und sie überredet ihn, zu bleiben. Wie uncool. Aber sie kann jetzt keinen Rückzieher mehr machen. Also sagt sie:

„Ich habe aus Hannahs Café noch Kuchen von heute Nachmittag hier, sollen wir uns den nicht als Nachtisch gönnen?"

Alex schlägt sich auf den flachen Bauch. „Wenn du wüsstest, wie voll ich bin, würdest du nicht fragen. Aber was soll's. Wenn wir schon einmal dabei sind, können wir es auch zu einem würdigen Abschluss bringen. Also los, Kuchen her", fordert er und Lucy fällt plötzlich auf, wie sehr sie es genießt, einen Gast zu haben. Das Haus ist so groß und manchmal einsam. Es ist schön, es mit Leben zu füllen. Vor allem mit so attraktivem Leben!

Genau in diesem Moment sagt Alex: „Lucy, das Haus ist perfekt für Dinnerpartys. Ich meine, schon dieser riesige Tisch, wie viele passen da dran? Zehn, zwölf Leute mindestens?"

„Ja, ich denke mal", sagt Lucy und gibt dann zu: „Um ehrlich zu sein, bist du mein erster Besuch hier. Ich habe vorher noch niemanden eingeladen. Klar, es kommt immer mal jemand vorbei, vielleicht auch auf einen Kaffee, aber es ist das erste Mal, dass ich hier mit jemandem esse."

„Was?", gibt Alex erstaunt zurück, um dann grinsend festzustellen: „Da kann ich mir ja richtig was drauf einbilden. Obwohl, genaugenommen hast du mich nicht eingeladen, sondern ich mich selbst. Also kann ich wohl doch nicht ganz so stolz sein."

„Doch, doch", bekräftigt Lucy. „Kannst du schon sein. Es war eine Einladung. Vielleicht nicht in den Garten, aber zumindest in das Haus. Aber jetzt, wo du es sagst: Ich sollte das wahrscheinlich wirklich öfter machen, ein paar Freunde herüberbitten. Wir treffen uns sonst immer bei Michi in der Weinbar, das ist auch sehr nett."

„Ja, die Weinbar ist eine der schönsten Gaststätten hier. Leider will der Inhaber sie verkaufen. Er hält sich inzwischen nur noch auf Ibiza auf und hat keinen echten Bezug mehr zum Tegernsee. Hoffen wir, dass der Nächste die Bar genauso erhält."

Lucy erschrickt.

„Die Weinbar soll verkauft werden? Um Gottes willen, an wen denn? Ob Michi das wohl schon weiß?"

Alex macht eine abwehrende Geste und fühlt sich sichtlich unwohl.

„Wahrscheinlich nicht, Lucy, und bitte tu mir den Gefallen und sag ihm nichts. Ich hätte auch nichts sagen sollen. Ich hab's von meinen Eltern erfahren. Als Spanien-Aussteiger verstehen sie sich gut mit dem Inhaber der Weinbar und sind manchmal in Kontakt. Aber ich sollte es für mich behalten, denn jeder weiß, wie die Aasgeier hier sich auf jedes Grundstück stürzen, das frei wird. Ich glaube, das will er vermeiden und die Sache unter der Hand abwickeln. Da kannst du ja selber ein Lied von singen. Nach deiner Vorstellung war ich ja sogar einer der Aasgeier", versucht er einen fröhlichen Ton anzustimmen.

Trotzdem ist die Stimmung für Lucy dahin. Sie weiß, wie dringend Michi das Geld von der Weinbar braucht und neben diesem Haus hier und Hannahs Café ist es am Tegernsee der einzige Ort, an dem sie sich wirklich zu Hause fühlt. Der Gedanke, dass sich schon wieder etwas ändern könnte, verursacht ihr ein mulmiges Gefühl. Alex scheint das zu spüren, denn jetzt steht er endgültig auf.

„Komm, Lucy, den Kuchen verschieben wir. Ich wollte keine Pferde scheu machen. Mach dir keine Sorgen, so schnell geht das alles nicht. Ich lasse dich jetzt allein, aber nachdem ich jetzt schon zwei Mal hier war und du noch nie bei mir, darf ich dich vielleicht nächstes Mal oben ins Tegerngold einladen. Wir müssen ja nicht ins Restaurant gehen, da sieht uns jeder und der Klatsch fängt wieder an. Aber vielleicht magst du zu mir kommen und ich revanchiere mich mit einem selbst gekochten Essen. Was meinst du?"

Sofort vergisst Lucy all ihre Sorgen um die Weinbar. Ihre Wangen glühen vor Aufregung. Am liebsten würde sie sofort ‚ja' rufen, aber sagt stattdessen gespielt gelassen: ‚Hört sich nicht schlecht an. Wir laufen uns bestimmt sowieso mal wieder spontan über den Weg, dann können wir etwas ausmachen."

Los, frag mich nach meiner Nummer, du Idiot, denkt sie. *Überlass so etwas Wichtiges nicht dem Zufall!*

Aber Alex zuckt nur mit den Schultern, lächelt und sagt: „So machen wir es. Dann schlaf jetzt gut, Lucy, und danke für den schönen Abend."

Damit umarmt er sie und Lucys Herz macht ein paar völlig unangemessene Luftsprünge. Sie riecht Aftershave und würde sich am liebsten gar nicht mehr aus diesen Armen lösen. Mit Überwindung tritt sie trotzdem einen Schritt zurück und sagt betont fröhlich:

„Ciao, Alex, mach's gut. Bis dann mal." Sobald er draußen ist, schließt sie resolut die Tür hinter ihm. Dabei merkt sie, wie das Blut schneller als sonst durch ihre Adern fließt und sie fragt sich, ob sie gerade dabei ist, sich trotz all ihrer Vorsätze in diesen Mann zu vergucken. *Ausgerechnet in Alex, den Schönling vom Tegerngold*, denkt sie, bevor sie ins Bett geht und sich süßen Träumen übergibt.

21

Am nächsten Morgen wacht Lucy mit besonders guter Laune auf. Sie denkt an Alex und würde am liebsten noch ein wenig liegen bleiben. Aber die erste Yogastunde wartet. Daher springt sie aus dem Bett und betet innerlich, dass Babs heute da ist. Von ihr wird sie sicher erfahren können, ob Alex gebunden ist. Sollte er es sein, wird sie jegliche Gefühle für ihn sofort unterbinden. Sie wird sich auf nichts einlassen, das in irgendeiner Weise kompliziert oder nicht unehrlich ist.

Als sie unten im Yogaraum ankommt, sieht sie durch die Scheibe schon, wie Babs anmarschiert kommt. Mit Emma im Schlepptau. Beziehungsweise, Emma hat Babs im Schlepptau, denn das ehemals so untrainierte Mädchen hat eine ganz schöne Ausdauer und Kraft entwickelt. Lucy kann sich nicht entsinnen, dass sie auch nur einen einzigen Morgen die Yogastunde verpasst hat und sie muss sagen – man sieht es Emma an. Fast bereut sie, keine Vorher-Nachher-Fotos gemacht zu haben. Aber das ist jetzt nicht das Thema. Sie muss Babs allein erwischen, damit sie sie möglichst unauffällig über Alex befragen kann. Doch mit

Bedauern bemerkt sie, dass es dafür jetzt zu spät ist. Die anderen Schülerinnen und mittlerweile auch zwei männliche Schüler strömen herein und Lucy wird von den fröhlichen Guten-Morgen-Rufen und den unvermeidlichen Fragen der Neuen abgelenkt.

Nach der Stunde sieht sie ihre Chance gekommen.

„Babs, hast du noch ein paar Minuten oder musst du schon los?", fragt sie mit Unschuldsmiene. „Wir könnten sonst noch zu Hannah auf einen Kaffee gehen."

„Sorry, Süße", gibt Babs zurück. „Aber Emma und ich haben bald wieder Schicht und wollten vorher noch ein wenig Spazierengehen. Uns ist aufgefallen, wie gut das tut, nach dem Yoga durch die frische Frühlingsluft zu wandern."

Bevor Lucys Enttäuschung sich jedoch ausbreiten kann, schlägt Babs auch schon vor:

„Hör zu, wieso nicht heute Abend bei Michi? Was hältst du davon? Ist schon wieder viel zu lange her, dass wir da waren. Sieben Uhr?"

„Also acht Uhr, wenn du sieben sagst", stellt Lucy lachend fest. „Aber gut, gehen wir heute Abend zu Michi. Du hast recht, ist eine gute Idee, ich gebe Hannah auch noch Bescheid."

Lucy freut sich richtig auf den Abend. Allerdings war sie während der Yogastunde ziemlich abgelenkt. Sie glaubt nicht, dass es ihren Schülern aufgefallen ist, dafür ist sie zu routiniert. Aber sie hat sich mehrmals dabei ertappt, dass sie eigentlich gar nicht wusste, wo sie wirklich war, und ihre Gedanken stattdessen um grün-blaue Augen kreisten. Wo soll das nur hinführen? *Zeit für Selbstliebe*, war doch ihre neue Devise. Und jetzt stellt sie schon ihrer Freundin nach, um herauszufinden, ob Alex gebunden ist. Das ist sonst gar nicht ihre Art und passt vor allem nicht in ihren Plan, erst einmal allein zu sein. Na ja, sie wird sehen. Einfach mal zu erfahren, ob er Single ist, kann nicht schaden. Aber jetzt geht sie erst einmal zu Hannah rüber. Ein guter Kaffee ist genau das, was sie braucht.

Als sie jedoch das Café betritt, findet sie ihre Freundin ziemlich aufgelöst vor. Hannah hat Tränen in den Augen und wischt hektisch und halbherzig die Tische ab. Das passt nun wirklich nicht zu ihr. Sonst ist sie so ordentlich und sorgfältig, dass man bei ihr vom Fußboden essen könnte.

Als Hannah Lucy bemerkt, presst sie ein kurzes „Was kann ich für dich tun? Einen Kaffee, wie immer?" hervor und verschwindet sogleich wieder in der Küche. Marcel sitzt wie sonst auch in seiner Ecke und arbeitet. Lucy geht zu ihm herüber.

„Weißt du, was los ist?", fragt sie und deutet mit dem Kinn in Richtung Küche. „Ist irgendwas passiert?"

„Wenn ich das wüsste", sagt Marcel ratlos. „Sie war schon gestern Nachmittag so. Völlig durch den Wind, wenn du mich fragst. Aber rausbekommen habe ich nichts aus ihr. Vielleicht können wir es ja mit vereinten Kräften versuchen. Sie wird doch keine Geldprobleme haben?"

„Das glaube ich nicht", antwortet Lucy. „Das Café läuft gut und Hannah ist sparsam. Wofür gibt sie denn schon Geld aus? Sie geht nicht shoppen und verwöhnt sich auch sonst kaum."

„Stimmt", bestätigt Marcel nachdenklich, als Hannah mit Lucys Kaffee aus der Küche kommt.

„Wo willst du sitzen?", fragt sie kurz angebunden. Auch das ist man von ihr nicht gewohnt.

„Hierhin, zu Marcel, falls das okay ist", antwortet Lucy mit fragendem Blick auf Marcel, der jetzt einladend auf den Stuhl neben sich deutet.

„Und wieso setzt du dich nicht auch, Hannah?", fragt er. „Im Moment ist nichts los, da kannst du ruhig eine kurze Pause machen."

„Keine Zeit", behauptet Hannah, aber bevor sie sich

noch wegdrehen kann, beginnen ihre Lippen zu zittern. Dann versucht sie, wieder in Richtung Küche zu verschwinden. Doch Lucy ist schneller. Sie läuft ihrer Freundin hinterher und hält sie am Oberarm fest.

„Los, Hannah, raus mit der Sprache. Hier stimmt doch etwas nicht. Was ist passiert? Was ist los mit dir?"

„Gar nichts", sagt Hannah und windet sich aus Lucys Griff. „Letztens warst du scheiße drauf und jetzt bin ich es, okay? Darf jeder mal sein."

„Ja, klar darf das jeder mal sein, aber bei dir ist doch etwas Konkretes vorgefallen. Mach mir nichts vor, Liebes. Das ist etwas anderes, als mal schlecht drauf zu sein. Komm schon, Hannah, sprich mit mir. Dafür sind Freunde da."

Jetzt laufen Hannah endgültig die Tränen über die Wangen und sie gibt ihren Widerstand auf. Stattdessen lässt sie sich in Lucys Arme sinken, die ihr sachte über den Rücken streichelt.

„Er ist wieder da, Lucy. Er ist da und will Geld haben. Viel Geld sogar. Und ich kenne ihn, er wird nicht aufgeben!"

„Wer?", fragt Lucy verwirrt und versucht erfolglos, sich Hannah in den Fängen eines Mafia-Rings vorzustellen.

„Na, Herbert natürlich, wer denn sonst?", gibt ihre Freundin verständnislos zurück und Lucy erinnert sich glücklicherweise daran, dass Hannahs Ex-Mann Herbert heißt.

„Dein Ex?", fragt sie daher.

„Ja, mein Ex", gibt Hannah stöhnend zurück. „Ich hatte ganz vergessen, wie unglaublich dominant er sein kann. Er macht mir immer noch Angst, Lucy."

„Das ist nicht nötig", gibt Lucy selbstbewusster zurück, als sie sich fühlt. „Du musst dich vor niemandem verstecken, wir sind ja schließlich auch noch da. Jetzt lass uns hinsetzen und du erzählst, was los ist. Es hat noch kein Problem gegeben, zu dem es keine Lösung gibt."

„Aber nicht zu Marcel setzen", flüstert Hannah. „Ich will nicht, dass er das mitbekommt."

Lucy verdreht die Augen. „Hannah, du verhältst dich wie ein typisches Opfer. Du wirst attackiert und es ist dir peinlich! Du hast doch nichts damit zu tun, wie dein Ex sich verhält. Das geht allein auf seine Kappe. Dir muss das vor Marcel nicht unangenehm sein, ganz im Gegenteil. Du bist ihm wichtig, er mag dich und da du offensichtlich bedroht wirst, ist er als Anwalt genau unser Mann. Also, komm schon, lass uns zu Marcel rübergehen. Du erzählst uns die Story und dann finden wir eine Lösung. Okay?"

„Okay", antwortet Hannah schwach. „Aber ihr kennt Herbert nicht."

„Nein, noch nicht. Aber wenn er dir das Leben schwer macht, wird er uns sehr bald kennenlernen."

Kaum sitzen sie bei Marcel am Tisch, schiebt der sofort all seine Akten zur Seite und widmet Hannah seine volle Aufmerksamkeit.

So ein netter und hübscher Mann, denkt Lucy kurz, konzentriert sich dann aber auf die Erzählung ihrer Freundin.

„Also, gestern Morgen, ich habe gerade das Café aufgemacht und war hinten in der Küche, da höre ich, wie ein Kunde hereinkommt, und durch den ganzen Laden brüllt: ‚Bedient hier jemand oder schläft die Inhaberin noch?' Ich habe die Stimme natürlich sofort erkannt und sie hat mir gleich einen Schauer über den Rücken gejagt. Herbert! Was hatte ich gehofft, ihm nie wieder begegnen zu müssen. Aber da war er, in meinem Café. Ich ging also nach vorne und fand meinen Ex-Mann breitbeinig auf einem Stuhl vor, mit der Lehne zwischen seinen Beinen. ‚Ah, da ist sie ja, die kleine Cafébesitzerin' höhnte er mit einem überheblichen Grinsen, um mich dann von oben bis unten zu mustern und festzustellen: ‚Hast dich gar nicht verändert. Immer noch dieses Kindergesicht. Obwohl, ein wenig Speck auf den

Rippen ist schon dazugekommen. Naschst wohl zu gerne von deinem eigenen Kuchen, was? Und da wir schon dabei sind, wieso gibst du mir zur Begrüßung nicht ein Stück. Denn deine Backkünste sind wirklich das Einzige, was ich an dir vermisse."

„Was für ein Ekel", kommt es von Marcel, aber dann lässt er Hannah fortfahren.

„Ich hab' ihm also ein Stück Kuchen und auch eine Tasse Kaffee gebracht und dabei schon am ganzen Körper gezittert. ‚Was willst du hier, Herbert?', wollte ich von ihm wissen. ‚Ich dachte, wir hätten uns nichts mehr zu sagen'. ‚Das dachte ich auch' kam daraufhin von ihm. ‚Bis ich gehört habe, dass du plötzlich zur Großunternehmerin geworden bist und hier in Saus und Braus lebst. Und da habe ich mich gefragt, wo das ganze Geld bei unserer Scheidung war.' Dazu müsst ihr wissen", klärt Hannah ihre beiden Zuhörer auf, „dass Herbert zum Zeitpunkt unserer Scheidung nicht gearbeitet hat und ich ihm daher einen Zugewinn zahlen musste. Es war nicht viel, schließlich habe ich auch nur als Konditorin gearbeitet, aber mir hat es trotzdem finanziell wehgetan. Vor allem in Anbetracht dessen, dass er die letzten Monate nur noch vor dem Fernseher verbracht und an mir rumgenörgelt hat. Nun ja, jetzt kam jedenfalls heraus, dass er dachte, ich hätte ihm Geld vorenthalten und dass er bei unserer Scheidung mehr hätte bekommen sollen."

„Ekel", flüstert Marcel wieder.

„Das kannst du laut sagen", bestätigt Hannah. „Jedenfalls", seufzt sie, „habe ich, anstatt ihn hinauszuwerfen, ihm noch ein Stück Kuchen gegeben, da er das Erste angeblich nicht gemocht hat, obwohl er es bis auf den letzten Krümel aufgegessen hat, und ihm erklärt, dass ich das Café mit dem kleinen Erbe meiner Oma aufgemacht habe. Und wie du sicherlich weißt, Marcel, ist ein Erbe höchstpersönlich und wird bei einer Scheidung nicht berücksichtigt."

Marcel nickt zustimmend.

„Außerdem ist meine Oma sowieso erst nach der Scheidung gestorben. Aber solche Kleinigkeiten interessieren Herbert nicht. Anstatt dies also so zu akzeptieren und sich zurückzuziehen, kam von ihm nur: ‚Hannah, Hannah, kleine Hannah, was bist du doch für ein durchtriebenes Stück. Was habe ich für dich alles aufgegeben. Meine Güte, sogar die Hoffnung auf eine Familie musste ich wegen dir platzen lassen und du enthältst mir meinen gerechten Anteil vor? Das ist aber gar nicht christlich, überhaupt nicht christlich, Hannah.' Und dabei hat er mich angesehen, als wollte er mich mit seinen Blicken durchbohren. Jedenfalls – lange Rede, kurzer Sinn. Er hat sich jetzt wohl hier ein Zimmer in einer Pension genommen, das so günstig ist, dass er wochenlang ausharren kann. Und das wird er tun, wie er mir versicherte. Und ich glaube ihm. Dabei interessiert ihn das Juristische nicht. Er sagt, dass er es menschlich verdienen würde, an meinem Erfolg teilzuhaben. Schließlich hätte er mich zu dem gemacht, was ich jetzt bin. Dass ich nicht lache! Dass er mich nicht total zerstört hat, ist ein Wunder! Heute Morgen kam er dann wieder, verlangte ein Stück Kuchen, nahm noch eins, ging hinter die Bar und schenkte sich selbst Kaffee ein, da ich angeblich nicht schnell genug war und ging dann wieder, ohne zu zahlen. Mit der Ankündigung, dass er morgen wiederkäme. Und dann sagte er mit seinem diabolischen Grinsen: ‚Und übermorgen. Und den Tag darauf. Und den darauf. Du entscheidest, wann das aufhört, Hannah. Aber mach dir klar, ich bin in letzter Zeit ein wenig unberechenbar geworden, ich habe mich nicht immer ganz unter Kontrolle.' Und damit hat er den Kuchenteller in die Hand genommen, hochgehalten und fallen lassen. Einfach so."

Mittlerweile ist Hannah in Tränen aufgelöst und Lucy schließt ihre Freundin fest in die Arme.

„Das Gute zuerst: Gott sei Dank bist du von diesem

Arschloch geschieden", stellt sie fest. „Und das andere, das werden wir schon klären, mach dir mal keine Sorgen! Marcel, was können wir tun?"

„Oh, da können wir eine Menge tun!" Marcel ist voll in seinem Element. „Zunächst kannst du ihm Hausverbot erteilen, damit er hier nicht mehr reindarf. Dann können wir eine einstweilige Verfügung gegen ihn erwirken, damit er sich dir nicht mehr nähern darf. Und eine Anzeige wegen Nötigung könnten wir auch in Erwägung ziehen." Marcels Augen funkeln. Er scheint es zu genießen, gebraucht zu werden. Aber Hannah ist keineswegs überzeugt und erstickt seinen Enthusiasmus im Keim.

„Danke, Marcel, das sind sicherlich alles gute Vorschläge, aber die bringen nichts. Das wird ihn nur noch aggressiver machen und mich noch unsicherer. Das kann doch nicht sein, dass ich in Angst vor meinem Ex-Mann lebe. Nein, solange ich weiß, dass er mir auf den Fersen ist, werde ich keine Ruhe haben. Juristische Hilfe hin oder her. Ich muss das anders regeln. Zur Not gebe ich ihm Geld."

„Oh nein, das wirst du ganz sicher nicht tun", empört sich Lucy. „Hannah, versprich mir, dass du diesem Schwein keinen Cent geben wirst. Hörst du? Keinen Cent! Versprich mir das!"

„Okay, okay, ich werd's versuchen", gibt Hannah für den Moment klein bei. „Aber ich weiß wirklich nicht, was ich tun soll."

„Hannah, ich würde das alles umsonst für dich in die Wege leiten, du musst nichts bezahlen. Ich erledige das, und dann bist du den Typen los." Marcel sieht wütend aus, auch wenn er versucht, beruhigend auf Hannah einzureden.

„Ich weiß, dass ihr alles tun würdet, um mir zu helfen. Das ist so lieb von euch. Und ich weiß dein Angebot wirklich zu schätzen, Marcel. Ich würde es wahrscheinlich sogar annehmen, wenn ich glauben würde, dass es hilft. Aber das glaube ich nicht. Herbert kennt mich. Er kennt meine Unsicherheit und auch meine Schwachstellen. Da werden alle einstweiligen Verfügungen ihn nicht davon abhalten, mich zu tyrannisieren. Dann vielleicht nicht mehr ganz so direkt, aber subtil und indirekt wird es weitergehen. Wenn es um Geld und seine Gier geht, so gibt er nicht auf. Keine Chance."

„Ich stimme Hannah zu", seufzt Lucy. „Das wäre vielleicht eine Zwischenlösung, aber wirklich helfen würde es nicht. Komm, Hannah, wir besprechen das heute Abend. Deshalb bin ich eigentlich hier. Ich wollte dich einladen, heute Abend mit in die Weinbar zu kommen. Ist schon viel zu lange her, dass wir da waren. Babs kommt auch. Gemeinsam wird uns schon etwas einfallen."

„Lieb von dir, Lucy, aber ich bin durch, ehrlich. Ich könnte im Moment keine Gesellschaft ertragen. Und ich weiß auch nicht, ob ich will, dass jeder die Geschichte kennt. Geh du alleine und macht euch einen schönen Abend! Ich würde euch nur die Laune verderben."

„Kommt nicht infrage!", widerspricht Lucy vehement. „Ich meine es ernst! Du brauchst jetzt deine Freunde. Da ist dieser Psycho da draußen und du willst allein zu Hause sitzen und Trübsal blasen? Ganz sicher nicht! Und außerdem solltest du es deinen Freunden erzählen, du hast nichts falsch gemacht. Je mehr du es verheimlichst, umso unheimlicher wird es für dich. Sprich offen darüber, das gibt dem Ganzen eine gewisse Normalität."

„Da stimme ich Lucy zu", sagt Marcel. „Verkriech dich jetzt nicht und mach es bloß nicht zu einem Geheimnis. Genau das erwartet er doch. Bau eine Mauer aus Freunden um dich herum auf, das wird ihn dann irgendwann einschüchtern, Auch wenn Michi vielleicht nicht der einschüchterndste Geselle auf diesem Planeten ist", fügt er grinsend hinzu. „Aber das macht Babs wieder wett."

Jetzt muss auch Hannah lächeln.

„Na gut, überredet, ihr habt ja recht, ich komme mit. Wird mir guttun und zu Hause fällt mir nur die Decke auf den Kopf. Aber dann kommst du auch mit, Marcel, nicht wahr? Du lässt mich nicht mit diesen Aasgeiern allein, oder?"

Marcel scheint verlegen und blickt kurz zu Boden.

„Leider doch, heute Abend kann ich einfach nicht. Aber sobald du diesen Herbert-Schweinehund sowie deinen inneren Schweinehund mal besiegt hast, stoßen wir darauf an, ich versprech's."

Lucy fällt auf, dass sie überhaupt keine Ahnung hat, was Marcel in seiner Freizeit macht. Aber jetzt ist nicht der richtige Zeitpunkt, das herauszufinden. Jetzt geht es zunächst darum, zu erfahren, ob Alex gebunden ist oder nicht. Und natürlich darum, Hannah zu helfen!

ABENDS KOMMT Lucy noch vor Hannah in der Weinbar an und überraschenderweise ist Babs schon da. Also gibt sie Michi und Babs eine kurze Zusammenfassung der Ereignisse und wie erwartet ist die Empörung unter den Freunden groß. Aber so hat sich zumindest der erste Sturm schon gelegt, als Hannah zu ihnen stößt. Lucy ist froh, dass sie ein paar Minuten mit den anderen allein hatte. Denn dadurch sind fast alle Schimpfwörter schon aufgebraucht und sie können etwas sachlicher an das Thema herangehen. Die überschwappenden Emotionen von Babs und Michi hätten ihrer im Moment so fragilen Freundin sicher nicht gutgetan.

„Ich habe den anderen schon einen kleinen Überblick gegeben, Hannah, ich hoffe, das ist dir recht", begrüßt Lucy sie und bemerkt erschrocken, wie blass ihre Freundin aussieht. „Ich dachte, so musst du nicht noch einmal alles wiederholen und die Taskforce kann gleich zur Tat schreiten."

Ein dünnes Lächeln breitet sich auf Hannahs Gesicht aus.

„Das ist gut, dass du das gemacht hast, danke Lucy. Und schön, dass es euch alle gibt. Wenn ich jetzt allein wäre, würde ich bestimmt durchdrehen."

Dann begrüßt sie die anderen, die sofort beginnen, sie über ihren Ex-Mann auszufragen, wie nur Babs und Michi das können. Wenn sie zusammen sind, hätte selbst die CIA keine Chance gegen sie. Also erzählt Hannah ihnen alles, was ihr so einfällt, und Lucy hat das Gefühl, dass es ihr guttut, sich ihre Sorgen von der Seele zu reden. Am Anfang spricht sie noch stockend und es wirkt absurderweise, als hätte sie weiterhin ein Gefühl von Loyalität Herbert gegenüber – fast so, als würde sie zögern, anderen Leuten persönliche Dinge über ihn zu berichten. Aber sobald diese Scham einmal verflogen ist, scheint sie es zu genießen, sich richtig auskotzen zu können. Lucy könnte schwören, dass sie das noch nie getan hat. Am Ende schauen sie sich alle erstaunt an.

„Hannah, ich will ja nicht noch mehr Salz in die Wunde streuen, aber wie konntest du nur mit so einem Ekel verheiratet gewesen sein?", fragt Michi. „Du machst das mit dem Café alles so super, stemmst das ganz allein und vor so einem Schwein hast du dich dermaßen erniedrigt?"

„Ja, ich weiß" Hannah verdreht ratlos die Augen. „Ich weiß auch nicht, wie das passieren konnte. Aber das Schlimmste ist: Er hat offenbar immer noch Macht über mich. Es ist ja nicht so, als ob das irgendeine ferne Vergangenheit wäre. Kaum kommt er, kusche ich und werde zum Mäuschen. Das finde ich eigentlich am schlimmsten."

„Einsicht ist der beste Weg zur Besserung", säuselt Babs und sieht sie milde an. „Keine Sorge, das bekommen wir schon hin. Vielleicht nicht heute Abend, aber irgendwie werden wir auch dieses Problem lösen. Wir sind jedenfalls für dich da. Da braucht es mehr als einen Herbert, um uns kleinzukriegen."

Schließlich umarmen sie sich alle gegenseitig und verabschieden sich für die Nacht. Erst im Bett fällt Lucy auf, dass sie sich gar nicht erkundigt hat, ob Alex Single ist.

22

Vor der Yogastunde am nächsten Morgen zieht Babs Lucy zur Seite.

„Schau mich an. Was fällt dir auf?"

Lucy blickt sie erstaunt an.

„Um ehrlich zu sein, gar nichts, was soll mir auffallen? Hast du eine neue Haarfarbe?", fragt sie mit prüfendem Blick auf Babs' wie immer pechschwarzes Haar.

„Quatsch, bei den Haaren kann man nichts machen, die bleiben so, wie sie sind. Nein, ich habe riesige Augenringe, sozusagen den Grand Canyon unter den Augen. Wegen Hannahs Geschichte konnte ich kaum schlafen. Was für ein Arschloch dieser Typ ist! Wie kann es so was geben? Aber ich sage dir, ich habe schon eine Idee! Den mach' ich fertig!"

Lucy lächelt. „Daran habe ich keine Zweifel. Aber jetzt bist du hier im Yogaraum. Sollten da Rachefantasien nicht draußen bleiben?"

„Nonsens, ganz im Gegenteil! Gerade hier darf man doch das sein, was man will. Und heute bin ich eine rachsüchtige Amazone!"

„Recht hast du, Amazone, sag mir, falls ich dir helfen

kann. Denn ich bin auch aus härterem Holz geschnitzt, als man denken mag. Aber jetzt werde von der Amazone schnellstens zum herabschauenden Hund, die anderen warten schon."

Nach der Stunde beobachtet Lucy wieder amüsiert, wie Babs mit Emma abzieht. Die beiden scheinen wirklich zueinander gefunden zu haben. „Es geschehen doch immer noch Zeichen und Wunder", murmelt Lucy vor sich hin, als eine dunkle Stimme hinter ihr ertönt.

„Frau Davenport?"

Sie dreht sich um und erblickt einen groß gewachsenen Mann in Arbeiterkleidung.

„Ja, das bin ich", bestätigt sie. „Was kann ich für Sie tun? Kommen Sie doch rein."

„Lieber nicht, ich laufe den ganzen Tag auf Baustellen herum, da mach' ich Ihnen nur den Boden dreckig. Vielleicht könnten Sie aber herauskommen?"

Baustellen! Musik in Lucys Ohren! Was er wohl will? Lucy geht zu ihm hinaus und spürt, wie die ersten Sonnenstrahlen des Tages ihre Nase kitzeln. Sie blinzelt zu dem Mann hoch, der ihr die Hand hinstreckt.

„Müller ist mein Name. Herr von Meyenhofen schickt mich."

„Alex?", entfährt es Lucy verwirrt.

„Ja, ich glaube, das ist sein Vorname. Jedenfalls machen wir so einige Arbeiten am Tegerngold und er hat mich gebeten, auch bei Ihnen nachzufragen, was Sie brauchen und ob wir Ihnen helfen können. Er ist bereit, seine Kapazitäten mit Ihnen zu teilen."

Vor Aufregung bekommt Lucy glühende Wangen. Endlich passiert etwas! Und Alex hat ihr geholfen!

„Jetzt kommen Sie schon rein", drängt sie ihn aufgeregt. „Der Boden ist egal. Kommen Sie, ich zeige Ihnen alles."

Herr Müller besteht darauf, seine Schuhe auszuziehen,

was Lucy durchaus recht ist und dann führt sie ihn durch das Haus in die Küche.

„Dies hier soll ein Hotel werden, hat Herr von Meyenhofen gesagt", stellt Müller fest, und Lucy nickt bestätigend.

„Ganz richtig, aber ich habe die erforderliche Genehmigung zum Umbau noch nicht. Mein Anwalt hat mir allerdings versichert, dass das grundsätzlich kein Problem darstellen sollte. Es ist wohl nur eine Frage der Zeit. Daher möchte ich zumindest schon einmal mit den ersten Arbeiten beginnen, verstehen Sie? Damit ich dann schnell loslegen kann, wenn es so weit ist."

„Verstehe", sagt Herr Müller und schaut sich anerkennend um. „Tolles Haus. Also dann erzählen Sie mir doch mal, was Sie vorhaben."

Zwei Stunden und unzählige Erklärungen später fühlt Lucy sich so gut wie schon lange nicht mehr. Herr Müller wird morgen mit einigen seiner Leute vorbeikommen und sie werden besprechen, wie man die Arbeiten am besten durchführen kann. Dann wird er ihr einen Kostenvoranschlag machen. Daran will Lucy gar nicht denken, vor allem in Anbetracht des ganzen Geldes, das sie Bondi ständig in den Rachen wirft. Aber Herr Müller hat ihr versichert, dass Alex ganz spezielle Konditionen bei ihnen ausgehandelt und darauf bestanden hat, dass Lucy dieselben Konditionen bekommt. Sie ist aufgeregt wie ein kleines Mädchen.

AM NACHMITTAG KOMMT sie zu ihrer zweiten Atemsitzung bei Aurelia an, die sie wie eine alte Freundin begrüßt.

„Lucy, du strahlst ja übers ganze Gesicht. Sag nicht, du hast dich endlich in unserem kleinen Paradies eingelebt."

Lucy lacht fröhlich. „Ich bin dabei", verkündet sie. „Ich bin wirklich dabei. Unsere letzte Sitzung hat mir so sehr geholfen, Aurelia, ich habe das Gefühl, ich bin viel mehr auf dem Weg zu mir selbst. Diese Präsenz, die ich gespürt habe, die versuche ich mir immer wieder bewusst zu machen. Es ist so schön zu wissen, dass sie da ist."

Lucy fühlt sich tatsächlich wie befreit. Aurelia lächelt sie liebevoll an.

„Das ist schön zu hören, Lucy. Du hast wirklich tolle Arbeit geleistet. So schnell geht das nicht bei jedem, das kannst du mir glauben. Wobei deine Yoga-Ausbildung sicherlich hilft. Da bist du es mehr als manch anderer gewohnt, bei dir und deinem Atem zu sein. Die Vorarbeit ist also schon geleistet. Aber jetzt setz dich doch erst einmal. Hier, nimm einen Tee."

Damit schenkt sie Lucy eine Tasse voll würzigem Tee ein, der an Weihnachten und Zimtsterne denken lässt.

„Also, was machen wir heute?", fragt Lucy voller Enthusiasmus.

„Das entscheidest allein du", gibt Aurelia freundlich zurück und Lucy fragt sich, ob Aurelia wohl ihr echter Name ist. *Eher nicht*, denkt sie.

„So weitermachen wie letztes Mal?", fragt sie lächelnd. „Übrigens, ich muss dir noch etwas erzählen. Ich glaube, ich habe jemanden kennengelernt, den ich mag." Dabei errötet sie leicht.

„Ach ja?", gibt Aurelia verwundert zurück. „Darf ich fragen, um wen es sich hierbei handelt?"

„Klar, darfst du!" Voller Begeisterung verzählt Lucy ihr von Alex und ihren paar kurzen Treffen.

„Hm, Alex von Meyenhofen kenne ich natürlich", murmelt Aurelia nachdenklich, nachdem Lucy ihre Ausführungen beendet hat. „Wer kennt ihn nicht? Das Tegerngold ist schließlich unser Schmuckstück. Und er ist ein sehr attraktiver Mann, das muss ich zugeben."

„Aber?", fragt Lucy und spürt, wie ihr sich Magen zusammenzieht.

„Wer hat ‚aber' gesagt?", gibt Aurelia sanft lächelnd zurück.

„Du hast ‚aber' gesagt", antwortet Lucy. „Vielleicht nicht direkt, aber zwischen den Zeilen. So, als wüsstest du etwas, was ich nicht weiß. Also, raus mit der Sprache."

Sie wundert sich selbst, wie offen sie mit Aurelia redet. Das wäre sonst nicht ihre Art. Aber wenn man sich vor jemandem einmal so geöffnet hat, wie sie es vor Aurelia getan hat, dann fühlt man sich der Person einfach verbunden. Dies ist zumindest die einzige Erklärung, die ihr dafür einfällt, dass sie dieser Frau Dinge erzählt, die sie sonst noch niemandem berichtet hat.

„Okay, Lucy, möchtest du, dass ich ehrlich bin?"

„Natürlich will ich das." Lucy sieht ihre Blase schon vor ihrem inneren Auge zerplatzen. Jetzt wird Aurelia ihr die Wahrheit über Alex erzählen. Wie er mit Frauen spielt, unehrlich ist, sie böse fallen lässt und so weiter. Sie versucht, sich zu wappnen.

Aber Aurelia nimmt gleich vorweg: „Über Alex kann ich nichts sagen. Ich kenne ihn kaum und ich weiß auch nichts über sein Liebesleben. Ich glaube, es gab da mal etwas Ernstes, aber Details sind mir nicht bekannt. Aber darum geht es hier auch nicht, Lucy. Wenn ich wirklich ehrlich sprechen darf: Du bist jetzt so toll auf dem Weg, zu dir zu finden und in deine Kraft und Unabhängigkeit zu kommen. Unabhängigkeit und Freiheit sind hier die beiden großen Worte. Meine Bedenken sind, ob du wirklich eine Abkürzung machen und wieder in die Arme eines Mannes fallen willst, bevor du dich überhaupt selbst kennengelernt hast. Es gibt eine Person, die immer bei dir ist, die auch deinen letzten Atemzug noch mit dir nehmen wird und das bist du selbst. Und natürlich das Göttliche, die Präsenz, die du letztes Mal so lebendig erleben durftest und die deine innere Wahrheit ist. Aber hast du wirklich das Gefühl, in deinem Inneren schon gefestigt genug zu sein? Bist du dir sicher, dass es eine gute Idee ist, dich gerade jetzt wieder von dir selbst abzulenken? Glaub mir, wenn du einmal ganz bei dir bist, liegt dir jeder Mann zu Füßen und wenn dieser Alex der Richtige ist, dann wird er dann auch noch da sein. Aber jetzt ist die Zeit für dich gekommen, meinst du nicht? Höchste Zeit, würde ich sogar sagen."

In Lucy regt sich deutlicher Widerstand. Am liebsten möchte sie Aurelia widersprechen. Sie hatte gehofft, dass diese sich für sie freut. Aber jetzt fühlt sie sich wie ein Schulmädchen, das gemaßregelt wird. Also beschließt sie, das Aurelia genau so zu sagen.

„Damit magst du recht haben", beginnt sie zögerlich. „Und die gleichen Gedanken habe ich mir auch schon gemacht. Aber trotzdem – irgendwie hatte ich gehofft, du würdest dich für mich freuen und jetzt komme ich mir so blöd vor. Eine kleine Verknalltheit tut doch mal ganz gut, oder?"

„Klar, gegen eine kleine Verknalltheit ist nichts einzuwenden", stimmt Aurelia ihr zu. „Wir alle haben gerne Schmetterlinge im Bauch. Aber Lucy, die Dinge des Lebens kommen und gehen. Das ist nun einmal der Lauf des Lebens und dem können wir uns nur hingeben. Doch das Eine, das, was wir wirklich sind, das bleibt. Daher ist es wichtig, dass wir uns darauf konzentrieren und uns nicht ständig ablenken. Das, was du jetzt für Alex empfindest, hat eigentlich nichts mit ihm zu tun. Es sind deine eigenen Gefühle, die er nur herauskitzelt. Wäre es nicht schön, wenn du diese Glücksgefühle auch ohne einen Mann haben könntest? Wenn er dann nur noch das Sahnehäubchen auf einem köstlichen Kuchen wäre?"

Lucy fängt langsam an, sich zu fragen, ob Aurelia vielleicht lesbisch ist. Da scheint ja ein echter Männerhass vorzuherrschen.

Aber offenbar liest Aurelia ihre Gedanken, denn schon sagt sie lachend: „Und übrigens, ich habe überhaupt nichts gegen Männer, ganz im Gegenteil. Es macht mich nur nervös, wenn Frauen ihnen so viel Macht geben und sie über ihr Glück oder Unglück entscheiden lassen."

Lucy muss kurz an Hannah denken. Aber so ist sie selbst ja glücklicherweise nicht. Sie fühlt sich grundsätzlich schon eher stark und selbstständig.

Doch auch diesen Zahn zieht Aurelia ihr umgehend. „Klar, Lucy, nach außen hin machst du absolut dein Ding und du kannst auch sehr stolz auf dich sein, wie du das alles geschafft hast. Aber wenn du ehrlich zu dir bist – meinst du nicht, dass innerlich manchmal noch das kleine Mädchen herauskommt, das sich allein und verlassen fühlt und hofft, gerettet zu werden?"

Jetzt schießen Lucy tatsächlich Tränen in die Augen.

„Das bist nicht du, Lucy", beschwichtigt Aurelia sie. „Diese Verletzungen sind alt. Sie dürfen jetzt gewürdigt werden und dann gehen. Damit du deine eigene Kraft wirklich erfahren kannst. Dann weißt du, dass du immer sicher bist, denn diese Präsenz, die du erfahren durftest, ist stets bei dir und beschützt dich. Da brauchst du keinen äußeren Schutz und du musst auch keine Angst mehr davor haben, dass irgendetwas wieder verschwinden könnte. Wenn es verschwinden will, dann ist es gut so und wenn es bleiben will, dann ist es ebenso gut. Denn du weißt, wer du bist. Du hast so viel Vorarbeit geleistet, Lucy, wollen wir nicht versuchen, dich ganz in deine Stärke zu bringen?"

Lucy schluckt ihre Tränen hinunter und nickt.

„Das hört sich gut an", flüstert sie. Gleichzeitig denkt sie daran, wie sie gerade noch Angst davor hatte, dass Aurelia ihr etwas Schlechtes über Alex mitteilen könnte. Damit wurde doch genau das bewiesen – dass sie ihr Wohlbefinden von diesen Dingen, von den äußeren Umständen, immer noch abhängig macht. Und in diesem Fall sogar von einem Mann, der zwar äußerst schöne Augen hat, aber den sie letztlich kaum kennt. Aurelia hat recht. Bevor sie weiter über Alex nachdenkt, muss sie ganz zu sich selbst kommen! Also richtet sie sich auf und sagt voller Überzeugung:

„Recht hast du Aurelia, es ist jetzt Zeit für mich! Zeit, das Alte gehen zu lassen und echte, innere Zuversicht zu gewinnen. Ich bin bereit!"

„Ich weiß, dass du das bist", lässt Aurelia sie wissen. „Also, ab auf den Boden! Wir werden atmen, was das Zeug hält und dich mal so richtig durchlüften!"

„Ja, das machen wir", sagt Lucy freudig, bevor sie sich auf die Matte legt. Und dann fängt sie wieder an, zu der schnellen, rhythmischen Musik zu atmen, immer schneller und immer tiefer. Sie versucht, alle Gedanken loszulassen und nur im Hier und Jetzt zu sein. Sie konzentriert sich auf ihren Bauch und ihren Brustraum und freut sich, dass sie beim Yoga das tiefe Atmen gelernt hat. Und je mehr sie atmet, umso mehr kommen wieder alte Bilder hoch – Bildfetzen eher – von ihrer Kindheit, ihrer Jugend, von ihren alten Lieben, solchen, denen sie hinterhergetrauert hat und solchen, die ihr hinterhergetrauert haben. Gesichter, an die sie schon ewig nicht mehr gedacht hat, Erinnerungen, die tief vergraben waren.

„Lass das alles gehen", flüstert Aurelia ihr zu. „Das gehört nicht zu dir. Es ist lediglich in deiner Erinnerung, du kannst es jetzt loslassen. Und jetzt lass uns noch mal ein Geräusch machen. So laut du kannst. Lass alles los."

Und wie beim letzten Mal schreit Lucy all ihren Schmerz heraus, schlägt dabei auf den Boden, lässt ihrer Enttäuschung und Verzweiflung freien Lauf, allem, was ihr im Leben widerfahren ist, was ihr angetan wurde, ihr Energie geraubt hat. Sie schreit und schreit und die Tränen laufen ihr die Wangen herunter. Dann atmet sie allmählich wieder ruhiger und spürt, wie ein tiefer Frieden sich über sie legt. Die Präsenz kommt wieder zum Vorschein, hinter all den Turbulenzen wartet sie und ist wieder da. Lucy würde am liebsten einschlafen, aber Aurelia spornt sie, wie schon beim letzten Mal, an: „Noch nicht, Lucy, wir sind noch nicht fertig, atme tief und fest, atme weiter, so tief du kannst, löse alles, was in dir ist."

Und so zwingt sie sich regelrecht, wieder tief zu atmen, aber schon bald nimmt der Atem sie mit und sie muss fast nichts mehr machen. Sie wird vielmehr geatmet. Und wieder soll sie ein Geräusch machen, was sie diesmal mit mehr Inbrunst und weniger Dramatik tut. Ganz tief in ihr öffnet sich etwas und kommt zum Vorschein, kommt wie ein Monster aus dem Moor emporgestiegen, zeigt sein unheimliches Gesicht und löst sich dann in nichts auf. Lucy weint und weint, aber sie spürt unendliche Erleichterung. Sie merkt, wie ihre Zellen alles loslassen und das gehen lassen, was ihr nicht mehr dient. Sie machen so noch zwei weitere Runden und dann wird die Musik ruhig. Aurelia hält ihre Füße und Lucy hat das Gefühl, zu schweben. Sie fühlt sich, als sei eine riesige Last von ihren Schultern gefallen und als sie nach einigen Minuten die Augen öffnet, nickt sie Aurelia lächelnd zu.

„Danke", flüstert sie. „Von Herzen Dank. Das war magisch."

„Ich danke dir für dein Vertrauen, Lucy. Und du hast das alles selbst gemacht. Mit eigener Kraft findest du jetzt zu dir und lässt das Alte gehen. Gut gemacht, meine Liebe."

Damit umarmen die beiden Frauen sich, Lucy bezahlt die Rechnung und macht sich auf den Weg nach Hause. Es wird langsam dunkel und sie befindet sich in einer fast heiligen Stimmung. Sie spürt, dass Aurelia recht hat: Ihr Leben lang hat sie versucht, dem Schmerz der Verlassenheit entgegenzusteuern, indem sie sich an etwas oder jemand Neuen gebunden hat. Aber das ist nur ein vermeintlicher Halt und niemand kann die Verantwortung dafür übernehmen, einem anderen Menschen den Halt zu geben, den er sich selbst nicht zugestehen kann. Kinder können diesen Halt suchen und bekommen, aber sobald wir erwachsen sind, müssen wir die Kraft und die Freude und das Glück in uns selbst finden. Sonst wird das Universum uns immer und immer wieder mit der Nase drauf stoßen. Und so nimmt Lucy sich vor, genau das zu tun: den alten Schmerz zu heilen und der Freude, die tief in ihr lauert, die Chance zu geben, zum Vorschein zu kommen. Erfolg oder kein Erfolg, Mann oder kein Mann, ganz einfach nur, weil sie ist und weil die Präsenz sie niemals verlassen wird, niemals verlassen kann. Denn das ist sie ja selbst.

23

Am nächsten Tag erhält Lucy eine Nachricht von einer ihr unbekannten Nummer.

„Dein Handwerker-Problem gelöst?", liest sie. Sie grinst. Natürlich weiß sie, dass das nur von Alex sein kann, aber trotzdem schreibt sie betont nonchalant zurück:

„Wer ist dort?"

„Wirklich? Da musst du fragen? Erst bekommst du keine Handwerker und dann helfen dir plötzlich so viele, dass du nicht mehr durchblickst? ;-). Ok, testen wir deine Intelligenz. Du darfst raten!"

„Herr Schrobel?"

„Fast!"

„Bondi?"

„Igitt!"

„Der Bürgermeister?"

„Besser!"

„Dann kann es nur Emma sein!"

„Ha, glaub mir, manchmal wünschte ich, ich hätte ihren Job, vor allem, wenn sich die Gäste wieder über unsinniges

Zeug beschweren. Aber das wirst du ja bald selbst erleben :-)."

„Bei mir wird es keine Beschwerden geben, mein Hotel wird höchsten Ansprüchen genügen."

„Das habe ich auch mal gedacht, aber man wird schnell eines Besseren belehrt ..."

„Woher hast du meine Nummer?"

„Rate!"

„Schon wieder raten? Schon wieder der Bürgermeister?"

„Wieder fast! Von Babs. Ich hoffe, das ist okay. Sie hat sich sehr geziert, aber dann habe ich meinen bösesten, männlichsten Blick aufgesetzt und sie hat kleinlaut nachgegeben :-)."

„Kleinlaut? Babs? Glaub ich im Leben nicht! Aber sie ist eine loyale Freundin. Gibt die Nummer nicht kampflos weg."

„Na ja, ob ich das jetzt einen Kampf nennen würde, weiß ich nicht. Eher ein leichtes Aufbäumen. Aber ihr anzügliches Grinsen, als sie mir die Nummer überreicht hat, war unbezahlbar!"

„Sie hat eine schmutzige Fantasie."

„Ich auch."

Lucy schnappt kurz nach Luft und in ihrem Magen tun sich seltsame Dinge. Aber sie will nicht zu lange mit ihrer Antwort warten, sonst weiß er, dass er sie aus dem Konzept gebracht hat.

„Mehr Info als ich haben wollte", antwortet sie schnell. „Also, was kann ich für dich tun? Und damit es keine Missverständnisse gibt: Dieses Angebot hat nichts mit deiner Fantasie zu tun."

„Schade :-). Aber gut. Ich wollte mich revanchieren. Für die Gastfreundschaft. Und in Gedanken habe ich beim ersten Besuch auch eines deiner Sandwiches mitgegessen. Also, Einladung zu mir? Zeige dir Penthouse und unseren Sub-

Standard Zimmerservice und verspreche, ich werde meine Fantasie im Zaum halten :-). Versuche es zumindest."

Lucys Herz beginnt wild zu klopfen. Da ist dieser Mann, ohne Frage ein Traummann, der sie zu sich einlädt. Und er scheint ungebunden zu sein. Sonst würde er das doch nicht machen, oder? Ein ungebundener, toll aussehender, lustiger, erfolgreicher Traummann und trotzdem wird sie ihm absagen. Wie mit Aurelia ausgemacht. Sie wird sich nicht von irgendwelchen Schmetterlingen im Bauch ablenken lassen. Sie flattern schon wie verrückt, und trotzdem antwortet sie mit ziemlicher Überwindung:

„Sehr gerne mal! Aber können wir das ein bisschen rausschieben? Möchte mich im Moment auf mein Business konzentrieren – jetzt, wo ich endlich Handwerker habe."

„Mist, hätte das Dinner zur Voraussetzung für die Handwerker machen sollen ;-). Nein, nur ein Witz. Okay, dann ein andermal. Wann?"

Lucy atmet tief durch. Das hier fällt ihr alles andere als leicht.

„Ich melde mich dann bei dir. Möchte auch nicht, dass die goldenen Standards des Tegerngold mich einschüchtern. Dann trau ich mich womöglich gar nicht mehr, zu eröffnen!"

„Ha, ich wusste es doch! Meine Standards stehen mir immer wieder im Weg – entweder sind sie zu tief oder zu hoch. Ich muss wohl an der richtigen Balance arbeiten. Vielleicht hilft Yoga? Ist doch gut für die Balance?"

„Sehr gut sogar! Da du es gerade erwähnst: Muss mich jetzt für meine nächste Stunde vorbereiten. Die Gäste des Tegerngold kommen sehr gerne hierher – sind sehr anspruchsvoll."

„Haha, als ob ich das nicht wüsste! Also, viel Spaß beim auf einem Bein stehen. Ich werde das gleich mal üben."

„Kann nie schaden! Viel Freude dabei!"

„Danke, dir auch! Und versuch bitte, nicht alle meine

Gäste abzuwerben. Ein paar hätte ich gerne noch. Sonst wäre der Anbau sinnlos."

„Verstanden!"

„Lucy?"

„Ja?" Mein Gott, er ist wirklich eine Quasselstrippe.

„Äh, nur zur Info: Habe vor Babs so getan, als müsste ich dich wegen etwas Beruflichem kontaktieren. Sie muss ja nicht alles wissen. Bin mir aber nicht sicher, ob sie es geglaubt hat."

Lucy grinst.

„Das hat sie ganz sicher nicht geglaubt! Und wie gesagt, sie ist eine Freundin. Da gibt es keine Geheimnisse ;-)."

„Oh Gott, mein guter Ruf ist dahin. Aber so sei es. Viel Spaß beim Yoga."

„Danke, ciao."

„Ciao. Widme mich jetzt wieder meinen Fantasien."

Lucy legt ihr Handy weg und grinst übers ganze Gesicht. Das hat gutgetan. Das hat sie schon lange nicht mehr gemacht. Einfach mal zu flirten. Und sie ist stolz auf sich, dass sie Alex nicht sofort Tor und Tür geöffnet hat. Wenn er es ernst meint, wird er dranbleiben. Sie zumindest ist es leid, sich unter Wert zu verkaufen. Und jetzt ist einfach Zeit für sie angesagt. *Balance*, denkt sie. *Gute Idee. Darauf werden wir uns in der folgenden Stunde konzentrieren.*

AM NÄCHSTEN MORGEN kommt Babs wie erwartet mit einem breiten Grinsen im Gesicht zum Yoga.

„Jemand hat nach deiner Nummer gefragt", sagt sie so laut, dass alle es hören können.

„Ich weiß." Lucys Wangen röten sich. „Ging ums Berufliche." Und somit ist ihr Vorsatz, Babs nicht anzulügen, dahin.

„Haha, wer's glaubt, wird selig. Nicht nur habe ich den guten Herrn von Meyenhofen zum ersten Mal unsicher werden sehen, als er deine Nummer haben wollte, sondern zudem bist du eine fürchterlich schlechte Lügnerin!"

Jetzt dreht sich auch Emma erstaunt um: „Herr von Meyenhofen? Alex hat nach deiner Nummer gefragt?"

Wo sind die Zeiten geblieben, als du so schüchtern warst, dass du solch eine Frage nie gestellt hättest?, denkt Lucy gehässig. Laut sagt sie: „Danke Babs, wieso verkündest du es nicht gleich dem ganzen Ort?"

„Oh, das habe ich vor, da mach dir mal keine Sorgen", kontert Babs fröhlich. „Aber gib mir dafür bis heute Mittag. Selbst meine Ressourcen sind begrenzt."

Dann grinsen sie und Emma sich an und Lucy macht dafür mit ihnen die schwierigsten Übungen, die ihr in den Sinn kommen. Dabei achtet sie darauf, besonders Babs immer wieder zu korrigieren.

„Rache, hä?", flüstert diese ihr zu, während Lucy Babs Bein brutaler als nötig in die Höhe zieht. „Netter Versuch, Lucy, wird nur nicht klappen."

Lucy zieht noch ein bisschen fester, bis Babs einen spitzen Schrei ausstößt. Nicht gerade im Sinne von Yoga, aber manchmal erfordern spezielle Situationen auch spezielle Mittel, entscheidet Lucy, bevor sie dem Bein noch einen letzten, kurzen Ruck gibt.

24

Fast hat Lucy verschlafen, was selten vorkommt. Normalerweise ist sie ein früher Vogel, aber heute war sie in einem völlig absurden Traum gefangen, sodass ihre Augen sich einfach nicht öffnen wollten. Sie schaut auf die Uhr und sieht, dass sie sich sputen muss, wenn sie nicht zu spät zur Yogastunde kommen will. Die Morgenstunde ist immer noch viel leerer als die Nachmittagsstunde, aber es sind jetzt immerhin mehr Leute da als nur Babs und Emma. Und nachmittags ist es mittlerweile so voll, dass sie überlegt, noch eine weitere Klasse anzubieten. Aber da jetzt endlich die Arbeiten an dem Haus anfangen, könnte das zu viel sein. Sie wird das noch einmal in Erwägung ziehen, sobald das Hotel fertig ist. Wie immer bekommt sie bei dem Gedanken an ihr Hotel leichtes Herzflattern. Eine Mischung aus freudiger Erregung und Angst. Hat sie sich zu viel vorgenommen? Aber sobald dieser Zweifel sich zu Wort meldet, taucht in letzter Zeit aus der Tiefe ihrer Psyche eine neue Zuversicht auf. Nein, sie wird es schaffen. Wenn andere es schaffen können, dann sie erst recht. Sie ist bei allem, was sie macht, mit viel Leidenschaft und Liebe dabei. Das ist ein klarer Pluspunkt für sie. Die Menschen spüren, ob man ihnen etwas Gutes will oder ob man etwas nur tut, um Geld zu verdienen. Und wenn sie jetzt ihren Yogaschülerinnen (ja, fast immer noch nur Frauen!) etwas Gutes tun möchte, dann sollte sie lieber pünktlich sein. Da sie keine Zeit mehr zum Duschen hat, putzt sie sich nur schnell die Zähne, spritzt etwas kaltes Wasser ins Gesicht und bindet ihre Haare zum Pferdeschwanz zusammen, während sie schon die Treppe nach unten läuft. Kaum kommt sie in den Yogaraum geeilt, bleibt sie abrupt stehen und prustet laut los.

Alex liegt auf einer der Yogamatten und versucht, sich aufzuwärmen, von Babs assistiert. Er ist ganz schön steif und Lucy kann sich ein weiteres Lachen nicht verkneifen. Gleichzeitig galoppiert ihr Herz wie ein Pony im Zirkus.

„Herr von Meyenhofen, was für eine Ehre! Womit haben wir diesen hohen Besuch verdient?"

„Balance", ächzt Alex, während Babs auf seinem Rücken rumdrückt und versucht, seinen Kopf in Richtung Knie zu bewegen. „Ich dachte mir, ich brauche mal etwas Balance. Nur zu arbeiten ist nicht gut. Außerdem treffe ich hier bald mehr meiner Gäste als bei mir oben", sagt er und schielt unter seinem nach unten gepressten Kopf nach links und rechts.

Lucy lacht. „Zumindest solange du noch etwas sehen kannst. Babs, was hältst du davon, deinem Chef nicht den Nacken zu brechen? Wie du weißt, geht es beim Yoga nicht um Hochleistungssport."

„Nein, aber man kann es ganz wunderbar zur Rache nutzen, wie ich letztes Mal feststellen durfte", entgegnet Babs grinsend. „Mal schauen, ob es als Erpressungsmethode auch funktioniert. Also, Alex, wie war das mit der Gehaltserhöhung, auf die Emma und ich schon so lange warten?", fragt sie und drückt seinen Kopf noch ein wenig tiefer, sodass ihm ein lautes Stöhnen entfährt.

„Alles, ich gebe euch absolut alles", presst er unter Anstrengung hervor. „Ihr könnt das Hotel leiten, wenn ihr wollt, aber lass mich nur los."

„Okay, ich habe Zeugen", bemerkt Babs und lässt ihn weitaus langsamer als nötig wieder frei. „Aus der Nummer kommst du nicht mehr raus!"

„Folter", stöhnt Alex. „Das war Folter. Nach der Genfer Konvention verboten, meine Aussage ist also null und nichtig. Oh nein, du fasst mich nicht mehr an!" Er springt unerwartet behände auf, als Babs sich wieder in seine Richtung bewegt.

„So, genug jetzt", ruft Lucy und klatscht in die Hände. Dabei ärgert sie sich, dass sie ausgerechnet heute nicht geduscht hat. Das kommt fast nie vor. Unauffällig befühlt sie ihre Haare, um zu prüfen, ob der Zopf richtig sitzt. Hier scheint alles in Ordnung zu sein. „Babs, auf deine Matte", befiehlt sie. „Und hör auf, meine Teilnehmer zu quälen. Dafür bin ich zuständig. Alex, dein erstes Mal Yoga?"

„Mein erstes und wenn dieses Monster da wiederkommt", er deutet auf Babs, „auch mein letztes Mal. Mein Gott, tut das immer so weh?"

„Fast nie", sagt Lucy versöhnlich. „Also, eigentlich nie. Aber unsere griechische Freundin hat ihre ganz eigenen Methoden. Lass es von jetzt an langsam angehen. Ich werde dich immer wieder mal korrigieren, aber das ist nur, damit du die Ausrichtung von Anfang an richtig lernst. Lass dich davon nicht aus der Fassung bringen. Mach einfach so gut mit, wie du kannst."

„Yes, Boss", sagt er und zwinkert Lucy zu. Ihr Herz ist mittlerweile kein galoppierendes Pony mehr, sondern eine ganze Herde. Und es wird nicht besser. Während der Stunde muss sie sich regelrecht zwingen, auch den anderen Teilnehmerinnen Aufmerksamkeit zu schenken. Am liebsten würde sie immerzu neben Alex hocken, seinen frischen Duft einatmen und ihm helfen, sich in diese oder jene Position zu dehnen. Und sich dann einfach neben ihn legen. Oder besser noch auf ihn. Sie glaubt nicht, dass sie schon einmal solch eine körperliche Anziehungskraft jemandem gegenüber verspürt hat. Alex hat ein T-Shirt an, das manchmal ein wenig hochrutscht und seinen flachen Bauch mit der weichen Haut und dem Haarstreifen entblößt, der zu seiner ausgewaschenen Jogginghose führt. Es ist genau die Art von Jogginghose, die Lucy bei Männern unwiderstehlich findet. Man sieht durch den Sweatshirt-Stoff nichts und dann doch wieder alles. Sie fragt sich, ob er eine Unterhose trägt. Sicher ist sie da nicht.

Reiß dich zusammen, Lucy, denkt sie, als sie jetzt merkt, dass sie die ganze Klasse viel zu lange in einer unbequemen Position hat verharren lassen, nur weil sie erotischen Fantasien mit einem ihrer Schüler nachhing. Das Schlimmste daran ist das Grinsen von Babs, der offensichtlich nichts verborgen bleibt. Sogar Emma grinst jetzt. Emma! Das hätte sie sich vor ein paar Wochen noch nicht getraut! Betont resolut bringt Lucy die Stunde zu Ende und ist froh, als diese seelische Tortur vorbei ist. Jetzt kann sie sich die Frustration von Männern vorstellen, wenn diese sexuell erregt werden und dann nicht das bekommen, was sie wollen. Sie fühlt sich regelrecht erschöpft.

„Hey, hat Spaß gemacht", hört sie da das Objekt ihrer Begierde sagen. „Auch wenn ich das Gefühl habe, dass ich die nächsten paar Tage nicht mehr aufstehen kann. Ist es aber wert. So viel liebevolle Zuwendung habe ich schon lange nicht mehr bekommen." Er zwinkert Lucy zu und ihr steigt die Wärme in die Wangen. Unsicher fummelt sie an ihrem Zopf herum, dreht sich ein wenig weg und murmelt: „So macht man das bei Neuen, da kümmert man sich. Wird auch nicht ewig anhalten."

„Das hätte ich auch nicht zu hoffen gewagt", sagt Alex.

„Und es wäre wahrscheinlich zu viel erwartet, dass ich mich mit einem Kaffee revanchieren darf?"

Lucy würde nichts lieber tun, als mit diesem Mann den ganzen Tag Kaffee zu trinken und noch viele andere Sachen zu machen, aber trotzdem schüttelt sie den Kopf. „Wie auch mit der anderen Einladung, gerne ein andermal, aber jetzt habe ich einfach nicht den Kopf frei für Kaffee."

„Ah, man muss den Kopf freihaben für Kaffee, das wusste ich gar nicht", erwidert Alex mit einem verschmitzten Lächeln. „Bei mir macht er den Kopf immer frei. Aber nichts für ungut, Lucy, wir sehen uns." Er winkt ihr noch einmal zu und verlässt dann den Raum. Lucy ist froh, als die Pferdeherde in ihrer Brust sich langsam wieder beruhigt.

25

Alex kommt jetzt immer öfter zum Yoga und für Lucy bedeutet das ein ständiges Wechselbad der Gefühle. Jeden Morgen die Vorfreude auf ihn und dann die Aufregung, wenn er da ist oder die Enttäuschung, wenn er nicht auftaucht. Die Morgenstunde ist ihr täglicher Höhepunkt geworden und sie erwischt sich dabei, wie sie morgens früher als sonst aufsteht, um sich extra zurechtzumachen – na ja, so sehr man sich für eine Yogastunde eben zurechtmachen kann – und sich sogar etwas schminkt, was sie vorher zum Sport nie getan hat. Natürlich bleibt das auch bei Babs nicht unbemerkt, aber Lucy lässt sich von ihren Kommentaren nicht aus der Fassung bringen. Dafür genießt sie es zu sehr, dass ihr Herz mal wieder für einen attraktiven Mann schlägt und so sehr sie auch in sich hineinhorcht, sie kann keinen Schmerz mehr wegen Stuart, ihrem Ex, in sich finden. *Wow, so schnell kann das gehen*, denkt sie erstaunt. *Kaum kommt etwas Neues, ist das Alte vergessen. Und da bilden wir uns tatsächlich immer wieder ein, dass es um diesen einen speziellen Menschen geht. Dabei geht es vielmehr um unser Bedürfnis, gesehen zu werden.* Daher geht sie auch weiterhin zu Aurelia und arbeitet an ihrem eigenen Schmerz, an ihrer Bedürftigkeit und ihren Ängsten. Jetzt hat sie schon so viele Schritte in die richtige Richtung getan, da möchte sie auf keinen Fall aufhören. *Keine Abkürzungen!,* sagt sie sich immer wieder. Alex wird warten müssen. Wenn sie wieder eine Beziehung eingeht, dann nur als eine bessere, stärkere Version ihrer selbst und nicht als das kleine Mädchen, das gerettet werden will. Aber dann passiert etwas, das Lucy zeitweilig von Alex und ihren Problemen ablenkt.

BABS KOMMT in Hannahs Café geweht und wirft sich lachend auf einen Stuhl.

„Was ist passiert?", fragt Hannah und spürt leichte Irritation aufsteigen. Sie findet nicht, dass es in letzter Zeit viel zu lachen gibt. Die Sache mit Herbert hat sich nicht gebessert und sie kann mittlerweile keine Nacht mehr durchschlafen. „Und was war das vor zwei Tagen? Wieso hast du hier die Spa-Broschüren verteilt? Was geht vor sich, Babs?"

„Das erzähle ich dir, sobald Lucy hier ist. Sie ist schon auf dem Weg. Aber eines garantier ich dir, Hannah – den bist du los!"

„Was? Wen bin ich los?"

„Na, deinen fürchterlichen Herbert. Den bist du so was von los, von dem hast du nichts mehr zu befürchten. Dank Tante Babs", verkündet sie strahlend.

„Babs, was hast du gemacht? Was willst du uns erzählen? Du hast ihn doch nicht etwa umgebracht?" Hannahs Herz klopft vor Aufregung schneller. „Erzähl, los!"

„Keine Chance, wir warten auf Lucy. Ich möchte die Geschichte nicht hundertmal wiederholen. Und nein, ich habe ihn nicht umgebracht, aber trotzdem muss ich sagen – das war einer meiner feineren Coups. Wir Griechen wissen wirklich, wie man so etwas macht."

„Babs, ich könnte dich erwürgen! Jetzt hör schon auf, mich so auf die Folter … ah, da ist ja Lucy!"

Hannah rennt zur Tür und hält diese atemlos für Lucy auf:

„Jetzt beeil dich schon und schleich nicht so, angeblich bin ich meinen größten Albtraum losgeworden, aber Madame macht ihren Mund nicht auf, bevor du nicht auch anwesend bist."

„Bin ja schon da, bin ja schon da", keucht Lucy, als sie näherkommt. „Und ja, das wundert mich nicht, für Babs lohnt sich nichts, wenn es kein Publikum gibt."

Damit umarmt sie die beiden Freundinnen und auch Marcel erhebt sich von seinem Tisch in der Ecke.

„Haben die Damen etwas dagegen, wenn ich dazukomme? Ich bin auch mehr als interessiert daran zu hören, wie Babs diesen Parasiten losgeworden ist."

„Je mehr, desto besser! Wenn du noch Freunde anrufen willst, nur zu", antwortet Babs grinsend, woraufhin Hannah resolut einschreitet:

„Hier wird keiner mehr angerufen, wir sind mehr als genug. Babs, erzähl schon, ich platze gleich vor Neugier!"

„Also gut." Lächelnd lehnt Babs sich zurück. Sie genießt offensichtlich die Aufmerksamkeit.

„Vor ein paar Tagen", beginnt sie, „als mir die Sache mit diesem Herbert keine Ruhe lassen wollte, habe ich Hannah gebeten, mir Bescheid zu sagen, sobald Herbert das nächste Mal im Café auftaucht. Es war ziemlich eindeutig, dass Hannah sich bei dieser Vorstellung nicht wohlfühlte, aber sie wusste wohl, dass mit mir nicht zu argumentieren ist. Zudem wollte sie ihren Ex-Mann ja loswerden und daher ging ich davon aus, dass sie nichts unversucht lassen würde, selbst auf die Gefahr hin, dass es nach hinten losgehen könnte."

„Oh mein Gott, was hast du getan?", fragt Hannah erneut und schlägt sich die Hände vors Gesicht.

„Nichts Schlimmes, jetzt entspann dich mal", beruhigt Babs sie. „Jedenfalls war es vorgestern endlich so weit und Hannah schrieb mir morgens eine Nachricht, dass Herbert gerade angekommen sei. Ich hätte da eigentlich eine Massage gehabt, aber eine Kollegin erklärte sich netterweise bereit, für mich einzuspringen. Denn all meine Kolleginnen und selbst Colette, meine Chefin, waren in den Plan eingeweiht und haben ihn sogar mit mir zusammen ausgeheckt. Wobei ich sagen muss, dass der Großteil dieses Geniestreichs ganz klar meinem Hirn entsprungen ist!"

Sie strahlt stolz ihre Freunde an, aber diese starren ausdruckslos zurück.

„Ok, ich erzähl' weiter. Daraufhin habe ich mir einen Pack Broschüren geschnappt, die den Service unseres Spas auf geschmackvolle Weise beschreiben und bin dann schnell auf mein Zimmer gelaufen, um mich umzuziehen. Die Wahl fiel auf eine enge Jeans, die meine Rundungen, wenn ich das mal selber so sagen darf, besonders vorteilhaft zur Geltung bringt, sowie ein Oberteil, das mehr enthüllt, als es verbirgt. Gut, dass sich jegliches Fett bei mir immer zuerst an den Brüsten abzeichnet. Die Dinger waren so opulent, ich hab' mich selber kaum getraut, hinzugucken. Alles nur für dich, Hannah!"

„Oh ja, an das Outfit erinnere ich mich gut", bestätigt Hannah und sieht, wie Marcel leicht rot wird. *Wie süß*, denkt sie, aber dann ist ihre Aufmerksamkeit wieder voll bei Babs.

„Zudem habe ich mich stärker als sonst geschminkt und ein Parfum aufgelegt", fährt diese fort, „das ich sonst eigentlich vermeide, da es mir zu pudrig ist. Ein bisschen wie eine Puffmutter, wisst ihr, aber für meinen Plan passte es perfekt. So zurechtgemacht bin ich dann hierhergelaufen und habe laut gefragt, ob es ok wäre, wenn ich die Broschüren vom Tegerngold-Spa an den Tischen verteile. Hannah nickte daraufhin etwas bedeppert; ganz helle wirktest du an diesem Morgen nicht, meine Liebe", neckt Babs ihre Freundin, die ihr jedoch nur ungeduldig ein Zeichen gibt, fortzufahren.

„Ich machte mich also gleich an die Arbeit und verteilte die Broschüren an den Tischen, wobei es trotz der hohen Gästezahl an diesem Morgen keinen Zweifel gab, wer der berühmt-berüchtigte Herbert war. Er saß breitbeinig in einer ausgewaschenen, leicht fleckigen Jeans, abgetretenen Schuhen und einem roten Holzfällerhemd an einem der Tische und tat so, als würde der Laden ihm gehören. Dabei spürte ich, wie sein Blick mir und meiner engen Jeans durch das Lokal folgte. Du siehst also, Hannah, da hab' ich ihn aufgrund deiner Beschreibungen doch gleich richtig eingeschätzt! Also wandte ich mich mit einem herzlichen Lächeln – ich kann euch kaum sagen, wie schwer mir das fiel – seinem Tisch zu und raunte ihm ein verführerisches ‚Hallo' entgegen. Ich glaube zumindest, dass es verführerisch war, ich bin darin ja nicht sehr geübt. Zudem versuchte ich, ihn unter meinen dunkel getuschten Wimpern hindurch vielsagend anzugucken. Und ich glaube, es hat geklappt, denn als ich mich dann noch besonders weit vorbeugte, bemerkte ich, dass der gute Herbert ziemlich stark schlucken musste. Was mich mal wieder in der Annahme bestätigt, dass Männer doch eher einfach gestrickt sind."

Dabei streckt sie Marcel die Zunge raus, der jedoch nur die Augen verdreht.

„Ich legte also eine Broschüre direkt vor ihm auf den Tisch und erklärte mit meiner verruchtesten Stimme:

‚Das hier ist eine Broschüre vom Tegerngold-Spa, dem besten Hotel am Ort. Dort kann man sich so richtig verwöhnen lassen und dem Alltag entfliehen. Im Moment haben wir besonders ansprechende Angebote – für einen Mann wie Sie genau das Richtige. Wenn Sie möchten, massiere ich Sie auch gerne persönlich. Fragen Sie einfach nach Babs.'

Klischee pur", stellt sie lachend fest. „Und um dem Ganzen noch die Krone aufzusetzen, zog ich einen Kugelschreiber hervor, schrieb ‚Babs' auf die Broschüre und malte ein Herzchen daneben."

Lucy und Marcel müssen ebenfalls lachen, während Hannah murmelt: „Ich habe keine Ahnung, wo das Ganze uns hinführen soll."

„Wart's ab", vertröstet Babs sie. „Ich zwinkerte deinem werten Ex also nochmals zu, wackelte wie zufällig mit der Hüfte und machte mich dann schnellstens vom Acker. Dabei schloss ich mit mir selbst eine Wette ab, dass er sich innerhalb der nächsten fünf Stunden melden würde. Ich habe die Wette gewonnen. Es hat genau drei Stunden und zwanzig Minuten gedauert, bis Herbert der Fürchterliche im Spa anrief und eine Massage von Babs persönlich verlangte."

Hannah spürt Verlegenheit in sich aufsteigen und wundert sich, dass das peinliche Verhalten ihres Ex-Mannes sie immer noch tangiert. Babs hingegen fährt unberührt fort:

„Sobald meine Chefin Herberts Namen hörte, legte sie ihre süßeste Stimme auf und ich hörte sie säuseln: ‚Babs? Ja, ich verstehe. Eine unserer beliebtesten Masseurinnen. Sie ist meistens voll ausgebucht. Aber ich schaue mal, was ich für Sie tun kann. Ah, hier haben wir eine Stornierung, gleich morgen früh. Passt Ihnen das?'

Und ratzfatz saß Herbert in der Falle!

Hannah, Lucy und Marcel sitzen mittlerweile wie auf heißen Kohlen und warten gespannt auf die Fortsetzung. Aber Babs genießt ihren Auftritt und zieht ihn bewusst in die Länge:

„Am nächsten Morgen kommt Herbert also im Spa an, wo wir an diesem Tag für eine ziemlich freizügige Atmosphäre gesorgt haben. Er wird mit leisen Stimmen und zweideutigen Blicken begrüßt und dann geben wir ihm diesen Gesundheitswisch mit Fragen und so, den jeder ausfüllen und unterschreiben muss. Bei Herbert haben wir eine speziell für ihn gefertigte Version ausgedruckt, die in fetten Buchstaben besagte, dass jede sexuelle Belästigung sofort mit einer Anzeige, Polizei etc. geahndet wird."

Babs sieht die drei grinsend an.

„Weiter!", befiehlt Lucy, die mittlerweile auf ihre Fingernägel beißt.

„Ja, ja, ist schon gut, lass mich erst einmal einen Schluck trinken." Sie nimmt einen großen Schluck von ihrem Wasser.

Jetzt kaut auch Hannah an ihren Fingernägeln.

„Und dann?", fragt sie ungeduldig.

Babs wischt sich über den Mund.

„Und dann komme ich zu ihm rein, der Raum dunkler als sonst, und habe ihn gebeten, sich ganz auszuziehen. Daraufhin ging ich raus, um ihm ein wenig Privatsphäre zu geben. Als ich kurz danach wieder rein bin, lag Herbert wie instruiert nackt auf dem Bauch und wartete auf mich. Ich legte, so wie es sich gehört, ein Handtuch über seinen Po und fing an, ihn zu massieren. Dabei dachte ich pausenlos: *Für dich, Hannah, das ist alles nur für dich!* Leicht fiel mir das Ganze nicht, das könnt ihr mir glauben! Sobald ich merkte, dass Herbert anfing, entspannt einzudösen, bat ich ihn, sich auf den Rücken zu drehen. Das Handtuch legte ich jetzt über sein bestes Stück und ein weiteres über seine Augen. Dann fing die Performance wirklich an! Ich massierte weiter, am Anfang noch normal, aber irgendwann wurden meine Bewegungen länger und intensiver, alles weiterhin im Rahmen des Seriösen, aber halt ein subtiler Unterschied. Hannah, ich weiß nicht, wie du mir das jemals wieder zurückzahlen willst. Ich würde sagen, kostenloser Kuchen bis an mein Lebensende."

„Weiter", sagt Hannah nur und starrt Babs an.

„Ok. Ohne jemals den Bereich des Erlaubten oder Akzeptablen zu verlassen, schuf ich mit viel Öl und streichenden Bewegungen eine Atmosphäre, die die meisten Männer nervös gemacht hätte. Um ehrlich zu sein, ist das kein Kunststück. Und wie nicht anders erwartet, wirkte es auch bei Herbert. Ich merkte, wie er ein paar Mal schluckte und dann durfte ich Zeugin werden, wie ein ganz normales kleines Handtuch zu einem Zelt werden kann. Es hob und hob und hob sich und schien gar nicht mehr aufzuhören. Eines muss ich dir lassen, Hannah: so widerlich der Typ auch ist, gut ausgestattet ist er! Meine Herren!"

Hannah schießt die Röte ins Gesicht und Babs fährt enthusiastisch fort:

„Jedenfalls war das mein Einsatz. Ich ließ das Handtuch wie zufällig zur Seite rutschen und stieß einen Schrei aus, der sich gewaschen hat! Wir haben natürlich darauf geachtet, dass zur gleichen Zeit niemand anders massiert wurde, die wären ja von ihren Liegen gefallen. Das war das Zeichen für zwei meiner Kolleginnen, hereinzustürmen. Sie wurden also Zeuge, wie ein Kunde unbedeckt mit einer riesigen Latte vor mir lag. Sie war nicht mehr lange riesig, das könnt ihr mir glauben, aber es hat gereicht, dass drei Frauen es gesehen haben. Ich rief etwas von sexueller Nötigung, quietschte ein paar Mal das Wort ‚Schwein' und dann kam meine Chefin herein, die fragte, was los sei, einem perplexen Herbert daraufhin in strengen Worten befahl, er solle sich sofort anziehen, dies würde Konsequenzen haben, bevor sie eine aufgebrachte und weinende Babs wegbrachte. Herbert wusste natürlich nicht, dass wir uns ein paar Zimmer weiter halb scheckig lachten, denn jetzt kommt das Beste: Alex kam dazu!"

„Alex?", fragt Lucy erschrocken und auch Hannahs Kopf schnellt hoch.

„Alex höchstpersönlich!", bestätigt Babs stolz. „Ebenfalls von mir eingeweiht und Komplize in dem Komplott."

„Alex hat mitgemacht?", fragt Lucy ungläubig.

„Das hat er", bekräftigt Babs mit Inbrunst. „Vor allem, nachdem ich unzählige Male erwähnt habe, dass es sich um deine gute Freundin Hannah handelt und was für einen Gefallen er dir damit tun würde. Ehrlich gesagt, glaube ich, war das der ausschlaggebende Punkt. Jedenfalls hätte Alex einen Oscar für seine Performance verdient. Er kam ins Spa gerast und verlangte von Herbert eine sofortige Erklärung. Zudem teilte er ihm mit, dass er gleich die Polizei rufen würde, so ein Verhalten sei in seinem Hause inakzeptabel und so etwas Skandalöses hätten wir dort noch nie erlebt. Hannah, ich wünschte, ich hätte das alles filmen können. Wir hörten durch eine angelehnte Tür zu und brachen vor unterdrücktem Lachen fast zusammen. Versteht mich nicht falsch – so etwas würde ich normalerweise niemals machen, aber bei einem Tyrannen muss man halt manchmal zu unkonventionellen Methoden greifen! Jedenfalls entschuldigte Herbert sich tausendmal, stotterte und brabbelte herum und bat Alex inständig, nicht die Polizei zu rufen. Da war nichts mehr übrig von dem Großmaul, das er hier gewesen ist. Jedenfalls ließ Alex sich irgendwann erweichen und nahm Herbert das Versprechen ab, den Tegernsee sofort zu verlassen und sich hier nie wieder blicken zu lassen. Und sollte ihm jemals zu Ohren kommen, dass er wieder in der Gegend war oder dass er irgendwo noch eine weitere Frau in irgendeiner Form belästigt habe", hierbei schaut sie Hannah bedeutungsvoll an, „so würde er sofort mit der ganzen Härte des Gesetzes gegen ihn vorgehen. Da, Hannah, jetzt hast du Alex als deinen persönlichen Fürsprecher!"

Hannah schluckt. Sie muss das Ganze erst einmal verdauen.

„Babs, ich weiß nicht, was ich sagen soll. Ich kann das

alles noch gar nicht fassen. Ich danke dir, danke, danke, danke. Ich dachte wirklich, der Albtraum würde nie enden und war schon bereit, ihm Geld zu geben, nur damit er geht. Aber er wäre ja wiedergekommen. Er kriegt nie genug und wenn er eine Schwäche bei jemandem spürt, dann haut er da immer wieder rein. Ich weiß gar nicht, wie ich dir genug danken soll. Und Alex natürlich. Meinst du, er würde sich freuen, wenn ich ihm einen Kuchen vorbeibringe?"

„Ich glaube sogar, er würde sich sehr freuen, aber lass den Kuchen doch vielleicht Lucy bringen. Das wäre sozusagen das Sahnehäubchen."

„Gute Idee", stimmt Hannah ihr zu. „Dann muss ich mich auch nicht diesen Berg hochschleppen. Aber dir kann ich schon ein paar Sachen für deine Kolleginnen im Spa mitgeben, oder? Bitte sag ihnen allen ein herzliches Danke von mir!"

Vor Glück ist Hannah fast ein wenig schwindelig. Es ist alles so unglaublich.

„Oh ja, die würden sich freuen", antwortet Babs. „Aber es hat ihnen allen einen Riesenspaß gemacht. Das Beste habe ich noch vergessen: Sogar Emma hat mitgespielt!"

„Emma?" Jetzt schaut auch Lucy endgültig verwirrt drein.

„Ja, Emma, ob du es glaubst oder nicht. Sie spielte eine Kundin, die gerade massiert wird und als das ganze Tohuwabohu anfing, kam sie mit umgebundenem Handtuch herausgelaufen und schrie Herbert mit ‚typisch Mann' an. Es war herrlich anzusehen! Als Danke habe ich ihr eine Massage geschenkt. Ich glaube, es war die erste, die sie jemals bekommen hat!"

„Wow, das ist ja mal eine Story", sagt Lucy und fängt an, zu applaudieren. „Da hast du dich wirklich als Retterin in der Not erwiesen, Babs, und dazu noch als herrlich kreativ."

„Das würde ich allerdings auch sagen", stimmt Marcel ihr

schmunzelnd zu. „Wenn es auch vielleicht juristisch nicht ganz einwandfrei ist. Erinnere mich daran, dass ich mich mit dir nie anlege!"

„Das würde ich dir auch nicht raten", sagt Babs geschmeichelt. „Aber jetzt muss ich wieder los, die Arbeit wartet. Auch wenn der Rest des Tages sicherlich nicht genauso lustig wird. Also, Hannah, was ist mit den versprochenen Goodies für die Spa-Angestellten?"

„Bin schon dabei, schon dabei", ruft Hannah, leert einfach ihre gesamte Auslage und verpackt alles in diverse Tüten.

„Hier, das sollte reichen", sagt sie und übergibt Babs die Taschen.

„Bist du irre? Wie sollen wir das denn alles essen?"

„Das schafft ihr schon! Es gibt ja auch noch mehr Angestellte im Hotel. Und bitte sag allen ein herzliches Danke von mir. Und ganz besonders danke ich dir, du bist einfach wundervoll!"

Damit umarmen die beiden Frauen sich, Marcel nimmt die Tüten und sagt: „Komm, ich helfe dir. Ich kann etwas frische Luft gebrauchen und allein schaffst du das nicht."

Als sie weg sind, schauen Lucy und Hannah sich lange an und sinken schließlich in eine erleichterte Umarmung.

„Vorbei", schluchzt Hannah in Lucys Hals hinein und Tränen laufen ihr übers Gesicht. „Ist es wirklich vorbei, Lucy?"

„Ja, es ist vorbei", bestätigt diese und streichelt ihrer Freundin über die Haare.

26

Am nächsten Morgen kommt Alex wieder zum Yoga und Lucy strahlt ihm dankbar entgegen.

„Ich glaube, du bist gestern zum Helden einer gewissen Hannah geworden."

„Ich würde lieber zum Helden einer gewissen Lucy werden", antwortet er und lächelt sie bedeutungsvoll an. Sofort steigt Hitze in Lucy auf und ihr Gesicht beginnt zu glühen. Gott sei Dank ist Babs noch nicht da, die hätte das nicht unkommentiert gelassen!

„Das wirst du, wenn du weiterhin so gut an deiner Krähe arbeitest", lenkt sie schnell ab. „Das kannst du besser als alle Frauen hier. Also, ab auf die Matte!"

„Die Krähe, mein *Claim to Fame*", stöhnt Alex und verdreht die Augen, aber er begibt sich artig auf seine Matte.

Nach der Stunde bleibt er jedoch im Raum und alles in Lucy zieht sich vor Erwartung zusammen. Was kommt jetzt?

„Kann ich dir irgendwie helfen?", fragt sie und lächelt leicht gezwungen.

„Ja, das kannst du." Alex schlendert gelassen auf sie zu und wie immer reagiert ihr ganzer Körper auf seine Anwesenheit. Am liebsten würde sie einfach nachgeben und sich hier und jetzt in seine Arme werfen. Aber sie weiß, dass der richtige Zeitpunkt noch nicht gekommen ist. Außerdem – was würde er von ihr denken?

„Ich habe gehört, du bringst mir einen Kuchen vorbei", beginnt er. „Dafür hat sich die ganze Aktion schon gelohnt."

„Ach ja, der Kuchen", sagt Lucy und tut so, als wäre ihr das wieder entfallen. „Den hatte ich ganz vergessen! Aber den bekommst du von Hannah, nicht von mir."

„Aber du bringst ihn mir", beharrt Alex auf der Vereinbarung. „Das wurde mir versprochen. So werden wir zwar kein gemeinsames Dinner haben, wie ich es mir ursprünglich erhofft hatte, aber dafür wenigstens Dessert. Die meisten fangen mit der Vorspeise an, aber ich gebe mich gerne mit der Nachspeise zufrieden."

„Okay", sagt Lucy und lächelt.

„Okay? Einfach nur okay? Wann bekomme ich den Kuchen? Bei meinem Einsatz hätte ich eine zeitnahe Gratifikation erwartet."

„Ah – wann hättest du ihn denn gerne?"

„Heute Abend?", schlägt Alex vor. „Es gibt doch keinen besseren Moment als den jetzigen."

Aus Reflex möchte Lucy schon absagen, aber dann erwägt sie: Alex hat Hannah wirklich geholfen, sehr sogar. Und es ist Hannah wichtig, dass er ihre Wertschätzung spürt und wenn es nur mit einem Kuchen ist. Also kann Lucy ihr ruhig den Gefallen tun und ihm den Kuchen heute schon vorbeibringen. Ist ja nicht so, als hätte sie in diesem Kaff viel anderes vor. Und es gibt Schlimmeres, als mit einem hochattraktiven Mann Kuchen zu essen. Aber in seinem Penthouse? Sicherlich nicht.

„In Ordnung", gibt sie zurück und tut so, als würde sie Termine in ihrem Handy prüfen. „Heute Abend ginge sogar.

Dann können wir uns ja im Tegerngold ins Restaurant setzen oder auf die Terrasse."

„Damit mein Patisserie-Chef sieht, wie ich den Kuchen einer anderen Konditorin esse?", empört sich Alex. „Ganz sicher nicht! Ich habe sowieso das Gefühl, dass er innerlich auf dem Absprung ist, und das würde er als totalen Affront auffassen."

Lucy erwischt sich dabei, dass sie wie hypnotisiert die Schweißflecken auf seinem T-Shirt betrachtet.

„Hm", sagt sie und tut so, als würde sie überlegen. „Willst du dann vielleicht hierherkommen?"

„Lucy, so charmant es hier auch ist, aber ich bin schon ständig zum Yoga hier. Da werde ich ja wohl meinen Preis fürs Heldentum nicht auch noch hier abholen müssen. Nein, der Deal war, du bringst mir den Kuchen. Und du scheinst zu vergessen, dass ich im Hotel auch noch eine Wohnung habe, sogar mit einer großen Terrasse. Da können wir ungestört sitzen. Und du musst dir keine Sorgen machen: Meine wilden Fantasien lebe ich nur aus, wenn sie auf Gegenseitigkeit beruhen, ansonsten bin ich durchaus in der Lage, mich zu beherrschen. Selbst in der Abgeschiedenheit meiner Wohnung."

Lucy muss schlucken. Beim Wort Fantasien hört sie ihr eigenes Blut in ihren Ohren rauschen. Also gut, dann eben in seiner Wohnung.

„Einverstanden", sagt sie mit rauer Stimme und räuspert sich schnell. „Ich bin zwischen fünf und sechs bei dir, gleich nach der Yogastunde."

Jetzt muss Alex wirklich lachen.

„Lucy, ich leite ein Hotel. Zwischen fünf und sechs bin ich beschäftigt. Danach muss ich etwas essen, da ich ja von dir nur Dessert bekomme, also freue ich mich, dich frühestens um sieben, besser noch um acht, zu sehen. Sag unten einfach Bescheid, dass ich dich erwarte."

Damit dreht er sich um und geht raus, bevor Lucy noch etwas erwidern kann. Aufregung steigt in ihr auf. In ein paar Stunden wird sie bei Alex zu Hause sein. Allein! Oh Gott, was soll sie nur anziehen? Nach dem Yoga wäre es unkompliziert gewesen, da wäre sie einfach in ihren Sportklamotten hochgelaufen. Aber jetzt treffen sie sich ein paar Stunden nach ihrer letzten Klasse, da sollte sie schon geduscht und umgezogen sein. Im Kopf geht sie ihren Kleiderschrank durch und ruft dann hektisch Hannah an, damit diese einen Kuchen vorbereitet. Dann geht sie nach oben und probiert alles an, was ihr Schrank zu bieten hat.

ABENDS HAT sie sich dann endlich für ein Outfit entschieden. Die Wahl fällt auf ein gelbes Sommerkleid mit einer Jeansjacke darüber und feinen Riemchensandalen dazu. Das sieht weiblich aus und zeigt ihre schönen Beine, ist aber gleichzeitig auch ungezwungen und betont natürlich. Alex soll bloß nicht denken, dass sie sich seinetwegen zu viele Gedanken gemacht hat!

Dann macht sie sich sorgfältig zurecht, und zwar so, dass es nicht wie zurechtgemacht aussieht. Das hinzubekommen ist das Schwierigste! Aber mit ein wenig rosa Lippenstift und Gloss, etwas Rouge, Kajal und Mascara schafft sie auch das. Ihre blonden, langen Haare fallen ihr wie immer seidig über den Rücken und Lucy ist zufrieden mit dem, was ihr im Spiegel entgegenblickt.

Hannah hat den Kuchen schon nachmittags vorbeigebracht und Lucy hebt ihn jetzt mit feuchten Händen hoch. Dann stellt sie ihn wieder ab, wäscht sich zum wiederholten Male die Hände und läuft noch einmal nach oben, um sich Deo unter die Arme zu sprühen. Normalerweise schwitzt sie fast gar nicht, aber bei der Vorstellung, gleich eine Art Date mit Alex zu haben, scheint ihr Körper anders als sonst zu funktionieren.

Es ist ein wunderschöner Abend, als sie mit dem Kuchen den Berg zum Tegerngold hinaufsteigt und trotz all ihrer Aufregung nimmt sie das Zwitschern der Vögel wahr. Sie liebt diese Frühabendatmosphäre und versucht, tief durchzuatmen und sich zu entspannen.

„Ganz ruhig, Lucy", macht sie sich selber Mut. „Ist doch bloß ein Mann. Kein Grund, deswegen gleich auszuflippen."

Aber trotzdem muss sie den Kuchen zweimal auf einer Bank abstellen, um sich die Hände an ihrem Kleid trockenzureiben. So kennt sie sich gar nicht. So war sie bei Stuart nie. Und bei anderen auch nicht, wenn ihre Erinnerung sie nicht täuscht.

Im Tegerngold angekommen, verkündet sie dem Rezeptionisten mit krächzender Stimme:

„Herr von Meyenhofen erwartet mich."

Sie kann sich nicht helfen, sie kommt sich vor wie eine Edelprostituierte. Eine Edelprostituierte mit einem Kuchen wohlgemerkt! Aber der ältere Mann lächelt sie freundlich an.

„Frau Davenport, nehme ich an? Herr von Meyenhofen erwartet sie bereits."

Wie kann er sie jetzt schon erwarten? Es ist genau sieben Uhr. Sie hat darauf geachtet, dass sie keine Minute später kommt. Je früher, desto unverfänglicher.

„Bitte folgen Sie mir, ich bringe Sie nach oben", fordert der nette Rezeptionist sie auf. Während Lucy ihm zum Aufzug folgt, schaut sie sich unauffällig um. Sie sieht das Hotel heute zum ersten Mal von innen und muss zugeben, dass es zumindest optisch seinem exklusiven Ruf gerecht wird. Alles ist aufwendig gestaltet und sieht hochwertig, aber gleichzeitig dezent genug aus, um nicht aufdringlich oder gar vulgär zu wirken. Hat Stil, stellt sie beeindruckt fest, bevor sie mit dem Rezeptionisten in den geräumigen, dunkel getäfelten Aufzug steigt. Der hat ihr glücklicherweise den Kuchen abgenommen, sodass sie sich wieder unauffällig die Hände an ihrem Kleid abwischen und ebenso unauffällig an den Achseln schnuppern kann, ob man ihre Nervosität riecht. Aber noch scheint alles in bester Ordnung zu sein. Dann holt der Mann einen Schlüssel hervor, betätigt damit einen Knopf für die oberste Etage und sie surren nach oben.

Die Aufzugtür öffnet sich direkt in Alex' Penthouse hinein und Lucy muss schlucken, als sie den prachtvollen Eingangsbereich betritt. Plötzlich sieht es gar nicht mehr nach Tegernsee aus, sondern nach der Fifth Avenue in alten Humphrey-Bogart-Filmen. Und genau so kommt Alex jetzt auch auf sie zu. Wie aus einem Film. Mit grauem Pulli unter dem ein weißes T-Shirt hervorlugt, ausgewaschenen Jeans mit einem Riss am Knie und barfuß. Dazu riecht er frisch geduscht. Lucy würde am liebsten die Augen schließen und seinen Duft inhalieren.

Stattdessen lächelt sie ihn an, deutet auf den Kuchen und sagt: „Hier ist er, ich hoffe, du hast Lust auf etwas Süßes."

Dann wird ihr bewusst, wie ihre Worte aufgefasst werden könnten und sie schaut schnell zu Boden. Diese Vorlage lässt sich Alex natürlich nicht nehmen.

„Wer würde zu etwas Süßem schon Nein sagen?", foppt er sie. „Was meinst du, Graham?"

„Ich stimme Ihnen da ganz zu, Sir", beteuert der Rezeptionist und wendet diskret den Blick ab.

„Graham hat im Savoy in London gearbeitet", klärt Alex sie auf. „Ich kann ihn einfach nicht dazu bringen, das ‚Sir' abzulegen und mich Alex zu nennen. Aber dafür ist er mit das Beste, was das Haus hier zu bieten hat. Da akzeptiere ich es sogar, Sir genannt zu werden."

„Sehr nett von Ihnen, Sir, vielen Dank." Graham überreicht Alex den Kuchen.

Lucy möchte gerade noch etwas über London sagen, aber

da ist Graham auch schon wieder verschwunden und sie bleibt allein mit Alex zurück.

„Also?", fragt sie. „Wollen wir den Kuchen verschlingen?"

„Hmm, da haben wir ein Problem."

„Nämlich?" Lucy hört ihre inneren Alarmglocken läuten.

Alex lacht. „Lucy, nun entspann dich doch mal. Du siehst mich an, als sei ich *Jack the Ripper*. Langsam frage ich mich, was für Erfahrungen du mit Männern gemacht hast. Wir haben kein echtes Problem. Die Sache ist nur, dass du es ja wirklich geschafft hast, um Punkt sieben hier aufzuschlagen. Und wie ich dir erklärt habe, muss ich ab und zu mal essen. Von Kuchen allein kann ein Mann nicht leben. Daher habe ich gedacht, dass wir vorher auf der Terrasse einen Snack zu uns nehmen. Ich hoffe, dass das deine Abendpläne nicht durcheinanderbringt."

Mit diesen Worten führt er sie durch die Wohnung und Lucy bleibt der Mund offenstehen. So eine weitläufige und zugleich gemütliche Wohnung hat sie noch nie gesehen. Alles ist in dezenten grün-, rot- und cremefarbenen Tönen gehalten, ohne eindeutig feminin oder maskulin zu sein. Einfach nur stilvoll. Man könnte sich vorkommen wie in einem Hochglanzmagazin, wenn es nicht gleichzeitig so behaglich wäre. Und als dann auch noch ein riesiger Golden Retriever auf sie zugelaufen kommt, ist Lucy endgültig aus dem Häuschen.

„Ach, ihr kennt euch noch nicht?", fragt Alex erstaunt. „Das ist Birdie, die Dame des Hauses. Frag mich nicht, wie sie zu diesem Namen gekommen ist, meine Schwester hat sie damals so getauft und ich habe nicht laut genug protestiert. Aber man gewöhnt sich an alles, selbst an diesen Namen, nicht wahr, Birdie? Außerdem nennt man einen ausgezeichneten Schlag im Golf Birdie, das macht den absurden Namen fast wieder wett."

Damit streichelt er den Hund hinter den Ohren, der aufgeregt zwischen ihm und Lucy hin- und herspringt.

„Sie mag dich", stellt Alex anerkennend fest. „Sie ist zwar immer freundlich, aber selten so enthusiastisch. Du bist definitiv eine Hunde-Person!"

„Oh ja, und wie!", sagt Lucy und nickt zur Bestätigung. „Ich liebe Hunde. Leider hatte ich nie einen eigenen, aber wer weiß – was nicht ist, kann ja noch kommen."

„Irgendwann kann man sich ein Leben ohne sie nicht mehr vorstellen. Wie sagte schon Loriot: ‚Ein Leben ohne Mops ist möglich, aber sinnlos.' Oder nicht empfehlenswert. Oder so was in der Art. Mit Möpsen kenne ich mich zwar nicht aus ..." Er hält kurz inne und Lucy realisiert mit Schadenfreude, dass auch er rot werden kann. Dann murmelt er kaum vernehmbar: „Aber für Golden Retriever trifft das definitiv zu." Dabei krault er den Hund so kräftig hinter den Ohren, dass Birdie ihn erstaunt ansieht und Lucy sich zum ersten Mal wünscht, ein Hund zu sein. Dann hat der Gedanke an Möpse sich scheinbar wieder verflüchtigt, denn nun bestimmt Alex resolut: „So, Birdie, du bleibst drinnen. Lucy und ich gehen jetzt zu Genüssen über, bei denen wir nicht gestört werden wollen."

„Essen, Lucy, ich meine Essen", beruhigt er sie lachend auf Lucys erschrockenen Blick hin. „Meine Güte, ich muss ja wirklich einen ganz miesen Eindruck auf dich machen!"

Wenn du wüsstest, denkt Lucy verträumt, *wenn du nur wüsstest ...*

Dann folgt sie ihm auf die Terrasse und muss bei dem Ausblick nach Luft schnappen.

„Alex – wow, was für ein Traum! So etwas Schönes habe ich selten gesehen!"

Sie stellt sich ans Geländer der Terrasse, die fast so groß ist, wie ihre gesamte Wohnung in London, und lässt ihren Blick über den Tegernsee schweifen. Die Sonne geht langsam hinter den Bergen unter und lässt die Landschaft in einem magischen Licht erscheinen. Lucys Herz fühlt sich ganz weit an und für diesen einen Moment empfindet sie echtes, tiefes Glück. Dann stellt Alex sich neben sie und das Glücksgefühl verwandelt sich in reine Elektrizität. Jedes einzelne Härchen auf ihren Armen stellt sich auf und jede Zelle in Lucy wünscht sich, er möge näherkommen, sie berühren und endlich in die Arme schließen. Aber er verhält sich ganz wie ein Gentleman und steht zwar nah bei ihr, aber doch nicht so nah, dass es verfänglich wirken könnte.

Vielleicht hat er gar kein Interesse, denkt sie. *Er kann bestimmt jede Frau haben, die er will.*

„Ja, es ist wirklich traumhaft hier", unterbricht Alex ihren Gedankengang. „Immer, wenn ich überlegt habe wegzuziehen, haben mich dieser Ausblick, diese Ruhe und Atmosphäre doch wieder festgehalten."

„Du hast überlegt, wegzuziehen?" Der Tegernsee ohne Alex – ein Gedanke, der ihr fast Angst macht.

„Aber sicher, immer wieder. Weißt du, ich war ja nicht immer hier. Ich bin zwar hier aufgewachsen, aber meine Eltern haben auf eine gute Schulbildung für uns bestanden und uns in der Weltgeschichte herumgeschickt. Ich bin dann letztlich nach Lausanne auf die Hotelfachschule gegangen, um den Familienbetrieb zu übernehmen, aber lange war ich mir nicht sicher, ob es wirklich das war, was ich machen sollte. Irgendwie schwebte mir immer Asien vor. Und meine Schwester ist, wie letztes Mal erwähnt, gleich in den USA geblieben, wo sie auch studiert hat. Sie ist erfolgreiche Innenarchitektin und mit einem Unternehmensberater verheiratet. Die beiden schwimmen in Geld und ich glaube, sie sind dort sehr glücklich. Aber ich bin hier irgendwie verwurzelt, selbst wenn es mir manchmal fast peinlich ist, quasi ins Dorf zurückgekehrt zu sein. Aber man muss sich selbst treu sein, oder? Auf sein eigenes Herz hören."

Dabei schaut er Lucy ernst an und ihre Kehle wird eng.

„Absolut", bestätigt sie. „Und es ist ja auch schön, eine Heimat zu haben." Bevor sich Melancholie in ihr breitmachen kann, bemerkt sie etwas resoluter: „Schwester Innenarchitektin, he? Erklärt das diese unglaublich toll eingerichtete Wohnung? Und dass man sich eher wie in Manhattan als in den Alpen fühlt?"

Alex lacht, und der Zauber ist gebrochen.

„Ganz richtig. Ich sollte wahrscheinlich versuchen, dich zu beeindrucken und behaupten, dass ich das alles allein bewerkstelligt habe, aber das wäre leider gelogen. Ich muss zugeben, dass ich für solche Dinge kein Händchen habe. Diese Gene sind komplett an meine Schwester gegangen. Bei der Renovierung des Hotels hat sie zugestimmt, das Tegerngold wie ein echtes Tegernseer Hotel aussehen zu lassen. Aber bei meiner Wohnung hat sie es nicht übers Herz gebracht, mich wie einen Alpenjungen leben zu lassen. Ihr Albtraum ist immer, dass ich sie mal in Tracht empfange."

Lucy lacht. Die Schwester hört sich sympathisch an.

„Hast du denn Lederhosen?" Wie immer löst die Vorstellung von allem, was mit seinem Körper zu tun hat, ein Kribbeln in ihr aus.

„Aber sicher habe ich Lederhosen, hat jeder hier. An hohen Tagen ziehe ich die auch an. Steht mir gar nicht schlecht", behauptet er grinsend.

Da hat sie keinen Zweifel. Laut sagt sie: „Und wann werde ich dich mal darin sehen?"

Alex legt einen Finger an den Mund. „Lass uns mal sehen, hmmm, das nächste, das kommt, sind die Waldfeste. Ja, da wirst du mich in Tracht erleben. Und ich dich hoffentlich auch!"

Lucy kriegt einen Schrecken. Von den Waldfesten hat sie natürlich schon gehört. Die Tegernseer reden seit Wochen von kaum etwas anderem. Aber auf die Idee, sich ein Dirndl anzuziehen, wäre sie gar nicht gekommen. So etwas ist für andere, aber doch nicht für sie! Sie sähe absurd darin aus. Sie ist eher der Jeans-Typ, auch wenn sie heute ein Kleid trägt.

„Nein, nein", protestiert sie schnell. „Für mich ist das nichts. Ich habe nicht mal so ein Dirndl."

„Dann musst du dir eins kaufen", verteidigt Alex die Tradition. „Oder leihen, das geht auch. Aber ohne Tracht aufs Fest zu kommen, das geht nicht. Dennoch würde ich vorschlagen, dass wir vorher etwas essen. Denn wir mögen die Dirndl gut ausgefüllt."

Damit zwinkert er ihr wieder zu, diesmal zweideutig, und Lucy meint ein gemurmeltes ‚so viel zu Möpsen' zu hören, aber vielleicht hat sie sich auch getäuscht.

Erst jetzt entdeckt sie, dass in der Mitte der Terrasse ein festlich gedeckter Tisch steht. Mit weißem Tischtuch, Leinenservietten, Kerzen, Weingläsern und allem, was dazugehört. Wie konnte sie den übersehen? Lucys Herz schlägt wieder schneller. Die Pferdeherde ist im Anmarsch!

„Alex, was ist das? Wir wollten doch nur Kuchen essen? Beziehungsweise einen Snack, wie du eben sagtest."

„Wird auch nur ein Snack sein, versprochen. Wie gesagt, wärst du gegen acht gekommen, wäre ich fertig gewesen. Ich habe mir extra vorgenommen, mich zu beeilen. Aber da du jetzt so früh da bist, wäre es unhöflich, dich nicht zu fragen, ob du mitessen willst."

Lucy kommt sich blöd vor. Da ist sie absichtlich so früh gekommen, damit es eher gleichgültig wirkt und jetzt kommt sie wie ein übereifriges Kleinkind rüber. Es wäre viel cooler gewesen, sich Zeit zu lassen!

„Aber du konntest doch nicht wissen, dass ich so früh komme. Wieso ist dann der Tisch für zwei gedeckt? Was wäre, wenn ich erst um zehn hier aufgeschlagen wäre?"

„Ich hatte so ein Gefühl", gibt Alex verschmitzt zurück. „Außerdem, schau noch mal runter. Man kann fast dein

Haus sehen und ich kann schon von Weitem erkennen, wer hier hochkommt. Als ich dich also im Anmarsch gesehen habe, habe ich schnell unten angerufen, dass sie noch ein Gedeck bringen sollen. So einfach ist das."

Und sie hatte sich fast eingebildet, dass das geplant war! Langsam macht sie sich wirklich lächerlich! Das wird noch bestätigt, als er schmunzelnd hinzufügt: „Der Kuchen ist übrigens gar nicht so schwer, wie ich befürchtet habe. Ich habe nämlich gesehen, dass du ihn auf dem Weg ein paar Mal abstellen musstest."

Lucy beschließt, sich schnell hinzusetzen und den Mund zu halten. So kann sie wenigstens nichts mehr falsch machen.

„Falscher Stuhl, junge Dame", wird sie da auch schon eines Besseren belehrt. „Setz dich hierhin, hier hast du den besseren Blick. Ich kann ihn schließlich jeden Tag genießen."

Er schiebt Lucys Stuhl zurück, damit sie sich umsetzen kann und bleibt etwas länger hinter ihr stehen, als nötig wäre. Lucy spürt seinen Atem auf ihrem Haar und die Pferdeherde in ihrem Herzen ist wieder in vollem Galopp. Wie soll sie es nur schaffen, irgendetwas runterzukriegen?

Aber wie sich herausstellt, ist das kein Problem. Das Essen im Tegerngold ist so vorzüglich, dass sie zwischendurch sogar mehrere Minuten schweigend verbringen, um es einfach nur zu genießen. Und auch wenn sie sich unterhalten, ist es ungezwungen und vollkommen natürlich. Lucy vergisst fast, nervös zu sein. Alex erzählt wieder von seinen Eltern, denen er sehr nahesteht. Er berichtet, dass sie ihn ab und zu besuchen kommen, aber akzeptieren, dass er jetzt der Chef ist. Obwohl es ihnen sicher nicht ganz leicht fällt, mischen sie sich selten ein – etwas, das Alex sehr zu schätzen weiß. Nur die Speisekarte prüft seine Mutter sporadisch und macht immer wieder mal Menüvorschläge, was Alex nicht unrecht ist. Sein Vater hingegen ist froh, wenn er in Ruhe gelassen wird und im Zigarrenraum seine Zeitung lesen kann. Außerdem sind beide leidenschaftliche Golfer, ein Sport, den auch Alex genießt, aber zu dem er viel zu selten kommt. Wenn Lucy wolle, so könne er es ihr gerne mal beibringen, in der Nähe sei ein toller Golfplatz. Und so plaudern sie vor sich hin und Lucy ist erstaunt, als sie feststellt, dass es schon nach Mitternacht ist. Sie haben zwei Flaschen Wein geleert, und obwohl Lucy keine Expertin ist, kann sogar sie beurteilen, dass der Wein noch besser ist als der, den sie von Michi gewohnt ist. Schließlich ist es an der Zeit, sich zu verabschieden. Lucy steht auf und streicht ihr Kleid glatt.

„Danke, Alex, das war sehr schön."

„Das fand ich auch", sagt er und nimmt ihre Hände in seine. „Bist du dir wirklich sicher, dass du schon gehen möchtest?" Sie ahnt seinen Blick mehr, als dass sie ihn sieht.

Lucy weiß nicht, was sie antworten soll. Sie würde so unglaublich gerne bei diesem Mann bleiben, aber etwas in ihr hält sie zurück. Eine Stimme, die ihr sagt, dass sie vorher noch eine Aufgabe zu erledigen hat.

Sie zittert ein wenig und beteuert mit der ihr verbleibenden Willenskraft:

„Ja, Alex, ich muss wirklich gehen."

Im Kerzenlicht scheint es ihr, dass sich seine Augen leicht verdunkeln.

„Wieso Lucy? Was mache ich nur falsch? Ich laufe ständig zum Yoga, nur um dich zu sehen, obwohl ich mich damit vor meinen eigenen Angestellten zum Clown mache. Ich tue alles, was ich kann, um mich mit dir treffen zu können und obwohl ich das Gefühl habe, dass du es auch genießt, geht es doch irgendwie nie weiter. Sobald ich auch nur einen Schritt näherkomme, weichst du zurück. Was ist los? Hängst du noch an jemandem? Ist dein Herz vergeben?"

Lucy lacht kurz auf. Die Vorstellung, dass sie noch an Stuart hängen könnte, kommt ihr mittlerweile absurd vor.

„Nein, Alex, es gibt niemand anderen, das ist es nicht. Weder in meinem Leben noch in meinem Herzen."

„Was ist es dann? Gefalle ich dir einfach nicht? Bin ich nicht dein Typ?"

Oh Gott, wenn er wüsste. Aber Lucy will sich jetzt nicht in gefährliches Fahrwasser begeben. Sie muss sich vorsichtig ausdrücken.

„Nein, Alex, das ist es auch nicht. Nicht du bist das Problem, ich bin es."

Alex nimmt seine Hände weg. „Nicht du bist es, ich bin es. Oh Gott, Lucy, was für ein Klischee. Aber gut, dann sag mir doch, was so wichtig ist, dass du uns noch nicht einmal eine Chance gibst? Was ist es, das dich zurückhält?"

Lucy ist hin- und hergerissen. Wie soll sie ihm das bloß erklären? Sie hat bislang noch nichts von ihren Eltern erzählt. Dem Thema ist sie auch heute Abend wieder ausgewichen und Alex war sensibel genug, nicht weiter nachzufragen. Jetzt bereut sie es fast, den Unfall nicht angesprochen zu haben. Es hätte die Erklärung vielleicht verständlicher gemacht. Aber jetzt ist es zu spät und sie wird es anders rüberbringen müssen.

„Ich weiß nicht, wie ich es ausdrücken soll, Alex, es würde jetzt zu weit führen, dir alle Details darzulegen. Aber mir ist in letzter Zeit aufgefallen, dass ich mich in Beziehungen hineingestürzt habe, um von einem Mann die Liebe zu bekommen, die ich als Kind nicht habe erfahren dürfen: die Liebe meiner Eltern. Und das kann nicht gut gehen, das kann kein Mann erfüllen. Daher versuche ich jetzt erst einmal, mir das selbst zu geben, mich quasi selbst zu finden. Ansonsten würde ich einem Mann etwas auflasten, was dieser gar nicht tragen kann und auch mir wäre damit nicht geholfen. Verstehst du, was ich meine?"

Alex dreht sich genervt weg.

„Nein, das verstehe ich nicht, Lucy. Für mich hört sich

das an wie spiritueller Schwachsinn. Ich weiß nicht, was du erlebt hast, aber wir sind alle irgendwann verletzt worden. Wir haben alle nicht die Liebe bekommen, die wir wollten oder die du jetzt meinst, gebraucht zu haben. Trotzdem schaffen es die meisten von uns, Beziehungen einzugehen und ihr Herz wieder zu öffnen. Wenn ich ehrlich bin, habe ich genug von euch Frauen mit eurem Selbstverwirklichungsdrang. Wird das jemals ein Ende nehmen? Könnt ihr nicht einfach mal mit dem zufrieden sein, was ihr habt und die Vergangenheit ruhen lassen? Wie dem auch sei, ich glaube, du gehst jetzt besser, es ist spät. Du findest allein zur Tür, nicht wahr? Ich bleibe noch hier draußen."

Damit dreht er Lucy den Rücken zu und geht zur Balustrade, wo er in die schwarze Nacht hinausblickt. Lucy geht langsam zur Tür und fährt mit dem Aufzug nach unten. Ihr ist nach Weinen zumute. Dabei fühlte sie sich zuvor so wohl mit ihrer Entscheidung, erst einmal etwas für sich selbst zu tun. Hat sie da einen Fehler gemacht?

Im Hotel ist immer noch etwas los und als Lucy unten ankommt, weht eine sehr blonde, äußerst zurechtgemachte Frau durch das Hauptportal herein. Lucy hört, wie sie Graham zuruft: „Zu Herrn von Meyenhofens Penthouse bitte."

Verstohlen schaut Lucy rüber und sieht Grahams erstaunten Blick. „Erwartet Herr von Meyenhofen Sie denn?"

„Noch nicht, aber er wird sich freuen, mich zu sehen."

Aha, so viel zum Thema Herz öffnen, denkt sich Lucy. *Das kann man an einem Abend offensichtlich für mehrere Personen.* Und damit macht sie sich auf den Weg ins Tal und zurück in ihr großes, leeres Haus.

27

Die Weinbar ist glücklicherweise so gut besucht, dass Michi zu beschäftigt ist, um sich ihnen zu widmen. Lucy kann also mit Babs allein sprechen, was ihr sehr recht ist. Manchmal muss es einfach ein Gespräch unter Freundinnen sein.

„Also gut, Babs, ich komme sofort auf den Punkt. Vielleicht hast du es dir ja schon gedacht. Ich steh' auf Alex, und ich glaube, er stand auch mal auf mich, aber das ist jetzt vorbei. Und ich weiß nicht, was ich tun soll."

Babs zieht erstaunt die Augenbrauen hoch. „Wow, die geheimnisumwitterte Lucy spricht endlich mal Klartext. Klar habe ich das bemerkt. Alle haben es bemerkt. Die Blitze, die beim Yoga zwischen euch hin- und her geschossen sind, während wir anderen mühsam auf unseren Yogamatten herumturnten, haben Bände gesprochen. Und wie du ständig irgendeinen Grund gefunden hast, um an seinem Körper herumzufummeln … sogar Emma ist das aufgefallen. Wir fühlten uns wie bei einem Dreh zu einem Softporno."

Trotz dieser Bloßstellung muss Lucy lachen.

„Oh Gott, ist das peinlich. War es so eindeutig?"

„Yep", antwortet Babs und sieht Lucy erwartungsvoll an.

„Was ist?", will Lucy wissen. „Wieso glotzt du mich so an?"

„Ich glotze nicht. Ich beherrsche nur die Kunst des aktiven Zuhörens. Ich warte darauf, ob diese Geschichte eine Fortsetzung hat."

„Hey, Lucy ist ja schon wieder knallrot, was verpasse ich gerade?", ruft Michi durch das halbe Lokal. „Bitte keine schlüpfrigen Details ohne mich besprechen."

„Wir besprechen das Drehbuch zu einem Softporno", ruft Babs ebenso laut zurück, und einige Gäste werfen ihnen teils amüsierte, teils empörte Blicke zu. „Du spielst darin eine Hauptrolle, Michi!"

„Okay, das war gelogen", sagt sie jetzt wieder an Lucy gewandt. „Der gute Michi hat diesmal wirklich nichts damit zu tun. Also, erzähl endlich weiter!"

„Was soll es da noch geben? Reicht das nicht schon?", gibt Lucy zurück.

„Was? Dass du und Alex aufeinander standet und er jetzt nicht mehr auf dich steht? Das soll die Story sein? Also, Lucy, ein bisschen mehr musst du mir schon geben, wenn du meinen Rat haben willst."

Und so erzählt Lucy von dem Abend bei Alex im Penthouse und wie sie ihn verprellt hat. Als sie fertig ist, pfeift Babs anerkennend durch die Zähne.

„Wow, Alex abblitzen zu lassen, das ist er sicherlich nicht gewohnt. Und ich glaube, du hast bei ihm einen Nerv getroffen."

„Aber warum? Deswegen will ich ja mit dir reden. Ich weiß so gut wie gar nichts über seine Vergangenheit. Er hat mir von seinen Eltern und seiner Schwester erzählt, aber nichts von irgendwelchen Ex-Freundinnen."

„Ex-Verlobte", korrigiert Babs sie.

„Was, er hatte eine Verlobte?", wiederholt Lucy und

diesmal wird sie blass. *Mein Gesicht zeigt das ganze Farbspektrum*, denkt sie dabei.

„Ja, eine Verlobte", bestätigt Babs und nickt. „Ich kenne ihn ja nicht gut, aber ich glaube, das hat ihn damals ziemlich erschüttert. Ich habe da schon im Tegerngold gearbeitet und die Wochen, nachdem es vorbei war, ist er ziemlich miesepetrig durch die Gegend gelaufen, um es gelinde auszudrücken."

„Babs, jetzt erzähl schon! Was ist passiert? Lass dir doch nicht jedes Wort aus der Nase ziehen!"

„Ich rede doch schon, so schnell ich kann", gibt Babs empört zurück. „Aber du musst mir schon erlauben, ganze Sätze zu formulieren."

„Formulier schneller!"

„Ist ja gut. Also, da kam damals diese italienische Schönheit als Gast ins Tegerngold und es war von Anfang an jedem klar, dass sie und Alex ihre Augen nicht voneinander lassen konnten. Es hat sogleich gefunkt."

„Okay, du sollst vielleicht schnell formulieren, aber bitte nicht ganz so detailliert. Denk auch ein bisschen an mein Selbstbewusstsein."

Babs verdreht die Augen. „Ich formuliere ehrlich, okay? Und jetzt lass mich zu Ende reden. Wo war ich? Ach so ja – jedenfalls war sie mit ihren Eltern da und auch die haben sich gleich in Alex verliebt. Sehr praktisch, vor allem bei einer italienischen Familie. Wusstest du, dass Alex perfekt Italienisch spricht? Nun ja, jedenfalls ist die gute Carina – ich glaube, so hieß sie – nach ihrer Abreise ziemlich bald wieder zurück an den Tegernsee gekommen, und zwar mit Sack und Pack. Ist in das schöne Penthouse eingezogen, in dem du mit Alex gegessen hast. Sie hat sich dort gut gemacht. Hat viel im Hotel mitgeholfen und sie und Alex schienen recht glücklich zu sein. Bis sie plötzlich beschlossen hat, dass sie das alles nicht mehr kann. Alex sei zwar ein netter Typ, aber halt doch ein Tegernseer Landei. Sie hingegen sei schließlich ein Großstadtmädel aus Milano und hat gerade ein Jobangebot von einer der großen Modefirmen dort bekommen. Ich weiß nicht mehr, welche das war. Aber etwas Cooles wie Prada oder Armani. Alex war sprachlos, vor allem, weil er gar nicht wusste, dass sie sich beworben hatte. Wie sich herausstellte, hat sie immer die Gäste beneidet, die wieder abreisen konnten, und wünschte sich jedes Mal, sie könnte unter ihnen sein. Aber nein, die schöne Carina musste bleiben und den Zimmermädchen auftragen, die Toiletten zu putzen. Das war unter ihrem Niveau. Wie vielleicht nicht anders zu erwarten war, ist sie dann irgendwann ausgebrochen, hat ihre Sachen gepackt und ist so schnell verschwunden, wie sie gekommen war. Vielleicht noch ein bisschen schneller. Das ist jetzt etwas über ein Jahr her und ich glaube nicht, dass er seitdem eine andere hatte."

„Oh Mann!" Lucy verzieht das Gesicht. „Hört sich wie die große Liebe an, was?"

„Ehrlich gesagt glaube ich das nicht. Die beiden waren süß zusammen und ich glaube, sie mochten sich auch wirklich. Sie waren ganz klar ein außergewöhnlich schönes Paar, sie sah aus wie ein Model. Aber ich glaube, sie haben sich etwas vorgemacht. Der Funke ist zu schnell übergesprungen, dabei haben sie nicht gemerkt, dass ihre Grundwerte und Vorstellungen vom Leben einfach nicht übereinstimmen. Und weißt du, da wunder ich mich nicht mehr, dass er bei dir so krass reagiert hat. Ich glaube, noch eine Großstadtfrau, die hier an den Tegernsee kommt und ihm dann etwas von Selbstverwirklichung erzählt, erträgt er nicht. Ich kenne ihn zwar nur als Boss, aber ich glaube nicht, dass er sein Herz so schnell öffnet. Und wenn er es dann mal tut und so abgewiesen wird, dann ist das bestimmt nicht einfach."

In dem Moment fällt Babs Blick an Lucy vorbei auf die

Eingangstür und sie wird fast so blass wie Lucy vorhin. „Wenn man vom Teufel spricht", flüstert sie.

„Was?", fragt Lucy erschrocken.

„Nicht umdrehen, Lucy, er hat uns schon gesehen. Aber er ist in Begleitung einer ... ähm ... einer Dame."

Nun muss Lucy sich doch umdrehen und erkennt sie sofort – die Blondine aus dem Hotel. Die, die nachts noch zu Alex wollte und Graham versicherte, Alex würde sich über ihren Besuch freuen. Die galoppierende Pferdeherde in Lucys Herz ist wieder da und ein Kloß sitzt in ihrem Hals. Tränen steigen ihr in die Augen.

„Ich bin zu spät, was Babs?"

„Ich weiß es nicht, Lucy, wirklich nicht. Aber gib ihm jetzt nicht die Genugtuung, dass er sieht, wie schlecht es dir damit geht. Du hast getan und gesagt, was du für richtig hieltst. Ich bewundere das. Du bist dir selbst treu geblieben. Wenn er so damit umgeht, dann zeigt das, dass er doch nicht so einen guten Charakter hat, wie ich immer gedacht habe."

Mit diesen Worten winkt sie Alex durch den Raum hindurch fröhlich zu.

„Hat er uns gesehen?", fragt Lucy atemlos.

„Ja, hat er. Und die Kuh auch. Was für eine aufgetakelte Tussi!"

Lucy schaut an ihren Jeans und Turnschuhen runter und wünscht sich, sie hätte sich etwas mehr zurechtgemacht. Dann sagt sie: „Weißt du, ich habe sie schon mal gesehen, Babs. Sie hat Alex an dem Abend noch besucht."

„An dem Abend noch? Wow, dann ist er ein größerer Casanova, als ich dachte."

Lucy wünschte, sie würde das nicht sagen! Dann wendet Babs den Blick ab und sagt leise: „Lucy, ich sollte es dir wahrscheinlich erzählen. Es ist nicht das erste Mal, dass ich die sehe. Sie war in letzter Zeit öfter im Hotel und immer mit Alex zusammen. Manchmal haben sie auch abends im

Restaurant gegessen. Ich hatte schon überlegt, es vor dir zu erwähnen, aber ich wusste nicht, ob es wichtig ist. Es könnte ja auch etwas Geschäftliches sein. Aber jetzt bin ich mir da nicht mehr sicher. Tut mir leid."

Sie sieht regelrecht bedröppelt aus.

„Ja, mir tut es auch leid", antwortet Lucy mit belegter Stimme. „Komm, lass uns gehen. Mir ist die Lust auf Drinks vergangen."

28

Die nächsten Tage verlaufen schleppend. Alex ist seit dem gescheiterten Abend nicht mehr beim Yoga aufgetaucht und Lucy hat die Hoffnung aufgegeben, ihn dort noch einmal zu sehen. Sie hat auch aufgehört, sich morgens für das Yoga besonders zurechtzumachen. Am Anfang hatte sie noch die Hoffnung, dass es für sie beide nicht zu spät sei, dass sie sich trotz seiner negativen Reaktion die Zeit nehmen könnte, die sie braucht. Sie würde es dann schon wieder richten. Aber jetzt, da er mit einer anderen anbändelt, sieht das alles anders aus. Sie wird sich nicht in eine Beziehung einmischen, egal wie frisch diese sein mag. Doch die Vorstellung von Alex und einer anderen bricht ihr regelrecht das Herz und sie versucht, so wenig wie möglich daran zu denken. Das dröge Einerlei wird nur dadurch unterbrochen, dass Herr Müller und sein Team mit den Arbeiten anfangen und Babs für heute in Michis Weinbar eine Notsitzung einberufen hat.

. . .

„Also, Babs, was soll die Geheimnistuerei?", fragt Lucy am Abend gespannt. „Was heißt hier Notsitzung?"

„Ruhig, ruhig", beschwichtigt Babs sie und fummelt nervös an ihren Haaren herum. „Darf ich mich erst mal hinsetzen und etwas zu trinken bestellen?"

„Das haben wir schon erledigt", teilt Lucy ihr mit. „Denn obwohl du dieses dringende Meeting einberufen hast, hat es dich natürlich nicht daran gehindert, in typischer Babs-Manier eine halbe Stunde zu spät zu kommen, während wir hier alle sitzen wie bestellt und nicht abgeholt."

Hannah nickt zustimmend, während Michi jedem ein Glas Champagner einschenkt.

„Hier", sagt er. „Wenn es gute Neuigkeiten sind, dann haben wir etwas zu feiern, und wenn es schlechte sind, so sind sie mit Champagner nur halb so schlimm zu ertragen."

„Du bist doch nicht schwanger?", fragt er und sieht Babs erschrocken an.

„Quatsch, von wem denn?", gibt Babs barscher als beabsichtigt zurück, um dann ihr Glas in einem Zug auszutrinken. Michi sieht sie stirnrunzelnd an, aber dann schenkt er ihr ohne weiteren Kommentar nach.

„Keine Sorge, Michi, ich zahle dafür", versichert sie ihm und freut sich, einen so guten Übergang zu ihrem Thema gefunden zu haben. „Was ich euch nämlich sagen muss – ich bin reich!"

Ihre Freunde lachen und ihr wird klar, dass das hier nicht so einfach wird wie erwartet. Sie muss etwas mehr Überzeugungskraft an den Tag legen. „Ich meine es ernst. Also Michi, diesen zweitklassigen Champagner hier brauchen wir heute nicht. Bring uns bitte eine Flasche von deinem besten Tropfen. Und zwar Magnum. Heute geht alles auf mich."

„Jetzt mach doch keinen Unsinn, Babs", gibt Michi zurück. „Du weißt doch, dass wir dich alle mögen. Dafür musst du nicht reich sein. Ist schließlich keiner von uns.

Dafür bist du witzig. Das genügt für den Moment. Aber vielleicht kannst du dir irgendwann im Tegerngold einen alten, reichen Sack anlachen. Dann verspreche ich dir, dass du auch die gewünschte Flasche bekommst. Aber nicht jetzt."

„Michi, her mit der Flasche, ich mein's ernst", gibt Babs zurück. „Denn ich mache diesmal wirklich keine Witze. Ich bin reich. Steinreich sogar. Millionen, ihr wisst schon. Wenn nicht gar noch mehr. Es könnten auch Milliarden sein. Wer zählt schon."

„Babs, geht es dir gut?", fragt Lucy vorsichtig. „Wenn du willst, können wir einen Arzt rufen."

„Ich brauche keinen Arzt und auch keinen reichen Sack. Wenn ich wollte, könnte ich das Tegerngold morgen früh kaufen. Und die Weinbar gleich dazu. Was ist denn daran schon so schwer zu verstehen?"

„Ehrlich, Babs?", fragt Hannah jetzt auf ihre bedachte Art. „Was daran schwer zu verstehen ist? Dass du als Masseurin in einem Hotel arbeitest, dicke Körper durchknetest, das alles für einen Hungerlohn, wie du dich immer beschwerst, und in einer Kammer wohnst. Du wirst verstehen, dass das mit deiner jetzigen Aussage schwer zu vereinbaren ist."

„Plus die Tatsache, dass du dich hier immer wieder durchschnorrst", fügt Michi hinzu. „Da wirst du Verständnis dafür haben, dass ich mangels Vertrauen in eine plötzlich bestehende Kreditwürdigkeit nicht gleich unseren besten Champagner aufmache." Er sieht aufgewühlt aus.

„Ihr nehmt den Unsinn doch nicht ernst?", fragt Lucy jetzt.

„Hört sich komisch an, nicht wahr?", gibt Babs niedergeschlagen zu. „Ich habe halt immer versucht, davor wegzulaufen, es hinter mir zu lassen und ein neues Leben zu beginnen. Aber es scheint, dass es mich immer wieder einholt."

„Was?", fragt Michi.

„Na, das Geld. Meine Familie. Meine Geschichte. All das halt."

„Babs, ich komme aus Jena und bin noch nie vor Geld davongelaufen", wirft Michi mit perplexem Gesichtsausdruck ein. „Vor meiner Geschichte: ja. Vor meiner Familie: sowieso. Aber ganz sicher nicht vor Geld. Daher wirst du mich jetzt bitte entschuldigen, wenn ich nicht verstehe. Ich komme mir vor, wie im Film. Dieser Film mit Eddie Murphy. Wie heißt der noch?"

„*Der Prinz aus Zamunda*", flüstert Hannah ehrfürchtig, bevor sie hinzufügt: „Also, Babs, ich bin verwirrt. Wieso fängst du nicht einfach von vorne an, dann blicken wir vielleicht irgendwann durch, worum es hier geht."

„Gute Idee", stimmt Lucy ihr zu. „Wir sind alle ganz Ohr."

„Das sind wir", bestätigt Michi, lehnt sich zurück und verschränkt die Arme. „Um ehrlich zu sein, war ich selten mehr Ohr."

„Okay", stöhnt Babs. „Ich verspreche, ich lasse nichts aus. Es ist eigentlich nicht weiter dramatisch. Ich komme aus einer stinkreichen Reederei-Familie und wenn ich stinkreich sage, dann meine ich stinkreich. Mit Jets, Yachten, dem Lifestyle, den Paris Hilton vorgibt, zu haben. Meine Eltern haben mehr Häuser, als ich zählen kann, und ich glaube, mittlerweile haben sie den Überblick selbst verloren. Wie gesagt – wer zählt da noch? Meine Geschwister und ich sind mit Unmengen von Nannys aufgewachsen und wie ihr euch vorstellen könnt, fehlte es uns an nichts. Und nein, auch nicht an Liebe. Meine Eltern waren extrem liebevoll und auch immer sehr stolz auf uns. Trotzdem war alles immer so – wie soll ich sagen – vorhersehbar. Sicher, wir wurden geliebt und unterstützt, aber gleichzeitig wurde von uns erwartet, dass wir dieses Leben mitleben, völlig darin aufgehen und nichts infrage stellen."

Ihre Freunde starren sie an.

„Und das konnte ich nicht, versteht ihr?"

„Nein", kommt es von Michi. Er scheint noch etwas sagen zu wollen, entscheidet sich dann aber dagegen. Daher erzählt Babs weiter:

„Ich habe die Vorstellung einfach gehasst, dass alles für mich wie vorformuliert ist. Wo ist da noch das Abenteuer? Was ist das für ein Leben, wo alles wie geplant ablaufen soll? Es ist genau das, was man als goldenen Käfig bezeichnet. Und obwohl es sich für viele bestimmt wie ein Traum anhört, kann ich euch versichern – das ist es nicht. Man hat keinerlei Raum zur Entfaltung, wird immer nur in eine Richtung gesteuert. Und dann noch die Bodyguards, da ist Freiheit sowieso nicht möglich."

„Ich hatte schon immer das Gefühl, dass du für eine Masseurin außergewöhnlich gebildet bist", murmelt Lucy. „Jetzt weiß ich, woher das kommt."

„Ja, jetzt weißt du, wo das herkommt", stimmt Babs ihr zu. „Wobei ich immer versucht habe, es möglichst zu vertuschen. Daher kommt wahrscheinlich auch meine eher derbe Ausdrucksweise. Aber ganz kann man es natürlich nicht verbergen."

„*My Fair Lady,* nur umgekehrt", stellt Hannah mit großen Augen fest.

„Was?", fragt Michi sie irritiert.

„Ach nichts, Michi, das Musical, meine ich. Vergiss es. Babs, erzähl weiter."

„Warte!" Michi hält die Hand hoch. Er scheint sich wieder gefangen zu haben. „Bevor wir hier weitermachen, hole ich den Champagner, den du dir gewünscht hast, oh Hochgnaden. Lucy, du kommst hier einer Ärztin noch am nächsten. Kannst du versichern, dass sie nicht auf den Kopf gefallen und größenwahnsinnig geworden ist? Wenn ich die

Flasche rausgebe und dafür nicht bezahlt werde, kann ich meine Sachen packen."

„Woher soll ich wissen, ob sie wahnsinnig geworden ist oder nicht? Ich bin Yogalehrerin, keine Ärztin. Aber wenn du mich fragst – sie ist nicht verrückter als sonst. Nur ihre Story – die ist diesmal auf einem anderen Niveau."

„Dem stimme ich zu", sagt Hannah, „und um ehrlich zu sein, brauche ich jetzt, glaube ich, auch diesen Champagner."

„Mach dir keine Sorgen, Michi", gibt Babs ermattet zurück. „Du wirst bezahlt werden. Mit einem happigen Trinkgeld."

„Nein, nein, so war das nicht gemeint", stammelt Michi. „Ich brauche kein Trinkgeld. Sicherlich nicht von dir. Ich will nur nicht auf der Rechnung sitzenbleiben. Aber wenn das so ist", sagt er, und geht grinsend zur Tür, „dann würde ich vorschlagen, dass wir für heute Abend das Geschlossen-Schild vorhängen. Der fehlende Umsatz wird durch die Flasche wettgemacht."

Allmählich entspannen sie sich alle ein wenig und Babs lehnt sich erleichtert zurück. Nachdem Michi mit der Champagnerflasche zurück ist („Magnum hatten wir leider nicht, aber sollten wir mehr brauchen, gibt es noch welche im Keller"), führt Babs ihre Geschichte fort:

„Ich habe also, wie gesagt, zunächst alles mitgemacht. Das ganze Pipapo. Beste Schulen, Internat in der Schweiz, alle Arten von Bällen, seit ich ungefähr zwölf bin, mehr Privatjet-Flüge als ich zählen kann, mit mehr Prominenten auf Yachten rumgehangen als gut für einen ist, und so weiter und so fort. Ach ja – und mehr Diademe und lächerliche Kleider getragen als Cinderella höchstpersönlich."

Hannahs Blick schweift verträumt in die Ferne, also fährt Babs schnell fort:

„Nur war das alles nicht ich, versteht ihr? Ich hatte so dickes Haar, dass die Diademe kaum draufpassten. Außerdem habe ich wohl einen eher großen Kopf. Und ihr kennt ja meine Figur – ist vielleicht ganz in Ordnung und durch das ganze Yoga mittlerweile auch etwas geformter, aber für Kleider war ich nie gemacht. Ich war immer eher der burschikose Typ, aber das passte nicht in die Welt, die meine Mutter für uns vorgesehen hatte. Meine beiden Schwestern hingegen – Halleluja, die liebten es! Lieben es bis heute. Sie sind Zwillinge und haben sich darin übertroffen, wer von ihnen süßer aussieht. Beide sind kleine Ballettmäuse, zierlich, mit den zartesten Knöcheln, die man sich vorstellen kann. Und natürlich keinem zu großen Kopf! Aber sie sind süß, ich hab' sie sehr lieb. Und meine Eltern auch. Sie meinen es nur gut und kennen es ja nicht anders. Ihr ganzes Umfeld lebt so. So wie manche das Gefühl haben, dass sie eigentlich ein Mann sind, obwohl sie im Frauenkörper leben oder umgekehrt, so hatte ich eben das Gefühl, nie wirklich in die Haut zu passen, die mir übergestülpt wurde. Aber meine Haut kann ich nicht ändern, stimmt's? Die Umstände hingegen, die konnte ich ändern. Und das habe ich getan. Denn das Gute an diesem fürchterlichen Internat in der Schweiz war, dass ich eine tiefe Liebe zu den Bergen entwickelt habe. Das war immer die eine Konstante in mir – das Flimmern in meinem Herzen, sobald ich die Berge sah, und das unglaubliche Glücksgefühl, wenn ich durch eine Berglandschaft laufe. So wuchs eines Tages der Wunsch in mir, die vertraute Welt zu verlassen. Alles hinter mir zu lassen und der Stimme meines Herzens zu folgen. Dazu gehörte auch, selbst Geld zu verdienen. Massieren konnte ich immer schon einigermaßen gut, ich habe meine ganze Familie massiert, wenn jemand Verspannungen hatte. Und sobald der Gedanke einmal da war, ließ er sich nicht mehr abschütteln. Also habe ich in Griechenland heimlich eine vernünftige Ausbildung zur Masseurin gemacht und als sich dann der Job hier auftat, habe ich mich beworben. Auch wenn die Berge hier nicht so hoch sind wie in der Schweiz. Aber man kann nicht alles haben, stimmt's?" Sie schaut in die Runde und sieht in Hannahs Gesicht immer noch diesen verträumten Blick – voller Diademe, Ballkleider und fescher Männer auf rauschenden Bällen.

„Und der Rest ist Geschichte", schließt Babs ab. „Ach ja, außer dass ich das natürlich nicht meinen Eltern erzählt habe. Ihnen habe ich vorgegaukelt, dass ich auf Reisen gehe. Und bin bis heute nicht wiedergekommen. Irgendwann wurde das dann doch ein wenig auffällig. Vor allem als meine angeblichen Reiseberichte immer lahmer wurden. Und meine Eltern sind natürlich nicht doof. Für sie war irgendwann klar, dass etwas im Busch ist. Ich habe ihnen nie gesagt, wo ich wirklich bin, aber für sie war es ein Leichtes, das herauszufinden. Bestimmt war es ein Schock zu erfahren, dass ihre kostbare Tochter in einem Hotel arbeitet. Als Masseurin! Meine Mutter wollte als Erstes wissen, ob die Männer, die ich massiere, etwa nackt sind. Das war eigentlich das Einzige, was sie wirklich interessiert hat. Und mein Vater hat sich gleich gefragt, ob er mir vielleicht nicht genug geboten hat. Nicht genug geboten!" Sie lacht trocken. „Ich wäre beinahe erstickt an dem Ganzen, das mir geboten wurde. Aber na ja, so sind sie halt. Immerhin haben sie mich zunächst trotzdem weitermachen lassen, ohne sich einzumischen. Wahrscheinlich haben sie gespürt, dass ich mal meine Freiheit brauchte. Aber jetzt ist es offensichtlich genug mit der Freiheit. Sie kommen her. In zwei Tagen!"

„Oh Gott – in zwei Tagen, wirklich?" Lucy sieht sie mit großen Augen an. „Sie wollen dich doch nicht etwa wieder mit nach Griechenland nehmen?", fragt sie erschrocken.

Babs ist gerührt, als sie den Blick ihrer Freundin sieht und beeilt sich, ihr zu versichern: „Lucy, mein Engel, solltest du mich nicht mittlerweile besser kennen? Und war meine Geschichte gerade nicht klar? Ich bin keine, die sich irgendwohin ‚mitnehmen' lässt. Ich bin eine eigenständige, selbstständige Person und treffe meine eigenen Entscheidungen. Und sehr zum Schock meiner Eltern, wie ich vermute, bin ich auch nicht abhängig von dem Geld anderer. Außer für den Champagner heute Abend vielleicht, da muss ich Papas Kreditkarte dann doch einmal bemühen. Aber ansonsten verdiene ich mein eigenes Geld. Mit halb nackten Männern," fügt sie fröhlich hinzu. „Und auch wenn die meisten es als ein sehr bescheidenes Gehalt ansehen würden, so sehe ich doch die Berge von meinem Zimmer aus, kann meine Zehen in der Erde vergraben, wann immer ich will, habe dieses komische Yoga, euch und kann mich hier bei Michi immer herrlich durchschnorren."

„Von heute an nicht mehr" knurrt dieser.

„Also, die Antwort ist Nein, sie werden mich nirgendwo hin mitnehmen, aber so wie ich sie kenne, werden sie nichts unversucht lassen. Oder mein Vater wird einfach den ganzen Ort hier kaufen, dann bin ich zumindest in seinem Dunstkreis."

Lucy spürt einen Stich. Was hätte sie sich Eltern in ihrem Leben gewünscht, die immer um sie herum sein wollen. Aber dann konzentriert sie sich wieder auf Babs, oder genauer gesagt auf Hannah, die gerade mit großen Augen fragt: „Kommen sie mit Gefolgschaft?"

„So weit kommt es noch", gibt Babs zurück. „Nein, ich glaube, da habe ich mich mehr als deutlich ausgedrückt, dass hier nichts von ihrem üblichen Schnickschnack erwünscht ist. Ich habe ihnen gedroht, dass ich ansonsten einfach so tue, als würde ich sie nicht kennen. Ich glaube, das hat gewirkt."

„Du würdest so tun, als ob du deine eigenen Eltern nicht kennst?" Hannah bleibt in Anbetracht von so viel Rebellion der Mund offenstehen.

„Außergewöhnliche Zeiten erfordern außergewöhnliche Maßnahmen, Herzchen", gibt Babs unbeirrt zurück. „Aber ich glaube, da muss sich keiner Sorgen machen, dass ich sie verleugnen könnte. Denn wenn man meinen Vater und mich zusammen sieht, weiß man sofort, dass ich seine Tochter bin. Während meine Schwestern natürlich die feinen Gesichtszüge und die zierliche Gestalt meiner Mutter geerbt haben. Aber so ist das nun mal, das Leben ist nicht immer fair. Dafür habe ich wenigstens keine zu langen Arme", fügt sie unvermittelt hinzu.

„Das heißt, sie kommen mit gar nichts?", fragt Hannah enttäuscht.

„Was heißt denn hier mit gar nichts? Klamotten zum Anziehen werden sie schon dabeihaben, nehme ich an. So progressiv werden sie dann in der kurzen Zeit doch nicht geworden sein, dass sie zum Minimalismus oder gar zur Freikörperkultur übergegangen sind. Wobei das mit dem FKK dann auch eher Jena-Style ist." Sie grinst Michi an. „Aber falls du dir ein großes Gefolge mit Kronen und seidenen Gewändern vorstellst, so muss ich dich enttäuschen, liebe Hannah, die ich übrigens bis heute für ein bescheidenes Mädchen gehalten habe. Es kommen nur meine beiden Schwestern mit meinen Eltern. Ein oder zwei andere Leute werden sie wahrscheinlich im Anhang haben, das brauchen sie wie die Luft zum Atmen, aber ich habe sie sogar überredet, mit einem kommerziellen Jet zu fliegen und nicht privat. Das war schon ein echtes Zugeständnis von ihrer Seite. Wobei – ich glaube, meine Schwestern machen jetzt einen auf Umwelt, da sollten Privatjetflüge eh nicht mehr infrage kommen. So konnten meine Eltern gleich zwei Fliegen mit einer Klappe schlagen – es mir recht machen und meinen Schwestern ihre angebliche Öko-Ader präsentieren."

„Wenn sie einen auf Umwelt machen, dann sollten sie gar nicht fliegen", murrt Michi.

„Eines nach dem anderen, lieber Michi, eines nach dem anderen. Jedenfalls werdet ihr sie bestimmt mögen. Trotz des ganzen Reichtums sind sie eigentlich ganz freundlich und mein Vater hat einen Charme, dass ihm jeder aus der Hand frisst. Ihr werdet es ja erleben."

„Wir werden sie kennenlernen?", fragt Lucy erstaunt.

„Natürlich, was denkst du denn? Ihr seid doch das Beste, das ich hier vorzuweisen habe. Zudem sind meine Mutter und Schwestern ganz verrückt nach Yoga. Richtige Fitnessfreaks sind das. Sie freuen sich schon, zu dir in die Stunde zu kommen. Wir hatten gestern einen Videocall und ich habe ihnen von dir vorgeschwärmt. Es dauerte nur leider etwas, bis sie ihren Schock über mein Zimmer überwunden hatten." Babs gluckst in sich hinein. „Meine Mutter hat mich allen Ernstes gefragt, wieso ich mich für das Gespräch in die Besenkammer verziehen muss, ob ich das nicht aus meinen Zimmern heraus führen kann. Zimmern, Plural. Als ich dann die Kamera gedreht und ihr das Bett gezeigt habe, dachte ich für einen Moment wirklich, sie bekommt einen Herzinfarkt. Das ist uns glücklicherweise erspart geblieben, aber glaubt mir, selbst die Aussicht aus meinem Fenster konnte das nicht wieder richten."

Jetzt müssen die anderen auch lachen.

„Sprechen sie deutsch?", will Lucy wissen.

„Aber sicher, perfekt und dazu noch so ziemlich jede andere Sprache. Also, jetzt ist es raus. Was sagt ihr?"

„Ich bin sauer", sagt Michi.

„Sauer? Wieso denn? Ach komm, Michi, das kann doch nicht sein."

„Ich fühle mich irgendwie, als hättest du uns alle beschissen. Uns etwas vorgemacht, was du gar nicht bist. Wieso hast du uns nicht einfach gesagt, wer du bist? Wäre doch nicht schlimm gewesen. Jetzt fühle ich mich mit meinem spießigen Jena-Background noch langweiliger."

„Aber genau das ist es doch. Kaum erzähle ich es dir, kommen schon die Komplexe hoch und du betrachtest mich mit anderen Augen. Genau das habe ich mein Leben lang erlebt. Ich wollte endlich mal für das gemocht werden, was ich bin und nicht für das, was meine Eltern erreicht haben. Verstehst du das nicht? Außerdem wollte ich mir beweisen, dass ich es schaffen kann, da konnte mir meine Vergangenheit nicht immer im Weg stehen."

„Im Weg stehen", murmelt Michi kopfschüttelnd. „Wie kann einem so was im Weg stehen? Du bist ganz schön verwöhnt."

Jetzt wird Babs doch etwas ungehalten.

„Hör zu, Michi, ich kann nichts dafür, dass du aus einer Plattenbausiedlung kommst, okay? Und es ist mir auch egal. Ich liebe dich so, wie du bist. Dich als Menschen, egal ob aus Jena oder aus dem Königreich Burma. Und genauso wenig kann ich etwas dafür, wo ich herkomme. Für dich – und auch für Hannah, die offensichtlich gerade alle Disneyfilme vor ihrem inneren Auge abspielt – mag sich das vielleicht wie eine wundervolle, verzauberte Welt anhören. Und ich behaupte auch nicht, dass es ein schreckliches Los war, das war es wahrlich nicht. Aber für ein heranwachsendes Mädchen war es auch nicht einfach. Denn wenn dir alles vorgegeben ist, wo findest du dich da selbst? Vor allem, wenn du tief im Herzen merkst, dass du eigentlich nicht hineinpasst, dass dir all das nichts bedeutet, du aber keinen Weg siehst, da herauszukommen. Ja, es gibt schlimmere Schicksale, aber das ist nun einmal mein Leben, und ich würde mich freuen, wenn du deine Meinung über mich jetzt nicht ändern würdest. Denn dann wäre das doch alles nichts wert gewesen."

„Tut mir ja leid", gibt Michi schließlich nach und kommt um die Theke herum, um Babs zu umarmen. „Vielleicht bin ich auch einfach nur neidisch. Und ein wenig enttäuscht, dass du es uns erst jetzt sagst. Würde deine Familie nicht hier aufschlagen, hätten wir es auch weiterhin nicht erfahren, stimmt's?"

„Ja, das stimmt wahrscheinlich", seufzt Babs. „Aber das sagt nichts über unsere Freundschaft aus, Michi, ich hoffe, du weißt das. Und ich habe euch auch niemals angelogen, ich habe nur nicht alles erzählt."

„Das stimmt", meldet Lucy sich zu Wort. „Die große Geheimnisvolle. Und du bist auch nicht viel besser, Michi, vergiss das nicht. Du hütest dein Privatleben wie ein Staatsgeheimnis. Ausgerechnet ich scheine hier das einzige offene Buch zu sein, selbst über meine klammen Finanzen wisst ihr alle Bescheid." Doch dabei lacht sie und verlangt dann von ihren Freunden: „Kommt, Gruppenumarmung."

„Ach, immer dieser spirituelle Quatsch", murrt Michi, lächelt aber dabei und lässt sich von seinen Freundinnen umarmen.

„Ob sie wohl eine Yacht auf den Tegernsee setzen werden …?" Hannah schaut selig in die Ferne.

29

„Gut siehst du aus, meine Liebe, und nicht so verhungert, wie ich befürchtet habe."

Babs' Vater hält sie auf Armeslänge von sich und nimmt sie dann noch einmal fest in den Arm. „Du hast mir gefehlt", flüstert er ihr zu. „Wie konntest du mich nur mit diesem Hühnerhaufen allein lassen?"

„Aber Nick, du solltest die Bruchbude sehen, in der sie lebt. Ich habe es vor ein paar Tagen mit eigenen Augen bestaunen dürfen!", schaltet seine Frau sich ein.

Babs lächelt ihre Mutter an. „Ich glaube nicht, dass mein Chef, Herr Alexander von Meyenhofen, sehr happy wäre, wenn er hören würde, dass du das Tegerngold als Bruchbude bezeichnest, Mama."

„Ich meine doch nicht das Hotel, ich meine die Besenkammer, in der du haust." Dann umarmt sie ebenfalls ihre Tochter.

Schließlich können es auch die Zwillinge nicht länger aushalten.

„Dürfen wir endlich?", rufen sie und fallen Babs um den Hals.

„Wie konntest du nur für so lange verschwinden, das ist nicht fair", ergreift Alexa, die zwei Minuten Ältere der beiden das Wort. Wegen ihres Altersvorsprungs meint sie, auch immer das Sagen zu haben. „Du hättest uns zumindest mitnehmen können, ich will auch in einer Bruchbude leben."

„Besenkammer, nicht Bruchbude", verbessert ihre Schwester Callie sie. „Denn wie eine Bruchbude sieht es wirklich nicht aus." Sie blickt anerkennend an der Fassade des Tegerngold hoch. Babs schwillt vor Stolz die Brust. Ihre Familie zu beeindrucken ist nicht einfach und das Tegerngold hat den ersten Test bestanden. Auch wenn sie gut darin sind, es zu verbergen.

„Jetzt lasst den armen Gepäckmann doch endlich die Koffer herausnehmen", fordert ihre Mutter sie auf. „Der Mann wird schon ganz nervös."

Natürlich wird er nervös, denkt Babs grinsend an die unzähligen Abende zurück, an denen Edgar sie angemacht hat, ohne zu ahnen, dass er eine Milliardenerbin vor sich hat. Das muss er erst einmal verdauen!

Aber als ihr klar wird, was Edgar und seine Helfer alles aus den beiden Limousinen hieven müssen, die ihre Eltern und Schwestern vom Münchner Flughafen zum Tegerngold kutschiert haben, muss auch sie schlucken. Kein Gefolge übrigens, da wird Hannah enttäuscht sein. Für Babs hingegen ist es immer noch zu viel.

„Mama, du hast versprochen, bescheiden aufzutreten", sagt sie und mustert entsetzt die Kolonne von Louis-Vuitton-Koffern, die aus den scheinbar bodenlosen Kofferräumen der Limousinen gehoben werden. „Wie lange wollt ihr denn bleiben?"

„Ich habe mich sehr reduziert, mein Kind. Du weißt, dass ich gerne alles Wesentliche bei mir habe. Und wir bleiben so lange, wie es nötig ist, um dir wieder Verstand einzuhauchen."

„Charlotte, können wir nicht zuerst einmal einchecken, bevor du damit anfängst?", fragt ihr Mann und blinzelt dabei seiner Tochter zu.

„Oder du fängst gar nicht damit an, weder vor noch nach dem Einchecken", murmelt Babs.

„Herr und Frau Papadopoulos, was für eine Freude, willkommen am Tegernsee", vernimmt sie da die enthusiastische Stimme von Alex, der mit Schwung die Treppen heruntergelaufen kommt.

„Heiß!", hört sie Callie viel zu laut flüstern und würde am liebsten im Erdboden versinken. Aber Alex tut so, als habe er nichts gehört.

„Ich kann Ihnen gar nicht sagen, wie sehr es mich freut, Babs' Familie bei uns begrüßen zu dürfen. Wie besprochen, haben wir die beiden besten Suiten für Sie reserviert, mit noch offenem Check-Out-Datum."

Bildet sie sich das ein, oder zwinkert er Babs bei dem ‚offenen Check-Out-Datum' grinsend zu?

„Edgar und alle anderen werden sich um Ihre Wünsche kümmern und auch ich bin natürlich rund um die Uhr für Sie da. Eingecheckt haben wir Sie schon und wenn Sie wünschen, zeige ich Ihnen jetzt das Hotel. Oder möchten Sie sich zuerst einmal frisch machen?"

„Gerne erst das Hotel sehen", sagen ihre Eltern wie aus einem Munde, während ihre Schwester nicht minder laut als zuvor flüstert: „Dem würde ich überallhin folgen."

„Alex, lass mich das doch machen", wirft Babs jetzt schnell ein. „Ich kenne das Hotel in- und auswendig. Du hast sicherlich zu tun."

„Kommt nicht infrage, Babs. Deine Eltern und Schwestern sind meine Gäste und ich zeige ihnen alles persönlich. Aber wir würden uns freuen, wenn du mitkommst. Ich habe übrigens arrangiert, dass du heute freihast. Ich dachte, da freust du dich. Und auch die nächsten Tage habe ich dir so weit wie möglich freigeschaufelt."

Babs funkelt ihn mit Blitzen in den Augen an, und sieht, wie er sich kaum ein weiteres Grinsen verkneifen kann. Es war schon schwer genug, ihm die Wahrheit über ihre Familie zu erzählen und anzukündigen, dass sie für unbestimmte Zeit im Tegerngold logieren würden. Aber dass er sich da jetzt solch einen Spaß draus macht, das geht zu weit!

Allerdings ist ihre Familie von seinem Charme offenbar ganz angetan. Selbst ihre Mutter vergisst, die Gepäckjungs nochmals zu ermahnen, vorsichtig mit den Koffern umzugehen, sondern folgt Alex brav wie ein Lamm ins Hotel.

„Mann, du glückliche, mit so einem zusammenzuarbeiten! Hast du mit dem geschlafen?", fragt Alexa aufgeregt und stößt sie in die Seite.

„Pssst, könnt ihr endlich den Mund halten?", gibt Babs aufgebracht zurück. „Ich arbeite nicht mit ihm, sondern für ihn, obwohl ich natürlich weiß, dass euch weder das Konzept ,arbeiten' noch das Wort ,Chef' etwas sagen. Also haltet in euer Ignoranz endlich die Klappe! Und nein, ich habe nicht mit ihm geschlafen und habe es in diesem und auch in meinen nächsten zwanzig Leben nicht vor."

„Spaßbremse", brummen ihre Schwestern unisono. Das passiert ihnen öfter, dass sie zur gleichen Zeit das Gleiche sagen. *Muss wohl bei Zwillingen so sein,* denkt Babs nicht zum ersten Mal und folgt Alex und ihren Eltern in den Spa-Bereich.

Nachdem die Führung beendet ist und Alex sich bei ihren Eltern gebührend eingeschleimt hat, wendet ihr Vater sich Babs zu: „So, meine entlaufene Tochter. Wie ich deine Mutter kenne, möchte sie sich jetzt erst einmal für die nächsten paar Stunden erholen, in Ruhe das Spa ausprobieren und sich durch ihre stark reduzierte Garderobe wühlen, um zu schauen, welches Ensemble sie heute Abend ausführen wird. Der zuvorkommende Herr von Meyenhofen hat uns einen ganz besonders schönen Tisch im Restaurant reserviert, wie er mir versichert hat. Wir beide könnten uns dann jetzt auf einen kleinen Spaziergang begeben, was meinst du?"

„Wir kommen mit", jubeln ihre Schwestern wieder unisono und Babs fragt sich langsam, wieso Gott sich überhaupt die Mühe gemacht hat, zwei aus ihnen zu machen. Eine hätte auch gereicht und nur die Hälfte gekostet. An Geld und an Mühen. Aber ihr Vater schiebt der Begeisterung der Zwillinge prompt einen Riegel vor.

„Ihr könnt sonst etwas machen, mir ist egal, was. Sagt nur euer Mutter Bescheid, wo ihr seid, und versucht, nicht den ganzen Ort auf den Kopf zu stellen. Aber ich gehe jetzt mit meiner ältesten Tochter allein spazieren. Keine Widerrede! Wir benötigen Qualitätszeit miteinander."

„Qualitätszeit, dass ich nicht lache", antwortet seine Frau. „Sie wird dir wieder einen Floh ins Ohr setzen und am Ende bist du wie Wachs in ihren Händen. Bist du dir sicher, dass ich nicht mitkommen soll? Ich bin nicht so schnell weichzukochen wie du."

„Charlotte, Babs ist eine erwachsene Frau, da gibt es nichts weichzukochen oder wie auch immer du es ausdrückst. Und ich wäre in meinen Geschäften nicht so erfolgreich, wenn es so einfach wäre, mich weichzuklopfen. Das heißt, Babs und ich gehen allein."

Den Zusatz seiner Frau: „Gut, dass du Geschäfte fast nur mit Männern machst, wenn es Frauen wären, hättest du keine Chance", gibt er vor, nicht mehr zu hören.

„Also, meine Große", beginnt er, sobald sie außer Sichtweite sind, und legt einen Arm um Babs. „Erzähl mal, was gibt es Neues? Aber bevor du erzählst – warte kurz."

Damit schaut er sich um und atmet ein paar Mal tief durch.

„Herrlich ist es hier", stellt er mit einem Lächeln fest. „Weißt du, ich kann schon verstehen, dass du dich hier wohlfühlst. Wieso zeigst du mir nicht deinen Lieblingsweg?"

Babs kann es kaum glauben. Sie hatte erwartet, die Leviten gelesen zu bekommen und jetzt läuft sie hier mit ihrem Vater in trauter Zweisamkeit durch ihre geliebte Landschaft. Sie schmiegt ihren Kopf an seine Schulter.

„Papa, bist du sauer auf mich?"

Er drückt sie an sich.

„Nun ja, es gab schon Momente, in denen ich dich am liebsten in der Luft zerrissen hätte. Vor allem, weil deine Mutter dich so schmerzlich vermisst. Sie tut ja immer so, als ginge es sie alles nichts an, aber du kennst sie doch, sie liebt euch alle so sehr. Und ihren Blick aufs Telefon zu sehen und so selten etwas von dir zu hören und auch keine Post zu bekommen, das hat schon richtig weh getan. Und die Zwillinge sind zwar unglaubliche Quälgeister, aber auch sie vermissen ihre große Schwester sehr. Wir haben uns das alle ganz anders vorgestellt. Wir dachten, du gondelst ein wenig in der Weltgeschichte herum, vielleicht sogar für ein Jahr, aber wir haben schon erwartet, regelmäßig von dir zu hören. Stattdessen warst du einfach weg und wenn du dich mal meldest, dann bleiben die Gespräche kurz und oberflächlich. Uns war natürlich schnell klar, dass vieles gelogen war. So viel konntest du nicht rumreisen und so wenig zu berichten haben. Um ehrlich zu sein, wollte deine Mutter schon ziemlich früh, dass ich einen Detektiv beauftrage, der sicherstellt, dass es dir gut geht. Aber ich habe mich geweigert. Ich hatte das Gefühl, das würde unser Vertrauensverhältnis erschüttern. Doch irgendwann konnte ich das deiner Mutter nicht länger antun und habe nachgegeben. Es war zu wichtig, dass sie weiß, dass es dir gut geht. Und jetzt sind wir hier."

Babs ist gerührt und muss ihre Tränen zurückhalten. Sie

hat immer nur an sich gedacht. Die Gefühle ihrer Familie hat sie nie bedacht.

„Und du, Papa?", fragt sie. „Hast du mich auch vermisst?"

Er bleibt stehen und dreht sie so, dass sie ihm direkt zugewandt ist.

„Barbara", nennt er sie bei ihrem vollen Namen. „Mir ist bewusst, dass man alle seine Kinder gleich lieben soll und du weißt, wie sehr die Zwillinge mir am Herzen liegen. Aber vom Tag deiner Geburt an warst du der größte Schatz, den das Leben mir je beschert hat. Und das hat sich nie geändert. Ich schaue dich an und ich sehe mich. Ich sehe meine Sehnsüchte in dir, meine Lebensenergie und meinen Starrsinn. Aber ganz besonders sehe ich die Liebe, die du ausstrahlst und die Freude, die du versprühst. Wenn ich dazu auch nur das Geringste beigetragen habe, dann kann ich sehr stolz sein. Um also deine Frage zu beantworten: Ich vermisse dich jeden einzelnen Tag so sehr, dass es sich manchmal anfühlt, als würde es mir das Herz herausreißen. Nicht zu wissen, wo du bist und mich so lange zu zwingen, es nicht herauszufinden, war eine der schwierigsten Aufgaben, die ich je meistern musste. Andererseits", sagt er und schaut sich mit einem Lächeln um, „kann ich dich voll und ganz verstehen und beneide dich sogar um deine Freiheit. Und um deinen Mut, dein eigenes Ding durchzuziehen. Sag es nicht deiner Mutter, aber tief im Herzen bin ich stolz auf dich."

Babs laufen die Tränen über die Wangen. Sie ist unglaublich erleichtert und gleichzeitig ein wenig traurig. Fest umarmt sie ihren Vater.

„Sorry, Papa", flüstert sie an seine Wange gedrückt. „Es tut mir so leid."

„Sag das deiner Mutter, Babs, die kann das gebrauchen. Ich für meinen Teil bin stolz auf dich, dass du deinem Herzen gefolgt bist. Glaubst du, ich hätte nicht gewusst, dass die Krönchen und das alles nichts für dich sind? Du hast schließlich meinen großen Kopf geerbt."

„Den Starrkopf", gibt Babs lachend zurück. „Außerdem hast du die gelackten Muttersöhnchen-Machos vergessen."

„Und die", stimmt ihr Vater zu. „Einige von denen vermissen dich ganz schön arg. Du warst immer eine ungewohnte Herausforderung für diese verwöhnten Softies. Aber die Zwillinge sorgen schon dafür, dass der Trennungsschmerz bei den von dir zurückgelassenen Männern nicht allzu groß wird. Die beiden sind Ärger auf vier Beinen, das sag' ich dir."

„Ha, das musst du mir nicht sagen, das weiß ich!", verkündet Babs und zieht ihren Vater weiter bis zum schönsten Aussichtspunkt der Gegend.

30

Alex hat ihnen tatsächlich den schönsten Tisch eindecken lassen, erkennt Babs auf einen Blick, sobald sie mit ihren Eltern das mehrfach ausgezeichnete Sternerestaurant betritt. Sie hätte ebenso gerne in dem einfacheren der beiden Hotelrestaurants gegessen, das bodenständige Hausmannskost anbietet. Sie nimmt an, ihrem Vater wäre das auch recht gewesen, aber für ihre Mutter kommt natürlich nur das Beste infrage.

Alex selbst steht am Eingang und begrüßt sie herzlich – Babs genauso professionell und formell wie ihre Eltern. Das verwundert sie nicht. Für Alex sind beste Umgangsformen eine zweite Natur und da sie heute ein Gast wie alle anderen ist, wird sie auch ebenso behandelt. Grundsätzlich wird es nicht akzeptiert, dass Angestellte im Hotelrestaurant essen, aber für Babs hat Alex eine Ausnahme gemacht. *Verständlicherweise*, denkt Babs leicht verunsichert. *Bei den Unsummen, die sie hier ausgeben werden.* Aber ganz wohl fühlt sie sich trotzdem nicht. Sie sieht den ein oder anderen Gast, den sie in den vergangenen Tagen massiert hat, aber noch bevor sie ihnen zunicken kann, bemerkt sie, dass man sie hier in anderer Umgebung und ohne ihre Uniform gar nicht erkennt. Das trifft natürlich nicht auf ihre Kollegen zu, die sie selbst erkennen würden, wenn sie hier mit einer Gorillamaske hereinkäme. Aber in der Tegerngold Stube arbeiten nur die besten von Alex' Mitarbeitern. Daher behandeln sie sie herzlich und doch professionell und geben ihr das Gefühl, sie genauso gerne zu bedienen wie alle anderen. Babs ist erleichtert, denn sie empfindet es doch als eigenartig, sich von den eigenen Kollegen bewirten zu lassen. Sonst lästern sie immer zusammen über die Gäste und jetzt ist sie plötzlich auf der anderen Seite.

Da kommen auch schon ihre Schwestern, die immer ein wenig länger benötigen, um sich in Schale zu schmeißen und jetzt mit so kurzen Röcken hereinstolzieren, dass es für ein Restaurant wie die Tegerngold Stube gerade noch akzeptabel ist. Gekonnt stellen sie ihre ewig langen Beine zur Schau. Babs hat keine Zweifel, dass auch schon die ersten Fotos auf Instagram gepostet sind. Sie sieht den ein oder anderen Familienvater einen unauffälligen Blick in Richtung der beiden Grazien werfen und schüttelt missbilligend den Kopf. Ihre Schwestern ziehen überall die Aufmerksamkeit auf sich, das sind sie nicht anders gewohnt. Auch sie werden höflich von Alex begrüßt und bleiben sehr viel länger bei ihm stehen, als es nach Babs' Auffassung nötig ist. Dabei lachen sie laut und werfen ihre seidig glänzenden Haare zurück. Babs würde am liebsten aufspringen und sie herüberholen, so peinlich ist ihr die Situation. Aber Alex kann damit bestens umgehen und weiß, wie man bei einem harmlosen Flirt mitmacht. Dann führt er sie galant zu ihrem Tisch.

Sobald sie alle ihren Aperitif bestellt haben, verliert ihre Mutter keine weitere Sekunde:

„So Babs, ich denke, das Spielchen ist jetzt vorbei, nicht wahr? Es ist Zeit, dass du mit uns nach Hause kommst."

In Babs zieht sich alles zusammen. Sie fühlt sich wieder, als sei sie zwölf. Ihre Mutter hat eine Art, die Widerworte schwierig macht.

„Ich arbeite hier, Mama."

„Arbeiten nennst du das? Alte Männer und Frauen mit Cellulite durchzukneten? Ich verstehe ja, das war deine kleine Rebellion, die du in der Pubertät ausgelassen hast, aber jetzt kannst du langsam wieder vernünftig werden. Wir können schließlich nicht ewig hierbleiben."

Babs spürt Wut und Hilflosigkeit in sich aufsteigen. Sie will etwas erwidern, aber es kommen keine Worte heraus. Dafür kommt ihr Vater ihr zu Hilfe.

„Charlotte, bitte, wir haben uns so lange nicht gesehen und sitzen zum ersten Mal wieder zum Dinner zusammen. Können wir das Thema nicht einfach ruhen lassen? Wir sind gerade erst angekommen, da müssen wir doch nicht schon wieder über die Abreise nachdenken. In Griechenland ist es gerade so heiß, ich muss sagen, ich finde es im Moment herrlich hier."

Die Zwillinge nicken enthusiastisch und werfen dabei unverhohlene Blicke zu Alex hin.

Babs sieht ihren Vater warnend an. Gerade erst angekommen? Wie lange wollen sie denn hierbleiben? Er scheint ihre Gedanken lesen zu können, schmunzelt und zuckt nur kurz mit den Achseln. Was willst du – besser das, als sich jetzt in eine Diskussion verwickeln zu lassen, scheint sein Gesichtsausdruck zu sagen. Aber Babs ist sich nicht sicher, was das geringere Übel ist.

„Gut", sagt ihre Mutter jetzt. „Aufgeschoben ist jedoch nicht aufgehoben."

„Von mir aus", antwortet Babs, die langsam ihre Fassung wiedergewinnt. „Aber eines möchte ich dir trotzdem sagen, Mama, ich akzeptiere nicht, dass du so über meinen Job sprichst. Es ist mein Beruf, den ich mit Freude und vor allem auch mit Stolz ausübe, egal, was du davon hältst. Zumindest verdiene ich mein eigenes Geld." *Im Gegensatz zu dir*, fügt sie in Gedanken hinzu.

Ihre Mutter blickt sie mit offenem Mund an, aber ihr Vater applaudiert. „Bravo! Entschuldige Charlotte, aber wo sie recht hat, hat sie recht. Und ich muss sagen, ein schönes Fleckchen Erde hat sie sich hier ausgesucht. Die Weinkarte ist auch nicht zu verachten. Ich suche uns mal einen feinen Tropfen heraus."

Man kann über ihre Mutter sagen, was man will, aber sie weiß, wann sie verloren hat.

„In Ordnung, lassen wir das für heute. Ich wollte auch nicht zu brüsk zu dir sein. Aber du musst verstehen, dass das alles ein Schock ist. Es wird ein bisschen dauern, das zu verarbeiten."

„Das verstehe ich." Babs lächelt und drückt unter dem Tisch ihre Hand. „Ich dachte mir, dass ich euch morgen mal meine Freunde vorstelle, was haltet ihr davon? Dann wisst ihr, mit wem ich hier meine Zeit verbringe und wie ich lebe. Habt ihr Lust?"

„Natürlich haben wir Lust", erwidert ihr Vater. „Sollen wir dann gleich hier wieder einen Tisch reservieren?"

„Ach, das ist lieb von dir, aber wirklich nicht nötig. Ich hatte eher an etwas Ungezwungenes gedacht. Mein enger Freund Michi – er ist schwul", sagt sie sogleich an die Zwillinge gerichtet, „arbeitet in einer Weinbar, in der wir uns gerne treffen. Die haben auch Kleinigkeiten zu essen und es ist wirklich ganz nett dort, was meint ihr?"

„Arbeitet in einer Weinbar oder besitzt eine Weinbar?", fragt ihre Mutter.

„Arbeitet, Mama. Sie gehört ihm nicht. Sorry, wenn es nicht deinen Ansprüchen genügt, aber vielleicht magst du ihn ja trotzdem kennenlernen. Und ich habe auch was für dich. Meine Freundin Lucy hat – hast du gehört – HAT ihr eigenes Yogastudio. Das Haus wird zu einem Hotel umgebaut, sobald sie die Genehmigung hat, und es ist eines der schönsten und – höre gut zu – GRÖßTEN Grundstücke am See. Also, ich dachte, dass wir vier Mädels morgen früh zum Yoga gehen könnten. Das haben wir ja schon am Telefon besprochen. Ein bisschen Bewegung hat noch keinem geschadet."

„Wir sind dabei", rufen die Zwillinge wieder wie aus einem Mund und auch ihre Mutter nickt.

„Ein bisschen Sport tut sicherlich gut. Aber bitte, Barbara, stell mich nicht so dar, als sei ich ein verwöhntes Huhn. Ich weiß auch, wie das echte Leben aussieht."

„Ja, solange es mit einem goldenen Löffel im Mund betrachtet wird", antwortet Babs, aber lächelt ihre Mutter dabei liebevoll an. Sie hat nicht vergessen, was ihr Vater ihr gesagt hat: wie sehr ihre Mutter sie vermisst.

Das Essen ist fantastisch und Babs versteht jetzt endlich, wieso alle immer von der Tegerngold Stube schwärmen. Es ist reine Perfektion und während sie in dem schönen Ambiente beisammensitzen, essen und sich unterhalten, kommen mitunter sogar richtige Glücksgefühle in ihr hoch. Glücksgefühle darüber, wie sie mit Erstaunen bemerkt, dass sie hier mit ihrer Familie sitzen darf.

Am Ende gibt es noch einiges Hin und Her, da ihre Mutter auf keinen Fall will, dass sie in der „Besenkammer" schläft, bei ihnen sei Platz genug.

„Mama, ich habe seit geschätzt zwanzig Jahren nicht mehr bei euch geschlafen, und ich werde ganz sicher nicht heute damit anfangen. Was die Besenkammer betrifft: Ich fühle mich dort sehr wohl, vielen Dank. Ich tue dir jedoch den Gefallen und lade dich nicht dorthin ein."

„Du wirst doch nicht den guten Schmuck in dieser Absteige haben?", fragt ihre Mutter und wird blass.

„Natürlich nicht", schwindelt Babs und bekommt als

Ausgleich zu der Blässe ihrer Mutter rote Flecken. „Der ist in einem Safe." Wieso musste sie unbedingt einen Teil ihres Schmucks mit auf Reisen nehmen? Vielleicht um ihn zur Not verpfänden zu können, wie sie sich jetzt eingesteht. Aber sie würde sich lieber die Zunge abschneiden, als das vor ihrer Mutter zuzugeben. Wenn diese wüsste, dass die kostbare Schatulle sich auf dem Boden des Kleiderschranks in der Besenkammer befindet …

„Na, wenigstens etwas", erwidert ihre Mutter beruhigt. „Gelegentlich setzt du doch noch deinen Verstand ein, Barbara. Also gut, wir gehen schlafen. Unsere Zimmer sind übrigens nicht schlecht, als Gast kann man hier durchaus gut wohnen."

„Oh, ein Kompliment von der Königin persönlich", scherzt ihr Vater, während sie sich alle aufmachen. Babs in Richtung Angestelltenbehausung, ihre Familie in Richtung Luxussuiten.

Und doch bin ich glücklich, stellt Babs müde und zufrieden fest.

AM NÄCHSTEN MORGEN trifft Babs die weiblichen Mitglieder ihrer Familie noch vor dem Frühstück in der Lobby, um sich auf den Weg zum Yoga zu machen. Babs hatte auch Emma mitnehmen wollen, aber die hat sich nicht getraut.

„Ich habe mich sicherlich geändert, Babs, aber für eine Onassis-Familie am frühen Morgen bin ich dann doch nicht selbstbewusst genug. Ich habe Angst, ich würde meine Zunge verschlucken."

Babs hat sie nicht weiter gedrängt, denn Emma hat einen wahren Kern getroffen. Schon weitaus selbstbewusstere Gemüter haben sich bei ihrer Mutter und ihren Schwestern verhaspelt und blamiert.

Nicht so Lucy. Sie ist ganz normal, mit ihrer natürlichen Herzlichkeit, was auch daran liegen könnte, dass sie in ihrem eigenen Studio ist und ihr hier keiner etwas erzählen kann. Sie ist voll in ihrem Element, wie ein Fisch im Wasser.

„Hübsches Mädchen", flüstert ihre Mutter Babs zu.

„Von außen und von innen", flüstert Babs zurück.

„Das kann man ja wohl erwarten von einer Yogalehrerin!" Ihre Mutter wieder!

Während der Stunde kann Babs sich kaum konzentrieren, da sie immer wieder fasziniert zu ihrer Mutter starren muss. Wie kann man in diesem Alter noch solch eine Figur haben? Sie könnte glatt dreißig Jahre jünger sein. Kein Wunder, dass ihr Vater trotz aller Reibereien immer noch verrückt nach ihr ist. Sie hält sich unglaublich gut und verdreht und verstellt sich für niemanden. *Ich wünschte, ich würde auch so selbstbewusst in mir ruhen*, denkt Babs und seufzt laut auf, was ihr von Lucy einen erstaunten Blick einfängt.

Nach der Stunde nicken die drei Papadopoulos-Frauen zufrieden.

„Das war hervorragend", lobt Babs' Mutter Lucy. „Wirklich, kaum schlechter als das Studio, wo ich in L.A. gerne hingehe. Sie haben Potenzial, Mädchen."

„Danke", sagt Lucy und lächelt. „Es hat Spaß gemacht, Sie hier zu haben. Sie sind ganz schön gelenkig, Hut ab! Sie machen wohl viel Sport?"

Schmeicheleien, genau das Richtige bei meiner Mutter, denkt Babs grinsend. Lucy hat wirklich keine schlechte Menschenkenntnis.

„Na ja", antwortet Charlotte da tatsächlich fast verlegen. „Nicht so viel, wie ich gerne würde. So viele Verpflichtungen, verstehen Sie. Aber man tut, was man kann, nicht wahr? Man kann sich ja schließlich nicht gehen lassen."

„Da stimme ich Ihnen ganz zu", bekräftigt Lucy sie, um

dann hinzuzufügen: „Ich habe gehört, wir sehen uns heute Abend? Da freue ich mich schon sehr."

„Ach, Sie sind dabei?", fragt Babs' Mutter erfreut. „Das ist aber eine schöne Überraschung, da kann ich Ihnen noch einige Fragen stellen, die ich zum Thema Fitness habe. Sie können mir vielleicht weiterhelfen. Dieses Internet ist ja so unübersichtlich."

„Klar kommt Lucy mit, Mama", wirft Babs jetzt ein. „Sie ist schließlich eine meiner besten Freundinnen, wenn nicht gar die beste."

„Ich dachte, die sei in Griechenland?", gibt ihre Mutter zurück, verabschiedet sich dann aber nett von Lucy, bevor sie sich auf den Weg zurück zum Hotel machen.

„Babs, ich hätte gerne eine Massage. Aber tu mir einen Gefallen und nicht von meiner Tochter! Und wenn möglich möchte ich dich auch nicht unbedingt in einer Massage-Uniform dort unten herumlaufen sehen. Vielleicht können wir uns ja ein wenig aus dem Weg gehen, wenn du im Dienst bist."

„Das lässt sich bestimmt machen, Mama", gibt Babs zurück und verdreht unauffällig die Augen.

Als sie sich abends alle wie verabredet bei Michi treffen, ist Babs positiv überrascht, wie harmonisch der Abend verläuft. Ihre Schwestern sind ganz fasziniert von Michi und seinem jungenhaften Charme, ihr Vater wird nicht müde, das Essen und den Wein zu loben und selbst ihre Mutter benimmt sich. Sie scheint einen Narren an Lucy gefressen zu haben und tauscht sich enthusiastisch mit ihr über London und Yoga aus. Nur Hannah scheint nicht ganz hineinzupassen, aber um die kümmert Babs sich und ihr Vater verspricht, Hannahs Café am nächsten Tag einen Besuch abzustatten. Als ihre

Mutter zustimmt, mitzukommen, verbucht Babs das als zwei erfolgreiche Tage. Es ist gar nicht so schlimm, ihre Familie dazuhaben. Ganz im Gegenteil eigentlich …

31

„Und was genau machen wir jetzt hier?" Michi schaut sich fragend in Lucys Yogastudio um, die den Raum mit Kerzen und einem großen Blumenstrauß dekoriert hat. Draußen geht gerade die Sonne unter und es herrscht eine fast mystische Stimmung.

Passt genau, denkt Lucy zufrieden, ignoriert aber zunächst noch Michis Frage.

Dann geht die Tür auf und Babs kommt mit Emma herein.

„Du hast Emma mitgebracht?", flüstert Lucy Babs zu.

„Ja, wieso nicht? Sie hat sich sehr verändert und wenn wir hier etwas Cooles machen, so verdient sie es, dabei zu sein. Ist doch okay, oder?"

„Na ja, ich denke schon", antwortet Lucy und begrüßt nun auch Emma herzlich. Zudem legt sie eine zusätzliche Matte in den Kreis aus Yogamatten, den sie um den Blumenstrauß herum geformt hat.

„Jetzt fehlt nur noch Hannah", will sie gerade feststellen, als Hannah auch schon keuchend zur Tür hereinkommt.

„Puh, was für ein Stress!" Sie lässt sich auf eine der Yogamatten fallen. „Ich hatte bis zur letzten Sekunde Gäste und musste sie fast rausschmeißen, nur um pünktlich hier zu sein. Lucy, das mache ich nur für dich!" Dann gibt sie einen spitzen Schrei von sich und springt wie von einer Wespe gestochen auf. „Eine Yogamatte! Ich sitze auf einer Yogamatte!"

„Ja und?", will Lucy wissen. „Glaubst du, sie wird dich in den Hintern beißen?"

„Na, genug wäre ja dran", entgegnet Hannah. „Aber darum geht es nicht. Es ist das erste Mal, dass ich auf einer Yogamatte sitze. Versprich mir hoch und heilig, dass ich hier kein Yoga machen muss! Das ist doch nicht irgendein Marketingtrick, oder?"

„Nein, nein", beruhigt Lucy sie. „Keine Sorge. Du kannst dich ruhig wieder setzen. Keine Yogaübungen, versprochen!"

„Hoch und heilig?", flüstert Hannah, aber da kommt schon eine Person in den Raum, die aussieht wie einem Märchen aus 1001 Nacht entsprungen. Hannah bleibt der Mund offenstehen, als Lucy den Neuankömmling vorstellt:

„Das, meine lieben Freunde, ist Aurelia. Sie ist Atemtherapeutin und Babs hat sie mir empfohlen, als ich meine – nun ja, sagen wir mal, etwas schwierige Phase hatte. Und dafür bin ich Babs unendlich dankbar. Ich habe Aurelia gebeten, eine Session hier für uns zu veranstalten. Es ist ziemlich normal, Gruppensitzungen zu machen, aber ich sage euch schon jetzt – es wird intensiv werden und ihr werdet danach verändert sein. Positiv verändert. Aber ich würde vorschlagen, Aurelia erzählt uns erst einmal, worum es geht, und dann kann jeder für sich entscheiden, ob er bleiben oder gehen will. Ich kann euch nur empfehlen zu bleiben, vor allem, da Aurelia uns die Stunde heute hier schenkt. Aber ihr müsst schauen, ob ihr euch wohlfühlt damit. Zwingen wird euch sicherlich niemand."

„Das wär ja noch schöner", murmelt Michi und fragt

dann mit einem Blick in die Runde: „Und weshalb machst du das alles für uns, Lucy? Hast du keine anderen Probleme?"

„Doch, die habe ich beim besten Willen, aber um ehrlich zu sein, scheinen die sich gerade aufzulösen. Ich fühle mich so frei und stark wie schon lange nicht mehr. Und da ihr meine Freunde seid, möchte ich euch das Gleiche anbieten. Ihr erinnert euch doch noch an den Tag, als ich euch fast angeschrien habe. Dass Hannah sich nur eine Familie wünscht, wir nichts über Babs' Vergangenheit wissen und ebenso wenig über dein Privatleben, Michi. Mittlerweile sind sowohl Hannahs als auch Babs' Vergangenheit hier aufgetaucht, aber das war nicht auf Wunsch der beiden und ich weiß offen gestanden nicht, inwieweit ihr euren Frieden damit gemacht habt." Sie schaut die beiden Freundinnen an. „Und sicherlich hat jeder das Recht auf Privatsphäre, aber können wir nicht auch dazu stehen, wer wir sind? Und daraus Kraft schöpfen und uns entfalten? Mir haben die Sitzungen bei Aurelia jedenfalls enorm geholfen und da ich euch alle liebe, möchte ich das Beste für euch. Also, soll Aurelia anfangen zu erzählen, oder möchte einer von euch jetzt schon gehen? Ich nehme es niemandem übel. Michi?", fragt sie mit hochgezogenen Augenbrauen an diesen gewandt.

„Endlich mal zu atmen, diesen Luxus werde ich mir doch nicht entgehen lassen", sagt er jedoch lachend, um dann ernster zu fragen: „Darf ich mal kurz telefonieren? Ich bin gleich wieder da."

„Klar", sagt Lucy erstaunt und fordert Aurelia auf, ihren Freunden von der Macht des tiefen und bewussten Atmens zu erzählen, sobald Michi wieder da ist. Die macht ihre Aufgabe sehr gut, erntet aber befremdete Blicke, als sie ihnen vormacht, wie sie zwischendurch zusammen schreien und auf den Boden schlagen werden.

„Man gewöhnt sich daran, wirklich!", behauptet Lucy.

„Irgendwann wirkt es ganz normal. Ich wünschte, ich könnte es öfter machen."

In dem Moment geht die Tür auf und herein kommt der junge Anwalt Marcel. Lucy fällt auf, dass sie ihn noch nie außerhalb von Hannahs Café gesehen hat und sie hat keine Ahnung, was er hier macht.

„Marcel", sagt sie und steht auf. „Das ist jetzt gerade ..."

Aber in diesem Moment kommt Michi dazwischen, stellt sich neben Marcel und legt ihm einen Arm um die Schulter.

„Ich habe ihn eingeladen, Lucy", sagt er mit fester Stimme. „Marcel ist mein Freund. Mein Partner. Seit vielen Jahren schon. Wir sind Liebhaber, aber ich konnte bisher nicht dazu stehen. Ich hatte Angst vor den Konsequenzen in diesem manchmal kleinkarierten Ort. Da bin ich nicht stolz drauf, aber so ist es nun einmal. Und ich weiß immer noch nicht, was danach kommt. Aber wenn ich die Wahrheit meinen Freunden nicht erzählen kann, in dieser wirklich eigenartigen Atmosphäre hier, wo kann ich sie dann loswerden? Außerdem möchte ich endlich, dass Marcel ein offizieller Teil meines Lebens wird. Also, Lucy, darf er dazukommen?"

Lucy ist schmerzhaft gerührt. Die beiden sehen so liebevoll miteinander aus. „Du bist von ganzem Herzen willkommen, Marcel, nicht nur jetzt hier, sondern allgemein in unserem Kreis. Es freut mich, dass wir dich bald besser kennenlernen dürfen. Ich glaube, da spreche ich für alle."

Sie fasst für ihn noch mal kurz zusammen, was Aurelia ihnen erzählt hat, und muss sich das Lachen verkneifen, als sie sieht, mit was für großen Augen Hannah Marcel anstarrt. Dass ihr treuster Stammkunde nicht nur schwul, sondern auch noch der Liebhaber von Michi ist, scheint sie wirklich umzuhauen. Babs dagegen wirkt nicht sonderlich erstaunt und Lucy vermutet, dass sie mehr wusste, als sie bislang zugegeben hat. Nur Emma scheint das Ganze ziemlich schnuppe zu sein. Um die Aufmerksamkeit wieder auf den eigentlichen Grund ihres Treffens zu lenken, beschließt Lucy, einfach anzufangen und nicht weiter auf das Thema Michi und Marcel einzugehen.

„Also, wir haben alle Zeit der Welt", verkündet sie. „Zunächst können wir uns ein wenig darüber unterhalten, was uns belastet. Jeder sagt nur so viel, wie er mitteilen möchte. Ganz zu schweigen ist auch okay. Aber denkt daran, dies hier ist ein sicherer Ort. Wir sind die neue Generation. Wir müssen nicht so verbohrt wie die Alten sein. Wir dürfen sein, was wir sind, und können dazu stehen. Und damit zu mir." Sie schluckt und atmet einmal tief durch. Seit sie denken kann, hat sie nicht darüber gesprochen.

„Wie die meisten von euch wissen, habe ich meine Eltern bei einem Autounfall verloren." Sie spürt, wie ihr Tränen in die Augen schießen, aber diesmal nicht vor Rührung, sondern vor Schmerz. „Aber was ich noch nie jemandem erzählt habe, noch nicht einmal Aurelia", damit schaut sie kurz zu ihr hoch, „ist, dass nicht nur meine Eltern und ich im Auto saßen. Es war noch eine vierte Person dabei. Meine ... meine Schwester. Mein Zwilling Vicky. Sie ist gestorben, während ich überlebt habe."

Lucy fängt an zu schluchzen und das Atmen fällt ihr plötzlich schwer. Hannah versucht, ihr tröstend die Hand auf den Arm zu legen, aber Aurelia hält sie zurück.

„Lass sie", flüstert sie Hannah zu. „Das schafft sie allein."

Unter Tränen fährt Lucy fort: „Vicky lag in meinen Armen, als sie uns gefunden haben. Ich wollte sie nicht gehen lassen, aber ich musste. Sie haben sie mir regelrecht entwunden. Ich werde niemals ihre offenen Augen vergessen, wie sie mich anstarrten. Verwundert, ja einfach nur verwundert wirkte sie."

Lucy ist kaum mehr zu verstehen. Jetzt geht Aurelia doch

zu ihr hin und legt ihr die Hand auf den Rücken. Beruhigend streicht sie auf und ab.

„Sehr gut, Lucy, lass es raus. Es ist Zeit, dass es rauskommt."

Und das tut Lucy. Sie weint und erzählt und hat zwischendurch das Gefühl, sich übergeben zu müssen. Sie berichtet von dem Unfall, von der Plötzlichkeit, vom Tod ihrer Schwester, ihrer Eltern, wie sie von einer Sekunde auf die andere allein dastand. Wie sie nach England zu der Familie geflogen wurde, bei der sie aufwuchs. Die sie aber überhaupt nicht kannte. Es gelang ihr nicht, einen Bezug zu diesen Menschen aufzubauen. Sie hatten ihre eigenen Kinder. Die Grenze zwischen ihr und den anderen war immer klar. Sie war auch die Einzige, die ins Internat musste. Nein, sie möchte nicht falsch verstanden werden, natürlich wird sie dieser Familie für immer dankbar sein und sie ist auch bis heute manchmal mit ihnen in Kontakt, zumindest zu Geburtstagen und an Weihnachten, aber es war nun mal nicht ihre echte Familie. Es war etwas ganz anderes. Und wieso hat sie überlebt und die lebensfrohe Vicky nicht? Vicky war so viel witziger als sie selbst, sie hat immer alle zum Lachen gebracht und hatte solch eine schnelle Auffassungsgabe. Sie, Lucy, hat sich immer ein wenig im Hintergrund gehalten. Sie war die Vernünftige, und das war ihr recht so. Denn sie hat es zu ihrer Aufgabe gemacht, Vicky zu beschützen. Das war das Einzige, was sie wirklich wollte. Das Einzige, in dem sie wirklich gut war. Und sie hat versagt. Sie hat Vicky nicht schützen können, als es darauf ankam. Sie hat in dem einen wichtigen Moment versagt. Natürlich weiß sie, dass sie nichts hätte tun können, das war Schicksal, wie es sich von seiner schlimmsten Seite zeigt, aber das Gefühl, versagt zu haben, ist sie trotzdem nie losgeworden. Wie gerne wäre sie statt Vicky gestorben, wie gerne wäre sie diejenige mit den offenen, ausdruckslosen und zugleich erstaunten

Augen gewesen, wenn dafür nur ihre Schwester am Leben geblieben wäre. Alles hätte sie aufgegeben, absolut alles, wenn nur Vicky noch da wäre. Lucy schluckt und wimmert abwechselnd. Jahre von unterdrücktem Schmerz steigen in ihr hoch, bahnen sich ihren Weg nach draußen. Es gibt kein Halten mehr, jetzt will alles raus. Schließlich ist sie erschöpft und erzählt ihnen, wie sie seitdem immer wieder etwas sucht, das ihr nicht nur Halt gibt, sondern auch die Bestätigung, dass es okay ist, dass sie weiterhin am Leben ist.

„Deshalb bin ich Yogalehrerin", sagt sie mit einem schwachen Lächeln, „und man würde meinen, dass ich mich mittlerweile selbst gefunden habe, aber nichts da. Nachdem ich gemerkt habe, dass meine Pflegefamilie zwar ihre christliche Pflicht tut, mich aber nicht wirklich lieben konnte, habe ich die Liebe bei anderen gesucht. Erst bei meinen Freundinnen, bei denen ich mich eingeschmeichelt habe und dann bei Männern. Nach außen hin war ich immer ruhig und ausgeglichen, aber unbewusst müssen die Männer gespürt haben, dass sie meine Erwartungen niemals erfüllen können. Sie sollten alles für mich sein: Vater und Mutter, Gott, Vicky und Partner. Dem kann kein Mensch genügen, also ist es kein Wunder, dass sie sich aus der Affäre gezogen haben. Bis ich bei den Sessions mit Aurelia plötzlich gespürt habe, dass meine eigentliche Präsenz immer da ist. Das, was bei uns allen gleich ist, was uns alle verbindet. Da habe ich realisiert, ich brauche den Halt von außen nicht, ich habe ihn in mir. Noch bin ich nicht ganz da, wo ich gerne wäre, aber ich bin auf einem guten Weg. Ich bin mir auch sicher, dass Vicky und meine Eltern gewollt hätten, dass ich das Beste aus meinem Leben mache und es nicht mit Schuldgefühlen und falschen Abhängigkeiten vergeude. Und da wir schon dabei sind", jetzt holt sie tief Luft, „kann ich auch ganz ehrlich sein: Ich hätte mich am liebsten wieder in eine Beziehung gestürzt. Ich stehe auf Alex von Meyenhofen."

Emma und Hannah machen große Augen, doch Lucy fährt unbeirrt fort:

„Aber ich werde mich nicht darauf einlassen. Im Moment noch nicht. Ich bin wie eine Raupe, die sich voller Schmerz aus ihrem Kokon befreit. Sobald ich ein Schmetterling bin, kann ich wieder eine Partnerschaft eingehen. Aber bis dahin kümmere ich mich um mich." Alex' neue Gespielin lässt sie in ihrer Erzählung außer Acht, das tut hier nichts zur Sache. Stattdessen atmet sie noch einmal tief durch. „Jetzt wisst ihr quasi alles von mir. Macht damit, was ihr wollt. Ich habe keine Angst mehr vor der Wahrheit."

Damit lächelt sie und schaut ihre Freunde erleichtert an. „Schockiert?", fragt sie und zwinkert ihnen zu.

„Ein wenig schon", gibt Michi zu. „Und beschämt, dass meine langweilige Geschichte da nicht mithalten kann."

„Wir veranstalten hier keinen Wettbewerb", wirft Aurelia ein, um sodann von Emma unterbrochen zu werden: „Wenn ihr nichts dagegen habt, mache ich weiter."

Alle Blicke richten sich auf sie. Emma ist die Letzte, von der sie erwartet hätten, dass sie freiwillig vor einer Gruppe von Menschen sprechen würde.

„Das ist eine gute Idee, Emma. Aber zunächst einmal danke an Lucy für deine Offenheit. Du hast große Tapferkeit bewiesen."

„Ja, danke, danke", kommt allgemeines Gemurmel, bevor Emma sich schließlich räuspert und mit leicht geröteten Wangen beginnt:

„Danke, dass ich hier sein darf. Ich weiß, ich gehöre eigentlich nicht zu eurer Gruppe und das ist kein Wunder, denn ich habe noch nie zu einer Gruppe gehört. Ich war quasi unsichtbar. Denn im Gegensatz zu Lucy, die ihre Eltern durch einen Unfall verloren hat, haben meine sich entschieden, mich nicht zu wollen. Das heißt, ganz so ist es nicht. Meine Mutter war immer irgendwie anwesend, aber ich sollte mich möglichst unsichtbar machen und das habe ich perfektioniert. Als meine Mutter mit mir schwanger wurde, hat mein Vater sie nach der Geburt ziemlich schnell verlassen. Die Schwangerschaft war wohl nicht geplant und sobald ich da war, sah er mich als ein einziges Hindernis. Nach ein paar schlaflosen Nächten mit einem Neugeborenen hatte er genug, packte seine Siebensachen und war weg. Nie mehr gesehen, falls mich nicht alles täuscht. Danach versuchte meine Mutter immer wieder, einen Partner zu finden, aber die Existenz einer Tochter entpuppte sich als größeres Hindernis, als sie gedacht hatte. Bis ihr jetziger Mann auftauchte. Er akzeptierte mich zähneknirschend, zog bei uns ein, behandelte mich wie eine Bedienstete und konnte mir auch nie wirklich in die Augen schauen. ‚Das Bastardkind' nannte er mich und nahm meiner Mutter das Versprechen ab, mich so schnell wie möglich loszuwerden. Das gab sie ihm auch gerne, obwohl sie wusste, dass ich alles mitbekam. Aber es war ihr so wichtig, einen Partner zu haben, dafür hätte sie alles getan. Als ich sechzehn war, schickte sie mich dann nach Österreich, an den Vorarlberg, wo ich als Mädchen für alles auf einem Bauernhof arbeitete. Keiner kümmerte sich dort um mich, nur der Bauer beäugte mich manchmal dermaßen lüstern, dass ich jede Nacht Angst hatte, es könnte etwas passieren. Aber das ist es nie. Ich glaube, die Bäuerin hat seine Blicke auch gesehen und ihn im Zaum gehalten. Ich sehnte mich mehr und mehr zurück nach Bayern und entschied mich für den Tegernsee, da auch meine Mutter und ihr Mann mittlerweile hier lebten. Das Verhältnis zu ihnen war und ist zwar weiterhin so schlecht, dass mein Stiefvater mich sogar verleugnet, da er es als Schande ansieht, dass ich von einem anderen Mann bin. Und auch meine Mutter tut gerne so, als würde ich gar nicht existieren. Aber sie sind die einzigen Menschen, die ich habe. Deshalb habe ich mich im Tegerngold beworben und Alex selbst gab mir die Stelle. Ich kann sehr gut verstehen, dass du in ihn verliebt bist", sagt sie an Lucy gewandt. „Für mich ist er mein Retter. Jedenfalls habe ich dann so vor mich hingelebt. Meine Mutter hat mir immer klargemacht, dass ich mich von Männern fernhalten sollte, sie würden nur Ärger bedeuten und ich sollte definitiv keine Kinder bekommen, denn dann sei mein Leben vorbei. Kinder seien die größte Plage, die man sich nur vorstellen kann. Ich sollte meinen Kopf unten halten, nicht auffallen, niemandem zur Last werden und mich so unbemerkt wie möglich durchs Leben bewegen. Und das habe ich getan. Es ist fast ein Wunder, dass ich mich dabei nicht in Luft aufgelöst habe. Bis Lucys Flyer mir entgegengeweht kam. Etwas daran zog mich an, obwohl Sport doch so gar nicht meinem Charakter entsprach. Aber eine ganz leise Stimme in mir sagte plötzlich, dass ich auch leben dürfte, dass ich auch mal neue Sachen ausprobieren dürfte und mich, ja, auch mal spüren darf. Und so habe ich tatsächlich mit Yoga angefangen. Ich sehe es immer noch als ein Wunder an, dass ich das wirklich gemacht habe. Und ich bin stolz zu verkünden, dass ich seitdem so gut wie keine Stunde verpasst habe."

Sie lächelt in die Runde und alle lachen, klatschen und Michi lässt einen anerkennenden Pfiff los.

„Mittlerweile habe ich sogar ein paar Muskeln an den Armen", sagt sie und der Pfiff wird lauter. „Jedenfalls – keine Angst, ich bin gleich fertig – merke ich seitdem, dass sich etwas in mir öffnet und so etwas wie Sonnenschein hindurchscheint. Tut mir leid, ich kann es nicht besser in Worte fassen." Sie blickt entschuldigend in die Runde, aber alle nicken ihr zu. „Es ist ein langer Prozess, doch ich fange langsam an zu verstehen, dass meine Mutter nicht die Weisheit mit Löffeln gegessen hat. Ganz im Gegenteil vielleicht. Und dass die Abneigung meines Vaters und sämtlicher folgender Partner meiner Mutter nichts über mich oder meinen Wert aussagen, sondern eher über den zweifelhaften Geschmack meiner Mutter, was Männer betrifft."

Jetzt fangen alle an zu jubeln und lauter zu klatschen und Aurelia muss sie lachend beruhigen.

„Genug, genug", sagt sie. „Jetzt lasst das Mädchen doch zu Ende erzählen."

„Das war es eigentlich", schließt Emma und Lucy fällt auf, wie hübsch sie aussehen kann. „Ich teile euch hiermit offiziell mit, dass ich mit 27 Jahren dabei bin, mich von meiner Mutter zu emanzipieren. Und ich danke ganz besonders Babs, die mich so resolut unter ihre Fittiche genommen hat und mich immer wieder unbarmherzig aus meinem Loch zieht, wenn ich wieder versuche, Maulwurf zu spielen."

Jetzt ist die Stimmung regelrecht ausgelassen, aber dann meldet sich Hannah zu Wort und sagt: „Dann werde ich versuchen, das Gleiche zu tun. Ich werde mich endlich von meinem Ex-Mann und allen anderen dominanten Männern emanzipieren und ihnen keine Macht mehr über mich geben. Was sie wert sind, bin ich schon lange wert."

Die anderen johlen.

Babs hebt die Hand. „Und ich, ich habe schon immer versucht, mich zu emanzipieren. Das war nie mein Problem, obwohl – ob es nur äußerliche Rebellion oder wirklich innere Emanzipation war, weiß ich nicht. Aber ich werde jedenfalls mein Bestes geben, meine Kultur und die Art, wie ich aufgewachsen bin, in meine Persönlichkeit zu integrieren und sie nicht immer zu verneinen. Ich kann dann immer noch das machen, was ich will, aber ich werde versuchen, Dankbarkeit für all die Geschenke zu empfinden, die das Leben für mich bereitgehalten hat und immer noch bereithält."

„Und ich", verkündet Michi jetzt voller Enthusiasmus, „werde in Lucys Fußstapfen treten und auch von der Raupe zum Schmetterling werden. Ich muss mich nicht von dem gleichen Schmerz lösen wie du, Lucy, aber von einem verklemmten, bürgerlichen Elternhaus in Jena, mit einem Vater, der, seitdem er weiß, dass ich schwul bin, mir nicht mehr richtig in die Augen schauen kann. Und einer Mutter, die mich zwar liebt, aber zu schwach ist, um für etwas einzustehen. Ihr kennt doch das Lied von Udo Jürgens – Ich war noch niemals in New York. Da gibt es diese Zeile ‚Es roch nach Bohnerwachs und Spießigkeit'. Das beschreibt ganz exakt, wo ich herkomme. Es mag sich nicht so fürchterlich anhören, aber es ist bedrückender, als ihr euch vorstellen könnt. Vor allem, wenn man zum Schmetterling werden will, aber die Scham einen davon abhält. Jetzt kann ich lernen, mich auch hier im Ort nicht mehr von der Scham leiten zu lassen. Es wird nicht einfach, aber ich werd's probieren."

Nun lächelt auch Marcel. „Da versuche ich ihn seit Jahren davon zu überzeugen, dass er sich von den Homophoben im Ort nicht beeinflussen lassen soll, und was passiert – nichts! Bis so eine Lucy aus England daherkommt und er plötzlich ratzfatz zu unseren ach so perversen Bedürfnissen steht. Also, Lucy, vielleicht hättest eher du die Anwältin werden sollen, du scheinst eine gute Überzeugungskraft zu haben. Und um zu meinen Themen zu kommen – ich werde einfach daran arbeiten, ein bisschen mehr an mich selbst und meine Fähigkeiten zu glauben und mir vom Bondi nicht alle Fälle abnehmen lassen. Du hast recht, Lucy, wir sind die neue Generation, wir brauchen uns vor nichts zu verstecken. Und jetzt bin ich gespannt, wie solch eine Atemsitzung abläuft."

„Höchste Zeit!", verkündet Aurelia und klatscht in die Hände. „Macht euch auf eine schöne Stunde gefasst, wo ihr bitte ganz bei euch bleiben werdet. Über alles außerhalb dieses Raumes könnt ihr hinterher nachdenken."

Und damit legen sie sich hin, und die Session beginnt.

32

„Mutter!"

Ihre Mutter schaut nur kurz auf.

„Was ist, Emma? Wieso setzt du dich nicht? Du siehst, dass ich noch zu tun habe."

„Du wusstest doch, dass ich komme. Kannst du dir diese wenigen Male, wo wir uns sehen, nicht mal richtig Zeit nehmen? Immer machst du noch etwas nebenbei."

Jetzt hat sie die Aufmerksamkeit ihrer Mutter.

„Sag mal, wie sprichst du denn mit mir? Dir muss wohl mal jemand Benehmen beibringen."

„Ja, das hättest du mir beibringen können, wenn du dich um mich gekümmert hättest. Aber auf die Distanz war das schwierig, oder? Jedenfalls habe ich mir überlegt, dass wir heute ins Café gehen könnten."

Emma bemerkt mit Genugtuung, wie sich hektische Flecken auf den Wangen ihrer Mutter bilden.

„Ins Café? Was meinst du damit? Ich habe doch Kaffee hier. Das hat bislang auch immer gereicht."

„Ja, bislang schon. Aber heute ist ein schöner Tag, es ist Wochenende und ich dachte, wir könnten uns ein paar nette

Stunden machen. Dann kann ich dir auch mal etwas von meinem Leben erzählen."

„Von deinem Leben? Was gibt's denn da zu erzählen? Du hast doch nicht etwa deinen Job verloren?" Ihre Mutter schaut sie erschrocken an. Die Vorstellung, dass ihre Tochter ihr auf der Tasche liegen könnte, beunruhigt sie offenbar.

„Keine Sorge, Mama. Seit ich sechzehn bin, kümmere ich mich um mein eigenes Wohlergehen und habe noch nie einen Job verloren, auch jetzt nicht. Nein, was ich …"

Ihre Mutter unterbricht sie.

„Ich erkenne dich kaum wieder, Emma. Was ist denn los mit dir? Seit wann hast du so eine kokette, fast schnippische Art? So habe ich dich nicht großgezogen."

„Nein, wie gesagt, leider nicht. Weißt du, was mir aufgefallen ist? Als du mich bekommen hast, warst du viel jünger als ich jetzt. Irgendwie habe ich dich immer idealisiert. Ich habe stets gedacht, du hast recht mit allem, was du machst und sagst. Und jetzt wird mir bewusst, dass du fast noch ein Teenager warst, als du mich bekommen hast, also wahrscheinlich keine Ahnung hattest, was du eigentlich tust. Kann nicht ganz einfach gewesen sein, das gebe ich zu. Aber meinst du nicht, es wird Zeit, dich zu deinem Mutterdasein zu bekennen? Nach all den Jahren?"

Jetzt ist ihre Mutter weiß wie eine Wand und presst zwischen zusammengekniffenen Lippen hervor: „Wenigstens habe ich dich bekommen, das war gar nicht so selbstverständlich. Wenn es nach deinem Vater gegangen wäre, dann wärst du jetzt nicht hier."

„Oh, danke Mutter. Genau das wollte ich an einem sonnigen Samstag hören. Dass ich froh sein soll, nicht abgetrieben worden zu sein. Also, danke, Mama, dass du mich hast leben lassen."

Sie ist über ihren eigenen Tonfall erstaunt, aber jetzt kann sie nicht mehr aufhören, der Damm ist gebrochen. „Ich hätte viel zu sagen, Mutter, sehr, sehr viel, und glaub mir – nicht nur Gutes. Aber das tue ich jetzt nicht. Das ist Vergangenheit und ich bin bereit, diese ruhen zu lassen. Aber ich bin nicht mehr bereit, dich zu treffen, wenn du nicht endlich zu mir stehst. Und eigentlich wollte ich dir vom Yoga erzählen. Ist dir nicht aufgefallen, wie ich mich verändert habe? Andere Figur, andere Haltung, neuer Haarschnitt, ein bisschen Make-up."

„Was haben Schminke und Haare mit Yoga zu tun? Was wird euch da beigebracht? Wie ihr euch für Männer zurechtmacht?"

Emma seufzt.

„Nein, Mutter, keine Sorge. Dort wird uns nur Yoga beigebracht. Aber es hat bei mir vieles verändert. Es ist nicht nur gut für meine Gesundheit, sondern auch für mein Selbstvertrauen. Es spielt alles zusammen, verstehst du? Und ich hatte eigentlich gehofft, dass du dich für mich freuen wirst."

„Freuen, wofür? Nur Flittchen schminken sich."

Emma muss schlucken und spürt, wie ihr heiße Tränen in die Augen treten. Aber sie entscheidet sich, den Satz ihrer Mutter unkommentiert zu lassen. So schnell wird sie sie nicht ändern können.

„Also, was ist nun? Hast du Lust auf einen Kaffee?"

„Wie ich sagte – hier gerne. Aber nur wenn du nicht erwartest, dass ich mich darüber freue, dass meine Tochter sich für Männer aufbrezelt."

„Ich erwarte sehr wenig von dir, da mach dir keine Sorgen. Aber nein, ich habe keine Lust, jetzt hier drinnen rumzusitzen. Ich gehe raus. Und würde mich freuen, wenn du mitkommen würdest. Kommst du?"

„Nein. Du weißt, das ist keine gute Idee."

„Mit deiner Tochter zusammen gesehen zu werden. Ich verstehe."

Täuscht sie sich oder sieht ihre Mutter jetzt tatsächlich etwas beschämt aus? Emma dreht sich um und geht zur Tür.

„Wenn du mal bereit bist, mit mir vors Haus zu gehen und dich – wenn auch sehr verspätet – wie Mutter und Tochter zu verhalten, dann sag mir Bescheid. Du weißt ja, wo du mich findest. Ich gehe jetzt. Übrigens: Diese laute Babs, die mit den wilden schwarzen Haaren, die du nicht leiden kannst, sie ist meine beste Freundin geworden. Und ich flirte mit dem Chefkoch des Tegerngold. Im Moment noch verhalten, aber vielleicht wird es mehr. Das wollte ich dir erzählen. Und vielleicht kannst du irgendwann mal über deinen eigenen Schatten springen und das Beste für deine Tochter wünschen. Bis dahin – leb wohl, Mutter."

Emma schließt die Tür hinter sich und fühlt sich auf einmal völlig leer. Aber irgendwie auch befreit. Sie weiß, dieses Gespräch war längst überfällig. Wieso fühlt es sich dann nur so traurig an?

33

„Also hör mal, ganz so auffällig müssen wir das doch auch nicht machen, oder?", Michi versucht sich wie zufällig aus der Umarmung zu lösen.

Aber Marcel ist stark und sein Arm bleibt, wie fest zementiert, um Michis Schultern liegen.

„Du wolltest dazu stehen, Michi. Was ist aus deinem großen ‚der Spießigkeit entfliehen'- Projekt geworden?", fragt er amüsiert.

„Na ja, der Spießigkeit entfliehen und es in der Öffentlichkeit miteinander zu treiben sind zwei ganz unterschiedliche Dinge, oder? Wir können es ja langsam angehen lassen. Kein Grund, das so übers Knie zu brechen."

Marcel lacht. „Schatz, ich habe meinen Arm um dich gelegt. Ich glaube, selbst im tiefsten, spießigsten Jena würde das nicht als ‚es miteinander treiben' ausgelegt werden. Und ob ein erster gemeinsamer Auftritt als Paar nach fünf Jahren Partnerschaft als ‚übers Knie brechen' bezeichnet werden kann, weiß ich auch nicht."

Marcel amüsiert sich köstlich, als sein Freund sich weiter

windet. Aber er wird nicht nachgeben. Darauf hat er zu lange gewartet.

„Man muss den Leuten ein wenig Zeit geben, sie müssen sich doch erst daran gewöhnen", sagt Michi noch, bevor er sich vor Schreck an seinem eigenen Speichel verschluckt.

„Der Schrott, da vorne ist der Schrott. Oh Gott, Marcel, der ist der Erste, der uns zusammen sieht! Gib's zu, den hast du extra herbestellt als Rache für all die Jahre, die ich dich im Keller versteckt gehalten habe."

Da fängt Marcel wirklich an zu lachen und er lacht und lacht und lacht. Er ist sich noch nicht einmal sicher, worüber: über seinen verklemmten Freund, über das fassungslose Gesicht vom Schrott oder über die Tatsache, dass er endlich aus dem Keller gekrochen ist. Und irgendwann lacht auch Michi mit und den beiden laufen die Tränen herunter, während Schrott mit einem ‚ekelhaft ist das' an ihnen vorbeimarschiert.

34

„Hier, du Schwein, das ist das Einzige, was wirklich noch dir gehört. Ich dachte, du willst das vielleicht wiederhaben." Damit drückt Hannah ihrem Ex-Mann das Fotoalbum in die Hand.

Herbert steht in verschlissener Jogginghose und mit gerippten Unterhemd vor ihr und starrt sie mit offenem Mund an. Aus dem Haus dringt der Geruch von verkochtem Kohl.

„Wer ist das, Herbi?", ertönt eine spitze Frauenstimme und dann erscheint eine Blondine mit knallrot bemalten Lippen an der Tür. Das heißt, das Blond ist eher gelb, mit einem fast schwarzen Ansatz und ein Teil des Lippenstifts klebt an ihren Zähnen. Ein mit Strass bestickter Hausanzug sowie hochhackige Sandalen runden das Bild ab.

Und so läuft die an einem Sonntag zu Hause herum, denkt Hannah, während die Frau sie von oben bis unten mustert.

„Herbi, ist das nicht …", setzt sie an, bevor sie von Herbert unwirsch unterbrochen wird: „Ja, das ist sie. Jetzt geh und kümmer dich ums Essen. Ich bin hier gleich fertig."

„Das hoffe ich", sagt Blondie, dreht sich auf dem Absatz um und stolziert davon. Auf ihrem Hintern steht in Strasssteinen ‚Juicy' geschrieben.

„Im Niveau bist du jedenfalls nicht gestiegen, Herbert, aber wer hätte das auch erwartet?"

„Was willst du, Hannah?", Herbert sieht sie aus zusammengekniffenen Augen an. Aber zum ersten Mal wirkt er auch unsicher. Dann hält er das blaue Album hoch, das sie ihm gerade in die Hand gedrückt hat.

„Was soll das?", fragt er.

„Wie gesagt, das ist das Einzige, was wirklich noch dir gehört. Unser Hochzeitsalbum. Das hat deine grausige Mutter uns damals geschenkt und nach der Scheidung hat sie mich daran erinnert, dass ich keinen Anspruch darauf habe. Deshalb hat sie wohl auch den blauen Einband gewählt, damit klar ist, dass es ihrem Jungen gehört."

Hannah holt Luft und völlig unpassend steigt ein Kichern in ihr auf. Wird sie jetzt hysterisch?

„Aber ich dumme Gans habe trotz all deiner Aktionen noch sentimental daran gehangen. Denn man heiratet ja schließlich nicht jeden Tag und ich wollte immer noch etwas Positives in unserer Beziehung sehen. Aber das war an Naivität wohl nicht zu überbieten. Was du dir jetzt bei mir im Ort geleistet hast, das hat wirklich alle Grenzen gesprengt."

„Das war eine Falle, Hannah, glaub mir, das war eine miese Falle von dieser Schlampe mit den schwarzen Haaren." Dabei schaut Herbert sich nervös um, dass seine Holde mit den gelben Haaren auch ja nichts mitbekommt. „Ich konnte mich gar nicht wehren. Die hat mich angemacht und dann ihre Kolleginnen reingerufen. Das war ein ausgefeilter Plan!" Wieder ein nervöser Blick in Richtung verbranntem Kohl.

„Ich spreche nicht davon, dass du versucht hast, deine Perversitäten an irgendwelchen armen Masseurinnen auszuleben. Du kannst froh sein, dass sie nicht zur Polizei gegangen sind. Aber dafür ist es ja noch nicht zu spät. Nein, ich spreche davon, dass du in meine Privatsphäre eingedrungen bist, um mich unter Druck zu setzen und zu erpressen. Das wird nie wieder vorkommen, du armseliges Würstchen. Hörst du? Nie wieder. Du hältst dich jetzt aus meinem Leben heraus, und zwar für immer. Sonst wird deine Susi oder Jacky, oder wie dieses Wesen dahinten heißt, mal zu hören bekommen, wie ihr Mann sich so verhält. Und dann kriegst du es mit mir zu tun, klar? Und zwar mit einer Hannah, die du bislang nicht kennst. Also, erkläre den Tegernsee zu deinem persönlichen Sperrgebiet und such dir nächstes Mal eine Frau, die den Kohl nicht anbrennen lässt."

Damit dreht Hannah sich um und stolziert zu ihrem Auto zurück. Sobald sie drinnen sitzt, lächelt sie sich im Rückspiegel zu und sagt laut: „Gut gemacht, Hannah, alte Löwin!" Dann dreht sie in voller Lautstärke Musik auf, den Song ‚I am Woman', drückt aufs Gas und rast davon. Weg von ihrer Vergangenheit, hinein in ihre Zukunft.

35

„Frau Schrobel, was machen Sie denn hier?"
Lucy kann ihren Augen kaum trauen, als Frau Schrobel mit hochrotem Kopf vor ihr steht.

„Ich muss etwas mit Ihnen besprechen", antwortet diese. „Darf ich hereinkommen?"

„Ja, selbstverständlich", gibt Lucy verdattert zurück. „Aber ehrlich gesagt nur, wenn Sie mich nicht wieder überreden wollen, das Haus aufzugeben. Ich hoffe, es war nicht Ihr Mann, der Sie vorgeschickt hat. Denn egal, was kommt, ich habe mich entschieden, das Haus zu behalten. Wenn Sie also deswegen hier sind, können Sie sich die Mühe sparen."

Frau Schrobel wird, wenn das möglich ist, noch röter.

„Nein, deshalb bin ich nicht hier, ganz im Gegenteil. Also, darf ich hereinkommen? Hier so zwischen Tür und Angel zu sprechen, ist nicht meine Art."

Dabei schaut sie sich nervös um, als hätte sie Angst, dass jemand sie sehen könnte.

„Kommen Sie rein", fordert Lucy sie auf und öffnet einladend die Tür. Sie führt Frau Schrobel in die geräumige Wohnküche.

„Kaffee? Tee?", bietet sie ihrem Gast an.

„Nein, gar nichts, danke, es wird nicht lange dauern." Neugierig sieht Frau Schrobel sich um. „Schön haben Sie sich das hier gemacht. Es ist wirklich netter als zu Elfriedes Zeiten."

„Ach ja, Sie waren ja mit meiner Tante befreundet, nicht wahr?", fragt Lucy und wird langsam neugierig. „Ich hatte das fast vergessen. Sie war quasi Ihre beste Freundin, wie ich gehört habe."

Jetzt ist der Schrobel sichtlich unwohl und sie weicht Lucys Blick aus.

Ist sie verlegen?, überlegt Lucy erstaunt.

„Ja, das sollte man meinen, dass wir beste Freundinnen waren, nicht wahr? Aber so eine gute Freundin war ich nicht. Deswegen bin ich hier. Ich weiß ehrlich gesagt nicht, wo ich beginnen soll."

„Wie wär's mit dem Anfang?", fordert Lucy sie lächelnd auf. „Und ich mache uns beiden trotzdem einen Tee. Also, wieso legen Sie nicht einfach los? So schlimm kann es schon nicht sein."

„Das sagen Sie", murmelt die Schrobel, räuspert sich dann aber und beginnt:

„Ich bin hier, da Sie für meine Tochter so viel Gutes getan haben", beginnt sie jetzt mit festerer Stimme. Als Lucy sich erstaunt von der Küchentheke, wo sie den Tee zubereitet, umdreht, läuft der Schrobel eine Träne über die Wange. Sie wischt sie unwirsch weg.

„Ihre Tochter?", fragt Lucy. „Ich glaube, da vertun Sie sich. Denn ich kenne Ihre Tochter nicht. Ehrlich gesagt wusste ich noch nicht einmal, dass Sie eine Tochter haben."

„Doch, Sie kennen sie", murmelt Frau Schrobel. „Es ist Emma."

Jetzt lässt Lucy vor Schreck den Teebeutel fallen.

„Emma?", fragt sie und setzt sich auf den nächstbesten

Stuhl. „Dann sind Sie also …", dabei fallen ihr all die Geschichten ein, die Emma ihnen bei der Atemsitzung über ihre Mutter erzählt hat.

„Die Rabenmutter, ja, das bin ich. Ich weiß nicht, was Emma Ihnen über unser Verhältnis berichtet hat, aber ich muss mit Bedauern zugeben, dass es wahrscheinlich der Wahrheit entspricht. Ich wollte sie nie wirklich haben, hatte das Gefühl, sie hätte mein Leben vorzeitig beendet, nur um ihr eigenes einzufordern. Als Sigmund sie dann auch nicht mochte oder um sich haben wollte, habe ich sie so schnell wie möglich abgeschoben. Er hat mich dazu gezwungen, aber das ist keine Entschuldigung für mein Verhalten. Ich habe es getan und das kann ich nur mir anlasten und sonst niemandem. Was bin ich nur für eine Mutter?", fragt sie jetzt, vergräbt das Gesicht in den Händen und fängt an zu weinen.

Lucy steht auf und macht sich wieder an dem Tee zu schaffen.

Ja, was sind Sie für eine Mutter?, denkt sie. *Sie hatten die Möglichkeit, Ihr Leben mit ihrer Tochter zu verbringen und haben sich stattdessen für diesen fürchterlichen Mann entschieden. Wie schwach muss man sein, um sein eigenes Kind zu verleugnen?*

„Sie verachten mich jetzt wahrscheinlich,", murmelt die Schrobel.

„Was ich denke oder empfinde, spielt keine Rolle", sagt Lucy, obwohl sie eine erstaunliche Wut auf diese Frau verspürt. „Wichtig ist nur, wie Emma damit umgeht und ob Sie sich jetzt entscheiden, anders zu handeln. Das Vergangene kann man nicht mehr rückgängig machen, aber vielleicht können Sie für die Zukunft eine neue Entscheidung treffen."

„Das werde ich", flüstert die Schrobel und wischt sich die Tränen aus dem Gesicht. „Das werde ich ganz sicher. Sie hat mich vor ein paar Tagen mit der ganzen Sache konfrontiert, da habe ich meine eigene Tochter zum ersten Mal wirklich als Person gesehen. Ich habe sie wirklich gesehen, wissen Sie? Ich bin nicht stolz auf mein Verhalten, aber jetzt ist genug mit den Lügen und der Rumschleicherei. Jedenfalls haben Sie ihr mit diesem eigenartigen Yoga sehr geholfen. Für mich ist das zwar Hokuspokus, aber Emma scheint es zu einem besseren Menschen gemacht zu haben."

„Ein guter Mensch war sie schon immer, aber nun ist sie selbstbewusster", gibt Lucy zurück.

„Ja, Worte, Worte", sagt die Schrobel. „Jedenfalls wollte ich Ihnen das hier geben."

Damit nimmt sie eine Klarsichthülle voller Unterlagen aus ihrer Tasche heraus und überreicht sie Lucy.

„Ich denke, das wird Ihnen helfen."

„Was ist das?", fragt Lucy.

„Beweise. Beweise dafür, dass mein Mann Ihr Grundstück um jeden Preis haben wollte, um eine Kongresshalle darauf zu bauen. Beweise, dass er die Lieferanten unter Druck gesetzt hat, damit diese nicht mit Ihnen zusammenarbeiten und wie er den Bürgermeister bestochen hat, damit Ihre Genehmigung immer weiter hinausgezögert wird. Er war sich sicher, irgendwann würden Sie aufgeben."

Lucy bleibt der Mund offenstehen. „Das war alles ein abgekartetes Spiel von Ihrem Mann?", fragt sie fassungslos.

„Von meinem Mann und von Ihrem Anwalt Bondi", gibt die Schrobel zu und kann Lucy nicht mehr in die Augen schauen.

„Christopher Bondi sollte Sie bei Laune halten und dafür sorgen, dass Sie langsam finanziell ausbluten. Dafür sollte er Ihnen irgendwelche Geschichten auftischen, damit Sie nicht misstrauisch werden. Und wenn Sie dann am Boden liegen, wollte mein Mann zutreten. Das kann er am besten."

„Und Sie haben das alles gewusst?", fragt Lucy entsetzt.

Die Schrobel nickt nur.

„Und das, obwohl Sie die Freundin meiner Tante waren?

Das ist ein starkes Stück!" Lucy schüttelt ungläubig den Kopf. Sie weiß nicht mehr, was sie denken soll.

„Ich bin wirklich nicht stolz darauf. Weder darauf, was ich mit Emma gemacht habe, noch auf diese Geschichte hier, noch auf die nächste, die ich Ihnen gleich erzählen werde."

„Noch eine?" Lucy schnappt nach Luft. Das wird allmählich alles zu viel für sie. „Sollen wir das nicht für nächstes Mal aufheben?"

„Nein, ich weiß nicht, ob ich noch einmal den Mut aufbringen werde", antwortet die Schrobel, die offenbar so viele Geheimnisse mit sich herumträgt.

„Das hier ist auch noch für Sie", sagt sie und hält einen weiteren, kleinen Umschlag hoch.

Aber als Lucy danach greifen will, zieht sie ihn weg.

„Dazu muss ich Ihnen noch ein paar Hintergrundinformationen geben", erläutert sie. „Ihre Tante und ich waren befreundet, das stimmt. So sah es zumindest für alle aus und ich glaube, auch wir dachten das. Aber wenn ich jetzt zurückblicke, sehe ich, dass wir letztlich zwei verbitterte Frauen waren, die einander in ihrer Bitterkeit bestärkt haben. Aber wir waren auch füreinander da. Ihre Tante hatte wahrscheinlich niemand anderen als mich, obwohl ich manchmal das Gefühl hatte, dass sie ihr Geld nutzte, um sich gelegentlich ein wenig Zuneigung zu erkaufen. Dann ist sie überraschend weggefahren und niemand wusste, wohin. Noch nicht einmal ich. Ich habe immer vermutet, dass es da eine nicht ganz koschere Männergeschichte gibt, aber vielleicht habe ich mir das auch nur eingebildet. Jedenfalls hatte mein Mann schon lange ein Auge auf Elfriedes Grundstück geworfen und als sie dann Krebs bekam, sah er seine Chance gekommen. Er ermunterte mich, noch mehr für Elfriede da zu sein und ihr in ihren letzten Wochen zu helfen – oder was er für ihre letzten Wochen hielt. Im Gegenzug hoffte er, dass sie mich mit dem Grundstück in ihrem Testament bedenken würde. Wen denn auch sonst? Sie hatte ja niemanden außer mir. Und so kümmerte ich mich um Elfriede, was wahrlich keine Freude war. Die Details der Krankheit erspare ich Ihnen. Aber Ihre Tante war viel zäher, als wir alle dachten. Und so wurden aus Wochen Monate und schließlich sogar zwei Jahre, bevor sie starb. Für die Ärzte war es ein Wunder und für mich wurde es zu einer immer größeren Belastung. Aber so sehr ich mich auch kümmerte, Ihre Tante drückte zwar manchmal verhalten ihre Dankbarkeit aus, aber nie erwähnte sie, dass sie mich in irgendeiner Form in ihrem Testament bedenken würde. Als ich sie ein-, zweimal darauf ansprach, was sie mit dem Grundstück machen würde, sagte sie nur, ihr würde schon etwas einfallen. Langsam wurde ich mir immer sicherer, dass sie mir das Grundstück nicht hinterlassen würde und teilte dies meinem Mann mit. Er wurde wütend, dass ich meine Aufgabe nicht richtig erfülle, holte dann aber Bondi mit ins Boot, gegen den er wohl irgendetwas in der Hand hat. Mein Mann hat eigentlich gegen jeden was in der Hand. Jedenfalls sind wir natürlich davon ausgegangen, dass Elfriede ihr Testament bei Bondi aufsetzen lassen würde. Wo auch sonst? Falls Elfriede mir das Grundstück nicht vermachen sollte, würde Bondi das Testament verschwinden lassen und aussagen, dass Elfriede ihm mündlich mitgeteilt habe, dass sie das Grundstück an mich übertragen wollte. Das hätte wahrscheinlich auch jeder geglaubt."

Lucy ist vor Wut sprachlos, aber Frau Schrobel bekommt davon nichts mit. Nachdem sie sich endlich überwunden hat zu sprechen, ist ihr Redeschwall nicht mehr aufzuhalten.

„Christopher Bondi hat Elfriede sogar extra einmal besucht, um sie dazu anzuhalten, ein Testament aufzusetzen, aber sie hat ihn so barsch aus dem Haus gescheucht, dass der arme Mann danach ganz verstört war.

Jedenfalls kam schließlich der Morgen, an dem sie starb

und ich war die Glückliche, die sie finden durfte. Der Höhepunkt meiner glanzvollen Aufgaben sozusagen."

Allmählich beginnt Lucy, sich vor dieser Frau regelrecht zu ekeln, aber sie reißt sich zusammen. Die Schrobel hat zu viele Informationen, die sie haben will, und außerdem versucht sie ja gerade, das Vergangene wiedergutzumachen.

„Aber an diesem Morgen habe ich nicht nur Elfriede gefunden, sondern auch diesen Brief hier."

Damit hält sie den Umschlag wieder in die Höhe. „Adressiert war er an: ‚Meine Nichte Lucy'. Daneben eine kleine Notiz an mich, dass ich ihn doch bitte an Sie weiterleiten sollte. Mit Ihrer Adresse."

Lucys Herz klopft wild in ihrer Brust und Schweiß schießt ihr aus allen Poren. Sind da drin die Antworten, auf die sie so lange gewartet hat? Am liebsten würde sie der Schrobel den Brief aus der Hand reißen, aber ihr ist klar – sie muss sich noch ein paar Minuten gedulden. Jetzt will die Schrobel erst einmal loswerden, was sie zu sagen hat.

„Wie Sie sich denken können, war ich mehr als erstaunt, diesen Umschlag zu finden, da ich ja keine Ahnung hatte, dass es eine Nichte gibt. Sie wurden vorher nie erwähnt. Ich habe mich also entschlossen, den Brief zu öffnen. Und da war klar, dass wir uns die Idee mit dem Grundstück abschminken können, wenn dieser Brief in die falschen Hände gerät. Und so habe ich ihn kurzerhand mitgenommen. Eigentlich wollte ich ihn verbrennen, aber irgendwie konnte ich mich dann doch nicht dazu überwinden."

Lucys Atem geht immer schneller. Sie muss ihre ganze Willenskraft aufbringen, um sich nicht auf die Frau zu stürzen und ihr den Brief zu entreißen.

„Schnell erkannten wir, dass die alte Elfriede doch schlauer gewesen ist, als wir alle gedacht haben", fährt die Schrobel fort. „Schon ganz zu Beginn ihrer Krankheit ist sie nach München gefahren, um ihr Testament dort bei einer

Kanzlei aufzusetzen. Keinem von uns hat sie je ein Sterbenswörtchen davon gesagt. Und dann sind Sie plötzlich aufgetaucht und haben Ihren Anspruch auf das Anwesen geltend gemacht.

Wie Sie sich vorstellen können, wurde Sigmund fuchsteufelswild. Er brüllte vor Bondi und mir herum, wir seien beide Versager, hätten es nicht einmal geschafft, eine todkranke Frau aufs Kreuz zu legen, nein, vielmehr habe sie uns aufs Kreuz gelegt und so weiter und so fort. So kam dann Plan B zum Zuge. Sie sollten vergrault werden. Das konnte ja nicht schwer sein, bei so einer kleinen Yogamaus, wie mein Mann Sie gerne nennt."

Dabei kichert sie und Lucy läuft ein kalter Schauer über den Rücken.

„Aber auch wenn Sie sonst nichts von Ihrer Tante haben, die Zähigkeit haben Sie gemeinsam. Es ist uns jedenfalls nicht gelungen, Sie vom Tegernsee zu vertreiben und jetzt bin ich hier. Das ist die ganze Geschichte. Und ich sage etwas, das ich schon lange nicht mehr gesagt habe: Es tut mir leid."

In Lucy jagt ein Gefühl das nächste. „Ich weiß ehrlich gesagt nicht, was ich denken soll. Ich bin geschockt, angeekelt, traurig, auch für Emma, und wütend. Unglaublich wütend auf Sie und Ihren ganzen Clan. Wie selbstsüchtig Sie sind, wie Sie einfach so mir nichts, dir nichts das Leben anderer Menschen zerstören. Sie sollten sich schämen, wirklich! Aber ich denke, das tun Sie schon, denn sonst wären Sie ja nicht hier. Also geben Sie mir Zeit, um das Ganze zu verdauen und vielleicht unterhalten wir uns ein andermal wieder darüber. Ich werde sicherlich noch Fragen haben. Aber das Einzige, was ich jetzt will, ist, den Brief zu lesen. Dass Sie ihn mir vorenthalten haben, ist unverzeihlich. Wissen Sie überhaupt, wie es ist, aufzuwachsen und nichts über das eigene Leben zu wissen, weil die Eltern so früh gestorben sind und man denkt, dass es außer den Menschen, bei denen man aufgewachsen ist, keine anderen Verwandten gibt, die einem etwas erzählen könnten? Wie es ist, wenn man sich an die eigenen Eltern fast nicht mehr erinnert? Wenn alle Erinnerungen verloren gehen? Und sie haben mir das Einzige vorenthalten, das mich vielleicht ein wenig mit meiner Vergangenheit verbindet. Sie sind ein Ekel, wirklich! Und jetzt geben Sie mir den Brief."

Mit jedem von Lucys Worten wird die Schrobel blasser. Schließlich legt sie den Brief vor Lucy auf den Tisch.

„Ich habe viele Fehler gemacht", bemerkt sie mit zitternder Stimme. „Aber ich versuche gerade, sie wiedergutzumachen. Und ich habe mich entschuldigt. Wenn Sie mir einen Gefallen tun könnten: Bitte erzählen Sie es Emma nicht. Ich will nicht, dass sie ihre Mutter noch mehr verachtet."

Dann dreht sie sich um und geht in Richtung Tür.

„Frau Schrobel", ruft Lucy ihr hinterher. Die Schrobel dreht sich zu ihr um.

„Wusste meine Tante von Ihnen und Emma?"

„Wir haben einmal kurz darüber gesprochen", beteuert die Frau mit leerem Blick. „Aber es hat sie nicht besonders interessiert. Da waren wir uns ähnlich. Seit ich den Brief jetzt noch mal gelesen habe, schäme ich mich deswegen. Und als ich gehört habe, was Ihre Eltern für Sie auf sich genommen haben, da wurde es noch schlimmer. Ich habe versagt, auf ganzer Linie. Das ist mir jetzt klar. Aber jetzt werde ich versuchen, es wiedergutzumachen. Soweit es geht ..."

Die zweite Hälfte hat Lucy nicht mehr gehört.

„Meine Eltern?", fragt sie und reißt den Brief mit zitternden Händen auf. „Da steht etwas über meine Eltern drin?"

36

„Lucy (ich nehme an, für ‚liebe Lucy' ist der Zug abgefahren),
Wenn du diesen Brief hier liest, werde ich tot sein. Wahrscheinlich werde ich sogar ein wenig nachgeholfen haben, da die Schmerzen langsam unerträglich werden. Mittlerweile wirst du wissen, dass du meine Alleinerbin bist. Ob das ein Fluch oder ein Segen ist, lasse ich dich selbst entscheiden. Aber es ist an der Zeit, einiges aufzuklären. Zunächst einmal: Weißt du überhaupt, wer ich bin? Jetzt wirst du es natürlich wissen, aber wusstest du vorher, dass es mich gibt? Deine Eltern sind gestorben, als du so jung warst, da wirst du dich sicherlich nicht an Geschichten von irgendwelchen Tanten erinnern. Falls deine Eltern überhaupt jemals von mir gesprochen haben. Wenn nicht, so wäre das verständlich. Ich werde dir später erklären, wieso. Deine Pflegefamilie in England wird mich auch nicht erwähnt haben, dafür habe ich mit meinen finanziellen Mitteln gesorgt. Ja, das wundert dich, nicht wahr? Dass ich mit ihnen in Kontakt stand. Aber ich stand nicht nur mit ihnen in Kontakt, sondern habe auch für deinen Lebensunterhalt gezahlt, sowie eine weitere kleine

Summe, die ich ihnen jeden Monat überwiesen habe. Bevor du mich jetzt für die wohltätige Tante hältst, hör bitte weiter zu. Denn ich habe sie bezahlt, damit du mir nicht in die Quere kommst. Ich wollte dich hier weg haben und in England wissen. Dass du dich irgendwann nicht mehr an die Dinge hier in Deutschland erinnern wirst, das war mir klar. Und das war mir mehr als recht. Zum Hintergrund:

Ich bin die jüngere Schwester deiner Mutter, drei Jahre jünger, um präzise zu sein, aber irgendwie war sie trotzdem immer jünger als ich. Frischer, fitter, weltoffener, einfach alles. Sie war der Augapfel unserer Mutter, die konnte von Lilly einfach nicht genug bekommen. Da siehst du es: Schon an unseren Namen erkennt man unseren unterschiedlichen Charakter. Lilly oder Elfriede – was glaubst du, mit wem die Jungs lieber ausgingen? Du hast richtig geraten: mit Lilly mit den großen, runden, blauen Augen natürlich und nicht mit Elfriede mit den schweren Augenlidern, dem schon in jungen Jahren leicht gerundeten Rücken und den stets nach unten gezogenen Mundwinkeln. Lilly war der Sonnenschein und ich war die Verlässliche, wie unser Vater immer betonte. Er dachte, er würde mich damit trösten. Aber Lillys sonniges Gemüt wurde ihr schließlich zum Verhängnis und mir zur Chance. Nämlich als sie deinen Vater, David, kennenlernte. Die beiden waren jung und schön, wobei ich David immer etwas zu lang und schlaksig fand, aber er und Lilly waren verrückt nacheinander. So verrückt, dass sie eines schönen Abends nicht aufpassten und dich und Vicky zeugten."

Bei dem Namen Vicky setzt Lucys Herz für einen Schlag aus, aber sie nimmt ein paar tiefe Atemzüge und liest gebannt weiter.

„Unsere Eltern waren außer sich. Es waren eigentlich gute Menschen, aber sie waren auch erzkonservativ. Unser Vater war der Dorfarzt und unsere Mutter seine angesehene Gattin. Da passte es nicht, dass ihre Teenager-Tochter plötzlich schwanger war. Sie taten, was sie konnten, um Lilly zu einem Schwangerschaftsabbruch zu überreden, aber Lilly blieb hart. Sie würde ihre Lucy auf gar keinen Fall abtreiben. Zu dem Zeitpunkt wusste noch keiner, dass ihr Zwillinge werdet und auch das Geschlecht war nicht bekannt, aber Lilly hat von Anfang an von ‚ihrer Lucy' gesprochen, ihrer großen Liebe, wie sie immer sagte. Und das bist du auch geblieben. Für dich und Vicky haben eure Eltern alles aufgegeben und soweit ich weiß, haben sie es niemals bereut. Lilly hat sich wegen der Schwangerschaft so sehr mit unseren Eltern zerstritten, dass sie schließlich wegzog und den Kontakt zu ihnen abbrach. Im Gegenzug enterbten sie sie, wobei ich bis heute glaube, dass sie das nur taten, weil sie so verletzt waren. Ich glaube nicht, dass ihre Liebe Lilly gegenüber jemals abgenommen hat und dass ich jemals das Vakuum füllen konnte, das Lillys Abwesenheit hinterlassen hat. Natürlich hätte Lilly nach dem Tod unserer Eltern ein Pflichtanteil zugestanden, aber sie war zu stolz, um diesen jemals einzufordern. Und ich, die alles geerbt hat, war zu selbstsüchtig, um ihr etwas anzubieten. Wir hatten zu dem Zeitpunkt ohnehin keinen Kontakt mehr, aber ich hätte natürlich versuchen können, sie zu finden. Bei der Beerdigung unserer Eltern sah ich sie mit euch und David weiter oben auf dem Hügel stehen, aber ich tat so, als hätte ich sie nicht erblickt.

Jetzt verstehst du vielleicht auch, wieso ich nicht wollte, dass du dich an all das erinnerst. Ich hatte Angst, dass du deinen rechtmäßigen Anteil einklagen könntest, sobald du erwachsen bist. Du hättest nur eins und eins zusammenzählen und die richtigen Fragen stellen müssen. Du siehst also: Das hier ist nicht nur ein Geschenk von mir, sondern dein rechtmäßiges Erbe. Das, was deine Mutter nie bekommen hat, aber von dem sie gewollt hätte, dass du es kriegst.

Zu dem Haus:

Dieses Haus gehörte unseren Großeltern, und Lilly und ich haben hier immer gerne unsere Sommer verbracht. Vor allem sie hat es geliebt und konnte stundenlang im Wasser toben. Ich hoffe, du kannst ihren lachenden Geist noch in dem Haus spüren, ich hatte manchmal das Gefühl, ich konnte es."

Lucy läuft ein Schauer über den Rücken. Sie hat nie daran gedacht, dass ihre Mutter vielleicht auch mal in diesem Haus gewesen ist. *Wie gut, dass ich es nicht aufgegeben habe*, denkt sie voller Erleichterung und mit klopfendem Herzen.

„Dass deine Eltern dich also sehr geliebt haben, das weißt du jetzt, Lucy. Es war eine Liebe, wie sie stärker nicht hätte sein können. Eine Liebe, wie ich selbst sie nie erfahren habe. Aber was du noch wissen solltest: Obwohl unsere Eltern Lilly enterbt und sich von ihr entfernt haben, haben sie sie doch stets im Herzen gehalten. Ich glaube, unsere Mutter hat euch mal einen Detektiv hinterhergeschickt, daher auch das Bild, das du in dem Umschlag findest. Ich habe meine Mutter oft beobachtet, wie sie das Bild ansah und ihr Tränen übers Gesicht liefen. Manchmal hielt sie es auch an ihr Herz."

Lucy lässt vor Schreck den Brief fallen. Ein Bild? Sie hat kein Bild gesehen. Mit zitternden Fingern greift sie noch mal in den Umschlag und holt ein Foto und einen Scheck heraus, die sie vorher beide nicht entdeckt hat. Den Scheck lässt sie gleich wieder fallen, aber an dem Bild saugt ihr Blick sich fest.

Sie sieht sich und ihre Schwester als Babys in Körben liegen, von jeweils einem Elternteil getragen. Ihre Eltern halten sich an den Händen und strahlen in Richtung Kamera. Es scheint ein schöner Frühlingstag zu sein und sie sind in einer Art Park. Lucy hat keine Ahnung, welche von den beiden sie ist und wer Vicky, aber das ist ihr auch egal. *Wir sind beide eins*, denkt sie und schluchzt.

Denn wie ihr erst jetzt wirklich bewusst wird, ist es das erste Foto, das sie von ihrer Familie sieht. Aus irgendeinem Grund hat sie keine Fotos mit nach England gebracht und als sie ihre Pflegefamilie mal danach fragte, sagten sie nur, dies sei alles gewesen, womit sie gekommen sei und es sei jetzt zu kompliziert, Nachforschungen anzustellen. Die Sachen seien wahrscheinlich weggegeben worden und der Rest verkauft, um ihr Leben zu finanzieren. Damals ist sie gar nicht auf die Idee gekommen, weiter nachzuhaken. Jetzt ist ihr klar, dass ihre Tante Elfriede das alles eingefädelt hat. Dass Lucy weiter nachforscht, ist nicht in ihrem Interesse gewesen. Sie zwingt sich, den Brief weiterzulesen:

„Es gibt noch mehr Bilder und persönliche Gegenstände deiner Eltern, Lucy. Die Anwälte in München, deren Kontaktdaten du mittlerweile haben solltest, werden dir alles aushändigen. Aber mir war es wichtig, dass du zuerst den Brief liest, bevor du die Sachen bekommst. Die Anwälte erwarten jedoch, von dir zu hören. Ich habe sie beauftragt, nicht von sich aus Kontakt aufzunehmen, damit du alles in deinem eigenen Tempo erledigen kannst. Das Ganze wird wahrscheinlich sehr emotional für dich sein. Es ist zwar nicht viel, was noch übrig ist, vieles bin ich auch losgeworden, aber es wird dir vielleicht helfen, deine Eltern und deine Schwester etwas näher bei dir zu spüren.

Ich bin nicht stolz darauf, was ich getan habe, Lucy und ich habe deine Vergebung nicht verdient. Vielleicht magst du sie mir trotzdem geben. Mehr möchte ich dazu nicht sagen. Nur, dass ich dir auch noch etwas Bargeld hinterlasse, daher der Scheck."

Jetzt hebt Lucy ihn doch auf und angesichts der Summe bleibt ihr die Luft weg.

„Das Geld wird dir am Anfang etwas weiterhelfen. Ich hoffe, die Leute im Ort unterstützen dich, aber traue nicht jedem. Vor allem nicht diesem schrecklichen Anwalt Bondi.

Der hat nicht nur kein Rückgrat, sondern macht auch mit dem alten Schrobel gemeinsame Sache. Der denkt wohl, dass ich nicht weiß, dass er es auf mein Grundstück abgesehen hat und dass seine Frau sich deshalb so rührend um mich kümmert. Wie ich sie kenne, liest sie vielleicht sogar den Brief hier, aber ich hoffe, sie hat wenigstens genügend Anstand, um ihn dir trotzdem zu überreichen. Mit Toten soll man sich nicht anlegen, Gerda, sonst werde ich bei dir rumgeistern, verlass dich darauf …!

Also, liebe Lucy (jetzt sage ich es doch, je näher der Tod rückt, umso weicher werde ich), versuch dir ein schönes Leben zu machen, sei dir bewusst, dass du von deinen Eltern immer geliebt wurdest und bitte entschuldige, dass du so eine Tante hattest. Das hast du nicht verdient.

Jetzt verabschiede ich mich von dir und von diesem Leben.

Deine Tante (habe ich überhaupt das Recht, mich so zu nennen?) Elfriede.

37

Mit zitternden Händen lässt Lucy den Brief sinken. Tränen tropfen ihr in den Schoß und sie nimmt schnell das Bild weg, damit es nicht nass wird. Sie weiß nicht, was sie tun soll. Sie ist völlig überfordert. Die Welle an Gefühlen droht sie zu erschlagen. Es scheint ihr, als erlebe sie gerade die gesamte Gefühlspalette gleichzeitig und fühlt sich in dem Chaos komplett verloren. Aber dann konzentriert sie sich auf ihren Atem. Ein, aus, ein, aus, ein, aus – er kommt und geht mit beruhigender Regelmäßigkeit. Sie ist erleichtert zu spüren, wie sehr der Rhythmus ihr hilft und geht zum Wasserhahn, um ihr Gesicht unter den eiskalten Strahl zu halten. Dann setzt sie sich wieder hin und liest den Brief noch einmal durch. Und noch einmal. Sie schließt die Augen und lässt alles nochmals Revue passieren. Ihre Gefühle haben sie in die Vergangenheit zurückkatapultiert. Schließlich steht sie auf, zieht noch in der Küche sämtliche Kleider aus und geht zur Hintertür hinaus. Dann nimmt sie Anlauf, läuft durch den Garten und springt splitternackt in den See. Im ersten Moment ist das Wasser so kalt, dass ihr die Luft wegbleibt, aber das ist ihr egal. Sie stößt einen lauten Jubelschrei aus und dann noch einen und noch einen. Sie taucht unter und kommt lachend wieder hoch. Sie wurde geliebt! Sie wurde über alles geliebt! Und Vicky ist jetzt sicher bei ihren Eltern. Sie muss sich keine Sorgen mehr um sie machen. Ihr kann nichts mehr passieren. Und sie selbst lebt und wird von den guten Geistern ihrer Familie beschützt. Hier in dem Haus, in ihrem Familienhaus! Lucy lacht so laut, wie sie schon lange nicht mehr gelacht hat. Dann weint sie und ihre Tränen vermischen sich mit dem Wasser des Sees.

Wie hat sie sich hier jemals allein fühlen können? Hier in dem Haus ist ihre Familie gewesen, hier haben sie laut Elfriede glückliche Tage verbracht. Hier gehört sie hin, das ist ihr Zuhause, nicht England, wie sie immer gedacht hat.

Am nächsten Tag leiht Lucy ohne weitere Erklärung Babs' Auto aus und fährt nach München. Obwohl sie zuvor noch nie in der Stadt gewesen ist, nimmt sie nichts von deren Schönheit wahr. Sie will so schnell wie möglich zu den Anwälten. Der Rechtsverkehr macht ihr beim Fahren immer noch zu schaffen, aber sie hat am Tegernsee ein wenig geübt und kommt unbeschadet in München an. Die Anwaltskanzlei befindet sich auf einer von Münchens feinsten Straßen und Lucy mustert beeindruckt die elegante Fassade. Am Eingang hängt ein goldenes Schild, auf dem die schier endlose Anzahl der Anwälte der Kanzlei aufgeführt ist. Trotz ihres tranceähnlichen Zustandes fällt Lucy auf, dass es fast alles Männer sind und so gut wie alle einen Doktortitel haben. Ohne solch einen Titel muss man hier wohl gar nicht erst vorstellig werden. Unsicher drückt Lucy den Klingelknopf. Das imposante Haus schüchtert sie etwas ein, und genau wie Frau Schrott fragt sie sich, wie ihre Tante wohl auf die Anwälte hier gekommen ist. Es passt so gar nicht zu der Frau, die sie sich immer vorgestellt hat. Sie hört einen leisen Summton und öffnet die schwere Tür. Drinnen empfangen sie hohe Decken, glatte Marmorwände und ein kunstvoll gefliester Boden. Sie tritt durch eine zweite Glastür auf den Empfang zu, wo eine elegante Dame sie freundlich begrüßt.

„Grüß Gott, wie kann ich Ihnen weiterhelfen?"

„Mein Name ist Lucy Davenport, ich möchte zu Herrn, äh, ich meine, zu Dr. Suber."

Die Dame sieht in ihrem Computer nach und runzelt die Stirn.

„Ich sehe nichts im Kalender eingetragen, sind Sie sich sicher, dass Ihr Termin heute ist?"

Lucy guckt verlegen zu Boden. Sie Dussel hat vergessen, einen Termin auszumachen! Natürlich, das ist hier nicht wie bei Marcel, wo man einfach in Hannahs Café trabt und sich dort mit ihm unterhalten kann. Hier werden Termine gemacht – was hat sie sich nur gedacht!? Lucy kommt sich vor, wie ein dummes Landei und will den Rückzug antreten.

„Ein Termin, ja, natürlich, das hatte ich ganz vergessen", stottert sie. Dabei bewegt sie sich rückwärts in Richtung Tür.

Die freundliche Dame scheint jedoch Mitleid mit ihr zu haben.

„Halt, nicht so schnell, nun warten Sie doch. Was genau möchten Sie denn von Dr. Suber?"

„Ein Erbe", entgegnet Lucy leise. „Ich habe eine Erbschaft gemacht und hier warten wohl noch Sachen auf mich. Sachen von meinen Eltern. Und meiner Schwester."

Lucy ist es mehr als peinlich, dass sie hier so hereingeschneit ist. Außerdem ist sie immer noch von ihren Emotionen überwältigt. Aber die Empfangsdame scheint das zu spüren und kommt um den Tresen herum, bevor sie ihr sachte eine Hand auf den Arm legt.

„Jetzt setzen Sie sich doch erst einmal. Ich hole Ihnen etwas zu trinken. Dr. Suber hat im Moment keinen anderen Termin, soweit ich erkennen kann. Ich bin mir sicher, er wird sich Zeit für Sie nehmen."

Lucy fällt ein Stein vom Herzen und sie setzt sich mit zitternden Knien hin. Die Dame kommt mit einem Wasserglas zurück und Lucy stürzt es in einem Zug hinunter.

„Darf ich fragen, wie die verstorbene Person hieß? Dann kann Dr. Suber gleich die richtigen Unterlagen heraussuchen", fragt sie mit weicher Stimme.

„Wehrlauch", antwortet Lucy. „Elfriede Wehrlauch".

„Elfriede Wehrlauch." Ein warmes Lächeln legt sich über das Gesicht der Frau. „Das sagt mir natürlich etwas. Wir hatten Sie schon erwartet. Schön, dass Sie jetzt da sind. Ich gebe Dr. Suber sofort Bescheid."

Lucy sieht der Frau erstaunt hinterher. Woher kennt sie ihre Tante? In dieser piekfeinen Kanzlei gehen doch sicherlich ständig Leute ein und aus. Und sicherlich wichtigere als Elfriede Wehrlauch. Aber die Frau ist schon am Telefon und kündigt sie an. Es gibt also keine Zeit mehr für Erklärungen. Kurz darauf geht eine Tür auf und ein dynamisch wirkender Mann kommt mit offenen Armen und einem einladenden Lächeln auf sie zu.

„Lucy Davenport", sagt er und schüttelt ihr so enthusiastisch die Hand, dass Lucy Sorge hat, er könnte ihr den Arm ausreißen. „Was haben wir schon auf Sie gewartet! Am liebsten hätten wir Sie zwischenzeitlich kontaktiert, aber Elfriede hat uns strikte Anweisungen gegeben, darauf zu warten, dass Sie sich bei uns melden. Außer der Sache mit dem Grundstück natürlich, das haben wir sofort in die Wege geleitet. Aber sie hat einen Brief erwähnt. Und dass sie wollte, dass Sie den Inhalt erst verarbeiten. Ich freue mich, dass wir uns endlich persönlich kennenlernen!"

Lucy bleibt der Mund offenstehen. Natürlich hat sie mit Dr. Suber schon vorher kurz Kontakt gehabt, als ihr das Grundstück übertragen wurde. Daran erinnert sie sich jetzt. Aber sie hatte die ganze Angelegenheit sofort einer kleinen Anwaltskanzlei in London übergeben, damit sie sich nicht selbst um die bürokratischen Dinge kümmern musste. Und jetzt wundert sie am meisten, dass dieser vornehme Anwalt ihren Fall nicht nur aus dem Gedächtnis kennt, sondern vor allem, dass er ihre Tante offensichtlich geduzt hat. Elfriede nannte er sie! Lucy muss an die Worte der Schrobel bezüglich Herrenbekanntschaften denken, aber sie kann sich nicht vorstellen, dass dieser attraktive Mann jemals Interesse an ihrer Tante gehabt hätte.

„Kannten Sie meine Tante gut?", fragt sie dennoch.

„Ach, ich sehe, Sie sind nicht wirklich informiert", antwortet er nachdenklich. „Da scheint es einiges an Aufklärungsbedarf zu geben. Entschuldigen Sie, ich hätte nicht so mit der Tür ins Haus fallen sollen. Kommen Sie doch erst einmal rein und setzen Sie sich. Kerstin, können Sie uns bitte noch etwas zu trinken und ein paar Kekse bringen, das wird hier ein bisschen dauern", ruft er der Empfangsdame zu, bevor er Lucy in sein geräumiges Büro führt.

Wie im Film, denkt diese, als sie in einen gemütlichen Sessel sinkt. Dr. Suber setzt sich, statt in seinen Bürostuhl, in einen Sessel ihr gegenüber und langsam lässt Lucys Anspannung nach.

„Ihrer Reaktion nach zu urteilen", beginnt der Anwalt, während Lucy sich die süßen Kekse und den warmen Tee zu Gemüte führt, „hatten Sie von dem Ganzen keine Ahnung, sehe ich das richtig? Was auf Sie zukam? Von dem Erbe? Dass Sie überhaupt erben würden?"

„Gar keine Ahnung", bestätigt Lucy und schüttelt kräftig den Kopf. „Aber meine Tante hat mir in dem Brief alles erklärt. Ich habe ihn jedoch erst gestern bekommen, daher hatte ich noch keine Zeit, alles zu verarbeiten."

„Erst gestern." Dr. Suber mustert sie erstaunt unter gerunzelten Augenbrauen. „Aber Sie hätten ihn doch schon vor Wochen, direkt nach ihrem Tod erhalten sollen. Von einer Freundin, wenn ich es recht verstanden habe." Dann scheint ihm ein Licht aufzugehen. „Ah, ich glaube, ich verstehe – diese Freundin hat sich aus irgendwelchen Gründen dazu entschieden, den Brief ein wenig länger für sich zu behalten?"

Lucy nickt betreten. Es tut gut, mit jemandem zu sprechen, dem sie trauen kann.

„Ich kann froh sein, dass sie ihn nicht verbrannt hat", sagt sie. „Denn sonst würde ich jetzt nicht hier sitzen und hätte wahrscheinlich bis an mein Lebensende nicht die Wahrheit über meine Familie und dieses ominöse Erbe erfahren."

„Na, ganz so ist es nicht", widerspricht der Anwalt. „Ich hätte sie nach einigen Monaten schon kontaktiert. So habe ich das mit ihrer Tante vereinbart. Es scheint, dass sie ihrer eigenen Freundin auch nicht wirklich getraut hat. Zu Recht, wie sich jetzt herausstellt. Und ein wenig hätte ich Ihnen auch erzählen können. Nicht alles, aber aus dem, was Ihre Tante mir im Laufe der Zeit berichtet hat, konnte ich mir so einiges zusammenreimen. Ihre Tante und ich standen uns sehr nahe, wissen Sie."

Fast verschluckt Lucy sich an ihrem Keks. Dieser elegante, weltgewandte Anwalt und ihre miesepetrige Tante standen sich nah? War an den Worten der Schrobel doch etwas dran? Für Lucy waren sie Wesen aus zwei unterschiedlichen Welten.

„Wie haben Sie sie kennengelernt?", fragt sie unter Husten.

„Auf einer Wohltätigkeitsveranstaltung. Wir waren dort beide sehr aktiv."

„Wohltätigkeit?" Jetzt fallen Lucy fast die Augen aus dem Kopf. Auf einmal kommt sie sich ziemlich dumm vor.

„Ja, Wohltätigkeit", bestätigt Dr. Suber. „Sie hatte unsere Kanzlei kontaktiert, da sie einen bestimmten gemeinnützigen Zweck unterstützen wollte und erfahren hat, dass wir in diesem Bereich Sponsoren einer kleinen, aber wichtigen Organisation sind. Sie sagte, sie wolle sich auch nützlich machen und wie sich das am besten bewerkstelligen ließe. So haben wir uns dann bei einem Event persönlich kennengelernt und Elfriede, damals natürlich noch Frau Wehrlauch für mich, hat eine großzügige Spende getätigt. Ich muss zugeben, am Anfang habe ich sie nicht wirklich ins Herz schließen können, denn es war nicht immer leicht, ihre Tante zu mögen. Aber im Laufe der Jahre hat sich fast so etwas wie eine Freundschaft und definitiv eine große gegenseitige Wertschätzung entwickelt. Ihre Tante kam zu jeder Veranstaltung der Organisation, hat tatkräftig mit angepackt und große finanzielle Hilfe geleistet. Das hat nie nachgelassen, selbst als sie krank wurde, und nicht nur ich habe ihren Durchhaltewillen wahrlich bewundert."

„Was war das für eine Organisation?", will Lucy wissen.

„Eine Organisation, die Mütter im Teenageralter unterstützt", sagt Dr. Suber langsam und guckt Lucy bedeutungsvoll an.

„Mütter im Teenageralter?" Lucy wird blass.

„Ja, und ein Stipendium, das Elfriede ins Leben gerufen hat, heißt das ‚Lilly-Davenport-Stipendium'. Ich darf annehmen, der Name sagt Ihnen etwas?"

Lucy bekommt kaum ein Wort heraus. Was ist nur aus ihrem Leben geworden? Jahrein, jahraus das Gleiche und plötzlich diese Informationsflut und Gefühlslawine in Einem. Sie fühlt sich überfordert. Und wie in ein anderes Universum transferiert.

„Meine Mutter", murmelt sie mit heiserer Stimme. „Lilly Davenport war meine Mutter."

Dr. Suber nickt ernst und gibt ihr Zeit, sich zu beruhigen. „Das dachte ich mir", fährt er dann leise fort. „Wie gesagt, Elfriede hat alles zur Aufbewahrung hiergelassen. Bevor Sie jedoch zu viel erwarten: Es sind nur ein paar Dinge

– ein paar Fotos und kleinere Gegenstände. Aber ich wusste, dass es sich bei der Frau auf den Fotos um Elfriedes Schwester handelte. Und obwohl sie einen Kinderwagen schob, sah sie extrem jung aus. Da habe ich eins und eins zusammengezählt. Mir liegt das Thema übrigens so am Herzen, weil meine Mutter mich auch als Teenager bekommen hat. Und wäre ihr von guten Leuten nicht geholfen und wäre sie nicht so gefördert worden, dann säße ich jetzt nicht hier, sondern würde wahrscheinlich auf der Baustelle arbeiten. Was auch nicht schlecht ist, verstehen Sie mich nicht falsch." Er hebt abwehrend die Hände. „Aber mir wurde ermöglicht, meinen Traum zu leben, und das möchte ich anderen auch ermöglichen. Daher habe ich die Organisation der Kanzlei vorgestellt und bin sehr dankbar, dass sie das Projekt angenommen hat. Wir helfen der Organisation und den Müttern auch mit juristischen Problemen – kostenlos versteht sich. Ihre Tante wurde zu einer echten Säule der Organisation und wir vermissen sie alle sehr. Wissen Sie, hinter ihrer rauen Fassade hatte sie eigentlich ein gutes Herz. Und ich glaube nicht, dass ich ihr Vertrauen missbrauche, wenn ich Ihnen mitteile, dass ich glaube, dass sie ihre Mutter sehr geliebt hat. Ich weiß nicht, was zwischen den beiden vorgefallen ist, aber ich hatte das Gefühl, Elfriede wurde von ihrem schlechten Gewissen regelrecht zerfressen. Daher auch das Lilly-Davenport-Stipendium und ihr unermüdlicher Einsatz für die Organisation. Soviel ich weiß, hat sie jedoch nie darüber gesprochen. Ich glaube, sie hätte es gehasst, wenn man sie für wohltätig gehalten hätte. Aber Sie sind nicht hier, liebe Frau Davenport, um sich Geschichten über Ihre Tante anzuhören. Sie wollen wissen, was sie Ihnen noch hinterlassen hat. Ich werde Kerstin bitten, noch einen Tee zu aufzusetzen und Ihnen noch ein paar Kekse zu bringen. Außerdem wird sie Ihnen die Sachen hereinbringen, die noch für Sie da sind. Es ist, wie zuvor erwähnt, nicht viel, ein paar Erinnerungsstücke, aber besser als gar nichts, oder? Ich muss jetzt ohnehin mal einen Spaziergang machen, den Kopf durchlüften. Bleiben Sie also einfach hier und sehen Sie sich alles in Ruhe an. Nehmen Sie sich alle Zeit, die Sie brauchen. Und ansonsten, liebe Frau Davenport, war es eine Freude, Sie kennenzulernen. Elfriede wäre sehr stolz darauf gewesen, so eine Nichte zu haben. Zu schade, dass sie sich nie die Mühe gemacht hat, Sie kennenzulernen. Wenn Sie mal wieder in München sind, so melden Sie sich einfach, ich würde mich freuen. Vielleicht können wir einen Tee zusammen trinken gehen oder Sie kommen einfach vorbei und Kerstin bringt uns wieder ein paar Kekse."

„Danke", seufzt Lucy. „Aber warten Sie, ich muss Ihnen noch etwas geben. Und meinen Sie, Kerstin könnte ein paar Kopien für mich machen?" Nachdem sie ihm ihr Anliegen geschildert hat, verabschieden sie sich herzlich voneinander und Lucy bleibt mit Tränen in den Augen zurück. Kurz darauf klopft es und die nette Frau namens Kerstin bringt eine kleine Kiste herein. Und dann nimmt Lucy sich, genau wie von Dr. Suber vorgeschlagen, alle Zeit der Welt, um die Dinge zu betrachten, die von ihrer Familie geblieben sind. Als sie später mit dem Auto wieder in Richtung Tegernsee fährt, ist die Kiste angeschnallt auf dem Beifahrersitz und immer wieder legt Lucy eine Hand beschützend darauf. *Mein Schatz*, denkt sie und ihr Herz klopft schneller. *Das ist mein Schatz.* Aber dann erinnert ihr klopfendes Herz sie daran, dass der wahre Schatz dort, in ihrem Herzen sitzt und ganz unabhängig von irgendwelchen Dingen ist.

38

„Hey, warten Sie, Sie können da nicht einfach so rein!"

Die Sekretärin des Bürgermeisters läuft Lucy hinterher und ist kurz davor, sie am T-Shirt zurückzuziehen.

„Oh doch, ich kann", gibt Lucy zurück, reißt die Tür zum Amtszimmer des Bürgermeisters auf und stiefelt hinein.

Der oberste Mann des Ortes steht am Fenster und genießt das Panorama vor ihm. Als Lucy hineingestürmt kommt, dreht er sich erstaunt um.

„Es tut mir so leid", stammelt die Sekretärin. „Ich wollte sie zurückhalten, aber sie lief einfach durch. Soll ich den Sicherheitsdienst rufen?"

„Sicherheitsdienst", lacht der Bürgermeister, der ein gar nicht so unattraktiver Mann ist. „Ich denke, das wird nicht nötig sein. Mit der Dame werde ich schon allein zurechtkommen. Schließen Sie doch bitte die Tür hinter sich."

Es ist offensichtlich, dass die Sekretärin von dieser Lösung nicht begeistert ist, aber sie tut, wie ihr vom Chef geheißen. Sobald sie allein sind, wendet der Bürgermeister sich Lucy zu.

„Was kann ich für Sie tun? Es muss ja sehr dringend sein, wenn Sie noch nicht einmal die Zeit hatten, einen Termin auszumachen und hier stattdessen so hereingeplatzt kommen."

„Das ist es allerdings." Lucy kocht innerlich vor Wut. „Wissen Sie, wer ich bin?"

„Es tut mir leid, aber ich glaube, wir hatten noch nicht das Vergnügen."

„Nein, das hatten wir nicht. Aber da Sie mit allen Mitteln versuchen, mein Leben zu ruinieren, dachte ich, Sie wüssten vielleicht trotzdem, wer ich bin. Aber das ist wohl zu viel verlangt."

„Ihr Leben ruinieren", der Bürgermeister gibt ein überhebliches Lachen von sich und Lucy würde ihm am liebsten ins Gesicht springen. „Ich denke, da bilden Sie sich ein bisschen viel ein, junge Dame. Ich habe hier wahrlich wichtigere Dinge zu tun, als mich damit zu beschäftigen, das Leben einer – entschuldigen Sie –, aber für mich vollkommen irrelevanten jungen Dame zu zerstören. Ich denke, Sie sollten sich professionelle Hilfe holen, das sieht mir stark nach Paranoia aus. Hiermit ist unser kleines Gespräch beendet. Ich habe wie erwähnt Wichtigeres zu tun."

„Das sollte man meinen, nicht wahr?", gibt Lucy eiskalt zurück. „Dass Sie Wichtigeres zu tun haben. Ich denke, das würden Ihre Wähler auch begrüßen. Und wenn es um professionelle Hilfe geht – die werden Sie brauchen, wenn ich mich entschließe, zur Polizei zu gehen. Und zwar professionelle Hilfe in Form eines sehr guten Anwalts."

Damit überreicht sie ihm einen Ordner mit sorgfältig eingehefteten Unterlagen. Die Augen des Politikers verengen sich zu Schlitzen. Jetzt hat sie seine Aufmerksamkeit!

„Das sind Beweise der letzten Jahre, wie Sie von Bauunternehmer Schrobel immer wieder Bestechungsgelder angenommen haben und die Dinge dann nach seinen

Vorstellungen drehten. Machen Sie sich übrigens nicht die Mühe, die Unterlagen zu zerstören, es sind selbstverständlich nur Kopien. Die Originale liegen in einer Anwaltskanzlei in München sicher im Safe. In meinem Haus wollte ich sie nicht aufbewahren, da ich nicht das Risiko eingehen wollte, dass es plötzlich wie von Geisterhand abbrennt. Ein Unfall natürlich, wie die Polizei zweifellos feststellen würde."

Das Gesicht des Bürgermeisters ist fahl geworden. Ohne die Sonnenbräune ist er gleich viel weniger attraktiv.

„Sie sind die Nichte von Elfriede, nicht wahr? Die, die das Seegrundstück geerbt hat."

„Ganz genau die bin ich", gibt Lucy giftig zurück. „Es wurde Zeit, dass ich mich mal vorstellen komme, nicht wahr?"

„Was wollen Sie von mir?"

„Das fragen Sie wirklich? Sie sind beschränkter, als ich dachte. Zunächst möchte ich natürlich meine Baugenehmigung, die mir schon lange zusteht. Und dass Sie mir auch in Zukunft nicht mehr im Weg stehen. Ach ja, und dann werden Sie sich natürlich nicht zur Wiederwahl stellen. Ich weiß, die Tegernseer werden enttäuscht sein, Sie sind ja schließlich sehr beliebt. Aber ich denke, es ist Zeit für eine neue Generation, meinen Sie nicht? Eine Generation, die vielleicht ein wenig andere Moralvorstellungen als Sie und ihresgleichen hat. Und dann werden Sie dem Schrobel sagen, dass Ihr gemeinsames Spielchen vorbei ist und dass er sich von heute an aus allen meinen Angelegenheiten herauszuhalten hat. Vielleicht können Sie ihm auch nahelegen, den Ort zu verlassen. Ich würde das ja alles selbst tun, aber wenn ich ihm gegenüberstehe, kann ich für nichts garantieren. Daher wird es über Sie laufen. Und wenn all das erledigt ist, werde ich mir überlegen, ob ich Anzeige gegen Sie beide erstatte. Das wird sich noch zeigen. Kommt ganz auf Ihre

Kooperation an. Also, wann kann ich mit meiner Genehmigung rechnen?"

Der Bürgermeister ringt offensichtlich mit sich, aber dann scheint die Realität zu ihm durchzusickern. „Morgen ... morgen haben Sie sie", stammelt er und alles Selbstbewusstsein ist wie weggeblasen.

„Prima", sagt Lucy. „Dann lasse ich Sie mal wieder allein. Wie Sie sagen, Sie haben ja wichtigere Sachen zu tun. Nachdem Sie lange genug das Panorama genossen haben, natürlich. Also, Weidmanns Heil!"

Sie hat keine Ahnung, wieso sie Weidmanns Heil gesagt hat, aber irgendwie fand sie das passend. Als sie hinausstolziert, hört sie die bellende Stimme des Bürgermeisters: „Stellen Sie mich zum Schrobel durch, und zwar sofort! Los, worauf warten Sie?"

39

„Sie sind das Mieseste, was mir je untergekommen ist." Lucy spürt, dass selbst bei ihr jetzt der Speichel fliegt, aber das ist ihr vollkommen egal.

„Lucy, wovon reden Sie denn da? Kommen Sie doch erst mal rein."

Lucy schlägt Bondis Hand von ihrem Arm weg.

„Fassen Sie mich nicht an und nennen Sie mich nicht Lucy. Für Sie bin ich Frau Davenport."

Damit drückt sie ihm das Bündel Rechnungen, das er ihr über die letzten Monate hinweg ausgestellt hat, in die Hand.

„Hier, davon können Sie eine nach der anderen zurückbezahlen und machen Sie sich darauf gefasst, bald von der Anwaltskammer zu hören!"

Bondi wird mindestens ebenso bleich wie der Bürgermeister zuvor, allerdings sah Bondi auch vorher schon erbärmlich aus.

„Lu … äh, Frau Davenport, wovon reden Sie?"

Aber auf seiner Stirn bilden sich Schweißtröpfchen, und er weiß offenbar sehr wohl, wovon sie spricht.

„Jetzt möchten Sie also zu allem Überfluss noch meine

Intelligenz beleidigen", gibt Lucy kalt zurück. „Aber wieso auch nicht, darauf kommt es jetzt auch nicht mehr an. Sie sind ein mieser Lügner und Betrüger, Bondi. Ich habe ja gedacht, ich hätte im Leben schon so einiges durchgemacht, aber so etwas wie Sie habe ich wirklich noch nie erlebt. Wie können Sie überhaupt noch in den Spiegel schauen?"

Das dürfte ihm selbst im besten Zustand schwerfallen, ergänzt sie in Gedanken.

„Jetzt … jetzt setzen Sie sich doch", stammelt er. „Dann können wir alles klären. Und das mit den Rechnungen – falls Sie Geld brauchen, kann ich Ihnen sicherlich entgegenkommen. Vielleicht sogar etwas leihen?"

Jetzt muss Lucy wirklich an sich halten, dass ihr die Hand nicht ausrutscht. Sie atmet mühsam durch.

„Ich setze mich nicht, Sie mieses Schwein." Kurz wundert sie sich über ihre eigene Ausdrucksweise, aber dann purzelt alles aus ihr heraus: „Dass der alte Schrobel und der Bürgermeister mich von der Bildfläche schaffen wollten – schlimm genug. Aber wenigstens hat der Schrobel nie so getan, als würde er mich mögen. Seine Agenda war immer recht klar. Aber Sie, Sie mieser Judas, haben sich mein Vertrauen erschlichen und mir für Ihre Lügen auch noch das wenige Geld aus der Tasche gezogen, das ich hatte. Sie sollten mich finanziell ausbluten lassen, ja? Ich versichere Ihnen, das haben Sie fast geschafft. Aber jetzt zahlen Sie mir nicht nur jeden Penny zurück, sondern können sich auch mit der Anwaltskammer auseinandersetzen und werden hoffentlich Ihre Zulassung verlieren. Denn einer wie Sie verdient es nicht, Anwalt zu sein. Der Job hat mit Vertrauen zu tun, verstehen Sie? Wie ein Arzt. So etwas zu missbrauchen, ist unter aller Würde. Ganz davon abgesehen, dass es kriminell ist."

„Lucy …", versucht er sie zu unterbrechen.

„Frau Davenport", gibt sie eisig zurück. „Und das ist

hoffentlich das letzte Mal, dass Sie mich ansprechen. Wenn Sie wissen, was gut für Sie ist, dann ist es auch das letzte Mal, dass Sie mir unter die Augen kommen. Sie haben genau zwei Tage, um mir mein Geld zurückzuüberweisen. Plus Zinsen, versteht sich. Schönen Tag."

Damit dreht sie sich um und stolziert zum zweiten Mal in einer Stunde aus einem Büro heraus. *Wow, Lucy auf ihrem Feldzug*, denkt sie sich. Das hat gutgetan!

Als sie zu ihrem Haus zurückkommt, wartet Babs vor der Tür auf sie. Sobald sie Lucy sieht, läuft sie eilig auf sie zu.

„Wo warst du nur die letzten beiden Tage? Wir haben dich alle vermisst. Du warst wie vom Erdboden verschluckt. Mein Auto weg, abgesagte Yoga-Stunden – wer hätte gedacht, dass so etwas bei Lucy Davenport passieren kann? Emma ist schon auf Yoga-Entzug!"

„Gut, dass du da bist", gibt Lucy zurück. „Du wirst nicht glauben, was mir passiert ist."

„Das hat Zeit", antwortet Babs. „Erst muss ich dir etwas sagen. Mein Vater hat uns für morgen in Michis Weinbar einbestellt, weil er uns allen etwas mitzuteilen hat. Ich habe keine Ahnung, um was es sich handelt, aber seine Einladungen sind immer feudal. Das wird ein Fest! Ich hätte nie gedacht, dass ich mich mal darüber freuen werde, dass meine Eltern da sind. Aber jetzt muss ich zugeben, ich könnte mich fast daran gewöhnen." Damit setzt sie ihr bezauberndstes Lächeln auf.

Lucy muss ebenfalls lächeln. Es tut gut, ihre Freundin so glücklich zu sehen.

„Ach, da freue ich mich. Aber *Michis* Weinbar ist gut. Ich habe ein Gerücht gehört, dass sie verkauft werden soll. Ist da was dran?"

„Ja, das habe ich auch gehört", bestätigt Babs. „Und ich bin mir sicher, wir werden diesbezüglich bald mehr erfahren. Aber wichtiger ist, dass du mir jetzt erzählst, wo du in den letzten Tagen warst. Komm, leg los. Ich kann es kaum erwarten!"

„Musst du denn nicht arbeiten?"

„Ich habe heute frei und damit alle Zeit der Welt. Also, erzähl schon!"

„In diesem Fall", sagt Lucy erfreut, „würde ich vorschlagen, dass wir eine Flasche Champagner aufmachen und uns mit ein paar Häppchen in den Garten setzen. Und sag den anderen Bescheid, dass wir uns heute Abend bei Michi treffen, das muss ich euch allen erzählen. Ich sag's dir, bei mir geht es zu wie im Film."

Damit machen es sich die beiden Freundinnen im Garten gemütlich und Lucy berichtet unter ständigem Nachfragen von Babs von ihrer gesamten Odyssee, bei der sie es mit den drei mächtigsten Männern im Ort aufgenommen hat. Abends wiederholt sie die Geschichte noch mal vor Michi, Marcel und Hannah.

Sobald sich die Aufregung gelegt hat, bemerkt Michi an Marcel gewandt: „Mein Lieber, wenn der Bondi jetzt endlich von der Bildfläche verschwindet, würde ich sagen, dass dein Weg zum Tegernseer Staranwalt geebnet ist."

„Womit du dir vielleicht auch endlich ein vernünftiges Büro leisten kannst", murmelt Hannah, worauf Marcel jedoch protestiert: „Kommt gar nicht infrage. In meinem jetzigen Büro habe ich nicht nur den besten Kaffee und Kuchen, sondern auch die wundervollste Bedienung. Meinst du, du könntest auch ein paar Sekretariatsarbeiten übernehmen, Hannah?"

Das quittiert Hannah mit einem Schlag ihrer Serviette auf seinen Kopf, bevor die Freunde sich in den nächsten Stunden in feuchtfröhlichem Geplänkel darüber verlieren, was der Tegernsee doch für ein heißes Pflaster ist.

40

"Herzlich willkommen, alle miteinander!" Nick Papadopoulos breitet so dramatisch die Arme aus, dass es Lucy ein Grinsen entlockt. Jetzt weiß sie, woher Babs ihr Showtalent hat. Babs' Vater ist voll in seinem Element. Mit einem Publikum, das an seinen Lippen hängt. Es ist zwar kein großes Publikum, das hier versammelt ist, aber wenn es nach Lucy geht, so sind es die einzigen Menschen, die zählen. Neben Babs und ihrer Familie sind Hannah, Marcel und Michi da – Michi mit mieser Laune. Es hat sich jetzt offiziell bestätigt, dass die Weinbar verkauft werden soll, und da man nicht weiß, was der nächste Eigentümer mit dem Lokal vorhat, geht Michi davon aus, bald seinen Job los zu sein. Marcels Einkommen ist bislang eher bescheiden und die beiden werden sicherlich Probleme damit haben, ihre Lebenshaltungskosten am nicht gerade günstigen Tegernsee zu bestreiten. Lucy fühlt mit ihnen. Sie weiß, wie es ist, finanzielle Sorgen zu haben.

Außerdem ist Emma da. Babs hat erstaunlicherweise darauf bestanden, dass sie mitkommt. Lucy geht weiterhin jedes Mal das Herz auf, wenn sie sieht, wie Babs sich um Emma kümmert. Vor allem nach dem Geständnis von Emmas Mutter.

„Leider kann ich nicht beginnen, da noch ein Gast fehlt", unterbricht die Stimme von Babs' Vater ihren Gedankengang. „Ah, da kommt er schon! Hereinspaziert, junger Mann!"

Lucys Herz setzt für einen Schlag aus, als Alex mit seiner üblichen Selbstsicherheit und einem leichten Lächeln auf den Lippen durch die Tür schreitet. Er begrüßt sie alle und Lucy nimmt mit einem Stich im Herzen wahr, dass er sich ihr gegenüber nicht anders als zu allen anderen verhält. Vielleicht ist er zu ihr sogar noch ein bisschen kühler. Nur zu seinen beiden Angestellten, Emma und Babs, ist er wirklich herzlich und Babs' Mutter behandelt er wie eine Königin. *Wer nicht will, der hat schon*, denkt sie trotzig und wendet ihre Aufmerksamkeit wieder Babs' Vater zu. Deshalb ist sie ja schließlich hier.

„Michi, meinst du, du könntest das Geschlossen-Schild an die Tür hängen?", fragt Nick Papadopoulos jetzt. „Ich würde es sehr begrüßen, wenn wir nicht gestört würden. Und dann kannst du ein paar Flaschen von dem herrlichen Wein aufmachen, den ich hier letztes Mal hatte. Champagner ist sowieso kaltgestellt, nehme ich an?"

Michi nickt unsicher. „Ja, Champagner ist kaltgestellt, und den Wein hole ich gleich aus dem Keller. Ihr könnt gerne ohne mich anfangen, mich geht das Ganze wahrscheinlich sowieso nichts an. Aber mit dem Schild, es tut mir leid, ich weiß nicht, ob ich das machen kann. Wir haben ja schließlich nicht geschlossen und ich glaube nicht, dass der Inhaber davon begeistert wäre."

„Ich dachte, der Laden wurde verkauft", gibt Babs' Vater zurück. „Da ist es doch egal, was jemand denkt. Also komm, mach schon, ich nehme das auf meine Kappe."

Michi stehen die Zweifel ins Gesicht geschrieben, aber Babs nickt ihm zu und beteuert: „Ist schon in Ordnung, Michi, vertrau mir."

„Also gut", gibt er schließlich nach und geht zur Tür, um das Schild von ‚offen' auf ‚geschlossen' zu drehen. „Wenn ich dafür mal nicht in Teufels Küche komme", murmelt er und Lucy kann ihn verstehen. Das Letzte, was er möchte, ist, es sich mit dem neuen Besitzer zu verderben, aber die Gefahr, dass dieser von der kleinen geschlossenen Gesellschaft heute erfährt, ist wahrscheinlich minimal.

„Ich mache mich dann jetzt mal im Keller zu schaffen", grummelt Michi, woraufhin Babs' Vater erwidert:

„Wir warten, bis du fertig bist. Also los, beeil dich, ohne dich fangen wir nicht an."

Michi und Marcel werfen sich verwunderte Blicke zu und auch Lucy weiß nicht, worum es hier geht. Egal, sie wird sich überraschen lassen. Sobald Michi wieder da ist, beginnt ihr heutiger Gastgeber erneut:

„Da wir jetzt alle versammelt sind, kann ich endlich anfangen. Also, willkommen nochmals und danke, dass wir uns hier treffen durften, Michi. Ich habe ein paar Dinge zu verkünden. Dafür muss ich allerdings etwas ausholen. Wie ihr alle wisst, hat meine älteste Tochter die Angewohnheit, nicht auf ihre Eltern zu hören und mitunter sogar einfach davonzurennen. Ich frage mich, woher sie das wohl hat." Er macht eine Kunstpause und grinst. „Jedenfalls sind Charlotte und ich mit diesen beiden Rotzgören dort ursprünglich hergekommen, um Babs zu überreden, so schnell wie möglich wieder nach Hause zu kommen. Aber als wir erst einmal hier waren, ist mir schnell klar geworden, dass das nicht so einfach sein wird. Erstens hat sie den Starrkopf von einem gewissen älteren Herrn geerbt und dagegen kommt man nur schwer an. Ich weiß, wovon ich spreche." Er zwinkert in die Runde. „Und zweitens habe ich sie noch nie so glücklich gesehen und so wie sie selbst. Ja, aus irgendeinem Grund passt sie besser in diese Alpenlandschaft hier als in ihr ursprüngliches Zuhause. Und welcher Vater möchte seiner Tochter schon das Glück nehmen? Aber dann ist noch mehr passiert: Je länger wir hier waren, umso mehr haben wir uns an diesen schönen Ort gewöhnt und ich kann sagen, dass Charlotte, die beiden Hibbel-Liesen und ich uns hier wirklich entspannen konnten." Babs zieht ungläubig die Augenbrauen hoch. „Keine Sorge, wir bleiben nicht hier. Unsere Heimat ist mittlerweile das Flugzeug und wenn meine geliebte Gattin nicht alle paar Tage auf einem neuen Stückchen Erde landen kann, so ist sie nicht zufrieden. Nein, das nicht, aber wir verstehen jetzt, dass unsere Tochter hier glücklich ist und im wahrsten Sinne des Wortes Wurzeln geschlagen hat. Daher bedeutet auch uns dieser Ort viel und wir möchten ihn in unser Leben einbeziehen. Die Frage war nur – wie? Und da ich nur eine Art kenne, mir die Dinge zu eigen zu machen und das sind Geschäfte, habe ich mich ein bisschen nach geeigneten Möglichkeiten umgeschaut. In einer dieser Möglichkeiten sitzen wir gerade."

Die anderen machen große Augen.

„Die Weinbar?", fragt Hannah.

„Ja, richtig, Hannah, die Weinbar", bestätigt Babs' Vater. „Als echter Grieche liebe ich gutes Essen und Trinken und unser Freund Michi hat mich bei unserem letzten Besuch mehr als überzeugt. Als ich dann gehört habe, dass das Gebäude zum Verkauf steht, habe ich mein Interesse bekundet und war leider gezwungen, einen fast schon gemachten Deal zu durchkreuzen. Ich kam gerade noch rechtzeitig, um zu verhindern, dass die Bar an jemanden verkauft wird, der hier ein Sonnenstudio eröffnen wollte."

„Ein Sonnenstudio?", fragen alle wie aus einem Munde und Empörung macht sich breit.

„Jawohl, ein Sonnenstudio", bestätigt Babs' Vater, der

sich in der Aufmerksamkeit sonnt. „Kann man sich so etwas vorstellen? Deswegen habe ich auch kein schlechtes Gewissen, dass ich den potenziellen Käufer noch in letzter Minute so hoch überboten habe, dass der Verkäufer gar keine andere Möglichkeit hatte, als mir das Grundstück zu übertragen."

Erst jetzt sickert die Bedeutung der Worte zu den anderen durch.

„Das heißt", fragt Michi vorsichtig, „Sie sind jetzt …?"

„Ich war, genau", erklärt Nick Papadopoulos stolz. „Für kurze Zeit war ich der Eigentümer, aber dann habe ich beschlossen, die Immobilie samt Grundstück zu verschenken."

„An wen?", fragt Lucy und wird blass. „Doch nicht etwa an die Gemeinde, unter der Leitung von … von diesem schrecklichen Bürgermeister?"

„Ach was, Lucy, bist du verrückt? Natürlich nicht. Nein, ich habe das Grundstück meiner Tochter geschenkt. Babs ist die neue Eigentümerin der Weinbar!"

„Was?", „Babs?", „Wann?", „Wie?"

Die Stimmen schwirren durcheinander und alle springen auf, um Babs zu gratulieren und sie zu umarmen. Nur Michi ist völlig perplex. Er geht zu Babs rüber und fragt unsicher: „Dann bist du jetzt also …"

„Deine neue Chefin, ja. Aber mach dir keine Sorgen, mein lieber Freund. Nichts wird sich ändern. Ich sehe dich mehr als Partner, nicht als Angestellten. Und vor allem als besten Freund. Fast als Bruder, um ehrlich zu sein."

Michi umarmt sie und dabei hat er Tränen in den Augen.

„Heißt das, du wirst bei uns kündigen, Babs?", fragt Alex, sobald ein wenig Ruhe eingekehrt ist.

„Ach was, Alex", winkt Babs ab. „Ich wäre doch nicht glücklich, wenn ich keine alten Männerkörper durchkneten könnte." Dabei wirft sie einen ironischen Blick zu ihrer

Mutter hinüber. „Außerdem braucht Michi mich hier nicht. Er schafft das schon allein. Hat er ja bislang auch gemacht."

„In diesem Zusammenhang … dürfte ich auch etwas verkünden?", fragt Lucy. Sie ist nervös. *Das ist wegen Alex,* denkt sie, *ohne ihn wäre ich sicherlich nicht so angespannt.* Da spürt sie auch schon seinen Blick auf sie gerichtet, aber sie nimmt sich vor, sich nicht aus der Ruhe bringen zu lassen.

„Leg los", ermuntert Babs' Vater sie.

„Wie ihr ja alle wisst, habe ich plötzlich wie von Zauberhand alle meine Genehmigungen bekommen", teilt sie ihnen mit. „Und da dachte ich, solange diese Glückssträhne anhält, sollte ich das ausnutzen. Wie ihr ja ebenfalls wisst, liegt ein großer Teil meines Grundstücks zwar noch direkt am See, aber außerhalb des Gartens. Ihr wisst schon, auf der anderen Seite der Hecke. Ich hatte die ganze Zeit keine Ahnung, was ich mit diesem Teil machen soll, aber dann sind mir Michi und seine Liebe zum Wasser eingefallen und ich habe einfach mal auf gut Glück eine Genehmigung für eine Wassersportschule beantragt. Mit Surfen, Wasserski, was auch immer dazugehören mag und was man hier am Tegernsee so machen kann. Und wie es Gott will, habe ich diese Genehmigung auch bekommen. Sie scheinen plötzlich regelrecht bei mir ins Haus zu flattern. Ich frage mich, ob ich vielleicht noch versuchen sollte, einen Edelpuff bewilligt zu bekommen."

Sie schaut erschrocken Babs' Eltern an. Das ist ihr so herausgerutscht, aber der Vater zwinkert ihr nur zu und die Mutter schüttelt leicht entrüstet, aber doch gnädig, den Kopf. Aus den Augenwinkeln sieht sie Alex grinsen.

„Äh, vergesst das mit dem Puff", stottert sie. „Ich habe keine Ahnung, wo das jetzt herkam. Jedenfalls möchte ich, wie zuvor erwähnt, eine Wassersportschule aufmachen. Und Michi, du solltest sie eigentlich leiten, ach was, dir sollte sie quasi gehören, ich will damit nicht wirklich was zu tun haben. Aber wie ich sehe, wirst du heute Abend mit Managerposten ebenso eingedeckt wie ich mit Genehmigungen. Was machen wir denn da?"

„Eine Wassersportschule!", ruft Michi und reißt die Arme in die Höhe. „Lucy, du weißt, das ist mein Traum! Babs, Lucy, ich verspreche euch, ich kann beides machen. Ich bin ein Arbeitstier. Und die Schule wird ja nur im Sommer aufhaben, da kann ich ganz einfach beides wuppen. Wassersport tagsüber, Weinbar abends. Das mache ich ja quasi jetzt schon. Zur Not müssten wir während der Saison noch eine weitere Person in der Weinbar beschäftigen, Babs, aber das wäre okay, oder? Bitte sag, dass es okay wäre!"

„Klar wäre das okay", bestätigt Babs lachend. „Ich weiß, wie sehr das Wasser dich ausgleicht, das ist wie die Berge für mich – das würde ich dir nie vorenthalten. Und ich bin ja auch noch da. Vielleicht werde ich dann doch irgendwann darauf verzichten müssen, alte Männer durchzukneten."

„Jetzt hör endlich auf", murmelt ihre Mutter, aber keiner hört sie, da Michi jetzt so aufgedreht ist, dass er gar nicht mehr aufhört, zu reden und seine Zukunft zu planen.

Schließlich ruft Babs' Vater die Bande wieder zur Ruhe.

„Wartet doch, Leute, wartet! Wir sind noch nicht fertig. Wenn ein Grieche schon einmal eine Show ankündigt, dann muss es auch eine große Show sein. Also, das Thema Weinbar ist abgehakt. Und eine Wassersportschule ist auch abgesegnet, wie ich gerade mitbekommen habe. Doch wie ich feststellen durfte, gibt es hier noch einige weitere interessante Möglichkeiten in der Gegend, an denen ich mich gerne beteiligen würde. Alles natürlich nur, um einen Grund zu haben, in der Nähe meiner Tochter zu sein", erklärt er mit einem liebevollen Blick auf Babs. „Und da ich ein geselliger Mensch bin, mache ich die Dinge nicht gerne allein. Ich habe also unseren wundervollen Gastgeber Alex von Meyenhofen eines schönen Abends so mit Ouzo abgefüllt, dass er nicht anders konnte, als meinen verrückten Ideen zuzustimmen und sich bereitzuerklären, mein Partner zu werden. Stimmt's, Alex?"

Alex streckt grinsend den Daumen in die Höhe.

„Ich werde euch nicht mit den Details langweilen ...", fährt Nick enthusiastisch fort.

„Danke!", flüstern die Zwillinge und handeln sich damit einen tadelnden Blick von ihrer Mutter ein.

„... aber was ich sagen wollte, ist, dass ihr fortan mehr von mir an eurem schönen Tegernsee sehen werdet. Und all diese Projekte, inklusive der Übertragung der Weinbar, brauchen natürlich eine Menge juristischen Beistand. Deshalb haben wir Sie heute hergebeten, lieber Marcel. Wir hoffen, dass Sie sich noch ein wenig Zeit freischaufeln können, um gelegentlich für uns tätig zu werden. Oder je nachdem, auch viel für uns tätig zu werden. Keine Sorge, wir vergüten großzügig. Das heißt, Herr von Meyenhofen vergütet großzügig. Ich werde lediglich zu allem Ja und Amen sagen."

Alle lachen und Babs ruft: „Von wegen großzügig, das wüssten wir, nicht wahr Emma?" Woraufhin diese verlegen nickt.

Marcel steht auf, geht erst zu Babs' Vater und dann zu Alex hin und bedankt sich bei beiden. Er sieht richtig gerührt aus und Lucy freut sich für ihn und Michi. *Wie schnell ein Leben sich ändern kann*, denkt sie und kurz kommen Bilder von ihren Eltern und ihrer Schwester in ihr hoch. Aber es tut nicht mehr weh, sie hat Frieden geschlossen und empfindet sogar Freude, wenn sie an sie denkt. Dann steht Alex auf und ihr Herz fängt wieder zu galoppieren an.

„Von mir nur kurz", sagt er. „Damit wir uns bald dem Champagner widmen können. Zunächst möchte ich Nick dafür danken, dass er in unser Leben getreten ist. Er macht Geschäfte mit Herz, Verstand und einem hohen Anteil an Moral, was leider nicht immer selbstverständlich ist. Wir haben ein paar interessante Projekte für unsere Gegend geplant und sind uns sicher, dass dies der ganzen Tegernseer Gemeinschaft nutzen und zugleich unsere schöne Natur hier erhalten wird. Aber dazu ein andermal mehr. Jetzt, da wir schon einmal hier sind, habe ich nur noch eine Bitte an unsere begabte Konditorin Hannah: Die Tegerngold Stube hat, wie ich bereits befürchtet habe, ihren Patisserie-Chef verloren und unsere Gäste sind sehr verwöhnt, wenn es ums Dessert geht. Und da unser Chefkoch im Moment ein wenig abgelenkt ist", dabei zwinkert er Emma zu, die sofort knallrot wird und sich von Babs einen freundschaftlichen Stups in die Seite einfängt, „wollte ich dich fragen, ob du vielleicht noch die Kapazität hast, das Gebäck für unsere Gäste herzustellen. Wie Nick sagt, ich vergüte sehr großzügig."

Dabei lächelt er Hannah an und fügt hinzu: „Und falls du dich fragst, wie wir auf dich kommen – mir ist zu Ohren gekommen, dass vor nicht allzu langer Zeit eine Menge Mitarbeiter des Tegerngold, besonders unseres Spas, von deinen Köstlichkeiten probieren durften und nachdem ich mir jetzt wochenlang das Geschwärme angehört habe, dachte ich, dass vielleicht auch unser Restaurant davon profitieren könnte. Du kannst es dir ja überlegen."

Hannah bekommt rote Flecken im Gesicht. Für die Tegerngold Stube zu backen, ist eines der größten Privilegien am Tegernsee überhaupt. Sie sind sich alle sicher, dass sie nicht lange überlegen wird.

„Ich glaube jetzt weiß ich, was Netzwerken bedeutet", flüstert Lucy Babs zu. „Dein Vater ist da der Weltmeister, oder?"

„Du sagst es! Wo immer er auftaucht, kommen diese Sachen zustande. Für ihn sind alle eine große Familie und er sieht überall Möglichkeiten."

„Wie der Vater, so die Tochter", gibt Lucy schmunzelnd zurück.

„So", meldet sich Babs' Mutter zu Wort. „Können wir

jetzt endlich den Champagner aufmachen? Ich komme mir langsam vor wie in einem Heimatfilm."

„Gute Idee", rufen alle gleichzeitig und der Champagner wird geköpft.

Lucy schlendert zu Alex hinüber und hebt ihr Glas.

„Herzlichen Glückwunsch", sagt sie. „Zu all deinen Projekten."

„Danke", antwortet er und sieht sie jetzt wesentlich wärmer als zuvor an.

„Lucy", sagt er dann. „Ich muss mich bei dir entschuldigen. Ich habe mich unmöglich benommen. Ich habe erst hinterher erfahren, dass deine Eltern … dass sie ums Leben gekommen sind, als du jung warst. Das muss fürchterlich gewesen sein."

„Und meine Schwester", antwortet Lucy mit offenem Blick. Es tut gut, darüber sprechen zu können, ohne das Gefühl zu haben, dass alles in ihr wie ein Kartenhaus zusammenfällt.

„Deine Schwester auch?", fragt Alex erschrocken.

„Ja, mein Zwilling, Vicky. Aber es ist jetzt okay, Alex. Das war es lange Zeit nicht. Und ich wäre nicht in der Lage gewesen, eine echte, wahrhaftige Beziehung einzugehen, ohne den Schmerz für mich selbst gelöst zu haben. Ich habe so lange Bedürftigkeit mit Liebe verwechselt. Ich weiß, das verstehst du nicht und hältst es bestimmt weiterhin für spirituellen Quatsch, aber mir war es wichtig, dass ich zunächst meinem Herzen gegenüber treu bin, bevor ich es jemand anderem schenke."

„Was ich da neulich abends gesagt habe", sagt Alex leise, „Das habe ich nicht so gemeint. Ich war einfach verletzt. Vielleicht sollte ich mir mein eigenes Päckchen mal genauer anschauen."

„Ich habe von deiner Verlobten gehört, die sich in

Mailand selbst verwirklichen wollte. Es ist verständlich, dass du genug von Frauen hast, die auf diesem Trip sind."

Jetzt grinst Alex. „Genau darum geht es. Aber sobald du an dem besagten Abend weg warst, habe ich noch mal darüber nachgedacht und mir ist klar geworden, wie glücklich ich bin, dass sie nicht mehr in meinem Leben ist. Dass es eigentlich das Beste ist, was mir passieren konnte und dass ich es als Geschenk ansehen sollte. Na, wo stehe ich jetzt auf der Leiter der spirituellen Entwicklung?"

„Dinge, die passieren, als Geschenk anzusehen?", fragt Lucy und grinst. „Da bist du schon ganz schön weit oben. Aber trotzdem, du hast dich ja schnell getröstet." Am liebsten würde sie sich auf die Zunge beißen. War es richtig, das jetzt anzubringen?

„Getröstet?", fragt Alex. „Wie meinst du das? Dürfte ich wissen, mit wem?"

„Na, mit dem blonden Feger", antwortet Lucy. „Ich habe sie an der Rezeption gesehen, an dem Abend, als ich von dir weg bin. Du würdest dich über ihren Besuch freuen, hat sie Graham mitgeteilt."

„Nachdem du gegangen bist? Da war niemand bei mir, das wüsste ich doch."

„Ach komm, Alex, ich habe sie doch gesehen. Und kurz danach warst du mit ihr in der Weinbar und Babs hat mir erzählt, dass sie öfter im Hotel ist."

Alex runzelt die Stirn und dann lacht er plötzlich auf.

„Elvira", sagt er. „Du kannst nur Elvira meinen. Und jetzt, wo du's sagst – ja, sie war tatsächlich an dem Abend im Hotel und wollte zu mir. Aber ich habe Graham gesagt, er soll sie zum Teufel jagen. Ich war nicht gerade in der besten Stimmung. So wie ich Graham kenne, hat er das nicht exakt so weitergegeben. Aber jedenfalls ist sie nicht nach oben gekommen."

„Vielleicht in dieser Nacht nicht. Aber sonst?"

Alex grinst. „Lucy, bist du etwa eifersüchtig? Das sollte ich jetzt eigentlich ordentlich auskosten." Er macht eine kleine Pause und tut so, als ob er nachdenken würde. „Aber ich sage dir die Wahrheit: Elvira bedeutet nichts, absolut gar nichts. Sie hat von ihrem Daddy ziemlich viel Geld bekommen und sich entschieden, in Kunst und Immobilien zu investieren. Irgendwann hat sie mal im Tegerngold gewohnt und wohl ein Auge auf mich geworfen. Das wurde mir aber erst später klar. Damals tat sie so, als wolle sie mit mir zusammen in Objekte investieren und ich fand das interessant. Daher haben wir uns auch öfter getroffen, um das zu besprechen. Aber irgendwann habe ich kapiert, dass sie nicht nur überhaupt keine Ahnung von Immobilien hat, sondern wohl auch eher an mir als an einer gemeinsamen beruflichen Zukunft interessiert ist. Als ich ihr unmissverständlich die Grenzen aufgezeigt habe, ist sie ausfällig geworden und hat mir übelste Vorwürfe gemacht, dass ich sie hingehalten, ihr Hoffnungen gemacht hätte und so weiter. Alles völliger Nonsens. Sie war nie mein Typ. Also habe ich die Zusammenarbeit beendet. Inzwischen ist sie wieder zurück in München und wird den Tegernsee bestimmt in Zukunft meiden wie der Teufel das Weihwasser. Als Babs' Vater mich dann neulich abends abgefüllt hat, habe ich ihm von diesem zwischenmenschlichen Desaster erzählt. Daraufhin hat er vorgeschlagen, an Elviras Stelle mit mir zusammenzuarbeiten – und zwar ganz ohne die Hoffnung, dass aus uns mal ein Paar wird."

Er grinst fröhlich und Lucy fällt ein Stein vom Herzen.

„Apropos Babs", sagt Alex jetzt. „Sie steht schon die ganze Zeit völlig nervös hinter dir und gibt mir irgendwelche Zeichen. Ich glaube, deine Freunde haben noch etwas für dich."

Lucy dreht sich um und tatsächlich haben alle ihre

Freunde sich hinter ihr versammelt und wollen ganz offensichtlich noch etwas loswerden.

Babs schlägt gegen ihr Glas.

„Sorry, Mama", sagt sie. „Aber ganz fertig sind wir mit dem Heimatfilm noch nicht. Eine Sache fehlt noch."

Sie nickt Emma zu.

Emma lächelt selbstbewusster, als Lucy es von ihr kennt. „Inzwischen sollte sie da sein", bemerkt sie dann mit fester Stimme und geht zur Tür.

Draußen unterhält sie sich kurz mit jemandem und kommt schließlich mit einem Korb in der Hand zurück. Sie geht zu Lucy hinüber, wo Babs, Michi, Hannah und Marcel sich schon im Halbkreis aufgestellt haben.

„Liebe Freundin", fängt Babs an. „Du kamst hier mit deinem Yoga und deinem London-Charme hereingeschneit, bist gegen Wände gelaufen, hast diese eingerissen und dabei auch die Mauern um unsere Herzen herum zum Bröckeln gebracht. Du hast mehr für uns alle hier und für unseren Zusammenhalt getan, als du dir vorstellen kannst. Und dafür wollen wir dir danken. Wir haben hier jemanden, der auf dich aufpassen und an deiner Seite sein soll, wenn die Nächte mal wieder lang werden sollten. Wenn du sie siehst, sollst du dich immer an unsere Liebe erinnern."

In dem Moment schaut unter dem Tuch, das den Korb bedeckt, eine kleine Schnauze hervor und ganz vorsichtig bahnt sich ein goldenes Welpengesicht mit Augen so groß wie Teller seinen Weg in die Freiheit.

Lucy schnappt nach Luft und will gleichzeitig lachen und weinen. Vorsichtig nimmt sie das kleine Bündel in die Arme und spürt, dass von jetzt an alles gut wird.

„Sie heißt Rosie", flüstert Emma ihr zu.

„Eine Verwandte von Birdie", ergänzt Alex und lächelt.

„Hallo Rosie", haucht Lucy und streichelt dem Welpen mit einer Hand über den Kopf. Ihr Herz schlägt wie verrückt und droht vor Zärtlichkeit überzulaufen. Dann steht sie auf und schaut in die Runde. „Ihr werdet den Champagner ohne mich trinken müssen. Es gibt jemanden, den ich kennenlernen möchte."

„Wir gehen jetzt nach Hause", sagt sie leise zu Rosie und zusammen verlassen sie die Weinbar.

41

"Wow, toll siehst du aus", verkündet Hannah begeistert und mustert Lucy von oben bis unten. Gleichzeitig versucht sie, sich vor Rosies wilden Begrüßungssprüngen zu schützen. Während sie den Hund auf den Arm nimmt, schaut sie mit einem Grinsen in Lucys freizügigen Ausschnitt hinein: „Ich wusste gar nicht, dass du so viel Holz vor der Hütt'n hast. Damit wirst du die Männer wahnsinnig machen. Alex ist bestimmt auch da."

Lucys Wangen röten sich. Dann schaut sie schnell nach unten und versucht, ihre Brüste herunterzudrücken.

„Meinst du, das ist zu viel? Sieht das nicht ein wenig ordinär aus?"

„Ordinär?" Hannah lacht. „Niemand sieht im Dirndl ordinär aus. Obwohl, ich nehme das wieder zurück. Einige schaffen das schon. Vor allem auf dem Oktoberfest. Aber das, was du da anhast, ist eines meiner Lieblingsdirndl, ein echter Klassiker. Also wag es ja nicht, es als ordinär zu bezeichnen. Nur gut, dass man es so eng schnüren kann, denn normalerweise würden meine Sachen an dir herunterschlabbern. Aber so sitzt es wie angegossen. Für nächstes Jahr musst du dir jedoch ein eigenes kaufen, sonst haben wir das Gefühl, dass du hier nur auf der Durchreise bist."

„Für eine Durchreise ist es wohl zu spät", stellt Lucy fest und lässt endlich ihre Brüste in Ruhe. Dafür nimmt sie Hannah Rosie ab und schmiegt ihr Gesicht in das weiche Fell des Hundes. „Glaubst du, du schaffst es heute ohne mich? Ich verspreche dir, es kommt auch jemand sehr Nettes, der auf dich aufpasst. Ich bin bald wieder da, okay?", murmelt sie.

Rosie scheint damit zufrieden zu sein, denn sie leckt fröhlich über Lucys Dekolleté. „Du darfst das", bemerkt Lucy lachend. „Aber du bist auch die Einzige." Bei den Worten taucht das Gesicht von Alex vor ihrem inneren Auge auf und trotz des ungewohnt luftigen Outfits steigt Hitze in ihr auf. Sie ist es nicht gewohnt, in etwas anderem als Yogaklamotten oder Jeans und T-Shirt herumzulaufen. Aber bei den legendären Waldfesten ist ein Dirndl ein Muss, da kann selbst sie als Zugereiste sich nicht drücken. Glücklicherweise konnte Hannah ihr eines leihen, denn jetzt hätte sie zwar das Geld gehabt, sich ein eigenes Dirndl zu kaufen, aber nicht mehr die Zeit.

Denn seit die Bauarbeiten in ihrem Haus unter Herrn Müllers Leitung endlich begonnen haben, geht es schneller voran als erwartet. Ständig gibt es etwas Neues zu tun. Außerdem ist da noch Rosie, um die sie sich kümmern muss. Sie ist in kürzester Zeit ein unverzichtbarer Teil von Lucys Leben geworden und sie kann sich schon jetzt nicht mehr vorstellen, wie es mal ohne sie gewesen ist.

Sie reißt sich von ihren Gedanken los und betrachtet nun Hannahs Outfit.

„Mensch, Hannah, ich bin hier so beschäftigt mit meiner hervorquellenden Oberweite, dass ich dich noch gar nicht richtig betrachtet habe. Lass dich mal anschauen. Toll siehst du aus, als hättest du nie etwas anderes getragen! Wieso ziehst du das nicht auch im Café an?"

„Du wirst lachen, jetzt im Sommer tue ich das tatsächlich manchmal", antwortet Hannah. „Die Touristen lieben es. Deswegen habe ich auch so viele davon. Also, Dirndl meine ich, nicht Touristen. Komm, lass uns losgehen, ich würde sagen, wir brauchen jetzt beide einen Drink. Wie kannst du nur auf dieser Baustelle hier leben? Du weißt, mein Angebot steht. Du kannst gerne eine Zeit lang bei mir auf der Couch schlafen. Und Rosie natürlich auch."

„Danke, das ist lieb", antwortet Lucy und seufzt. „Darauf werde ich vielleicht wirklich bald zurückkommen."

Allerdings ist es nicht gerade ihr Traum, in Hannahs winziger Wohnung auf der Couch zu campieren. Aber sie weiß das Angebot dennoch zu schätzen und dass sie es vielleicht bald trotz aller Vorbehalte annehmen muss, entspricht tatsächlich der Wahrheit.

„Du hast recht, wir brauchen dringend einen Drink", sagt sie laut. „Babs hat schon getextet. Sie, Michi und Marcel warten auf uns, und so wie sich ihre Nachricht liest, ist sie nicht mehr ganz nüchtern."

„Das sind Babs und Michi bei den Waldfesten nie", kichert Hannah. „Von Marcel weiß ich das natürlich nicht. Ich muss mich noch daran gewöhnen, dass er nicht mehr nur diese stille Gestalt in der Ecke meines Cafés ist. Ich schwöre, manchmal dachte ich schon, er sei ein Teil des Inventars."

Lucy stimmt in ihr Lachen ein. „Das ging mir genauso." Sie sieht Rosie bedauernd an. „Du musst leider hierbleiben und Garten und Haus hüten, aber das machst du sicher ganz toll. Außerdem kommt gleich ein nettes Mädchen, das auf dich aufpasst. Und ich werde auch nicht ewig weg sein."

Rosie leckt ihr noch mal kurz übers Gesicht und dann setzt Lucy den Welpen ab und vergewissert sich, dass alles gut abgeschlossen ist. Sie hakt sich bei ihrer Freundin unter und die beiden ziehen los – hinein in diesen wunderschönen, sonnigen Tag.

„Sag mal, träume ich oder sind das da vorn Emma und ihre Mutter, die lachend nebeneinander herlaufen? Zwick mich mal, Hannah, das kann ich jetzt wirklich nicht glauben."

„Das sind sie tatsächlich", bestätigt Hannah. „Da gibt es nichts zu zwicken. Sie waren sogar schon zwei Mal bei mir im Café und einmal haben sie mitten am helllichten Tag Prosecco getrunken. Ich muss zugeben, da habe ich nachgefragt, ob ich mich nicht verhört habe. Aber nein, es war eine Tatsache. Sie wollten Prosecco. Und die Schrott trennt sich von ihrem Mann, wie ich gehört habe."

„Was?? Das sind ja Neuigkeiten! Und damit rückst du jetzt erst raus? *Die* Schrott trennt sich von *dem* Schrott?"

„So ist es", bekräftigt Hannah mit einem breiten Grinsen. „Selbst in dem Alter ist man also nicht vor diesen Dingen gefeit."

„Vielleicht gerade in diesem Alter nicht", murmelt Lucy und merkt dann an: „Jetzt, da wir wissen, dass die Schrott Emmas Mutter ist und die beiden sich auch noch einigermaßen gut verstehen, sollten wir vielleicht aufhören, sie Schrott zu nennen. Was meinst du?"

„Ich stimme dir zu. Frau Schrobel also. Aber ihn können wir weiterhin Schrott nennen, oder?"

„Ja sicher", bestätigt Lucy und ruft dann in voller Lautstärke: „Emma, huhu!"

Emma dreht sich um und winkt ihnen fröhlich zu. „Hallo ihr beiden. Sehen wir uns gleich beim Fest?"

„Klar! Lass uns zusammen was trinken", brüllt Lucy über die Straße. Und bemerkt mit einer gewissen Genugtuung, wie selbst Frau Schrobel ihr und Hannah verhalten zuwinkt. Seit ihrer letzten Begegnung mit Lucy ist sie immer sichtlich verlegen, wenn sie sich sehen, aber das ist Lucy lieber als die

Giftspritze, die sie vorher war. Und ein bisschen verlegen steht ihr gar nicht schlecht, wie Lucy findet. Dann wendet sie sich wieder Hannah zu:

„So, jetzt aber mal zu dir. Du siehst aus wie eine Waldfee, die einer Fabel entsprungen ist. Die Tegernseer Jungs werden reihenweise umfallen. Also, was ist dein Plan in Sachen Liebe, jetzt, wo der fürchterliche Herbert ein für alle Mal ad acta gelegt ist? Oder gibt es keinen Plan?"

„Ha, ich habe nicht nur einen Plan, sondern ganz viele Pläne. Ich bin jetzt auf Tinder", erklärt Hannah stolz.

„Tinder? Du?" Lucy kann ihren Ohren kaum trauen.

„Oh ja, ich. Es war mir zu peinlich, euch das zu erzählen, aber Herbert war der erste und, wie ich zugeben muss, leider auch der einzige Mann, mit dem ich geschlafen habe. Doch das wird sich jetzt ändern. Ich werde mal zur Abwechslung nicht an Hochzeit und einen Stall voller Kinder denken, sondern nur daran, Spaß zu haben. Und noch etwas: Ich werde auch anfangen, Sport zu treiben. Jawohl! Dazu hast du mich gebracht. Nicht Yoga, das kannst du dir abschminken, aber ich habe mich im Fitnessstudio angemeldet und sogar schon ein Probetraining vereinbart. Ladys und Gentlemen, hier kommt Hannah aus den Tiefen des Backteigs zu Ihnen emporgestiegen!"

Lucy lacht. „Na, so schlimm ist es nun wirklich nicht. Ich fand dich schon immer wunderbar, aber es stimmt schon - vielleicht hast du jetzt ein bisschen frischen Pfeffer im Hintern. Aber was ist nun mit diesen Tinder-Dates? Wann triffst du die?"

„Heute", gibt Hannah verschmitzt zurück.

„Heute? Alle?"

„Oh ja, so kann man sie am besten vergleichen und auch sofort sehen, wer sich mit euch gut versteht. Das ist schließlich eine der Grundvoraussetzungen, wenn ich weiteres Interesse zeigen soll. Außer, er hat einen besonders hübschen Hintern. Dann ist es egal, ob er euch mag!"

„Hey, wo ist meine alte Hannah hin?", fragt Lucy und schaut sich suchend um. „Willst du mir damit sagen, dass gleich eine ganze Armee von Hannah-Verehrern auftauchen wird? Werden die sich nicht gegenseitig auf die Füße treten?"

„Na ja, so viele sind es auch wieder nicht", gibt Hannah bescheiden zurück. „Du musst bedenken, wo wir hier leben, gibt es nicht so viele, die auf Tinder sind. Aber drei, vier, eventuell sogar fünf werden es wohl werden. Ich habe übrigens jedem einzelnen von ihnen erzählt, dass ihr nichts von meinem Tinder-Dasein wisst und dass sie daher so tun sollen, als würden wir uns schon lange kennen. So bekommt keiner von ihnen mit, dass die Tinder-Konkurrenz gleich danebensteht. Jeder wird den anderen für einen alten, ungefährlichen Freund von mir halten. Wenn Babs solche Coups wie mit Herbert abziehen kann, dann kann ich das auch! Das wird ein Spaß!" Hannahs Augen sprühen regelrecht Funken.

„Wer hätte gedacht, dass du so abgefeimt bist, meine Liebe. Schauen wir mal, ob das gut geht. Ich bin jedenfalls gespannt."

42

„Oh, ist das schön!" So hat sich Lucy die berühmten Waldfeste nicht vorgestellt. Alle tragen bunte und feierliche Tracht, es gibt unzählige Essens- und Getränkestände, eine Band spielt und alles trinkt, flirtet und unterhält sich. „Kein Wunder, dass man hier den ganzen Tag versacken kann." Da entdeckt sie auch schon Babs, Michi und Marcel in der Menge stehen und zieht Hannah zu ihrem Tisch. Michi scheint ziemlich angetrunken zu sein und hängt Marcel am Hals.

„Ich liebe dich, ich liebe dich so sehr", wird er nicht müde, diesem zu beteuern, während Marcel sich unbehaglich umsieht.

„Michi, wir müssen langsam wirklich versuchen, einen Mittelweg zu finden, so geht das nicht. Hier sind schließlich einige meiner Mandanten, da kannst du mir doch nicht das Gesicht ablecken."

„Aber ich liebe dich doch so sehr", säuselt Michi mit verklärten Augen, während Babs sich lachend einschaltet:

„Im Moment hast du genau einen wichtigen Mandanten und das ist mein Vater. Und nicht nur amüsiert der sich gerade prächtig in Anbetracht all dieser Dekolletés hier, sondern er ist Schwule auch gewohnt. Mein Lieblingscousin ist so schwul, wie es nur geht, und mein Vater liebt ihn über alles. Also mach dir diesbezüglich keine Sorgen und lass dich ruhig abschlecken."

„Oh, kann dein Vater mich adoptieren?", fragt Michi und schaut verzückt zu dem griechischen Geschäftsmann hinüber, der gerade eine ganze Gruppe von Tegernseer Schönheiten mit seinem Charme bezirzt.

„Damit ich mein Erbe auch noch mit dir teilen muss?", fragt Babs. „Kommt nicht infrage. Wir sind sowieso zu viele. Und wer weiß, wie viele uneheliche Kinder mein Vater noch auf der Welt verteilt hat."

„Da kommt es auf einen mehr oder weniger doch nicht mehr an", murmelt Michi, bevor er sich wieder an Marcels Hals zu schaffen macht.

In dem Moment kommt ein junger, rüstiger Bayer auf sie zu und ruft voller Freude:

„Hannah, wie schön, wir haben uns ja schon ewig nicht mehr gesehen."

Es hört sich so unnatürlich an, dass selbst Michi kurz von seinem Gesabber ablässt und erstaunt die Stirn runzelt. Aber dann macht er sich wieder daran, Marcels Hals mit Küssen zu bedecken.

„Ah, Sven, wie schön", begrüßt ihn Hannah und wird ein wenig rot.

„Ich bin nicht Sven, ich bin Robert", kommt es leicht verwirrt zurück, bevor eine Stimme hinter ihnen sich mit einem ironischen Unterton einschaltet:

„Ich bin Sven, aber das weißt du ja Hannah, nicht wahr? Wir kennen uns ja schließlich auch schon ewig." Und damit umarmt er Hannah kurz und begrüßt auch ihre Freunde.

Wow, denkt sich Lucy, *der ist wirklich nicht schlecht.*

Wenn das mit Alex nicht klappt, sollte ich vielleicht auch zu Tinder umschalten, woraufhin Babs ihr zuflüstert:

„Was geht hier vor sich? Wo kommen plötzlich all die Typen her, die Hannah angeblich so gut kennen und an deren Namen sie sich nicht erinnert?"

„Erzähl' ich dir später", flüstert Lucy zurück. „Aber komm, jetzt lass uns erst einmal etwas zu trinken holen gehen."

„Ihr könnt mich doch hier nicht allein lassen", raunt Hannah ihnen zu, als ihre Freundinnen sich gerade in Richtung Getränkestand davonmachen wollen.

„Oh doch, das können wir, Mata Hari, viel Spaß beim Jonglieren", antwortet Lucy fröhlich. „Ich habe übrigens das Gefühl, da kommt schon der Nächste. Wenn du meinen Rat willst: Schnapp dir Sven und seil dich mit ihm ab. Der hat dein Spiel sowieso längst durchschaut."

Auf Hannahs Stirn bilden sich Schweißperlen. Dann atmet sie tief durch und dreht sich wieder ihren Verehrern zu, während Lucy und Babs sich auf die Suche nach etwas Trinkbarem machen.

„Mein Gott, Lucy Davenport, was ist nur mit den Menschen hier passiert?", Babs schüttelt ungläubig den Kopf. „Du hast wirklich Trubel in diesen Ort gebracht!" Lucy lacht und tut so, als würde sie sich ein wenig umsehen. Dabei hält sie in Wirklichkeit nach Alex Ausschau. Aber so sehr sie auch ihren Hals verrenkt, sie kann ihn nirgendwo entdecken.

„Kommt hier eigentlich jeder hin, ist das so eine Art ‚Muss' oder bleiben auch einige zu Hause?", fragt sie Babs wie nebenbei.

Babs grinst wissend. „Soll ich raten, wen du mit ‚einige' meinst? Also, die meisten sind auf jeden Fall hier, das Waldfest lässt sich kaum jemand entgehen. Außer natürlich, die Person muss arbeiten. Dann hat das wahrscheinlich Vorrang. Wie zum Beispiel ein Hotel zu leiten. Aber da die meisten

Gäste auch herkommen, könnte sich dieser absolut fiktive Hotelleiter auch dazu entschließen, sich hier unter sie zu mischen. Doch was weiß ich als kleine Angestellte schon von diesen Dingen?" Sie lächelt unschuldig und klimpert ein paar Mal mit den Wimpern.

„Schon gut", gibt Lucy lachend zu. „Du hast mich durchschaut. Ich werde jetzt einfach versuchen, das Fest zu genießen, ohne ständig nach einem fiktiven Hoteldirektor Ausschau zu halten, okay? Und das geht am besten mit ein paar Drinks intus, also lass uns endlich eine geeignete Bar finden. Du zahlst!"

„Ich? Wieso?"

„Weil du reicher bist als Krösus und das so lange geheim gehalten hast. Das muss bestraft werden. Und damit fangen wir jetzt an."

„Okay, hört sich fair an", gibt Babs zu. „In dem Fall würde ich vorschlagen, dass wir gleich zur Champagnerbar gehen und das Bier links liegen lassen, was meinst du?"

„Gibt es denn hier Champagner?", fragt Lucy erstaunt.

„Keine Ahnung, aber das können wir herausfinden."

Letztlich landen sie doch an einem der Bierstände und bestellen sich beide eine große Maß. Lucy, die sonst kein großer Biertrinker ist, wundert sich, wie gut es ihr schmeckt. Das muss das Ambiente sein, entscheidet sie, hier passt es einfach hin.

Allerdings spürt sie den Alkohol dann auch sofort. Angenehm beschwipst beobachtet sie die traditionellen Tänze, die von verschiedenen Vereinen auf der Bühne aufgeführt werden. Babs kann dem Ganzen weniger abgewinnen, vor allem als Lucy sie zum Schunkeln unterhaken will. Bis es dann glücklicherweise Zeit wird, sich mit typisch bayerischem Essen zu stärken und noch ein weiteres Bier zu genießen. Dann bricht die Dämmerung ein und es legt sich eine feierliche Stimmung über den Festplatz. Babs macht sich auf den Weg zu Hannah, um herauszufinden, wie es Mata Hannah ergangen ist und ob Marcel es mittlerweile geschafft hat, Michi von der Backe zu kriegen. Lucy beschließt, dass sie ein wenig Ruhe braucht und zieht sich in eine Ecke des Festplatzes zurück. Dort sitzt sie jetzt mit ihrer noch halb vollen Maß, betrachtet die Natur und stellt sich vor, wie es wäre, dies mit Alex gemeinsam zu erleben. Sie spürt ein Ziehen in ihrem Herzen und fragt sich, wo er wohl gerade sein könnte.

„Entschuldige bitte, wenn ich nicht mit Small Talk anfange, aber ich denke, davon hatten wir genug", hört sie just in diesem Moment eine dunkle Stimme neben sich, während sich gleichzeitig eine warme, feste Hand auf ihre Schulter legt. „Daher möchte ich einfach nur wissen: bist du, Lucy Davenport, jetzt bereit, einen Mann an deine Seite zu lassen?"

Sie schließt die Augen und denkt: *Danke, danke, danke lieber Himmel.*

Dann öffnet sie sie wieder, dreht ihren Kopf und lächelt Alex geheimnisvoll an.

„Kommt drauf an, wer fragt."

„Ein Hotelier, der sein Herz verloren hat. An eine Yogalehrerin und zudem seine zukünftige Konkurrentin."

„Und du bist dir sicher, dass er nicht nur Berufsgeheimnisse ausspionieren will? Hier am Tegernsee ist ja alles möglich, wie ich gehört habe."

„Das wirst du schon selbst herausfinden müssen. Ich fürchte also, dass du dieses Risiko eingehen musst. Schon allein, weil bei dir die Arbeiten in vollem Gange sind."

„Und was hat das damit zu tun?"

„Na, auf einer Baustelle kann man doch unmöglich leben. Daher hat das Tegerngold sich nach reiflicher Überlegung entschieden, Lucy Davenport und ihrem Hund Rosie eine Bleibe für die Zeit der Bauarbeiten anzubieten. Kostenfrei versteht sich. Selbst ein Räumchen für die Yogastunden haben wir gefunden. Die einzige Voraussetzung ist, dass besagte Lucy Davenport gelegentlich mit dem Hoteldirektor essen geht, um die Fortschritte ihres gemeinsamen Projekts zu besprechen."

„Das da wäre?", fragt Lucy erstaunt.

„Wir. Das gemeinsame Projekt heißt *Wir*. Ich kann nicht mehr um den heißen Brei herumreden, Lucy und ich will das auch nicht mehr. Also lass mich Klartext sprechen: Ich möchte mit dir zusammen sein. Ich möchte, dass du, Lucy, die Frau an meiner Seite bist. Seit ich dich kenne, kann ich an fast nichts anderes mehr denken. Es ist, als hätte ich immer nur auf dich gewartet. Und es tut mir leid, dass ich sauer geworden bin, als ich gehört habe, dass du noch Zeit brauchst. Ich hätte dankbar dafür sein sollen, dass du erst deine eigenen Dinge klären willst, bevor wir beide uns näherkommen. Aber ich hatte einfach solche Angst, dich zu verlieren. Angst, dass mir das bisschen, das ich meinte schon zu haben, durch die Finger rinnen könnte. Ich weiß jetzt, dass das Quatsch ist. Du hast mir mittlerweile ein gewisses Gottvertrauen beigebracht. Wenn wir zusammengehören, so wird es schon so kommen, nicht wahr? Aber sag mir trotzdem eins: Habe ich irgendeine Chance? Hast du überhaupt Interesse an mir? Darf ich weiter hoffen oder ist es sinnlos? Gib mir ein wenig Klarheit, Lucy, bitte. Sonst werde ich verrückt. Ich meine es ernst."

Lucy atmet tief ein und aus, lächelt und legt dann ihren Kopf an Alex' Brust. Sofort spürt sie durch sein Hemd, wie sein Herz schneller zu schlagen beginnt.

„Bald findet das Waldfest im Schmetterlingsgarten statt, nicht wahr?", fragt sie ihn. „Wie passend. Denn die Raupe hat endlich aus ihrem Kokon herausgefunden, Alex. Ich fühle mich stark und befreit wie lange nicht mehr. Irgendwann wurde es zu eng in den Fesseln meiner Vergangenheit und ich habe mich gelöst. Jetzt bin ich wahrlich frei und kann Entscheidungen aus dieser Freiheit heraus treffen und muss mich nicht mehr an alte, starre Muster klammern. Mit dem Hoteldirektor ab und zu essen gehen und das Projekt *Wir* besprechen? Das klingt nach einem hervorragenden Plan. Nichts könnte sich für mich schöner anhören."

Damit dreht sie leicht den Kopf und ihre Lippen treffen sanft auf seine. Sie fühlen sich noch besser an, als Lucy es sich in ihren Träumen vorgestellt hat.

Der schönste Platz auf Erden, denkt sie noch, bevor sie in dem längsten Kuss ihres Lebens versinkt. *Im Moment zweifellos!*

EPILOG

„Herzlichen Glückwunsch", rufen alle im Chor, während Lucy die rote Schleife durchschneidet und Rosie begeistert an ihr hochspringt. Über dem Eingang prangt in geschwungenen Buchstaben ‚Chalet am See'. Lucy schaut kurz hoch, dreht sich um, lächelt und macht spielerisch eine Verbeugung. Alex steht neben ihr und reißt ihren Arm in die Höhe, ganz so als hätte sie gerade in einem Boxkampf gewonnen. Der Jubel wird lauter und Lucy fühlt sich von Glücksgefühlen durchflutet.

Hier sind sie alle, die Menschen, die ihr in kurzer Zeit so wichtig geworden sind, ihre neue Familie.

Alex natürlich, der Mann an ihrer Seite. Lucy ist immer noch verblüfft, wie er ihr in so kurzer Zeit so vertraut werden konnte. Vertraut und doch hat sie jedes Mal noch Schmetterlinge im Bauch, wenn sie in seine grün-blauen Augen schaut. Kurz kommt der Gedanke auf, dass sie dies alles ohne ihn nicht geschafft hätte, aber dann korrigiert sie sich. Nein, das stimmt nicht. Sie hätte es geschafft. Sie *hat* es geschafft. Aus eigener Kraft. Und natürlich mithilfe von Herrn Müller und seinem Team, die mit einem stolzen Grinsen neben dem Haus stehen.

Und dann sind auch alle anderen da: Babs mit ihrer Familie, die extra zur Eröffnung aus Griechenland rübergeflogen kamen. Lucy konnte sie gerade noch davon abhalten, im Chalet zu wohnen, das wäre ihr dann als Einstieg doch etwas zu viel gewesen. Babs strahlt übers ganze Gesicht, als wäre das Hotel ihr Projekt und sie hätte es eigenhändig aus dem Boden gestampft. Und Lucy weiß ohne Zweifel – in Babs hat sie eine Freundin, die sich ohne Vorbehalte für sie freut und sich aus ganzem Herzen nur das Beste für sie wünscht.

Das gilt selbstverständlich auch für Michi und Marcel, die, seit sie begonnen haben, sich zusammen in der Öffentlichkeit zu zeigen, gar nicht mehr auseinanderzukriegen sind. Michi hat sich daran gewöhnt, Babs zur Chefin zu haben und arbeitet mit Volldampf daran, bald seine Wassersportschule zu eröffnen. Marcel kann sich vor juristischen Aufträgen kaum mehr retten und obwohl er sich jetzt ein großes, schönes Büro leisten könnte, ist er aus Hannahs Café weiterhin nicht wegzubekommen. So guten Kaffee und Kuchen bekommt er sonst nirgends, besteht er auf sein Hausrecht und Hannah hat es aufgegeben, ihn halbherzig verscheuchen zu wollen. Wie sie Lucy letztens gebeichtet hat, kann sie sich Marcels Ecke ohne ihn gar nicht mehr vorstellen.

Ja, und dann ist da Hannah selbst. Und zwar mit Sven, der ihr Spiel beim Waldfest sofort durchschaut hat und es unwiderstehlich fand, wie Hannah sich unbeholfen durch die kleine Armee ihrer Tinder-Dates zu navigieren versuchte. Lucy ist froh, dass Hannah sich für ihn entschieden hat, denn nicht nur ist er unglaublich nett, sondern er hat sich auch wie selbstverständlich in ihren Freundeskreis integriert.

Neben den beiden steht eine wie verwandelte Emma

zusammen mit Daniel, dem Küchenchef des Tegerngold, der sachte einen Arm um ihre Taille gelegt hat. Ihre Mutter wollte später auch noch vorbeikommen.

Schließlich schweifen Lucys Augen zu zwei ganz besonderen Überraschungsgästen und ihr Herz macht einen Sprung:

Ihre Freundinnen und ehemaligen Yogaschülerinnen Sophie und Aishley sind speziell für sie aus London eingeflogen! Lucy kann immer noch nicht glauben, dass sie wirklich hier sind. Alex hat das hinter ihrem Rücken eingefädelt. Sie sind nicht nur hier am Tegernsee, sie werden auch die ersten Gäste in Lucys ‚Chalet am See' sein. Lucy kann es kaum erwarten, Zeit mit ihnen zu verbringen und all ihre Ideen für das Chalet durchzudiskutieren! Sie dreht sich zu Alex hin und strahlt ihn voller Freude an. „Ich bin so glücklich, Alex, so richtig, richtig glücklich. So glücklich wie ich es noch nie in meinem Leben war." Damit reckt sie sich zu ihm hoch und die beiden versinken in einen tiefen Kuss, vom Jubel der anderen untermalt, der durch das schönste Tal der Welt schallt.

HAT DIR DIE GESCHICHTE GEFALLEN?

Dann freu dich jetzt auf die Fortsetzung! Nachdem Lucy ihr Yoga-Chalet endlich aufmachen darf, will sie sicherstellen, dass alles perfekt ist. Doch dabei kommt vieles andere zu kurz. Alex hat jedenfalls bald genug von der Situation und stellt sie vor ein unmögliches Ultimatum ...

Wiedersehen im Chalet am See

BÜCHER VON ANNA CAMILLA KUPKA

Das Chalet am See (Chalet am See 1)
Wiedersehen im Chalet am See (Chalet am See 2)
Skandal im Chalet am See (Chalet am See 3)

Fashionista im siebten Himmel (Fashionista 1)
Fashionista im Liebestumult (Fashionista 2)
Fashionista im Hochzeitsrausch (Fashionista 3)
Fashionista im Reisefieber (Fashionista 4)

SPIEGEL-Bestseller:
Mollys wundersame Reise (Molly 1)
Molly verzaubert ihre Welt (Molly 2)
Molly, Architektin des Lebens (Molly 3)
Meine Reise ins Glück - Ein Ausfüllbuch (Molly 4)

Ticket zur Erde und zurück